सर्वज्ञ

सर्वज्ञ

श्यामिवा • स्वप्निल

प्रकाशक
प्रभात प्रकाशन प्रा. लि.
4/19 आसफ अली रोड, नई दिल्ली–110002
फोन : 011–23289777 • हेल्पलाइन नं. : 7827007777
इ–मेल : prabhatbooks@gmail.com ❖ वेब ठिकाना : www.prabhatbooks.com

संस्करण
2025

पेपरबैक मूल्य
चार सौ रुपए

मुद्रक
आर–टेक ऑफसेट प्रिंटर्स, दिल्ली

★

SARVAGYA
by Shyamiva & Swapnil

Published by **PRABHAT PRAKASHAN PVT. LTD.**
4/19 Asaf Ali Road, New Delhi-110002

ISBN 978-93-5562-764-3

₹ 400.00 (PB)

दुनिया के सबसे खूबसूरत फरिश्तों

को

समर्पित

टियाना एवं परीशा

"जैसे ही आप रास्ते पर चलने लगते हैं, रास्ता दिखने लगता है।"

—रूमी

श्यामिवा की तरफ से एक टिप्पणी

अपनी यात्रा के दौरान प्राप्त आध्यात्मिक अनुभवों के ज्ञान को आगे बढ़ाकर मानवता की बड़े पैमाने पर मदद कर सकें। बदलते युगों के वर्तमान समय में जिस ईश्वरीय मार्गदर्शन की अत्यंत आवश्यकता है, हम उसका माध्यम मात्र हैं। संकट में दुनिया के साथ, आशा है कि आप सभी के जीवन में मौनवाद धूप की उस किरण की तरह है जहाँ आप सभी अपने सच्चे स्वरूप को पाएँ और सर्वशक्तिमान के शुद्ध प्रेम के साथ एक हो जाएँ। ढेर सारा प्यार और आशीर्वाद।

हरि ॐ तत् सत्

कष्टों से होकर सितारों की ओर यात्रा

हमें लगता है कि आत्मा की यात्रा बचपन से शुरू होती है, लेकिन शायद यह सब बहुत पहले शुरू हो जाती है। क्या यह पिछले जन्म के कार्य और प्रभाव से शुरू होती है या यह हमारे मानव अवतार लेने से पहले भी शुरू होती है, शायद उस क्षण से जब आत्माओं को सृजन के लिए प्रेरित किया गया था! क्या यह सब ऊपर की किसी उच्च शक्ति द्वारा नियत है और हम केवल कठपुतली हैं या हम अपनी यात्रा के स्वयं निर्माता हैं? क्या आत्मा के रूप में शुद्ध जागरूकता के क्षणों में हम अपने जीवन-पथ और परिस्थितियों को चुनते हैं और अपनी समय-सीमा को बदलने के लिए ऊपर उठने की शक्ति रखते हैं या हम बचने के लिए अल्प मार्ग अपनाते हैं और यह सब भाग्य पर थोप देते हैं? हम अकसर इन सवालों से जूझते हैं, विचित्र बात, ज्यादातर जब हम अपने चारों ओर प्रतिकूल परिस्थितियों और अँधेरे का सामना करते हैं। फिर कभी-कभी हम सोचते हैं कि मैं कौन हूँ? मैं कहाँ जा रहा हूँ? मैं क्या चाहता हूँ? क्या मैं अपनी आत्मा की आवाज का अनुसरण कर रहा हूँ या केवल अपने मन के बनाए हुए बंदीगृह का शिकार हूँ। अगर यह सब जीवन में राजी-खुशी, उत्तम बचपन, उत्तम यौवन, उत्तम विवाह, कोई चुनौती नहीं है तो क्या हम अपनी मानसिक क्षमता के न्यूनतम उपयोग के साथ केवल मानवमात्र नहीं होंगे? इसलिए पृथ्वी पर पूर्णता की कोई अवधारणा नहीं है, यह हमारी खामियों को खुली बाँहों से गले लगाने और इसे उच्च आवृत्ति में बदलने के बारे में अधिक है। गिरने, सीखने और फिर एक बच्चे की तरह चलने में जो सुंदरता है, वह नहीं होगी, अगर हम सभी पूरी तरह से जीने के लिए डाउनलोड किए गए कार्यक्रम के साथ आएँ। शायद यहीं से रोबोट का आविष्कार हुआ था।

हालाँकि यदि हम जागरूक एवं मात्र पर्यवेक्षक की तरह देखना शुरू करें, तब हम विचारों, क्रियाओं, प्रतिक्रियाओं, भावनाओं और उनके उकसाव के इन जटिल साँचों को समझ सकते हैं। तब सबकुछ एक मंचीय नाटक के रूप में या एक कैनवास की तरह

देखा एवं समझा जाता है, जहाँ हम अपने स्वयं के कैनवास के अभिनेता और चित्रकार हैं, जो एक 'लीला' का हिस्सा हैं। यद्यपि वास्तविक रूप में जागृति किसी आत्मा की अँधेरी रात के बाद ही होती है और इस यात्रा के पथ पर चलने वाले सभी लोग इसे भली-भाँति समझ सकते हैं।

यह एक ऐसी आत्मा की कहानी है, जो अपनी आत्मिक यात्रा में अन्य आत्माओं से मिली, यह उसका नृत्य, अस्त (भ्रम) से सत् (सत्य) तक की उसकी यात्रा और बीच में सबकुछ के बारे में है। उनके वर्तमान जन्म के टुकड़ों को, उनकी स्वयं की आत्मा द्वारा, पृथ्वी पर पिछले जनमों के धागों से ऊपर एक और आयाम में बुना गया था, ताकि उनका वर्तमान विकास की सीढ़ी के अगले चरण के लिए अपने असली घर में वापस जाने के लिए मंच बन सके।

"क्या तुम तैयार हो अवलोकित?" गुंबद की दीवारों के पूरे आंतरिक भाग को कवर करने वाले पैनोरमा शैली में प्रोजेक्टर जैसी स्क्रीन के साथ विशाल गोलाकार सफेद गुंबद में एक पुरुष आवाज गूँजती है।

"हाँ, मुझे लगता है कि मैं हूँ या मुझे होना है, क्या हमारे पास कोई दूसरा विकल्प है?" वह फिर से यह सब करते हुए बहुत खुश नहीं था, लेकिन पैनोरमा थिएटर के बीच में खड़े होकर वह समझ गया। वह अपनी आत्मा की दुनिया में था!

"ठीक है तो हम आपको उन आत्माओं के साथ अलग-अलग समय रेखा की झलक दिखाएँगे, जिन्हें आपने पहले ही अपने परिवार, दोस्तों और प्रियजनों के रूप में चुना है। अब सबसे अच्छा संभावित परिदृश्य चुनें, जो आपको अपने पिछले मानव जीवन के आधार पर समान भावनात्मक अवरोधों और विकल्पों के अपने पिछले जन्म के पैटर्न को दूर करने में मदद करेगा। जैसा कि आप जानते हैं कि नए युग के लिए पृथ्वी पर होने वाले विशाल परिवर्तनकारी बदलाव के कारण यह आपकी आत्मिक यात्रा में बहुत महत्त्वपूर्ण जन्म होगा, इसका अधिक-से-अधिक उपयोग करना सुनिश्चित करें। हम यहाँ आपकी सहायता और मार्गदर्शन करने के लिए हैं," एक बहुत ही शांत और प्यार भरी आवाज फिर से गूँज उठी।

"हाँ, मैं समझता हूँ। मैं भावनात्मक स्तर पर एक कठिन जन्म चुनना चाहता हूँ और ऐसी परिस्थितियों का चयन करना चाहता हूँ, जो मुझे इस बार कर्म के बीजों के साथ-साथ मेरे पुराने अंतर्निहित भावनात्मक और मानसिक धागों से ऊपर उठने के लिए प्रेरित करें। मैं इस बार पहले से कहीं ज्यादा तैयार हूँ। मुझे पता है कि यह बेहद कठिन और एकाकी जीवन होने वाला है, एक रोलर कोस्टर की सवारी की तरह, भावनात्मक उथल-पुथल से भरा हुआ। मुझे भावनाओं, हेर-फेर और परिवार द्वारा नियंत्रण में द्वंद्व का सामना करना

पड़ेगा, इसके बाद मेरी पसंद के विपरीत, मेरे मूल के विपरीत संस्करण की अपेक्षाएँ होंगी। मैं यह भी समझता हूँ कि वे मेरे लिए अपने सबक सीखने का एक़ माध्यम होंगे और वास्तव में मुझे धारा के खिलाफ धक्का देकर मुझे खुद का बेहतर संस्करण बनने में मदद करेंगे। मैं इस बार बंधनों की जंजीरों और अवरोधों की बेड़ियों को तोड़ने की कोशिश करूँगा। इस जन्म को अपना अंतिम जन्म बनाने के लिए जो भी करना पड़े, मैं करने को तैयार हूँ," उसने बड़ी इच्छाशक्ति और दृढ़ संकल्प के साथ कहा।

"हम आपके दृढ़ संकल्प को देखकर प्रसन्न हैं, यदि आप वास्तव में इस समय-रेखा को चुन रहे हैं तो आपको एक बहुत ही विशेष और दिव्य आत्मा से सहायता प्राप्त होगी, जो आपकी यात्रा को दूसरे स्तर तक बढ़ाने के लिए उत्प्रेरक के रूप में कार्य करेगी, इसलिए विभिन्न सार्वभौमिक संकेतों को जोड़ना सुनिश्चित करें। आपकी समय-रेखा बनाते समय संकेत, प्रतीक, जो आपको आपके मिशन की याद दिलाते रहें और इस सुनहरे अवसर को न चूकें। याद रखें, यदि आप मदद के बाद भी उसी अतीत के मन के पैटर्न और पिंजरों में रहना चुनते हैं तो आपके जन्म की भविष्य की समय-रेखा बदल जाएगी और उसी के अनुसार आकार लेगी और वह हिस्सा अभी भी एक रहस्य है तथा अभी तक दिखाई नहीं देगा यह दृश्य!" फिर से आवाज गूँज उठी। "पृथ्वी पर हमारा चुनाव ही हमारे लिए मार्ग प्रशस्त करता है और हमारी पूर्वनिर्धारित समय-सीमा को बदल देता है।"

"मैं जानता हूँ। मुझे लगता है कि मैं अब तैयार हूँ और मेरे वर्तमान चुने हुए जीवन के साथी भी हैं, मेरे जाने का समय हो गया है, अलविदा, फिर मिलेंगे। ढेर सारा प्यार!" उसने कहा।

"सौभाग्य की कामना करते हैं, अवलोकित, इस जीवन में आपका नाम आपके उच्च आत्म-नाम के समान हो, यह एक आशीर्वाद है, जो हम आपको प्रदान करते हैं, ताकि जब भी आप अपने जीवन-पथ में खो जाएँ तो आपको याद रहे।"

अनुक्रम

श्यामिवा की तरफ से एक टिप्पणी 7

प्रस्तावना : कष्टों से होकर सितारों की ओर यात्रा 9

1. बचपन 15

2. देहरादून डायरीज 26

3. तारावी 31

4. बिन तारा 64

5. शादी 82

6. गौरी 105

7. नींव 119

8. अँधेरा और प्रकाश 132

9. गौरी के मोती 159

10. सुरंग 192

स्वीकृतियाँ 214

बचपन

एक आत्मा पृथ्वी पर उतरती है,
यह सीखने और वह बनने का समय है, जिसके आप लायक हैं,
अवसरों और पाठों की कोई कमी नहीं है,
विकास, मृत्यु और जन्म के चक्र को समाप्त करने के लिए!

ऊपर से आशीर्वाद के रूप में उसकी मौसी नंदिता आंटी ने 'अवी' नाम दिया, जैसा कि सभी उसे कहते थे। नंदिता आंटी अपने चार सदस्यों वाले एकल परिवार के साथ कुछ समय से तिरुवनंतपुरम (उर्फ त्रिवेंद्रम) में बसी हुई थीं। वे और उनके पति दोनों आई.टी. में थे और वहाँ एक प्रमुख सॉफ्टवेयर दिग्गज एम.एन.सी. में काम कर रहे थे।

अवी के जन्म से पहले उन्होंने हाल ही में बौद्ध धर्म में अपनी रुचि विकसित की थी और वे संप्रदाय के बारे में बहुत कुछ पढ़ रही थीं। वे बहुत समय से कई बौद्ध स्थानों पर जा रही थीं। यह सब तिब्बत की पारिवारिक यात्रा के साथ शुरू हुआ। छह साल बाद वे अपनी पहली पसंद, जहाँ वे मौन, शांत और प्राचीन नदियों, जलवायु, वनस्पतियों, संस्कृति, तिब्बती कला, उनके भोजन, संगीत से मंत्रमुग्ध हो गई थीं। इस संस्कृति ने उन्हें अंदर तक मंत्रमुग्ध कर दिया था और उन्हें इससे प्यार हो गया। इस संस्कृति से उनकी आत्मा को बहुत जुड़ाव अनुभव हुआ। इसके बाद उनके पास वापस मुड़ने जैसा कुछ नहीं था। उन्होंने बौद्ध प्रथाओं का पालन करना शुरू कर दिया और उनकी संस्कृति के बारे में जानना भी। वे भोपाल, मध्य प्रदेश के साँची स्तूप, बिहार में बोधगया, काशी या वाराणसी के पास सारनाथ जैसे कई स्थानों पर गईं, जहाँ बुद्ध ने पहली बार 'धर्म' की शिक्षा दी। वे हाल ही में एक कैंपिंग यात्रा में 'अगस्थियार पर्वत' या 'पोथिगई' गई थीं। यह हिंदू और बौद्ध दोनों परंपराओं में

एक पवित्र स्थान है, जहाँ यह माना जाता है कि ऋषि अगस्त्य ने 'अवलोकितेश्वर' से 'माउंट पोटलका' में तमिल सीखी थी, जो एक बोधिसत्त्व है और अपनी शाश्वत करुणा के लिए जाना जाता है।

अवलोकितेश्वर, असीम करुणा और दया के अवतार, बोधिसत्त्व के रूप में पूजनीय हैं, जो सभी बुद्धों की करुणा के प्रतीक हैं। ऐसा कहा जाता है कि उन्होंने अपने स्वयं के प्रबोधन या जागरण को तब तक के लिए स्थगित करने की कसम खाई थी, जब तक कि उन्होंने पृथ्वी पर हर संवेदनशील प्राणी को पीड़ा और जन्म व मृत्यु के चक्र से मुक्ति दिलाने में मदद नहीं की थी।

किंवदंती के अनुसार दूसरों की पीड़ा पर उनके गहरे दुःख के कारण उनका सिर दो भागों में बँट गया और इन आँसू से उनकी पत्नी, देवी तारा, का जन्म हुआ। कुछ का यह भी मानना है कि तारा आँसू द्वारा बनाई गई झील से निकली थी, जबकि अन्य का ऐसा विश्वास है कि वह अवलोकितेश्वर के हृदय से निकली थी। हिंदू और बौद्ध समान रूप से अवलोकितेश्वर की पूजा करते हैं, जिन्हें भगवान् शिव के रूप में भी देखा या समझा जाता है।

अवी के जन्म की पूर्व संध्या पर नंदिता आंटी ने अवलोकितेश्वर का सपना देखा, जिनके उज्ज्वल सफेद शरीर और प्रेमपूर्ण अभिव्यक्ति में शांति व करुणा झलकती थी। उनके हाथ पवित्र मुद्रा में चले गए, क्योंकि वह शांति से मुसकरा रहा था, मानो नंदिता को ऐसा प्रेम दे रहा हो, जो उसकी आत्मा में समा जाए।

जब वह अवी के पैदा होने के बाद उसे देखने गई तो उसे तुरंत बहुत सारा प्यार और करुणा महसूस हुई, जैसे वह उसकी तरफ से आ रही हो। उसे देखकर उसकी आँखों में आँसू आ गए और मानो अवलोकितेश्वर का सपना, उसकी करुणा, उसकी मुसकान, उसकी शांति और वर्तमान ठीक से विलय हो गए। वह भावना, प्रेम, वह करुणा आश्चर्यजनक रूप से समान थी। आँखों में आँसू लिये वह बड़बड़ाने लगी, 'अव…, अव…' लेकिन उनके गले में जैसे गाँठ-सी पड़ गई थी और वह नाम पूरा कर ही न पाई। अंत में वह बस इतना ही कह सकी, अवी! और इसी तरह अवी को अवलोकितेश्वर के संक्षिप्त संस्करण के रूप में अपना नाम मिला।

अवी बचपन से ही आध्यात्मिक रूप से काफी प्रतिभाशाली बच्चा था। बचपन में वह अपने आसपास कई आत्माओं को देखा करता था। वह पाँच साल का था और उसकी नानी का हाल ही में निधन हो गया था। एक दिन वह अपने खिलौनों से खेल रहा था और उसने देखा कि उसकी नानी की आत्मा उसे देखकर मुसकरा रही है तथा उसे आशीर्वाद दे रही है। उसने अपनी माँ से कहा, "देखो, नानी तुम्हें अलविदा कहने आई हैं," उसने उत्साह से उनकी ओर इशारा करते हुए कहा।

"क्या कह रहे हो अवी? तुम कल्पना कर रहे हो, दिवास्वप्न देख रहे होंगे। आजकल के बच्चे कुछ भी कहते हैं! या तुम यहाँ कोई परिहास कर रहे हो? सुनो अवी, ऐसा फिर कभी मत कहना! मुझे इस तरह के परिहास पसंद नहीं हैं और याद रखो, अगर तुमने फिर से इस तरह की बात की तो तुम मुझे अपनी सबसे खराब मन:स्थिति में पाओगे," उन्होंने उसे डाँट दिया। माता-पिता अकसर अपने स्वयं के संस्कारों के कारण अपने बच्चों पर विश्वास नहीं करते हैं। ऐसा कहा जाता है कि बच्चे बहुत खुले होते हैं और पाँच साल की उम्र तक मानसिक दृष्टि रखते हैं, फिर धीरे-धीरे यह कम हो जाता है, अगर माता-पिता उनपर विश्वास नहीं करते या इसे विकसित नहीं करते हैं। एक बच्चे के रूप में भी वह अपने कोमल हृदय और दयालु स्वभाव के लिए प्रसिद्ध था। पीड़ा का एक छोटा सा संकेत उसकी आँखों में आँसू ला सकता था और वह दूसरों को पीड़ा में देखना सहन नहीं कर सकता था, चाहे उन्होंने उसके साथ कैसा भी व्यवहार क्यों न किया हो। उसकी संवेदनशीलता और सहानुभूति उसके परिभाषित गुण थे और उसने उन्हें एक वस्त्र की तरह पहना था, जो जरूरतमंद लोगों को आराम और समझ प्रदान करने के लिए हमेशा तैयार रहते थे।

अवी को स्कूल में एडजस्ट करने में मुश्किल हो रही थी। वह अपनी खूबियों से सबकुछ रटने और परीक्षा में झोंक देने वाली शिक्षा व्यवस्था से अकसर नहीं जुड़ पाता था, जहाँ बच्चे का ग्रेड के हिसाब से अवलोकन किया जाता था। वह गणित और विज्ञान में अच्छा था, लेकिन सामाजिक अध्ययन नहीं कर पाता था, जहाँ उसे बिना किसी तार्किक कारणों के रटना पड़ता था और अकसर असफल हो जाता था। घर पर उसके माता-पिता इस बात को समझ नहीं पाते थे और अकसर उसे डाँटते थे और उसकी तुलना उसके साथियों से करते थे।

"अवी! सामाजिक अध्ययन में इतने कम अंक क्यों हैं? क्या हम इस परिणाम को देखने के लिए स्कूल में इतनी फीस देते हैं? अपने दोस्त अमन का रिजल्ट देखो, वह लड़का हर पेपर में अव्वल आता है। जब भी मैं किसी किटी पार्टी में जाती हूँ तो उसकी माँ हमेशा उसके बारे में शेखी बघारती है। मैं कई बार तुम्हारी वजह से वहाँ जाने से कतराती हूँ। काश, मुझे अमन जैसा बेटा होता! हुँह!" उसकी माँ उसे बहुत डाँटती थी।

"हमें तुमसे ऐसी आशा नहीं है अवी! हम चाहते हैं कि तुम हर क्षेत्र में सबसे अच्छा करो और हमें समाज में गौरवान्वित करो," उसके पिता के ठंडे और भावहीन शब्द छोटे अवी के संवेदनशील दिल को चुभते थे। हालाँकि, वह खुद के लिए खड़े होने या दूसरों को चिढ़ने देने वालों में से नहीं था, लेकिन वह यह होने से नहीं रोक सकता था कि वह जो था—एक गहरा भावनात्मक और संवेदनशील व्यक्ति। वह अपने माता-पिता

से यह समझने और स्वीकार करने के लिए तरसता था और अकसर अपनी आलोचनाओं और समझ की कमी को सहने के बाद रोने के लिए अपने कमरे में चला जाता था। वह चाहता था कि वे उससे प्यार से उसके संघर्षों के बारे में पूछें और मदद करने की पेशकश करें, न कि उसे लगातार कुछ ऐसा करने के लिए धकेलें, जो वह नहीं था। वह सिर्फ प्यार और समझ चाहता था, जिसके लिए वह कुछ भी कर सकता था, लेकिन उसे जो मिला, वह इसके विपरीत था। वह भूल गया था कि उसने अपने पिछले जन्म में इसे इसलिए चुना था, ताकि अपने माता-पिता के आत्मकेंद्रित व्यवहार के आगे न झुके। उन्हें इस बात का एहसास नहीं था कि उनके अपने अनसुलझे मुद्दे अवी की भावनात्मक नींव को विकृत और अवरुद्ध कर रहे थे, उसके जीवन को उन तरीकों से प्रभावित कर रहे थे, जिसकी उन्होंने कभी कल्पना भी नहीं की होगी।

उसके माता-पिता उसे अपने तरीके से प्यार करते थे, लेकिन वे उसकी क्षमताओं, उसके उपहारों, उसकी संवेदनशीलता, उसकी करुणा, सबके लिए और उसके आसपास की हर चीज के लिए उसके मुक्त प्रवाह प्रेम से अनजान थे। उनका प्यार समाज के अनुसार अनुकूलित था। यह बचपन के निशान या आघात बनने लगे, जिसने उसे अंदर की ओर धकेल दिया। जैसा कि वह खुद को स्वतंत्र रूप से अभिव्यक्त करने में सक्षम नहीं था, क्योंकि समाज के पास उसके लिए हमेशा कुछ-न-कुछ था, उस पर बंदिशें, सीमाएँ लगाई गईं, जो उसे पसंद नहीं थीं, उसने विद्रोह करने की कोशिश की, लेकिन उसे चुप करा दिया गया।

माता-पिता कई बार बहुत सारे तरीकों का उपयोग करते हैं, ताकि उनका बच्चा समाज में जैसा वह चाहे, वैसा व्यवहार करे। उनकी सामाजिक छवि और बाकी सब इतना महत्त्वपूर्ण हो जाता है कि कोई भी चीज मायने नहीं रखती, क्योंकि यह एक तरह से उनका जुनून बन जाता है। अनजाने में इन सीमाओं, इन युक्तियों के कारण वे अपने बच्चे के चारों ओर अवरोध पैदा कर देते हैं और यह वास्तव में कठिन होता है, विशेष रूप से अवी जैसे संवेदनशील बच्चों के लिए।

एक बच्चा हमेशा एक बच्चा रहेगा, अगर उसे एक बच्चा होने दिया जाए, जबकि वह एक बच्चा है।

छोटी उम्र से ही अवी के पास एक उच्च विकसित समानुभूति का उपहार था, जिसने उसे अपने सहपाठियों के मानसिक स्वास्थ्य को समझने की अनुमति दी। वह उनकी चिंता, अवसाद, बोलने में कठिनाई, हकलाना, प्यार न किए जाने या छोड़े जाने की भावना, किसी भी स्थिति में खुशी या खुशी की कमी, जीवन पर दुःखवादी दृष्टिकोण, अंतर्मुखता और आत्मविश्वास की कमी को महसूस कर सकता था। उसने उन्हें समर्थन

और देखभाल देने की कोशिश की, लेकिन वे अकसर उसे दूर धकेल देते थे, क्योंकि उनमें से कई दबंग थे। चूँकि उसके पास अपने अनुभवों को साझा करने के लिए कोई नहीं था और अकसर घर व स्कूल में उनके साथ दुर्व्यवहार किया जाता था, उसने अपने उपहार और अपने दिल को बंद करना शुरू कर दिया, एक रक्षातंत्र के रूप में अपने चारों ओर एक दीवार बना ली। यह उसके भीतर गहरे धँसे निशानों की शुरुआत और खुद के एक हिस्से के नुकसान की शुरुआत को चिह्नित करता है। वह एक तरह के भ्रम में रहता था, जहाँ सबकुछ ठीक और सही लगता था।

इसके अलावा उसके माता-पिता के बीच घर पर लगातार उथल-पुथल ने उन्हें अपनी निराशा और गुस्सा अवी पर निकालने के लिए प्रेरित किया, जहाँ छोटी-छोटी बातों के लिए अवी को दोषी ठहराया जाने लगा। वे उस नकारात्मक ऊर्जा से अनभिज्ञ थे, जो वे उसकी ओर निर्देशित कर रहे थे। एक बच्चे की ऊर्जा एक सोखक (Sponge) की तरह होती है, जो घर में जो कुछ भी परिलक्षित होता है, उसे अवशोषित कर लेता है; चाहे वह मूक विचार हो, मनोदशा में बदलाव, आक्रामकता, माता-पिता की लत, प्यार, करुणा या समझ। अवी ने पहले ही खुद को बंद कर लिया था, अपनी ऊर्जा कम कर दी थी और घर में नकारात्मक ऊर्जा के प्रत्येक अतिरिक्त प्रकोप के साथ वह छोटी उम्र में ही बुखार, सर्दी, खाँसी, सिरदर्द और अनिद्रा जैसी बीमारियों से पीड़ित होने लगा था। घर में लगातार नकारात्मकता और समर्थन की कमी ने उसके शारीरिक और भावनात्मक हालत पर असर डाला और उसने अपनी आत्मा व खुशी की भावना को बनाए रखने के लिए संघर्ष किया।

अवी धीरे-धीरे कूड़ा पात्र की तरह होता जा रहा था, जहाँ बिना किसी निर्गम के वह और अधिक भीतर की ओर बढ़ने लगा, अंतर्मुखी, मौन, कम आत्मविश्वासी और जीवन व मृत्यु का सवाल होने पर भी खड़ा होना बंद कर दिया। उसके अंदर का परिहार और दीवार दमन का साधन बनता जा रहा था। उसके शारीरिक, भावनात्मक और मानसिक विकास को इस हद तक प्रभावित कर रहा था कि बचपन में ही उसमें आत्महत्या की प्रवृत्ति आने लगी थी।

उसने अपने लिए कोई प्यार महसूस करना बंद कर दिया। उसका कोई आत्म-मूल्य नहीं था। जो भी हो, वह समाज में खुद को एक असफल व्यक्ति के रूप में देखने लगा, क्योंकि वह खुद को अनुपयुक्त समझने लगा था। वह उन कामों को करने का आत्मविश्वास नहीं जुटा पा रहा था, जो उसके दोस्त क्षण में कर सकते थे। यह उसके माता-पिता और आसपास के अन्य लोगों द्वारा बचपन से ही उस पर लगाए गए नियंत्रण के कारण था। माता-पिता कभी-कभी जब अपने बच्चे को कुछ ऐसा करते

हुए देखते हैं, जो समाज के संदर्भ में नहीं है तो इसे 'अनियमित' मानते हुए 'नियंत्रण' करने की कोशिश करते हैं, यह नहीं समझते कि हर बच्चा अलग है। नोवाक जोकोविच ने एक बार कहा था, "बच्चे के जीवन के शुरुआती वर्षों में एक ठोस नींव बनाने से न केवल उसे अपनी पूरी क्षमता तक पहुँचने में मदद मिलेगी, बल्कि समग्र रूप से बेहतर समाज का भी परिणाम होगा।" प्रत्येक बच्चे को समझना अनिवार्य है, जिस तरह से वे हैं, न कि जिस तरह से हम हैं, समाज के रूप में। शायद बच्चे को जन्म देने से पहले माता-पिता को पहले खुद को ठीक करने की जरूरत होती है, ताकि बच्चों को उनसे ठीक न होना पड़े।

यह उसके वरिष्ठ माध्यमिक वर्षों में था कि उसके जीवन में कुछ आराम आया, क्योंकि उसने दो करीबी दोस्त बनाए, लेकिन वह उनके साथ खुद का सच्चा संस्करण नहीं बन सका, क्योंकि तब तक उसने खुद को बहुत दबा दिया था। उसने खुद का एक नया व्यक्तित्व बनाया, एक खुशमिजाज किस्म का, चारों ओर मजाक करने वाला, हँसी-मजाक करने वाला, सतही स्तर पर हँसने वाला और बस जीवन जीने जैसा कि यह एक खानाबदोश की तरह है, जो किसी के बारे में और किसी भी चीज के बारे में ज्यादा नहीं सोचता। कोई भी उसे देखकर नहीं बता सकता था कि उसके अंदर क्या है, गहरे-से-गहरे जख्मों को वह बखूबी छुपाने में कामयाब रहा। उसके दो दोस्तों ने उसे थोड़ा समझा, लेकिन उसे उसका समय दिया।

स्कूल खत्म हो गया था, अवी किसी तरह अपनी जिंदगी में आगे बढ़ गया। वह संगीत या अन्य प्रकार की ललित कलाओं में अपना कॅरियर बनाना चाहता था, लेकिन उसके माता-पिता ने इसे स्पष्ट रूप से ठुकरा दिया।

"नहीं अवी! क्या तुम अपना दिमाग खो चुके हो? इन सब अजीबोगरीब चीजों में कोई भविष्य नहीं है, लोग क्या कहेंगे कि हमारे बेटे को एक अच्छी नौकरी भी नहीं मिली?" उन्होंने सख्ती से कहा।

"लेकिन मैं इसे अपने दिल से नहीं करूँगा, मैंने कभी कुछ नहीं माँगा। कृपया मुझे वह करने दें, जो मुझे पसंद है," उसने निवेदन किया।

"जिंदगी दिल से नहीं जी जाती अवी, पैसे से जी जाती है। हम तुम्हारे माता-पिता हैं! हम जानते हैं कि तुम्हारे लिए सबसे अच्छा क्या है। तुम्हारी उम्र में हमने भी कुछ बनने का सपना देखा था। यह उम्र ही ऐसी है, जब हमें लगता है कि हम कुछ भी कर सकते हैं। हम सितारों को लक्ष्य बना सकते हैं, लेकिन वह व्यावहारिक नहीं है, वास्तविक नहीं है। धरातल पर रहो! कुछ लोगों को संगीत या कला में अच्छा करते देखकर मूर्ख मत बनो। हर कोई इतना भाग्यशाली नहीं होता है या इस कला उद्योग में उस तरह का संपर्क

नहीं होता है सबका। हम सीधे-सादे लोग हैं, साधारण साधन वाले। इसके साथ समझौता करो या तुम उन संपन्न परिवारों में जन्म ले सकते थे! तुमने यहाँ जन्म क्यों लिया?" वे उस पर झपटते थे।

वह इतना टूटा हुआ था कि उसके सपने टूट गए, वह जानता था कि माता-पिता हमेशा गलत नहीं होते। उनकी सलाह और राय बहुत मायने रखती है। हालाँकि, यह सुनना और समझना महत्त्वपूर्ण है कि उनका बच्चा क्या सोचता है, चाहता है और महसूस करता है। वह इस बारे में अपने सबसे अच्छे लोगों से सलाह लेता था, विशेष रूप से वह यह कभी नहीं भूल पाया।

"मुझे लगता है कि अवी, एक माता-पिता के रूप में एक बच्चे की जरूरतों, भावनाओं को समझना, उसके अनुसार सुझाव देना और सलाह देना महत्त्वपूर्ण है, न कि पूर्वग्रह के अनुसार या समाज का चश्मा लगा के। बच्चे को एक संस्करण बनाने के लिए नहीं, जो कि माता-पिता के रूप में हम समाज को दिखाने का प्रयास करते हैं। हमें बच्चों को वैसे ही स्वीकार करने की जरूरत है, जैसे वे हैं। हर बच्चा अलग और महत्त्वपूर्ण होता है। अगर हमें डॉक्टर, इंजीनियर, लेखाकार, उद्यमी आदि की आवश्यकता है तो हमें गायक, कवि, संगीतकार, यात्री, रोगहर (Healers), चित्रकार, राजनेता, अर्थशास्त्री आदि की भी आवश्यकता है। किसी भी प्रोफेशन, किसी भी जॉब, किसी भी चीज में कुछ भी सही या गलत नहीं होता। लेकिन अपने बच्चे को 'कुछ' बनाने की प्रक्रिया में हमें एक इनसान के रूप में उसकी यात्रा के मूल या नींव को नहीं मारना चाहिए। एक बच्चे को स्कूली शिक्षा देने से पहले माता-पिता को भी स्कूली शिक्षा की आवश्यकता होती है! समाज ठीक है, वह कभी खुश नहीं होगा, चाहे कुछ भी हो जाए! यहाँ तक कि अगर कोई बच्चा 99 स्कोर करता है तो भी वे इस तरह कहेंगे, "देखिए, एक पूर्ण स्कोर नहीं कर सका!" क्या कभी पूरी तरह सुखी और परिपूर्ण समाज होगा? कभी नहीं! तो आइए, हम इसके झूठे परिसर में न पड़ें। एक गीत, जो पूरी तरह से इसके साथ प्रतिध्वनित होता है, "Society you are a crazy breed, I hope you are not lonely without me by Eddie Vedder." (समाज तुम एक सनकी नस्ल हो, मुझे आशा है कि तुम मेरे बिना अकेले नहीं हो।—एडी वेडर)। उसका एक अच्छा दोस्त अकसर इसे गुनगुनाता था। अवी जानता था कि वह अपनी आंतरिक आवाज के खिलाफ जा रहा है, लेकिन टूटे और भारी मन के साथ वह अपनी उच्च शिक्षा के लिए मुंबई गया और अपने माता-पिता की इच्छा के अनुसार एक अच्छे कॉलेज में प्रवेश लिया।

यह जीवन के एक नए चरण में प्रवेश करने जैसा था, जो वास्तव में वह था। वह नए लोगों से मिला और हलचल भरे महानगर में विभिन्न मानसिकताओं का सामना

किया। सबसे पहले उसने एक छोटे से शहर से मुंबई जाने के आमूलचूल परिवर्तन को अपनाने के लिए संघर्ष किया। हालाँकि, अंततः उसने शहर की पेशकश की सभी चीजों की सराहना की।

मुंबई भारत में सबसे अधिक आबादी वाले शहरों में से एक है, जिसे देश की वित्तीय राजधानी भी कहा जाता है। इसे 'मायानगरी' के नाम से भी जाना जाता है, क्योंकि यह अवसरों और सपनों का शहर है। भारतीय फिल्म उद्योग, 'बॉलीवुड' शहर के दायरे में फलता-फूलता है। शहर का नाम स्थानीय समुदाय की देवी 'मुंबा देवी' के नाम पर रखा गया है। यह शहर कभी भारत के हर आक्रमणकारी का पसंदीदा रहा है, यह समुद्री मार्गों से भारत में प्रवेश करने का प्रवेश द्वार था।

यह विभिन्न संस्कृतियों का संगम है। बेहतर रोजगार के अवसरों, व्यवसाय और शिक्षा के लिए देश के विभिन्न हिस्सों से बड़ी संख्या में लोग यहाँ आते हैं। ऐसे विविध व्यवसाय और रोजगार संस्कृतियों के कारण शहर हमेशा व्यस्त रहता है। इसलिए कहा जाता है कि मुंबई कभी सोती नहीं है।

आखिरकार, वह इस नए शहर की उथल-पुथल भरी जिंदगी को गले लगा पाया। चुनौतियों के बावजूद उसने इस नए जीवन को स्फूर्तिदायक और ताजा पाया। उसने जल्दी से मराठी संस्कृति को अपना लिया, यहाँ तक कि धाराप्रवाह भाषा बोलने के लिए भी और वड़ा-पाव के लिए एक शौक विकसित किया, एक स्थानीय नाश्ता, जिसने जल्द ही उसके प्रिय समोसे की जगह ले ली। उसने यहाँ मिली स्वतंत्रता में आनंद लिया, अपने पैसे का निवेश कहाँ करना है और अपना समय कैसे व्यतीत करना है, इस बारे में स्वतंत्र निर्णय लेना। इन सभी ने उसे और अधिक आत्मविश्वासी बनने में मदद की। अलग-अलग मानसिकता वाले लोगों से भी बात करने में मदद की। उसके ब्लॉक धीरे-धीरे कम हो रहे थे, क्योंकि वह फिर से खुल रहा था, अपने निर्णय ले रहा था, फिर से बाहर की ओर बढ़ रहा था। अपने कॉलेज में वह एक लड़की पर पागल था। उसका पहला प्यार, लेकिन वह उससे अपनी भावनाओं को व्यक्त नहीं कर सका। वे बहुत अच्छे दोस्त थे। वे क्लास बंक करते थे, दिन-रात गपशप करते थे, मरीन ड्राइव पर लंबी चहलकदमी करते थे। वह अपनी हर बात साझा करती थी, लेकिन अवी को वहाँ खुलने में मुश्किल होती थी। स्नातक समारोह के दिन वे दोनों शाम को समुद्र तट के पास गए और जब वे खामोशी से सूर्यास्त को देख रहे थे तो उसने उससे पूछा, "अवी, हम दो साल से दोस्त हैं। कॉलेज खत्म होने वाला है। तुमने अपने बारे में कभी कुछ गहराई से साझा नहीं किया, है न? ऐसा लगता है, जैसे मैं तुम्हें जानती भी हूँ?"

"मेरे बारे में ज्यादा बात करने के लिए कुछ भी नहीं है। लेकिन हाँ! एक बात, मुझे

तुम्हारे साथ समय बिताना अच्छा लगता है। तुम्हारे बिना कॉलेज लाइफ पहले जैसी नहीं थी। इस नए शहर, नई जगह, नए जीवन में तुम यहाँ मेरे जीवन का जैसे एक महत्त्वपूर्ण लंगर (Anchor) रही हो। हमारी गपशप, हमारा उन सभी अजीबोगरीब और दुनिया की सोच के परे कामों को एक साथ करना, वास्तव में मेरी लाइफलाइन की तरह था। तुम्हारा मेरा खयाल रखना, कभी-कभी मेरे लिए पोहा बनाना, यह सब मेरे लिए बहुत मायने रखता था। मैं ज्यादा नहीं बोलता, लेकिन मुझे एहसास होता है। मैं चीजों को व्यक्त करने में थोड़ा शरमाता हूँ, लेकिन मेरे अंदर बहुत सी चीजें हैं," उसने बहुत प्यार से उसकी आँखों में देखते हुए कहा।

"मुझे कुछ ऐसा बताओ, जो मुझे नहीं पता। क्या तुम मुझे कुछ बताना चाहते हो?" वह कायम रही।

"मुझे तुम पसंद हो!" अंत में वह बुदबुदाया।

"अवी, मैं दो साल से तुम्हारे यह कहने का इंतजार कर रही थी। मुझे हमेशा एक एहसास होता था, लेकिन मुझे यकीन नहीं हो रहा था, क्योंकि तुमने कभी यह नहीं कहा—एक संकेत भी नहीं। क्यों अवी? तुम्हें पता है, मुझे भी तुम पसंद हो। मैंने इंतजार किया और तुम्हारे कदम उठाने का इंतजार किया, लेकिन तुमने कभी कुछ नहीं किया, न कहा। बस कुछ ऐसा था, जो हमारे बीच सही नहीं लग रहा था, जैसे कुछ क्लिक नहीं कर रहा था। तुम हमेशा इतने बंद थे, जैसे छिप रहे थे मुझसे। मुझे ऐसा लगा कि तुम मेरे बारे में निश्चित नहीं थे और इसलिए कभी अपनी भावनाओं को व्यक्त नहीं किया और फिर तीन महीने पहले किसी और ने मुझे प्रस्तावित किया। उसने मुझे बताया कि मैं कैसे उसके ब्रह्मांड का केंद्रबिंदु हूँ, उसका मरकज, और अपनी सारी भावनाओं को उसने मुझे बताया। मुझे कुछ समय लगा, लेकिन मैंने आखिरकार उसे 'हाँ' कह दिया। जानते हो क्यों, क्योंकि मुझे पता है कि यह कैसा लगता है, जब आपको नहीं चुना जाता है। वह मुझसे बहुत प्यार करता है, भले ही वह उतना शुद्ध न हो, जितना हो सकता था तुम्हारे साथ। लेकिन अगर तुम खुद अपने प्यार के जादू को नहीं समझते तो कोई और कैसे कर सकता है? मैं सिर्फ यह जानना चाहती थी कि तुम इस समय मेरे बारे में क्या महसूस कर रहे थे! मैंने सोचा कि हमारा संबंध इतना जानने का अधिकार रखता है और मुझे लगता है कि अब इसे सदा के लिए खत्म करने का समय आ गया है। मैं तुमसे नाराज नहीं हूँ, बस थोड़ा सा दुःख है कि हमारा रिश्ता कुछ और खूबसूरत नहीं बन सका। लेकिन जैसा कि कहते हैं, यह सब किस्मत की बात है! हो सकता है कि हमारी नियति ने हमारे लिए बस इतना ही लिखा हो। मेरी शुभकामनाएँ तुम्हारे साथ हैं। क्या मेरे जाने से पहले तुम्हें कुछ कहना है?" वह निराशा के संकेत के साथ बोली, लेकिन समझ भी।

अवी का गला रुँध गया, वह इसके अलावा कुछ नहीं कह सका। "खुश रहो, मुझे आशा है कि तुम अपने जीवन में सभी खुशियाँ प्राप्त करो। यह जानकर खुशी हुई कि तुमको प्यार मिला। मैं तुम्हें बहुत याद करूँगा, निश्चित रूप से।" और इसी तरह उसके अपने घावों ने उसके दिल को भी तोड़ दिया। जब वह दूर चली गई, वह समुद्र तट पर बैठा रहा, लहरों को किनारे से टकराते हुए देखता रहा। लगभग रात हो चुकी थी। उसने एक आँसू नहीं बहाया, क्योंकि वह उस जाल के बारे में जानता था, जिसमें वह फँसा हुआ था; वह सिर्फ सुन्न महसूस कर रहा था। उसका दिमाग सारी बातें कर रहा था, 'मुझे पता है कि मैं अपने घावों और निशानों में फँसा हुआ हूँ और किसी को इसकी परवाह नहीं है।'

'क्या मुझे यह महसूस करने के लिए इस समुद्र की गहराई में जाना चाहिए कि यह बिना दर्द के कैसा है? क्या मैं इतना मूल्यहीन हूँ कि सभी पीड़ाओं और कष्टों के लायक हूँ, मैंने क्या किया है? जीवन मेरे लिए इतना अनुचित क्यों है? क्या ऊपर भी कोई ईश्वर है?'

अचानक यह ऐसा था, जैसे एक आवाज उसके भीतर से बोलती है, 'विश्वास मत खोना, मेरे प्रिय! आप जो सोचते हैं, उसे आकर्षित करते हैं और लगातार ध्यान केंद्रित करते हैं। अपने जीवन पर नियंत्रण रखें और अपने आप को चुनें और बिना शर्त प्यार करें, आपके लिए इससे कम कुछ भी नहीं चाहिए। दृढ़ विश्वास के साथ ऐसा करें और जादू को प्रकट होते देखें। एक पूरी नई दुनिया आपकी प्रतीक्षा कर रही है, जैसे पुरानी पँखुड़ियाँ नई वृद्धि के लिए जगह बनाने के लिए गिर रही हैं।'

उसके भीतर कुछ हलचल-सी हो गई, जैसे कोई दैवीय हस्तक्षेप। वह हमेशा दूसरों के बारे में पहले सोचता था और अपनी इच्छाओं, खुशी से खिलवाड़ करते हुए उन्हें चुनता था और अब वह इस दयनीय स्थिति में है। यह किसी और की नहीं, बल्कि उसकी अपनी गलती है, क्योंकि उसने खुद को कभी नहीं चुना और दूसरों को और अपने भाग्य को दोष नहीं दिया। वह अब अपने मन के इस शिकार जाल में नहीं रह सकता। कोई भी किसी को कभी भी मजबूर नहीं कर सकता, यदि हम स्वयं अपनी आत्मा की आवाज सुनने के लिए पर्याप्त मजबूत हैं, क्योंकि हम जीवन में किसी को भी खुश नहीं कर सकते हैं, भले ही हम अपना सर्वश्रेष्ठ प्रयास करें। एक रेखा होनी चाहिए, एक सीमा होनी चाहिए और उसने अपने भीतर शक्ति के अचानक उभार को महसूस किया।

उसने ऊपर टिमटिमाते तारों को देखा और दृढ़ संकल्प की गहरी भावना के साथ चुपचाप घोषणा की, 'यह मेरा जीवन है और किसी का नहीं।' अपनी आँखें बंद करके उसने अपनी आत्मा, आत्मा और अपने शरीर की हर कोशिका को ब्रह्मांड के लिए खोल

दिया। चुपचाप इसके जादू और मार्गदर्शन का अनुरोध किया। उस शाम जब वह घर लौटा तो वह इस भावना को हिला नहीं सका कि कुछ चमत्कार होने वाला था। हर जगह उसने 111 नंबर देखा—एक संकेत, जिसे वह पूरी तरह से समझ नहीं पाया, लेकिन उसने उसे अंतर्ज्ञान और आशा की भावना से भर दिया।

□

देहरादून डायरीज

जहाँ सबकुछ स्थिर है,
और दिल बहता है, जैसे नदी बहती है!
घोर सन्नाटे के बीच
बस दिल की धड़कनों की आवाज बढ़ती है!

देहरादून! सिर्फ जगह ही नहीं, बल्कि किसी तरह इस जगह का नाम ही आपके दिल के अंदर एक अलग राग अलापता है। नाम ही आपको प्यार से भर देता है, जैसे कि लंबे समय से रेगिस्तान में रहने वाले किसी व्यक्ति ने बारिश देखी हो, जो इस जगह के मौसम के समान हो सकती है। इस जगह के कण-कण में प्रेम है, जो आपके वहाँ होने पर आप तक रिसता है। भाँति-भाँति प्रकार के शहर होते हैं, कुछ जो सोते नहीं हैं, कुछ जो किसी भी चीज की तरह खामोश हैं, फिर यह जगह है, जहाँ पहाड़ों की सुंदरता और शांति है, पानी और नदियों का संगीत है, इसकी वनस्पतियों में आँखों को ठंडक है और लोगों की सामूहिक ऊर्जा, जैसे एड्रेनालाइन रश (Adrenaline Rush)। यह नए और पुराने का एक सुंदर संयोजन है; स्थिरता और हलचल; एक भाव पीछे जाने का, उस स्थिति में ठहराव का और आगे की ओर अग्रसर होने का। यह समकालीन मूल्यों के साथ पुरानी परंपराओं और संस्कृति का सम्मेलन है। इस जगह में एक जीवंतता है, जो शायद कहीं और नहीं मिल सकती है। यह शहर, यह खूबसूरत शहर, जिसमें आप नहीं बसते, यह आप पर उगता है!

लोककथाओं के अनुसार देहरादून का नाम दो शब्दों से मिलकर बना है, देहरा (या डेरा) और दून। ऐसा माना जाता है कि सिख गुरुओं ने इस स्थान पर अपना आधार बनाया था, जिसका अर्थ है 'डेरा' और दून का अर्थ है 'घाटी', जिसका अर्थ है, एक घाटी में एक आधार। हालाँकि, अन्य व्याख्याएँ भी हैं, जो नाम को महाभारत काल से जोड़ती हैं।

देहरादून, जिसे अकसर 'दून घाटी' भी कहा जाता है, हिमालय की तलहटी में है। साल भर अच्छी आँधी और बारिश के साथ मौसम सुहावना रहता है। सर्दियों में तापमान बहुत ठंडा हो जाता है, क्योंकि शहर हिमालय शृंखला की तलहटी में स्थित है। चूँकि विभिन्न स्थानों पर ऊँचाई में काफी अंतर है, इसलिए शहर के दायरे में ही तापमान में अंतर सामान्य है। लेकिन कुल मिलाकर, तापमान सुंदर और रूमानी रहता है।

ब्रह्मांड के पास अवी के लिए योजनाएँ थीं, जैसी कि उसके पास सभी के लिए हैं। हालाँकि, वह उनसे अनजान था। MBA पूरा करने के बाद उसने एक कॉरपोरेट में नौकरी की और संयोग से उसे देहरादून में नियुक्ति मिली। हमारे आसपास जो कुछ भी हो रहा है, उसका हमेशा कोई-न-कोई कारण होता है। हालाँकि, हम कभी-कभी बड़ी तस्वीर देखने में असफल होते हैं।

अवी देहरादून में रहने का आनंद ले रहा था। शहर के आकर्षण ने उसके दिल को अपनी उच्च क्षमता में प्रवाहित होने दिया। रॉबर्स केव (गुच्छू पानी) ने उसे जीवन का एक अलग विलक्षण अनुभव दिया। कमर तक ऊँचे ठंडे पानी से भरी एक खूबसूरत लंबी गुफा। गुफा के अंत में वह छोटा सा झरना और पानी का कुंड इसे और भी खूबसूरत बना देता है। इतने शोर-शराबे के बीच भी उस जगह की शांति ने इस जगह को उसका सबसे पसंदीदा स्थान बना दिया। गुफा के प्रवेश द्वार पर उथले पानी में एक कप चाय के साथ मैगी नूडल्स खाने से यह और भी संपूर्ण अनुभव बन जाता था। ऐसा लगा, जैसे इस जगह ने उनकी आत्मा को प्रकृति और आसपास के सभी लोगों के साथ प्यार, शांति, पूर्णता और एकता से सराबोर कर दिया हो। उसने यहाँ हमेशा बहुत आनंदित महसूस किया। इस जगह की ठंडक, चारों ओर का एहसास और पानी की आवाज, उसे लगभग हमेशा ही मदहोश कर देती।

पास ही में टपकेश्वर मंदिर—एक शिव मंदिर, अवी के लिए एक और पसंदीदा स्थान था। वह बचपन से ही अपने आसपास भगवान् की उपस्थिति को महसूस करते हुए हमेशा शिव का भक्त रहा। उसे शिव की तस्वीरें देखने, उनकी आरती समारोहों में भाग लेने, शिवलिंग या शिव की मूर्तियों को देखने और केवल 'शिव' नाम सुनने में ही काफी सुकून मिलता था। अवी के दिल में इस मंदिर का एक विशेष स्थान था और वह अकसर खुद को इसके शांतिपूर्ण माहौल से आकर्षित पाता।

उनकी (शिवजी की) तस्वीर में हमेशा उनकी आँखें आधी बंद थीं और तीसरी आँख उनके माथे के केंद्र में स्थित थी। यह हमेशा अवी को इतनी शांति और संतोष प्रदान करता था कि कभी-कभी वह खुद भी हलकी समाधि की अवस्था महसूस करता था। शिव को ब्रह्मांड का पहला योगी, आदियोगी माना जाता है। उन्हें 'शक्ति' के साथ

मिलकर ब्रह्मांड का निर्माता भी माना जाता है। शिव को ब्रह्मांड की दिव्य पुरुष ऊर्जा और शक्ति को दिव्य स्त्री ऊर्जा होने की अभिव्यक्ति माना जाता है। शक्ति के बिना शिव नहीं हो सकते और शिव के बिना शक्ति नहीं हो सकती। दोनों एक-दूसरे के पूरक हैं। ऐसा कहा जाता है कि वे दोनों हममें से प्रत्येक के भीतर निवास करते हैं। शक्ति का निवास मूलाधार (मूल चक्र) में है और शिव का निवास अजना (तीसरा नेत्र चक्र) में माना जाता है। शिव चेतना से संबंधित हैं और शक्ति ऊर्जा से। जब ऊर्जा और चेतना एक-दूसरे के साथ परस्पर क्रिया करना शुरू करते हैं तो वे लौकिक खेल [(लीला)—Cosmic Play] में लिप्त हो जाते हैं, जो सृजन के लिए अपना मार्ग प्रशस्त करता है। यह दिव्य और लौकिक लीला चलती रहती है और प्रत्येक युग की समाप्ति के बाद वही अपने आप में विलीन हो जाती है। चेतना और ऊर्जा (शिव और शक्ति) के बिना कोई भी जीवन रूप कायम नहीं रह सकता। चेतना जागरूक होने की स्थिति है, ज्ञान धारण करने की, जबकि ऊर्जा बनने की, संलग्न होने की, प्रवाहित होने की, गति के माध्यम से प्रकट होने का भाव है।

टपकेश्वर मंदिर में अवी को अवर्णनीय विस्मय का अनुभव हुआ। प्रकृति के कुछ अजूबों को केवल अनुभव किया जा सकता है और यह निश्चित रूप से उनमें से एक था। जैसे ही उसने मंदिर में प्रवेश किया, उसे लगा कि उसके विचार शांत होने लगे हैं, जैसे कि उसके शरीर की प्रत्येक कोशिका घुल रही हो और उसे दूसरे क्षेत्र में ले जा रही हो। शिव का प्रतीक एक ऊर्ध्वाधर अंडाकार आकार का शिवलिंग एक गुफा के अंदर स्थित था, जहाँ एक अज्ञात स्रोत से पानी लगातार गिरता रहता था। यह एक स्वयंभू लिंग था, जो मनुष्यों द्वारा तैयार किए जाने के बजाय स्वयं प्रकट हुआ था। विपरीत दिशा में मंदिर के प्रांगण के भीतर शिवलिंग गुफा और कई छोटे मंदिरों के बीच एक धारा बहती थी। इनमें से एक मंदिर में एक छोटी गुफा के अंदर शिव की मानव-आकार की मूर्ति थी। अवी को इस मूर्ति के सामने बैठना, गुफा के भीतर की जीवंत ऊर्जाओं को महसूस करना और समाधि जैसी ध्यान की अवस्था में प्रवेश करना अच्छा लगता था। यह ऐसा था, जैसे स्वयं शिव उस स्थान पर मौजूद हों। जैसे ही अवी ने अपनी आँखें बंद कीं और मूर्ति के सामने बैठा, उसने महसूस किया कि उसके शरीर में ऊर्जा दौड़ रही है, जैसे कोई उपचार हो रहा हो। समाधि के ये क्षण वास्तव में कुछ खास थे।

वह इस शहर देहरादून से पूरी तरह प्रभावित था। राजपुर रोड और मसूरी रोड पर लंबी सवारी। हिमालय की तलहटी के अद्‌भुत दृश्यों के साथ 'ऑर्चर्ड रेस्तराँ' में स्वादिष्ट थाई या तिब्बती भोजन। गुरुद्वारा पाँवटा साहिब, जो शहर से सिर्फ एक घंटे

की दूरी पर स्थित था, वहाँ की शांति। सूची चिरस्थायी है।

एक दिन ऑफिस में अवी के साथी अजीत ने उससे संपर्क किया, "हे अवी, क्या तुमने मसूरी और चकराता के इस तीन दिन के कैंपिंग टूर के बारे में सुना है?" अवी पहले मसूरी गया था और हमेशा सुंदर हिल स्टेशन की ओर आकर्षित हुआ था, जिसे प्यार से 'पहाड़ियों की रानी' के रूप में जाना जाता था। लेकिन उनके पास मसूरी से प्यार करने का एक अतिरिक्त कारण था—यह उसके पसंदीदा लेखक रस्किन बॉण्ड का घर था। छोटी उम्र से ही अवी प्रकृति की सुंदरता और पहाड़ियों पर बॉण्ड के लेखन से आकर्षित हो गया था। बॉण्ड ने जिस तरह से अपनी कहानियों को समाप्त किया और उनमें जो रहस्य एवं रोमांच बुना, वह उसे बहुत पसंद आया। अवी ने बॉण्ड की कई पुस्तकें और लघुकथाएँ पढ़ी थीं, लेकिन उसकी सार्वकालिक पसंदीदा 'द आइज हैव इट'—The eyes have it थी।

दूसरी ओर, चकराता भी एक हिल स्टेशन है, जो मसूरी से लगभग 90 किलोमीटर दूर है। तीन घंटे की ड्राइव। अवी इन दिनों काफी व्यस्त था, इसलिए उसे किसी यात्रा में कम-से-कम दिलचस्पी थी। अवी ने अपने कम अवकाश शेष और काम के दबाव का हवाला देते हुए प्रस्ताव को अस्वीकार कर दिया। लेकिन अजीत स्पष्ट रूप से 'नहीं' सुनने के मूड में नहीं था। "अवी! तुम्हें पता है, तुम अग्रिम प्रिविलेज लीव भी ले सकते हो। मानव संसाधन डिपार्टमेंट वाले ये छुट्टियाँ तुम्हारे अगले साल के पी.एल. में से काट लेंगे। यह कितना अच्छा है! सुनो भाई, अगले हफ्ते रविवार से यात्रा शुरू हो रही है तो व्यावहारिक रूप से तुम्हें सिर्फ दो दिन की छुट्टी लेने की जरूरत है! साथ ही, तुम इस सप्ताह देर तक बैठकर अपना काम पूरा कर सकते हो, इससे निपटने के लिए तुम्हारे पास पर्याप्त दिन हैं। मुझ पर विश्वास करो दोस्त, यह यात्रा हमारे जीवनकाल की एक यादगार यात्रा होगी। हम नए लोगों से मिलेंगे, लड़कियों से भी! कौन जानता है कि कुछ वर्षों के बाद हम कहाँ होते हैं? हममें से कुछ लोग ऊबाऊ जिंदगी के साथ शादी कर लेंगे और इन ऑफिस की कुरसियों पर बैठे बड़े पेट के साथ गोंद से चिपके रहेंगे। उन लंबे और उदास चेहरों के बीच ये यादें तारणहार बनकर आएँगी। उस समय तुम मुझे याद करोगे कि तुम्हारा एक दोस्त अजीत था, जो तुम्हें इस गंदगी के ढेर से निकालकर अपने लिए कुछ पल जीने के लिए ले गया था। चलो, तुम बस 'नहीं' नहीं कह सकते। नहीं, नहीं की अनुमति नहीं है।" अवी ने अंत में यात्रा के लिए हाँ कहा, अजीत ने जो उत्साह दिखाया उसके लिए कम, लेकिन उसके मोटे मुँह को बंद करने के लिए ज्यादा था।

अवी के लिए यह सप्ताह अच्छा बीता। जैसा कि अजीत ने सुझाव दिया था,

उसने कुछ अतिरिक्त घंटों तक काम किया, जहाँ वह काम को सुचारु रूप से पूरा कर सके। चूँकि काम संतुलन में था तो बॉस ने बिना किसी झिझक के उसे 2 दिन की छुट्टी दे दी। अवी, आखिरकार अब इस आगामी ट्रिप के लिए खुश था। उसे नहीं पता था कि मसूरी और चकराता की पहाड़ियों में किस तरह का अनुभव उसका इंतजार कर रहा है।

□

तारावी

चुपके से अंतर्मन में वह उसकी तलाश कर रहा था
तो ब्रह्मांड ने योजनाकार की बौछार की, उसके करीब
एक उपहार उसकी गोद में गिरना था,
वह है उसका नसीब!

अगले दिन यात्रा मसूरी और चकराता के लिए शुरू होने वाली थी। अजीत अवी को पूरी यात्रा-योजना बता रहा था, "मेरे दोस्त, यात्रा कार्यक्रम कुछ ऐसा है कि हम दून से सुबह 9:00 बजे निकलेंगे और लगभग 10:30 बजे हम मसूरी पहुँचेंगे। क्लॉक टावर पर बस हमारा इंतजार करेगी। हम सीधे केंप्टी फॉल जाएँगे, जहाँ हम लगभग दो से तीन घंटे बिताएँगे। फिर माल रोड आकर बाकी का दिन बिताएँगे। एक रिजॉर्ट में रात बिताने के बाद हम अगले दिन सुबह नाश्ता करके धनोल्टी जाएँगे। इसके बाद हम कंपनी गार्डन जाएँगे। वहाँ से हम चकराता के लिए चलेंगे, जहाँ हम पार्टी करेंगे और रात में आराम करेंगे। अगला और आखिरी दिन चकराता को समर्पित। टाइगर फॉल जैसी जगहों और कुछ गुफाओं में हम जाएँगे और उसके बाद वापस देहरादून!"

"मसूरी की 'विंटर लाइन' नहीं देखेंगे क्या हम?" अवी ने पूछा। मसूरी अपनी विंटर लाइन के लिए प्रसिद्ध है, जो माल रोड से दिखाई देती है। यह क्षितिज पर सूर्यास्त के समय एक रेखा का निर्माण है, जो सूर्य और आकाश से लेकर सुनहरे, नारंगी और नीले रंगों का मिश्रण है। यह घटना केवल सर्दियों में सूर्यास्त के समय ही दिखाई देती है। अजीत ने पुष्टि की कि जब वे माल रोड को कवर करेंगे तो वे इसे भी कवर करेंगे।

अवी सहित सभी क्लॉक टावर पर इकट्ठे हुए। यह देश भर के लगभग 40 लोगों का एक छोटा सा दौरा था। कुछ समय पर पहुँचे तो कुछ थोड़ा लेट हो गए। वे जल्दी आने वालों में से थे। अजीत सामने बैठना चाहता था, क्योंकि उसमें प्लेबॉय की दहाड़

बुलंद थी। जबकि उन्होंने पीछे की सीटों को चुना। अवी ने हंगामे से दूर प्रकृति की गोद में कुछ एकांत का आनंद लिया। अजीत की मर्जी के खिलाफ अवी उसे जबरदस्ती पिछली सीट पर ले गया। बस भरने लगी। हर कोई बस में पहुँच चुका था। अवी क्लॉक टावर और आसपास के ट्रैफिक में खोया हुआ था। कैसे क्लॉक टावर की प्रतिमा बिना किसी प्रयास के चुपचाप केंद्र में खड़ी अपना काम कर रही थी। लोग उसके चारों ओर से गुजर रहे थे, लेकिन वह अडिग, अप्रभावित, मौन, शांत, बिना किसी प्रयास या दिखावे के अपना काम कर रही थी। काश! हम भी ऐसे हो पाते!

उसे अपने पूरे जीवन में यातायात कभी भी पसंद नहीं था, लेकिन किसी भी तरह देहरादून के लोगों के लिए उसे कभी भी ऐसा महसूस नहीं हुआ। इस ऊधम और हलचल में वह अब भी प्यार की तरंगें महसूस कर सकता था। इस शहर की मिट्टी से प्रेम बरसता है। यहाँ तक कि जब पूरी जगह वाहनों से भरी हुई थी, तब भी अवी को यह खूबसूरत लग रहा था।

अवी का सपना तब टूटा, जब उसे अपनी छाती पर एक तरफ से झटका महसूस हुआ। यह अजीत था। उसका मुँह खुला हुआ था और उसके मुँह के ऊपरी हिस्से से नीचे की ओर लार गिर रही थी, आँखें खुली हुई थीं और उसके चेहरे पर एक अजीब सी मुसकान थी, जैसे वह चिकन के लिए तरस रहा हो और उसे चिकन पॉपकॉर्न और डाइट सोडा के साथ चिकन टिक्का मिला हो। उसने अवी को फिर से एक झटका दिया और बस में दूसरी तरफ उसे पास की सीट पर देखने को कहा। एक लड़की थी, हाँ सुंदर, जो उस सीट पर बैठी थी, जिसने अजीत को गद्गद कर दिया। अवी ने उसे लंबा और सख्त लुक देते हुए कहा, क्या कर रहे हो यार! अजीत के भाव जैसे, हाँ, जैसे कि हमें यहाँ किसी और चीज के लिए होना चाहिए। अजीत अजीत है, अवी अवी है।

बस मसूरी के लिए रवाना हुई। अवी खिड़की वाली सीट पर था और अजीत बस की एक-एक लड़की को चेक करने में व्यस्त था, वहीं अवी देहरादून से मसूरी की पहाड़ी सवारी पर प्रकृति निहारने में व्यस्त था। पहाड़ों का उस पर हमेशा एक अलग ही प्रभाव रहा। पहाड़ों की वनस्पति और नजारे उसे हमेशा अचंभित कर देते थे। हवा चेहरे पर टकरा रही थी, मानो चूम रही हो और चूम के भाग रही हो। उधर से गुजरते लोग हाथ हिलाते, नमस्ते करते या विदा लेते, कौन जाने। पेड़ ऐसे लग रहे थे जैसे वे एक सुंदर अलविदा कहकर वापस जा रहे हों या यह याद दिला रहे हों कि कुछ भी हमेशा के लिए नहीं रहता। अतीत जा चुका है और भविष्य अनिश्चित है। आपके पास केवल वर्तमान क्षण है। Carpe Diem—इस पल का लाभ उठाएँ!

वे समय से केंप्टी फॉल पहुँच गए। चूँकि उस दिन ट्रैफिक ज्यादा नहीं था, वे

आधे घंटे देर से सफर शुरू होने पर भी समय पर पहुँचने में कामयाब रहे। यह प्रकृति की गोद में एक जलप्रपात है, जहाँ तक पहुँचने के लिए पहाड़ी रास्ते पर कुछ सीढ़ियों से नीचे उतरना पड़ता है। यह जगह न सिर्फ खूबसूरत है, बल्कि बर्फीला ठंडा पानी आपको सुन्न कर देता है और एक किक (Kick) देता है। अवी अपना स्विम वियर (Swim Wear) साथ में लाया था। उसने पास के एक चेंजिंग रूम में चेंज किया और झरने में चला गया। वाह! पानी बहुत ठंडा था। उसने तेजी से डुबकी लगाई, ताकि उसका शरीर उस ठंडक का आदी हो जाए, जो पानी अपने साथ लाता है। जल्द ही उसका शरीर पानी के तापमान के अनुकूल हो गया। दूसरी तरफ अजीत अपनी होने वाली प्रेमिका की तलाश में लगा हुआ था। अवी अपने स्वयं के साथ का आनंद ले रहा था। वह जलप्रपात में अपना समय बिता रहा था कि अचानक जलप्रपात के ऊपर से पानी की एक तेज तरंग झटके से उसकी छाती पर गिरी। जल्दबाजी में वह एक तरफ चला गया, जहाँ वह किसी से टकरा गया। उसने पानी में भीगते हुए तुरंत उस व्यक्ति से माफी माँगी।

"वह पानी वास्तव में काफी तेज था, है न!" एक आवाज अवी के पास गूँजी।

यह अब तक की सबसे सुरीली आवाज थी। उसने अपनी आँखों से वह पानी पोंछा और उसे देखा। वह अवाक् रह गया। अवी, क्या हो गया! क्या वह सपने में था, क्योंकि उसने अपने पूरे जीवन में कभी किसी को इतना सुंदर नहीं देखा। उसने फिर सॉरी (Sorry) कहा। "मैंने तुम्हें पहली बार में सुन लिया था। यह कहने की आवश्यकता नहीं है क्योंकि तुमने ऐसा जानबूझकर नहीं किया," लड़की ने अपने चेहरे पर मुसकान के साथ कहा। वह दूसरे रास्ते से जाने के लिए पीछे मुड़ी और असमंजस में अवी समझ नहीं पा रहा था कि क्या कहे और इस सारे भ्रम के बीच उसके मुँह से लड़खड़ाते शब्दों में और तेज धड़कते दिल से पूछा, "मैं तुम्हारा नाम नहीं सुन सका।"

"तुम नहीं सुन पाए, क्योंकि मैंने अपना नाम बताया ही नहीं!" उसने हँसते हुए कहा। उसने अपना धूप का चश्मा लगाकर मुड़ते हुए कहा, "तारा, तारा शर्मा।" और वह जा रही थी। वह अवाक् उसे देखता ही रह गया। वह और कुछ नहीं पूछ सका। वह समझ नहीं पा रहा था कि क्या बोले। उसके पेट में तितलियाँ थीं और उसके पैरों में एक अमूर्त लंगर था। वह उसे धीरे-धीरे, धीरे-धीरे दूर जाते हुए देख रहा था। वह अपने होश में वापस आया, जब उसने अपनी पीठ पर एक हलका सा झटका महसूस किया। "कहाँ खो गए मेरे दोस्त! चलो कुछ खाने के लिए चलते हैं। मैं भूखा हूँ!" अजीत ने कहा। भूख मिटाने के लिए उन्होंने आमलेट और चाय ली, जबकि अवी अभी भी तारा की सम्मोहक सुंदरता के साथ हैंगओवर (Hangover) में था।

उन्होंने अपने कपड़े बदले और बस में चढ़ गए। अवी को सिगरेट की तलब लगी और वह उसे पीने के लिए चला गया। जब वह मोड़ पर धूम्रपान कर रहा था, उसने तारा को फिर से देखा। तारा बस में प्रवेश कर रही थी। 'रुकिए, क्या ये वही बस नहीं है, जिसमें देहरादून से उन्होंने यहाँ तक का सफर तय किया था। क्या? वह इस समय मेरे साथ एक ही बस में थी। और मैं कहाँ था। मुझे पता भी नहीं था।' अवी चौंक गया।

उसने अपनी सिगरेट को आधे में ही खत्म किया, कुछ माउथ फ्रेशनर लिया और बस के अंदर चला गया। तारा सीटों की दूसरी कतार में बैठी थी। 'उफ! आखिर मैंने आज आखिरी सीट पर बैठने का फैसला क्यों किया?' अवी तारा से नजरें मिलाते हुए अपनी सीट पर जा रहा था।

"अरे, मैं भी तुम्हारा नाम नहीं सुन सकी!" अवी इधर-उधर हो गया। यह तारा ही थी, जो उससे चेहरे पर मुसकान के साथ यह पूछ रही थी।

"अवी। मेरा नाम अवी है।" उसने उत्साह से कहा।

"अवी, तुमसे मिलकर अच्छा लगा। मुझे आशा है तुम ठीक हो।"

"हाँ, बिल्कुल। वह एक तेज तरंग थी, लेकिन शुक्र है कि मैं बच गया! मैं पूरी तरह ठीक हूँ। पूछने के लिए धन्यवाद।" अवी मुसकराया।

"तो, तुम अकेले सफर कर रहे हो?" तारा ने पूछा।

"नहीं, अपने एक दोस्त अजीत के साथ आया हूँ। और तुम?"

"मुझे अकेले ट्रिप (Solo Trip) पर जाना पसंद है या ऐसे लोग जिनके साथ फ्रीक्वेंसी (Frequency) मिलती है। जिन दोस्तों से मैं जुड़ाव महसूस करती हूँ, वे थोड़े व्यस्त थे। लेकिन शायद ऐसा ही होना है। अनायास कुछ नहीं होता। मैं कॉस्मिक (Cosmic) योजना में विश्वास करती हूँ।" तारा ने अपने चेहरे पर एक शांत और रहस्यमयी मुसकान के साथ यह सब कहा, जिससे अवी न केवल उसके शब्दों पर, बल्कि उसके साथ आए आकर्षण पर भी मंत्रमुग्ध हो गया।

अजीत ने वो तिलिस्म तोड़ा, "मैं अजीत, अवी का दोस्त। उसने तुम्हें मेरे बारे में बताया होगा।" तारा ने अजीत के साथ कुछ बातचीत की, जबकि अवी उसे देख रहा था, जैसे एक बच्चा सितारों को देखता है रात में, सोचता है कि एक दिन वह उन्हें छू पाएगा, उन्हें महसूस करेगा, जब वह बड़ा हो जाएगा। "अजीत, तुम सीट क्यों नहीं ले लेते। मैं अभी आता हूँ।" अवी ने कहा। अजीत हैरान-परेशान नजरों से अपनी सीट पर चला गया।

"तुम्हारा दोस्त दिलचस्प है!" तारा ने छेड़ते हुए लहजे में कहा।

"वह किसी और ही यात्रा पर है।" अवी ने शरारती लहजे में कहा।

लोग वापस आकर अपनी सीट लेने लगे। एक आदमी आया और उसने तारा को देखा, मुसकराया और उसने उसकी बगल में बैठने की कोशिश की। तारा ने उसे अवी से मिलवाया, "यह राहुल है, इस यात्रा में मेरी बगल की सीट पर।" राहुल और अवी ने हाथ मिलाकर अभिवादन किया। अवी तो उसके पास बैठना चाहता था, लेकिन वह तारा को एक मुसकान देते हुए अपनी सीट पर चला गया। बस फिर से माल रोड की ओर मुड़ गई।

जब तक वे माल रोड पहुँचे, तब तक पूरे सफर में अवी तारा की छवि में खोया हुआ था। कैसे उसके बाल हवा में लहरा रहे थे, जब उसने वो धूप का चश्मा पहना था, उसके माथे से नीचे आ रहा पानी उसकी आँखों, उसकी नाक, उसके गालों, उसके होंठों और उसकी ठुड्डी से होकर गुजरता जा रहा था। वह कितनी सुंदर है, मानो उसे ऊपरी दुनिया में बनाया गया हो, जब देवता अपने सबसे अच्छे मूड में थे। इसलिए उन्होंने उसे बनाने के लिए जो कुछ भी आवश्यक था, उसमें से सबसे अच्छा चुना और उसे इतनी मासूमियत, सुंदरता, आकर्षण और प्यार से भर दिया। अवी खोया हुआ था इन सबमें और वे माल रोड कब और कैसे पहुँचे, उसे कुछ पता नहीं था। जैसे ही वह बस से उतरने लगा, उसने अजीत का उदास चेहरा देखा। अवी उसका मूड हलका करने के लिए उसे पास की पान की दुकान पर सिगरेट पीने ले गया। उन्होंने माल रोड को देखना-परखना शुरू किया कि तभी अवी ने तारा को माल रोड के किनारे एक झरोखे (Gazebo) के नीचे खड़ा देखा। अवी ने अजीत को जारी रखने के लिए कहा और तारा की ओर चल दिया। वह घाटी की ओर मुँह किए हुए थी, उसकी आँखें बंद थीं, उसके चेहरे पर एक सुंदर मुसकान थी, उसके हाथ खुले हुए थे। धीमी, लेकिन काफी लंबी साँस ले रही थी, मानो उसका पूरा शरीर प्रकृति के साथ एक हो गया हो। उसके हाथों में हवा के बहाव के साथ उसका स्टोल (Stol) लहरा रहा था। वह किसी देवी जैसी सुंदर लग रही थी, उसकी आभा से दिव्य रोशनी निकल रही थी और वह उसमें खो गया। इतना कि उसे पता ही नहीं चला कि तारा कब उसके करीब आ गई और उसे झकझोरने लगी। उसके चेहरे पर एक आश्चर्यजनक मुसकान थी और उसने पूछा, "क्या ? क्या हुआ ? तुम मुझे ऐसे सुन्न होकर क्यों देख रहे थे!" अवी एक शब्द नहीं कह सका, वह बस मुसकराया और उससे कहा कि चलो, आगे बढ़ते हैं। शायद तारा समझ गई।

"तुम्हें प्रकृति पसंद है ? तुम उसमें खो सी गई थी।" अवी ने पूछा।

"अच्छा, और प्रकृति किसे नहीं पसंद ? क्या तुम्हें प्रकृति पसंद नहीं है ? क्या ये पहाड़ तुम्हें ऐसे नहीं लगते, जैसे युगों से कोई योगी साधना में बैठा हो, अचल,

अप्रभावित। हवा जो बह रही है, मानो तुम्हें छू रही हो, तुम्हारे शरीर की प्रत्येक कोशिका को नया-सा कर रही हो। मानो वह चाहती है कि आप अपनी सारी चिंताओं को छोड़कर उड़ान भर लें। जो हो रहा है, उसके बारे में भूल जाओ और जितना हो सके उतना ऊँचा और ऊँचा उड़ो। उन बादलों को छुओ, आनंदित होकर सूरज के चारों ओर चक्कर लगाओ। पूरे कैनवास को, आकाश को अपने मनचाहे रंग में रँग दो। आप अपने दम पर हैं, अपने लिए हैं, अपने साथ हैं। क्या यह सुंदर नहीं है अवी?" तारा ने अपनी आँखों में चमक के साथ यह सब कहा। अवी पूरी तरह सहमत था। लेकिन जिस तरह से तारा ने उस पल में इसका वर्णन किया, वह एक बात जानता था, वह खुद को उसके प्यार में पड़ने से नहीं रोक पाएगा।

"अब कुछ अपने बारे में बताओ। मैं ही सब बातें किए जा रही हूँ। तुम इतने छुपे रुस्तम हो रहे हो। चलो, बताओ!" तारा ने पूछा।

"क्या? मैं एक खुली पुस्तक हूँ। और पुस्तकें बात नहीं कर सकती।" अवी ने हँसी के साथ कहा।

"एक पुस्तक सबसे अच्छा बोलती है! मुझे आशा है कि यह पुस्तक जल्द ही मेरे लिए खुलेगी।" तारा यह कहते हुए आगे बढ़ गई, फिर से उसके चेहरे पर एक रहस्यमयी मुसकान आ गई और उसने अपनी आँखों पर धूप का चश्मा चढ़ा लिया।

"फिर तुम इसे अपने आप क्यों नहीं पढ़ लेती?" अवी ने उसके पीछे-पीछे आते हुए पूछा।

"किसने कहा कि मैं पढ़ नहीं रही हूँ?" तारा ने अवी को हैरान करते हुए जवाब दिया।

"ठीक है, ठीक है और फिर आपका पढ़ना क्या कहता है?" अवी ने आराम भरी मुसकान और आँखों में गहराई के साथ पूछा।

"ठीक है, तुम एक ऐसे इनसान हो जो ज्यादातर चीजें अपने दिल में रखते हो। कोई इनसान नहीं और मैं जोर देकर दोहराती हूँ, कोई भी इनसान तुम्हें नहीं जानता, कम-से-कम इस ब्रह्मांड में तो नहीं। तुम बहुत कुछ छुपाते हो और कभी-कभी अपने चेहरे पर मास्क भी लगा लेते हो, ताकि लोगों को तुम्हारी कमजोरियों का पता न चले। तुम्हें दिल पर चोट लगने का डर है। तुम उनमें से हो जो ऊँची और मुक्त उड़ान भरना तो चाहते हो, लेकिन फिर भी जमीन नहीं छोड़ पाते। जैसे पंखों वाला कोई, लेकिन पिंजरे में फँस गया। कोई है जो समाज की इन बेड़ियों से मुक्त होना चाहता है। कारण—कभी परिवार, कभी समाज या कोई ऐरा-गैरा नत्थू-खैरा, जिसे वह इतनी शक्ति देता है। लेकिन डर और थोड़ा खुद से प्यार (Self Love) की कमी के कारण

नहीं कर पा रहा है। तुम अकसर यह सोचते हो, क्या यह दुनिया सही नहीं है या मैं ही यहाँ अनुपयुक्त (Misfit) हूँ? क्या मैं उस पुराने दौर से हूँ, जहाँ लोग दिल से महसूस करते हैं?" तारा ने एक साँस में सब कुछ कह दिया। अवी अवाक् रह गया।

"तुम आज पहली बार मुझसे मिली हो, लेकिन मेरे अपने परिवार और दोस्तों को भी मेरे बारे में इतना नहीं पता," अवी थोड़ा चौंक गया।

"मुझे लगता है कि मेरे पास लोगों को पढ़ने का यह उपहार है," तारा चहकते हुए बोली।

तारा ने जो कुछ भी कहा, उससे उसके अंदर कई दबे सवाल खड़े हो गए। वह अचानक उसमें खो गया। जब तारा ने पूछा, "क्या सोच रहे हो अवी, मुझे बताओगे नहीं?"

"पृथ्वी पर क्यों हर कोई यहाँ इतने भौतिकवादी रूप से रह रहा है? क्यों वे मंदिरों में इतना खर्च कर सकते हैं या किसी दान समारोह में या किसी अन्य स्थान पर भीख दे सकते हैं, लेकिन उन लोगों को उन्हें छूने तक नहीं देते? क्या यह करुणा है या कर्मों को निपटाने का लेन-देन है, जैसे कि कुछ दान न करने से उन्हें स्वर्ग के उन मोतियों के द्वार के भीतर सीटें आरक्षित नहीं होंगी? जब वे जानते हैं कि वे कुछ भी साथ नहीं ले जा सकते तो वे इतना संचय क्यों करना चाहते हैं? हर जगह इतनी राय और धारणाएँ क्यों हैं, यहाँ तक कि उन लोगों से भी जिन्हें मैं अपना परिवार, अपने करीबी दोस्त कहता हूँ! हम लोगों को, परिस्थितियों को, जैसी हैं वैसी स्वीकार क्यों नहीं कर सकते? क्यों वे हमेशा हमारे एक ऐसे संस्करण (Version) की तलाश में रहते हैं, जो उनके हिसाब से हो?" अवी ने यह सब एक स्वर में कहा।

"समाज और अपने आसपास के लोगों को इन सवालों को संबोधित करने से पहले हम अपने लिए कुछ आंतरिक विश्लेषण क्यों न करें? मसलन, क्या तुमने कभी सोचा है कि तुम सिगरेट क्यों पीते हो? दिखावे के लिए तो नहीं या सबके सामने स्टाइल दिखाने के लिए नहीं, लेकिन यह सोचकर कि अपने अंदर के गहरे अवरोधों से दूर होने में शायद सिगरेट तुम्हारी मदद कर सकती है। बजाय के तुम इसका सामना करो, तुम इन गहरे अवरोधों से बचकर निकलना चाहते हो, इन सभी व्यसनों में उलझकर। तुम शराब पीना इसलिए पसंद करते हो, ताकि तुम्हारा मन बाहर और अंदर की इस सारी अराजकता में कुछ शांति पा सके, ताकि तुम सभी हंगामे से बचते हुए उस नशे की हालत में सो सको।"

"मुझे लगता है कि तुम सही हो तारा, व्यसनों पर यह निर्भरता इसलिए है, क्योंकि मैं बस भाग रहा हूँ, अपने आंतरिक राक्षसों का सामना करने से डरता हूँ," अवी ने स्वीकार किया।

"यह इससे और ज्यादा है अवी! मुझे यह भी लगता है कि तुम्हारे अंदर कोई जुनून या रुचि लंबे समय से छिपी हुई है, लेकिन तुम उसे पूरा नहीं कर सके, जैसे की कोई डॉक्टर बनना चाहता था, लेकिन वकालत कर रहा हो, क्यों?"

"तुम सही कह रही हो, मैं एक गायक, गीतकार और एक यात्री भी बनना चाहता था, लेकिन मेरे परिवार ने कभी भी उनकी कंडीशनिंग और मुझसे अपेक्षा के कारण मेरा साथ नहीं दिया," उसने उदासी के साथ कहा।

"लेकिन क्या तुमने इसके लिए कभी खड़ा होने का निर्णय लिया? चूँकि यह तुम्हारी जिंदगी है, चुनाव तुम्हारा होना चाहिए। तुम्हें संतोष और आनंद क्या देता है?" तारा ने शांति से पूछा।

"सच कहूँ तो मैंने इतना स्टैंड नहीं लिया, मैं अपनी आशंकाओं के कारण उन्हें खुश करने में बहुत व्यस्त था। मुझे पता है कि मैं कभी भी चर्चा या तर्क में उनसे एक शब्द भी नहीं कह पाया और उनकी हर बात को स्वीकार कर लिया, भले ही वे गलत हों।" उसने अचानक महसूस किया कि वह खुद के साथ कितना अन्याय कर रहा है।

तारा ने आगे कहा, "तुम कई बार जोर से रोना चाहते हो, लेकिन नहीं, क्योंकि डर है कि लोग तुम्हारी भावनाओं को पढ़ लेंगे और तुम उन सवालों का जवाब कैसे दोगे, जो वे करेंगे। तो इस वजह से तुम सभी को ब्लॉक कर देते हो। तुम इन लहरों में इतना अधिक फँस गए हो कि तुमने अपने अंदर एक दीवार बना ली है, शायद बचपन के कुछ आघातों और पीड़ाओं के कारण। तुमने अपना दिल बंद कर लिया है और अब यह तुम्हारे दिल तक पहुँचने के लिए एक भूलभुलैया जैसा दिखता है। पहला गेट खोलो, फिर दूसरा और इसी तरह और उसके बाद ही कोई वास्तविक अवी को पा सकता है, जो किसी झील या नदी के किनारे बैठा है, एक सुंदर मुसकान के साथ बाँसुरी बजा रहा है, पूरी तरह से खुद से प्यार महसूस कर रहा है, बिना किसी धारणा के या समाज या उसके आसपास के लोगों के बारे में विचार के। क्या मैं इन दो दिनों में उस अवी के साथ रह सकती हूँ, असली अवी के साथ?" जैसे ही उसने बोलना समाप्त किया, तारा का लहजा मजबूत से नरम हो गया।

अवी की साँस फूल गई। मानो किसी ने उसे जोर से मारा हो, जहाँ वास्तव में दर्द होता है। किसी ने उसे एक आईना दिखा दिया था, ताकि वह उसका असली रूप देख सके। कोई है, जो इतने दिनों से छुपा हुआ है। अवी जानता था, तारा सही थी, लेकिन उसे उम्मीद नहीं थी कि तारा उसे इतनी अच्छी तरह पढ़ लेगी। वह अचंभित था और साथ ही काल्पनिक तौर से उसका चेहरा जैसे उसकी हथेली के बीच में धँसा जा रहा था। मानो किसी ने उसे इतनी जोर से थप्पड़ मारा हो, लेकिन पूरी कोमलता और सिर्फ

कोमलता के साथ। विषय से भटकाने के लिए अवी ने कुछ अजीब चेहरा बनाना शुरू किया और कहा, "अब मुझे क्या करना चाहिए?"

"चौबुनागुंगामौग (Chaubunagungamaug) झील में जाकर डुबकी लगाओ," तारा बुदबुदाई।

"रुको, वो क्या है?" अवी ने पूछा।

"तुम्हारे फोन में google है!" टहलते हुए तारा ने रूखेपन से कहा।

"सत्य वचन देवी!" अवी ने जोश से कहा।

उन्होंने सड़क पर चलते हुए आकांक्षाओं, बचपन के सपने, पसंदीदा लेखक, पसंदीदा फिल्म, पसंदीदा अभिनेता और अभिनेत्रियों, शौक, संगीत शैली, बैंड, सपनों की मंजिलों और क्या नहीं से लेकर बहुत सी चीजों पर चर्चा की। उनके बहुत सारे साझा हित थे और ऐसा लगता था कि वे बिना एक बूँद थकान के भी बातें करते हुए दिन बिता सकते थे। उन्होंने साथ में खूबसूरत विंटर लाइन देखी, ढेर सारी तस्वीरें लीं, हँसी-मजाक किया। दोनों एक-दूसरे की कंपनी को एंजॉय कर रहे थे। शुरू में अवी तारा से निगाहें चुरा रहा था, अब तारा भी थी, जो उसके आकर्षण, हास्य की भावना, सादगी, तीव्रता और ईमानदारी की ओर आकर्षित हो रही थी। अवी की आँखें गहरी थीं, जैसे कोई उनके माध्यम से अपनी आत्मा तक यात्रा कर सकता है। लेकिन किसी तरह अभी भी बंद है। क्या यह तारा के लिए खुलेगा? समय ही बता सकता है।

होटल लौटते समय तारा अपने ही खयालों में खोई हुई थी। उसे यह एहसास था कि यह जुड़ाव सिर्फ दो दिनों का नहीं है, बल्कि बहुत गहरा है। वह अपने जीवन में कई ऐसे लोगों से मिली थी, जो समान विचारधारा वाले, प्रकृति-प्रेमी, साहसी थे, लेकिन उनमें कुछ ऐसा था कि वह उनकी ओर आकर्षित हो रही थी। कई बार उसने डेजा वु (Deja vu) महसूस किया, जैसे वह उसे किसी तरह जानती है और उससे पहले मिल चुकी है। वह जानती थी कि विभिन्न कारकों के कारण उसने अपने दिल को अवरुद्ध कर दिया है, लेकिन जब वह खुलेगा और जो प्यार बहेगा, वह सभी सीमाओं को पार कर जाएगा। जब उसने उसे देखा या मुसकराया तो न केवल उसे सिहरन और रोंगटे खड़े महसूस हुए, बल्कि उसके दिल में भी कुछ था। जब मन आगे बढ़ने के लिए विद्रोह कर रहा था, तब भी वह अपनी अंतरात्मा की आवाज का अनुसरण करना चाहती थी। लेकिन इन सबमें भी वह उसमें घर जैसा महसूस करती थी।

दिन समाप्त होने वाला था और रिजॉर्ट जाने का समय हो गया था। उन्होंने अपने कमरों में चेक-इन किया और रात का खाना खाया। चूँकि सभी थके हुए थे, इसलिए जल्दी ही लोग अपने कमरों में सोने के लिए जाने लगे। तारा को भी नींद आ रही थी।

हालाँकि, अवी उससे और बात करना चाहता था, लेकिन वह उसकी आँखों में थकान देख सकता था। इसलिए वह उसे उसके कमरे के बाहर तक ले गया। वे कुछ देर वहीं खड़े रहे, एक-दूसरे को देखकर मुसकराते रहे, मानो आँखें आपस में बात कर रही हों। हलकी ठंडक हो रही थी। अंत में तारा ने अपना हाथ बाहर निकाला और कहा, "शुभ रात्रि, अवी! यह तुम्हारे साथ बिताया गया एक खूबसूरत दिन था।"

"खुशी मेरी थी, मैडम! चाओ (Ciao)! शुभ रात्रि, अच्छी नींद और अवी ड्रीम्स।" अवी ने पलक झपकते और मुसकराते हुए कहा। तारा के चेहरे पर एक बहुत बड़ी मुसकान थी और इसके साथ ही वे उस दिन के लिए विदा हो गए।

जहाँ अवी बिस्तर पर चेहरे पर मुसकान के साथ यादों में खोया हुआ था, क्योंकि उसकी नींद नहीं खुल पा रही थी, वहीं दूसरी ओर तारा भी संक्रामक रूप से सो नहीं पा रही थी। वो भी दिल और दिमाग के इस झंझट में खोई हुई थी। जाने कब और कैसे, कुदरत के सन्नाटे में सो गए।

होटल में एक शानदार नाश्ते के बाद कारवाँ धनोल्टी की ओर बढ़ गया। यह मसूरी के पास एक छोटी पहाड़ी श्रृंखला है। जो लोग मसूरी जाते हैं, वे धनोल्टी में प्रकृति, ऊँचे ओक और देवदार के पेड़ और निश्चित रूप से बर्फ देखने के लिए जाते हैं। वहाँ अभी भी कुछ बर्फ थी, जो पिछली रात की गिरावट से बची हुई थी। अवी और तारा एक साथ अच्छा समय बिता रहे थे, बर्फ से खेल रहे थे, बर्फ के गोले बना रहे थे और एक-दूसरे पर फेंक रहे थे। अपनी ही दुनिया में खोए हुए वे अपने जीवन का अविस्मरणीय समय बिता रहे थे!

"अवी, यह बर्फ तुम्हें कैसी लगती है?"

"उम्म! एक पानी जो जम गया है, जिसे हम एक-दूसरे पर फेंकने का आनंद लेते हैं, बर्फीली ठंड, हाथ पर कितना अच्छा लगता है। मुझे आश्चर्य है कि अगर मैं इसे अपनी टी-शर्ट के अंदर ले जाऊँ तो कैसा लगेगा, वूहू हू···"

"हम्म!"

"माफ करना, तुम मुझसे किसी और उत्तर की अपेक्षा कर रही थी?"

"अपने हाथों में बर्फ का एक टुकड़ा लो। अब, अपनी आँखें बंद करो। इसकी कोमलता को महसूस करो। महसूस करो कि यह कैसे तुम्हारे हाथों में पिघल रहा है, जैसे एक सूफी संगीत आपके कानों के भीतर गहराई से प्रवेश करता है और सीधे आपकी आत्मा तक जाता है, आपके दिल से होता हुआ। पिघलते हुए पानी को अपने आप रास्ता खोजने दो और अपनी चेतना को वहाँ ले जाओ। महसूस करो कि पानी तुम्हारे शरीर के साथ एक हो रहा है, जैसे तुम्हारा शरीर जहाँ भी बह रहा है, उसे

अवशोषित कर रहा है। अब इसकी ऊर्जा को अपने शरीर के अंदर अपने हाथों से, अपनी हथेलियों से, नसों में हर जगह प्रवाहित महसूस करो, महसूस करो कि यह तुम्हारे अंदर बह रही है, छू रही है और तुम्हारे शरीर की हर कोशिका को फिर से नया कर रही है। और जब तुम यह कर लो तो धीरे-धीरे अपनी आँखें खोल लो।"

"वह क्या था?" समाधि-सी अवस्था में अवी ने पूछा, क्योंकि यह कुछ ऐसा था, जो उसने पहले कभी महसूस नहीं किया था या प्रकृति को इस तरह महसूस करने के बारे में सोचा भी नहीं था। वह हैरान था कि इस तरह की एक छोटी सी चीज कैसे अंदर उन संवेदनाओं को जगा सकती है, जो उसे पता भी नहीं था कि उसके पास है। उसे इतना चक्कर आ रहा था, मानो खाली पेट स्कॉच के दो पैग पी लिये हों। उसका सिर एक ही समय में भारी और शांत था। उसके माथे के मध्य भाग पर अत्यधिक दबाव था।

"कहाँ थी तुम इतने दिनों तक?" अवी ने उसे छेड़ा।

"तुम्हारे सपनों में!" तारा ने चिढ़ाने वाले लहजे में कहा।

यह समय था, अगले गंतव्य कंपनी गार्डन में जाने का। इसे नगरपालिका उद्यान (Municipal Garden) के रूप में भी जाना जाता है। बगीचे में विभिन्न प्रकार के फूल, सुंदर दृश्य और कुछ फव्वारे हैं। अवी अभी भी मदहोश था; वह उस बर्फ की चीज से मिला था, जिसे तारा ने उसे करने के लिए कहा था। तारा जानती थी कि अवी पर क्या बीत रही है।

"चिंता मत करो, यह चलेगा। तुम्हें ऐसा पहली बार लगा, है न? होता है। चिंता मत करो। मुझे आशा है कि तुम्हें यह पसंद आया होगा," तारा ने कहा।

"यह खूबसूरत था। मैं अभी भी अंदर कुछ संवेदनाएँ महसूस कर सकता हूँ। मानो मेरे पूरे शरीर के भीतर एक एड्रेनैलिन (Adrenaline Rush) की लहर दौड़ रही हो, भीतर ताजा ऊर्जा का एक झोंका बह रहा हो। यह उन दैनिक विटामिनों से बेहतर है, जो मैं रोज खाता हूँ। लेकिन यह दर्द जो मेरे माथे के बीच में है, उफ्फ!"

"रुको, मुझे देखने दो। यहाँ इस बेंच पर बैठो।" तारा ने कहा।

वे बगीचे में एक बेंच पर बैठ गए। तारा ने अवी को बेंच पर पालथी मारकर बैठने को कहा और वह उसके सामने आँखें बंद करके बैठ गई। वह कितनी खूबसूरत है, अवी मन-ही-मन अंदर-ही-अंदर अपनी आँखें बंद किए बैठे देखकर खुद से बातें कर रहा था। तारा ने अचानक अपना हाथ उठाया और अवी के माथे पर, बीच में ले गई। उसका हाथ दक्षिणावर्त स्थिति में लहराने लगा।

"अपनी आँखें बंद करो और अपनी चेतना को अपने माथे पर ले जाओ, खासकर भौंहों के बीच।" तारा ने बड़े ही कोमल और सूक्ष्म स्वर में कहा। जैसा बताया गया, अवी ने वैसा ही किया।

"अब अपनी आँखें खोलो," लगभग 20 सेकंड के बाद तारा ने अवी से पूछा। "वहाँ कैसा लगता है? क्या अब भी कोई दर्द बाकी है?" तारा ने पूछा।

"ओह तेरी! बिल्कुल दर्द नहीं बचा है। सब चला गया! क्या किया तुमने?"

तारा ने हँसते हुए कहा, "कुछ भी नहीं, बस तुम्हारे सिर को प्यार भरी ऊर्जाओं से थोड़ा सा शांत कर दिया।"

अवी का मुँह इतना चौड़ा खुला हुआ था कि कोई न केवल एक बल्कि सभी दाँतों को गिन सकता था, बल्कि दाँतों की किसी भी डिग्री के बिना कैविटी का परीक्षण भी कर सकता था।

"ओह ठीक है। हीही...। तुम्हारे भावों को अच्छी तरह समझ सकती हूँ। मैं इसे समझाने की कोशिश करती हूँ। उम्म, अपने पास इस ड्रेनपाइप को देखें, जिससे इस फव्वारे का अतिरिक्त पानी बह रहा है। क्या इस नाली में बहते पानी को देख सकते हो?"

"हाँ, मैं देख सकता हूँ।" उसने अनायास ही कहा।

"अगर मैं इस नाली के अंदर पानी के प्रवाह के बीच एक बड़ा पत्थर रख दूँ तो क्या होगा?"

"पानी बहना बंद हो जाएगा और साथ ही उस पत्थर के पास गंदगी और काई जमा होने लगेगी।"

"बिल्कुल सही, मेरे लाड़ले! उसी तरह, क्योंकि तुमने शुद्ध प्राकृतिक ऊर्जा का अनुभव किया, इसने भावनात्मक और मानसिक नलिकाओं की अशुद्ध ऊर्जा को एक तरह से धक्का दिया, जिसने तुम्हें यह दबाव दिया।" तारा ने दीप्तिमान मुसकान के साथ कहा।

अवी क़ो कुछ पता नहीं था कि वह क्या कह रही है और न ही वह समझना चाहता था, क्योंकि वह उसे देखते हुए खो गया था, जिस तरह से उसकी आँखें टिमटिमा रही थीं, जिस तरह से उसने अपने होंठ...उसके होंठ घुमाए थे...वह उन्हें छूना चाहता था, उसके गुलाबी गालों को दुलारना चाहता था, उसे ऐसा लगने लगा, जैसे वह एक बूँद पीए बिना ही शराब के नशे में चूर हो गया हो।

"अवी!" तारा ने उसे झकझोरा, "कहाँ खो गए हो?"

"तुममें," उसने बिना सोचे-समझे कहा।

"क्या?" वह अपनी मुसकान और उसके बाद आने वाली लाली को रोक नहीं पाई।

"तुम अब बेहतर महसूस कर रहे हो, है न?" तारा ने पूछा।

"वास्तव में। ईमानदारी से कहूँ तो इससे पहले अपने जीवन में इससे बेहतर कभी

महसूस नहीं किया। मुझे माइग्रेन की समस्या है और मैं सिरदर्द के लिए बहुत सारी दर्द निवारक दवाओं का उपयोग कर रहा हूँ। सप्ताह में एक बार मेरे सिर के अंदर इस दर्द को ठीक करने के लिए एक गोली मुझे लेनी ही पड़ती है। लेकिन सच कहूँ, यह किसी भी दर्द निवारक से बेहतर था। क्या तुम मेरे साथ एक एग्रीमेंट (Agreement) कर सकती हो कि जब भी मुझे यह दर्द महसूस होगा, तुम मेरे माथे पर यह वूश-वूश करोगी। बोलो न, ऐसा तुम कर सकती हो न?" वह शरारती मुद्रा में हाथ जोड़कर घुटनों के बल बैठ गया।

उसका हाथ पकड़ते ही तारा चटक उठी और उसे खड़ा कर दिया, "वादा नहीं कर सकती!"

तारा और अवी ने वहाँ खूब तस्वीरें क्लिक कीं। वहाँ कुछ समय बिताने और दोपहर का भोजन करने के बाद वे अपने अगले गंतव्य चकराता के लिए रवाना हो गए। चकराता एक छावनी क्षेत्र है, एक पहाड़ी श्रृंखला, जो कि मसूरी के पश्चिम में स्थित है। लंबे ओक के पेड़ों के साथ-साथ सड़क के किनारे पहाड़ों का एक सुंदर दृश्य है। यह मसूरी से लगभग 90-100 किलोमीटर की दूरी पर है।

जब वे चकराता पहुँचे तो रात हो चुकी थी। समूह के लिए रिजॉर्ट में एक बोन फायर (Bon Fire) पार्टी का आयोजन किया गया था। फ्रेश होने के बाद सब लोग बोन फायर और म्यूजिक के लिए गार्डन में मिले।

एक लाइव बैंड प्रदर्शन कर रहा था। बैंड कुछ नरम भावमय रोमांटिक गाने बजा रहा था, हिंदी और अंग्रेजी दोनों। सभी आनंद ले रहे थे और तारा-अवी गाने सुनते हुए एक-दूसरे को देखकर मुसकरा रहे थे और बह रहे थे।

"यहाँ की वाइब्स (Vibes) बहुत प्यारी है!" अवी को देखते हुए, जैसे कि उसकी आँखों ने उसी क्षण उसकी आँखों से मिलन किया हो, यह कहा। उनकी आँखें मानो एक-दूसरे से चिपकी हुई हों, पूरी दुनिया पृष्ठभूमि में धुँधली हो गई, यहाँ सिर्फ अवी, तारा और वह पल था। शब्दों की कोई भूमिका नहीं थी, क्योंकि आँखें ही काफी थीं सारी बातें करने के लिए। दो सागर मिल रहे थे उनकी आँखों से।

"यह सुंदर है," अवी ने थोड़ी देर के बाद जवाब दिया, भावनाओं की उस बहती हुई स्थिति से थोड़ा बाहर निकलते हुए, चारों ओर मौज-मस्ती करने वालों के बीच।

"तुम गाना क्यों नहीं गाते? तुम्हारा छिपा हुआ जुनून।" तारा ने कहा।

"मैं कोई पारंगत गायक नहीं हूँ, तारा!"

"मुझसे झूठ मत बोलो। तुम्हारी आँखें साफ-साफ कह रही हैं कि तुम्हें गाना बहुत पसंद है।"

"ही-ही। हाँ, तुम सही हो। हालाँकि, मुझे कोई वाद्य यंत्र बजाना नहीं आता,

लेकिन हाँ; मुझे गाना पसंद है। लेकिन मैं बहुत काबिल सिंगर नहीं हूँ। मुझे इसमें कोई प्रशिक्षण नहीं मिला है औसत दर्जे का, लेकिन मुझे अपने लिए गाना पसंद है। यह ऐसा है, यह मुझे जड़ें देता है और मेरी मिट्टी या आत्मा को सींचता है। यह मेरे आंतरिक कोर को संतुलित करने का मेरा तरीका है, तुम कह सकती हो," अवी ने आँख मारी।

"तो चलो एक गाना गाओ।" तारा ने जोर दिया।

"बिल्कुल नहीं, मैं उस स्टेज पर कतई नहीं जाने वाला।"

"किसने कहा तुम्हें वहाँ जाने को?"

"फिर?" अवी ने आश्चर्यचकित होकर पूछा।

"यहीं एक गाना सुनाओ मेरे लिए," तारा ने आँखों में बच्चों जैसी मासूमियत लिये कहा।

उसकी वो आँखों के भाव, उसकी मुसकराहट, उसकी वो सादगी, उसका वो चार्म (Charm), वो सुंदरता, वो उसकी चाहत, उसका समर्पण, वो अपनापन, उसका वो बहाव, वो न कहके भी सबकुछ कह देने का भाव, इन सबने अवी को मजबूर कर दिया गाने के लिए।

"नैना तेरे कजरारे हैं, नैनों पे हम दिल हारे हैं,
अनजाने ही तेरे नैनों ने, वादे किए कई सारे हैं,
साँसों की लय, मद्धम चले
तोसे कहे,
बरसेगा सावन, बरसेगा सावन
झूम-झूमके,
दो दिल ऐसे मिलेंगे
आओगे जब तुम ओ साजना
*अँगना फूल खिलेंगे।"**

वह पल वहीं थम गया। दोनों एक शब्द भी नहीं बोल पा रहे थे। एक-दूसरे में पूरी तरह खो गए। उस पल में वहाँ सिर्फ वो थे। बाकी सबकुछ, बिल्कुल अस्तित्व में नहीं लग रहा था। तारा और सँभाल न सकी और फिर से अपनी साँस की गति को पकड़ने के लिए अपना चेहरा दूसरी तरफ कर लिया। अवी ने भी मुँह उधर कर लिया और अपनी उँगलियों से मेज पर कुछ काल्पनिक चित्र बनाने लगा। यह उसकी खासियत थी। जब भी उसमें भावनाओं का सैलाब आता है, उसकी उँगलियाँ किसी भी स्थिर चीज पर अपने आप ही बजने लगती हैं। थोड़ी देर बाद तारा ने फिर से अपनी

---

* *श्रेय : फिल्म 'जब वी मेट (Jab we met) का गीत।*

निगाहें उसकी ओर घुमाईं। उसकी आँखें गीली थीं, लेकिन एक आकर्षक मुसकान थी और अवी की ओर ढेर सारा प्यार बह रहा था।

"जानते हो अवी, बहुत से लोगों ने मुझे पत्र दिए हैं, कविताएँ लिखी हैं, एक इनसान के लिए अब तक के सबसे अजीबोगरीब काम किए हैं और वह सबकुछ, लेकिन यह, जो तुमने अभी-अभी किया है, यह मेरे जीवन की सबसे खूबसूरत चीज हैं। इसलिए नहीं कि तुम अच्छा गाते हो, वैसे तुम अच्छा गाते भी हो, लेकिन जो इसके पीछे का एहसास था, उन भावनाओं ने मेरी आत्मा को छुआ। तुमने मेरी आत्मा को छुआ। ज्यादा-से-ज्यादा लोग मेरे दिल मात्र को छू सके, तुम ही हो जो मेरी आत्मा को छू सकते हो, अवी! धन्यवाद! मेरे पास शब्द नहीं हैं। मैं अभी जो महसूस कर रही हूँ, उसे शब्दों की संख्या में सटीक रूप से वर्णित नहीं किया जा सकता, क्योंकि शब्दों का एक सीमित अर्थ होता है।" यह सब कहकर तारा ने उसका हाथ पकड़ लिया और वे कुछ क्षण वहीं बैठे रहे।

"मैं एक मिनट में आ सकता हूँ?" अवी ने उससे पूछा, और उसने सिर हिलाया। वह समझ गई, शायद उसे उन भावनाओं को संसाधित करने के लिए समय चाहिए। इस बीच उसने अपना फोन चेक करना शुरू कर दिया, इस वास्तविक दुनिया में वापस आने की कोशिश कर रही थी, जब अवी ब्रेक के लिए चला गया। वह खुद ऊँची उड़ान भर रही थी, मानो अचानक उसके दिल में पंख लग गए हों। उसका दिल, दिमाग, शरीर की हर कोशिका जैसे अभी भी इस अजीब एहसास में नहा रही थी, जिसे प्यार कहा जा सकता है। उसने खुद से पूछा, क्या यही प्यार है? उसके स्कूल के समय से उसे इसका एक अस्पष्ट अनुभव था, जैसे कि उसके पहले आकर्षण के लिए वह मन की भावनाएँ, अपने पहले चुंबन, उन तितलियों को महसूस करना, जब किसी ने उसे प्रस्तावित किया। लेकिन यह बात अलग थी, यह ऐसा था, जैसे कोई आया और उसकी अंतरात्मा के सबसे गहरे हिस्से को इतनी सादगी से छू लिया कि उसका दिल किसी भी तरह बह गया। जब उसने उसकी आँखों में देखा और उसके हाथों को पकड़ लिया तो नदी की धारा सचमुच उसके दिल में बह रही थी। यह एहसास, कुछ अतीत के अंतरंग क्षण भी उसे एहसास नहीं करा सके। उसके माता-पिता के एक पिंग ने उसके पारलौकिक प्रवाह को तोड़ दिया। वह फिर से वास्तविक दुनिया में स्वागत करने जैसा था। उसने मंच पर माइक सेटिंग का अचानक कुछ शोर सुना, जिसे उसने कुछ संदेशों का जवाब देते हुए और अपने माता-पिता को यह कहते हुए अनदेखा कर दिया कि वह ठीक है और चकराता अच्छी तरह से पहुँच गई है।

"शुभ संध्या!" मंच से एक आवाज आई, जो जानी-पहचानी लग रही थी। क्या यह, ओह, अवी?

"मुझे आशा है कि आपकी शाम अच्छी रही होगी।" अवी ने कहा, जिस पर भीड़ ने तालियाँ बजाईं।

"मैं एक गीत गाना चाहता हूँ, किसी व्यक्ति के लिए नहीं, बल्कि उस सबसे खूबसूरत आत्मा के लिए, जिससे मैं अपने जीवन में मिला हूँ," और अवी ने एल्विस कोस्टेलो का एक गीत 'शी' (She) गाया।

तारा अपने आँसू नहीं रोक पाई। उसे विश्वास नहीं हो रहा था कि अवी उसके लिए स्टेज पर जाकर गाना गाएगा! बीच-बीच में कई बार उसकी आँखें बंद हो गईं, उसकी आवाज के साथ बहते-बहते। वह इतनी खोई हुई थी, मानो वह किसी और ही दुनिया में घूम रही हो। यह किसी दूसरे आयाम में एक क्षेत्र की तरह था, जहाँ उसे लगा कि वह जानती है और वहाँ रही है। यह एक विशाल घास का मैदान था, जिसके चारों ओर सुंदर सफेद फूल थे। उसने घास के मैदान के बीच में एक बड़ा पेड़ देखा, पेड़ चमक रहा था, जैसे लौ-सी निकल रही थी उसमें से। पेड़ की एक शाखा से एक झूला नीचे लटक रहा है और उसने देखा कि उस पर दो लोग बैठे हैं। उसने और करीब से देखने की कोशिश की, हे भगवान्! यह वे हैं, वह और अवी। धीरे-धीरे एक-दूसरे में खोए हुए, तारा ने अवी के कंधे पर अपना सिर टिका रखा है। चंद्रमा क्षितिज से इतना चमकीला प्रकाशित हो रहा है और तारे पूरे आकाश को घेर रहे हैं। सबसे पहले उसने अवी को एक काले रंग का टक्सेडो (Tuxedo) पहने और खुद को एक लाल रंग का गाउन पहने हुए देखा। लेकिन जब वह संगीत के साथ एक होकर गहरे और गहरे जा रही थी, उसने अचानक उन्हें अलग-अलग रूपों में देखा। उसने ग्रीक देवता (Greek God) की तरह सफेद चाँदी की पोशाक पहन रखी है, जबकि उसने अब तक का सबसे चमकीला सफेद चाँदी का गाउन पहना हुआ है। वह लगभग एक ग्रीक देवी (Greek Godess) की तरह दिख रही थी। वह नहीं चाहती थी कि उसका दिमाग अटकलें लगाए। वह क्या देख रही है? यह निश्चित रूप से उसकी कल्पना नहीं थी, क्योंकि चेतन मन केवल वही कल्पना कर सकता है, जो उसने अपने जीवन में देखा है। जबकि दूसरी ओर उसने कभी सोचा भी नहीं था कि वह कभी यह कल्पना भी करेगी।

वे बस प्रेम में खोए थे, मानव प्रेम नहीं, बल्कि कुछ दिव्य या लौकिक प्रेम। एक लौकिक लीला, जिसका कोई रूप या सीमा नहीं थी। यह सिर्फ जानता है प्यार! और यह उनके बीच, वहाँ, उस दुनिया में शुद्ध और पवित्र रूप से बह रहा था। जैसे उस पल में और कुछ मायने नहीं रखता। यह बहुत ज्वलंत था। जैसे ही उसने अपनी आँखें खोलीं, वे गीली थीं, अवी अभी भी गा रहा था, उसे पूरे प्यार से देख रहा था। तारा उसे देखकर प्यार से मुसकराई, न केवल उसके गायन के लिए, बल्कि उसने अभी-अभी

जो अनुभव किया, उसके लिए भी। उसने महसूस किया कि उसे अपने पूरे जीवन की सबसे अद्भुत झलक मिली है, हो सकता है कि उसका घर किसी ऊँचे दायरे में हो, शायद उनका खुद का उच्च आत्मिक स्वरूप? अवी ने गाना समाप्त किया, तारा सहित सभी ने तालियाँ बजाईं। वह प्यार से मुसकराते हुए वापस मेज पर आ गया। तारा भी मुसकरा रही थी, लेकिन अवी को भान हो गया कि उस मुसकान में कुछ असामान्य है, कुछ और है।

"क्या हुआ?" अवी ने पूछा।

"क्या हम यहाँ से दूर किसी शांत जगह पर जा सकते हैं, इस शोरगुल से दूर। मुझे एक जगह पता है, चलो उधर चलते हैं।" तारा ने अवी का हाथ पकड़ लिया। रिजॉर्ट एक पहाड़ी पर था और कमरों को भी उसी तरह रखा गया था। कुछ कमरे इस तरफ और कुछ नीचे थे। वह उसे एक ऐसे स्थान पर ले गई, जहाँ से पूरी घाटी दिखाई देती थी। वहाँ एक पेड़ के नीचे एक ही बेंच थी, जिस पर 594 नंबर अंकित था।

"मैंने कुछ देखा जब आप पोडियम पर गा रहे थे, और मैं चाहती हूँ कि तुम इसे मुझसे सुनो।" तारा ने कहा।

"क्या मतलब, तुमने कुछ देखा? तुम्हारा मतलब है कि जब मैं गा रहा था तो वहाँ कुछ हुआ था?" अवी ने पूछा।

तारा मुसकराई, "हाँ, कुछ तो हुआ था, वहाँ नहीं, मेरे भीतर। मेरा पहला आंशिक आउट ऑफ बॉडी (Out of Body) अनुभव था।"

"तुम्हारा पहला क्या था?" अवी हड़बड़ाहट में खड़ा हो गया।

"शांत! मैं इसे समझाती हूँ। गहरी समाधि या ध्यान की अवस्था के समय हमें दर्शन के अनुभव होते हैं और साथ ही हमारी आत्मा शरीर से बाहर किसी अन्य क्षेत्र में यात्रा कर सकती है। यह संभव है। और यह कोई कल्पना नहीं है, तुम परमहंस योगानंद, लहरी महाशयजी, महावतार बाबाजी जैसे प्रसिद्ध योगियों की आत्मकथाएँ और जीवनियाँ पढ़ सकते हो। और तुम्हें पता है, मैं हम दोनों के उच्च स्वरूप से मिली," तारा ने बहुत उत्साह के साथ यह सब कहा। दूसरी तरफ अवी सिहरन में था।

"उच्च स्वरूप?"

"हाँ, उच्च स्वरूप या शायद दैवीय स्वरूप या लौकिक स्वरूप, मुझे नहीं पता। उस पर विचार करने की जरूरत है।" तारा ने कहा।

"अब दिव्य और लौकिक स्वरूप क्या है? कृपा करके समझाने का कष्ट करेंगी, अगर आप नहीं देख सकती हैं तो मैं अभी भी साँस के लिए हाँफ रहा हूँ," अवी ने कहा।

"हाँ-हाँ। ठीक है। मुझे समझाने दो। हमारी आत्मा को ऊपर बनाया गया था, रचनाकारों द्वारा या कहें कि परमात्मा ने। वह शुद्ध कच्चा रूप, जो सृष्टिकर्ता की चिनगारी है, उसे लौकिक या दिव्य स्वरूप भी कहा जाता है, जो लगभग ईश्वर के समान है। फिर यह विभिन्न अनुभव प्राप्त करने और अन्य आत्माओं की मदद करने के लिए उतरता है। तो दिव्य स्वरूप उच्च स्वरूप में उतरता है। ये रूप दीप्त (Light) उच्च स्वरूप और अदीप्त (Dark) उच्च स्वरूप हो सकते हैं। उदाहरण के लिए हमारे पास 'शिव-एक आदियोगी' हैं, लेकिन उनका एक रूप विनाशकारी 'महाकाल' भी है, जो नए बीजों को रास्ता देने के लिए, सफाई के लिए भी महत्त्वपूर्ण है। वही शक्ति के साथ भी जाता है, एक दयालु माँ, फिर भी राक्षसों का वध करने वाली भयंकर काली। ये राक्षस भी हमारे अंदर हैं, लालच, क्रोध आदि जैसे अँधेरे गुण। मुझे लगता है कि सात लोकों के ऊपर आत्मा के क्षेत्र हैं जैसा कि हम हिंदू शास्त्रों में पढ़ते हैं, जहाँ हमारे उच्च स्वरूप मौजूद हैं। देवताओं, देवदूतों, गुरुओं, आत्मा-मार्गदर्शकों आदि की तरह। फिर हमारे उच्च स्वरूप का हिस्सा मानव जन्म लेना चुनता है, अधिक सबक सीखने के लिए, हमारे तमोगुणों को प्रकाश में बदलने और विकसित करने के लिए। मनुष्य के रूप में इस यात्रा में हम अलग-अलग अनुभव करने के लिए काफी संख्या में जन्म लेते हैं और प्रत्येक जन्म ऊपर चढ़ने के लिए, अपने घर वापस जाने के लिए एक कदम होना चाहिए। जैसे-जैसे हम बढ़ते हैं, जागरूक होते हैं हम अपने उच्च स्वरूप के साथ विलय करना शुरू करते हैं और मुझे लगता है कि प्रेम की वह शक्ति, जो मैंने महसूस की थी, वह मुझे बहुत गहराई तक ले गई और मुझे उच्च स्वरूप के दर्शन हुए। शायद अभी वे उस खूबसूरत दायरे में मौजूद हैं, प्यार में खोए हुए हैं, जैसा कि हम यहाँ मिलते हैं और इसका अनुभव कर रहे हैं। तुम जानते हो जैसे हम फिल्मों में देखते हैं, एक समानांतर ब्रह्मांड, हमारा एक संस्करण कहीं और भी मौजूद है। बस यह मानव जन्म संस्करण नहीं, बल्कि उच्च स्वरूप है। ओह! वैसे तो हम उन वेशभूषा में किसी देवतुल्य राजकुमार और राजकुमारी की तरह कूल लग रहे थे।" तारा ने एक बड़ी मुसकान और आँखों में चमक के साथ यह सब कहा।

"ठीक है, थोड़ा-थोड़ा समझ पा रहा हूँ। उन्होंने तुमसे क्या कहा?" अवी थोड़ा समझ गया, लेकिन जैसे-जैसे वह उसकी आँखों से निकल रही, उस बच्चे जैसी चमक में खो गया, जिससे वह उसके लिए बहुत खुशी और अधिक प्यार से भर गया।

"उन्होंने कुछ नहीं कहा, लेकिन मैंने उन्हें कुछ करते देखा," तारा ने पलक झपकते कहा। फिर उसने उसे सबकुछ बताया, जो उसने देखा और अनुभव किया, वह सागर, वह पेड़, वह झूला, वे उस झूले पर बैठे, उसके कंधे पर उसका चेहरा, चाँदनी

आकाश, सितारे, उनके ईश्वरीय रूप, सबकुछ। अवी चकित रह गया और जो कुछ उसने सुना, वह उन सबमें खो गया। तारा ने सहसा उसके हाथों को पकड़कर गोदी में रख लिया और उनके सामने घाटी का नजारा देखने लगी। उसने धीरे से कहा, "बेबी, तुम जादूगर हो, तुम्हारे प्यार ने मुझे वह अनुभव कराया, जो मैं कभी नहीं कर पाई। मैं बहुत धन्य महसूस कर रही हूँ और तुम्हारा प्यार जादुई है।"

अवी ने उसकी ओर देखा, उसने उसकी ओर देखा, हमेशा की तरह, आँखें ही सारी बातें कर रही थीं। वातावरण में सन्नाटा था, हवा के झोंके को छोड़कर, प्रेम की इन खामोश फुसफुसाहटों में पंछी जैसे सारी प्रकृति उनके साथ नाच रही थी। अवी खुद को रोक नहीं सका, आगे झुक गया और उसके माथे और उसकी आँखों को चूम लिया। एक पल के लिए तारा की आँखें बंद हो गईं। अनंत प्रेम बह रहा था। अवी ने अपना सिर उसके कंधे पर टिका दिया और तारा उसके सिर पर सिर झुकाते हुए उसके बालों को सहलाने लगी। अवी ने उसके हाथों को अपने हाथों में ले लिया और उनके साथ खेलने लगा, दिल का आकार बनाकर उसकी हथेलियों पर A और T अक्षर लिखकर धीरे से उसकी हथेलियों को दबाते हुए। उसके हाथ कितने कोमल और नरम थे। वह स्पर्श सीधे उसके दिल को छू रहा था। तारा कुछ अलग महसूस नहीं कर रही थी। उसकी उँगलियों को उसके साथ मिलाते हुए, जैसे वे एक बंधन बना रहे हों, जीवन भर के लिए एक बंधन और इस जीवन के बाद भी। अवी ने उसका हाथ अपने सीने पर दिल के पास ले लिया और भावनाओं का सैलाब उमड़ पड़ा। वह उसके हाथों को चूम रहा था और अपने हाथों से उन्हें मसल रहा था। उसकी आँखें थोड़ी नम थीं। वह और झुक गया और उसकी गोद में लेट गया, वहाँ से उसका चेहरा देख रहा था। तारा ने उसे आराम से लिटा दिया और उसके सिर को सहलाने लगी और अपने हाथों से उसके बालों को सहलाने लगी। वे एक-दूसरे को देख रहे थे, जैसे समय रुक गया हो और यह क्षण हमेशा के लिए है। तारा ने आगे झुककर उसके माथे को चूम लिया। अवी की आँखें एक पल के लिए बंद हो गईं। इस चुंबन ने उसे अंदर से पिघला दिया। उसका हृदय मानो पिघलते मोम की तरह कोमल हो गया था। मानो उसके पूरे हृदय पर तरंगें बह रही हों। वह उसकी गोद में लेटकर, हाथ बढ़ाकर उसके बालों को सँवारने लगा और अपनी उँगलियों से उसके सिर की मालिश करने लगा। कुछ देर तक वे ऐसे ही रहे।

"अब देर हो चुकी है। हमें कल के लिए जल्दी उठना होगा। चलो अब सोते हैं।" यह सब कहते हुए तारा अपने हाथों से उसके बालों को सहलाती रही।

"थोड़ी देर रुको न। चलो कुछ देर के लिए इस सौहार्द का आनंद लेते हैं," अवी

ने बच्चों की तरह निवेदन किया।

"नहीं! उठो," तारा ने उसे जगाया। उसकी पोशाक गोदी की तरफ उखड़ गई थी, क्योंकि वह वहीं लेटा हुआ था। उसने उसे अपने हाथों से थोड़ा ऊपर दबाया और उसे पहले जैसा बनाने की अच्छी कोशिश के बाद उसने अवी की तरफ देखा। उसके चेहरे पर एक बच्चे जैसी नाराजगी थी, जैसे एक बच्चा चॉकलेट न मिलने पर गुस्से में हो।

"Awww," और उसने उसके गालों को चूम लिया। "अब, ठीक है?" तारा ने एक प्यारी सी मुसकान बिखेरते हुए कहा।

"इससे बेहतर कभी लगा ही नहीं," अवी ने और भी बड़ी मुसकान के साथ कहा। वे दोनों खिलखिला उठे।

वे अपने कमरों में वापस चले गए, जो पास में थे, एक-दूसरे का हाथ अपनी बाँहों में लिये हुए थे।

"शुभ रात्रि," तारा ने अपने कमरे के गेट से कहा, जो आधा बंद था, आधा खुला था। "यह मेरे जीवन का सबसे अच्छा दिन था," तारा ने जारी रखा।

"शुभ रात्रि। यह मेरी आत्मा की पूरी यात्रा का सबसे अच्छा दिन था।" अवी ने पलक झपकते ही जवाब दिया। "अवी ड्रीम्स!"

रास्ते अलग होते ही दोनों खिलखिलाकर हँस पड़े।

हालाँकि वे सोने के लिए अपने-अपने कमरे में चले गए, लेकिन वे बिल्कुल भी नहीं सो पाए। पूरा दिन उनके सामने फ्लैश में दौड़ने जैसा था। सामने बहुत से हसीन पल चल रहे थे, मानो रुपहले परदे पर कोई चलचित्र चल रहा हो।

तारा अभी भी अपने बिस्तर पर करवटें बदल रही थी। दो घंटे पहले ही बीत चुके थे और वह पूरे वक्त मुसकराती हुई सो नहीं पाई। अचानक उसके फोन में एक पिंग था। यह अवी का एक संदेश था, बल्कि एक लंबा संदेश था—

मैं पक्षियों को चहकते सुन सकता था,
पत्तों से गुजरती हवा का संगीत,
तुम वहाँ थे, मेरे पास बैठे थे,
जैसे उम्र भर के बाद मिले हों।

तुम्हारी आँखों में देखते हुए, उन आँखों में,
जो मुझे कब से तरसा रहे थे,
तुम्हारे हाथ का वह स्पर्श, इतना मजबूत लगा।

तुम्हारे कंधों पर सिर टिकाए मेरा,
अपने हाथों को दबाना, अपनी उँगलियों से खेलना,
उन्हें अपने दिल के करीब रखना,
मानो भगवान् ने मेरी सभी प्रार्थनाओं का उत्तर दिया।

वो तुम्हारा माथा चूमना, तुम्हारा हाथ चूमना,
मानो किसी ने छड़ी बजाई हो,
मौन के उसी क्षण में,
बस तुम और मैं थे,
मैं आप को सुन सकता था,
और तुम मुझे सुन सकते थे।

वहाँ से लोग गुजर रहे थे,
और हम एक-दूसरे की आह सुनने में इतने मशगूल थे,
पल हम हमेशा के लिए सँजो सकते हैं,
वह बेंच नंबर 594 हमेशा मेरे दिमाग में रहेगा।

दिन, हमने इंतजार किया, एक ब्रह्मांड वरदान,
मैं चाहता था कि यह हमेशा के लिए रहे,
लेकिन यह इतनी जल्दी खत्म हो गया।
एक दिन जो ऑक्सीमोरोन (Oxymoron) का प्रतिमान था,
जहाँ कुछ-कुछ जैसे छूटा और कुछ-कुछ हम एक हो गए।

मैं अलविदा कहने के लिए नहीं जा सका,
वहाँ प्रेम और दुःख निकटतम सहयोगी थे,
तुम मेरे थे और मैं दिल से तुम्हारा था,
किसी तरह, अभी भी उस बेंच नंबर 594 पर हूँ।

यात्रा का आखिरी दिन था, लेकिन ऐसा लगता है, जैसे तारा और अवी के लिए यात्रा अभी शुरू ही हुई हो। वे भोजन क्षेत्र में नाश्ते के लिए एक-दूसरे से नींद भरी आँखों से मिले, एक-दूसरे को देखकर मुसकराए। उन दोनों के बीच अभी भी प्रेम की

धारा बह रही थी। भोजन के लिए कतार में तारा उससे आगे थी और जैसे-तैसे पीछे मुड़कर उसकी आँखों में गहराई से देखती हुई बोली, "वह कविता, इसने तो मेरी साँसें ही खींच लीं।" अवी मुसकराते हुए उसकी ओर देखता रहा। उन्होंने साथ में नाश्ता किया।

समूह टाइगर फॉल्स के लिए 9 बजे निकला। अवी ने राहुल से अजीत की इच्छा के विरुद्ध सीटों का आदान-प्रदान करने का अनुरोध किया। तारा भी यही चाहती थी, पर कहा नहीं। राहुल ने सीटों की अदला-बदली की। तारा ने अवी के हाथों को अपने हाथों में पकड़ रखा था और वे दोनों खिड़की से बाहर झाँक रहे थे, ताकि जलप्रपात की यात्रा के लुभावने दृश्य देखे जा सकें।

टाइगर फॉल्स प्राचीन झरनों में से एक है। ट्रेक कठिन है। हालाँकि, इसमें सीढ़ियाँ हैं, लेकिन काफी लंबा ट्रेक है। लेकिन न केवल झरने पर, बल्कि पूरी यात्रा के दौरान नजारे अद्भुत हैं।

10 मिनट चलने के बाद अवी ने कहा, "कितना लंबा और कठिन ट्रेक है। खासकर इन नींद भरी आँखों से," अवी हँस पड़ा।

"क्या यह अब भी कठिन है, जब मैं तुम्हारे साथ हूँ?" तारा ने उससे पूछा।

"नहीं-नहीं, मेरा मतलब है, इस ट्रेक में तुम्हारे साथ रहना अच्छा और सुंदर है। लेकिन फिर भी, यह पैरों को थका देने वाला है। और हम नीचे की ओर चल रहे हैं। पता नहीं क्या होगा, जब हम लौटेंगे, क्योंकि यह एक कठिन चढ़ाई होगी। मेरे पैरों में वो कंपन पहले से ही महसूस हो रहा है," अवी बड़बड़ाया।

"तुम्हें पता है कि यात्रा के बारे में सबसे खूबसूरत बात क्या है?" तारा ने मुसकराते हुए पूछा।

"हम जिस मंजिल की ओर जा रहे हैं। जैसे यहाँ, यह फॉल्स। नजारे इतने मंत्रमुग्ध कर देने वाले होंगे कि मैं निश्चित रूप से जानता हूँ एक बार जब हम वहाँ पहुँचेंगे और उन शांत झरनों को देखेंगे तो सारी थकान दूर हो जाएगी," अवी ने कहा।

"नहीं।"

"तो?"

"यह यात्रा है, जो मायने रखती है, रुकना या मील के पत्थर या गंतव्य नहीं।"

"हम घटनाओं में खुशी की तलाश करते रहते हैं, जैसे कि जब यह होगा तो मुझे खुशी होगी या वो होगा तो मैं खुश होऊँगी। हमारी यह पूर्वकल्पित धारणा है कि कोई घटना या उपलब्धि मुझे खुश कर देगी और इस प्रक्रिया में हम यात्रा की सुंदरता को महसूस करना बंद कर देते हैं। अवी! ये नजारे देखो, ये पौधे देखो, यह हरियाली, हवा

इतनी ताजी और गले लगाने वाली, ये रंग, चारों ओर फूल, घास, झोंपड़ियाँ, यहाँ के लोगों के कपड़े, आकाश, क्षितिज; सूरज हमें पहाड़ों पर वह उज्ज्वल प्रकाश दे रहा है, हमारा एक साथ होना। यात्रा का आनंद लें, अवी! और मंजिल कभी हासिल करने का काम नहीं होगा, है न? कौन परवाह करता है कि अंत में क्या है? एक सुंदर झरना या एक छोटा तालाब। यह सब मायने रखता है कि अभी हमारे पास क्या है! अभी हम क्या अनुभव कर रहे हैं! वर्तमान क्षण हमारे पास है। हम यह सोचने में अपना समय क्यों बरबाद करें कि आगे क्या होगा, बल्कि हमें प्रवाह में रहना चाहिए। या यों कहें, प्रवाह बन जाना?" तारा ने कहा।

अवी तारा को अचंभित होकर देखता रहा। यह ऐसा था, जैसे वह उस सीख को ताजा कर रही हो, जिसे वह लंबे समय से भूल चुका है। इसके बाद उन्होंने घाटी का पूरा नजारा लिया। वाकई, वह कितना खूबसूरत था। अवी ने प्रकृति के साथ एक होने के लिए अपनी बाँहें खोल दीं। उसमें खुद को लीन करने के लिए। वह उन ध्वनियों को सुन रहा था; जो उसे पता ही नहीं था कि अस्तित्व में हैं। पक्षियों का चहचहाना इतना स्पष्ट कभी नहीं था। पास की जलधारा का पानी, पास से गुजरती हवा, पास के गाँव का कोई गाना गा रहा है, पास की झोंपड़ी में रखे प्रेशर कुकर से कोई सीटी की आवाज आ रही है, और वह क्या है? यह आवाज क्या है? लब-डब, लब-डब। अवी ने आँखें बंद करके उसे करीब से महसूस करने की कोशिश की। उसके अंदर से आवाज आ रही थी, 'वाह! वह मेरे दिल की धड़कन है।' अवी की आँखों में एक खूबसूरत मुसकान के साथ अजीब तरह से आँसू की बूँद थी।

अवी सिर्फ तारा के लिए ही नहीं, बल्कि उसके रास्ते में आने वाले सभी लोगों के लिए बहुत प्यार महसूस कर रहा था। वह लोगों को नमस्ते कह रहा था, हर किसी के लिए बहाव महसूस कर रहा था। उनके होंठों पर एक सतत मुसकान थी।

कुछ देर बाद वे झरने पर पहुँचे। पानी के गिरने की आवाज अद्‌भुत थी। तारा उस प्रेम प्रवाह की पवित्रता को महसूस कर सकती थी, जिसे अवी ने अभी-अभी अंदर खोजा था। वो खुश थी, शायद अवी से ज्यादा। अचानक पानी के एक छींटे ने उसके चेहरे को छू लिया और वह कुछ ही समय में सपने से बाहर हो गई। यह अवी था। वह एक बच्चे की तरह चंचल था। तारा ने अवी पर पानी फेंककर जवाब दिया। अवी ने किनारा किया और चूक गए। "न-न-न-न-न," अवी ने छेड़ा।

तारा उसके लिए दौड़ने लगी, जैसे रुको और मैं तुम्हारे चेहरे पर मुक्का मारूँगी। अवी लगातार हँसता हुआ आगे बढ़ रहा था और तारा उसके पीछे-पीछे भाग रही थी, चंचल तरीके से उसे अपनी मुट्ठी दिखा रही थी। अवी झरनों के अंत में रुक गया,

जहाँ एक बड़ा तालाब था, क्योंकि आगे जाने के लिए कोई जगह नहीं बची थी। तारा तालमेल नहीं बिठा सकी और वह उससे टकरा गई। वे दोनों पानी में गिर गए। उन्हें जल के कुंड में देखकर सभी लोग हँसने लगे। कुंड में ऊपर से पानी गिर रहा था। अभी जो कुछ हुआ, उसके लिए दोनों के पास एक शर्मीली हँसी थी। अवी ने फिर पूल से उस पर कुछ और पानी फेंका। तारा ने कहा, "तुम अब भी रुकना नहीं चाहते, रुको जरा!" वे दोनों पानी से खूब खेले। अचानक नीचे एक काई के पत्थर पर तारा का पैर फिसल गया, पानी के अस्पष्ट होने के कारण वह बेखबर थी। वह गिरने ही वाली थी कि अवी ने उसे तुरंत पकड़ लिया। तारा सकुशल थी। उसने अवी को उसकी बाँहों पर झूलते हुए देखा और अवी भी उसे घूरता रहा। यह कुछ-कुछ आर.के. फिल्म्स के लोगो (Logo) की तरह ठेठ बॉलीवुड फिल्म की तरह लग रहा था, जहाँ राज कपूर ने नरगिस को अपनी बाँहों में पकड़ रखा था, सिवाय इसके कि तारा अवी को देख रही थी और दूर नहीं।

अवी ने तारा को ऊपर आकर अपने पैरों पर खड़ा किया, लेकिन वह अपने हाथों को उसके शरीर से नहीं हिला सका। वह अब भी उसे कमर से पकड़े हुए था। समय फिर से रुक गया था। सबकुछ जम गया था। यहाँ सिर्फ वे थे और पानी के पूल में गिरने की आवाज थी। वे एक-दूसरे को देख रहे थे और उनके चेहरों से पानी की बूँदें टपक रही थीं। अवी उसके चेहरे से उस पानी को पोंछने के लिए अपना दाहिना हाथ उसके चेहरे पर ले गया, उसके बालों को सुलझाया और अपने हाथ से ब्रश किया। उस क्षण में सिर्फ प्रेम था, बह रहा था, पिघल रहा था, और विलीन हो रहा था। एकदम से उन्हें आसपास का आभास हुआ तो वे अलग हो गए। उन्होंने अपने कपड़े बदले और धूप में एक चट्टान पर बैठ गए। संवेदनाएँ अभी भी दोनों में गहरी थीं और बमुश्किल वे बात कर पा रहे थे, जैसे शरीर की हर कोशिका में कुछ रोंगटे खड़े हो गए हों। उन्होंने खुद को सुखाया और इस बीच बस में वापस ऊपर जाने का आह्वान किया गया। अगले गंतव्य स्थान कुछ गुफाएँ थीं, लेकिन चूँकि जलप्रपात के लिए पर्याप्त समय पहले ही दिया जा चुका था और कुछ बूँदाबाँदी भी हो रही थी, टूर गाइड ने गुफाओं में जाने की योजना को स्थगित करने का फैसला किया और वहाँ से देहरादून लौटने का आह्वान किया। समूह ने चढ़ाई वाली सड़कों पर अपना ट्रेक शुरू किया। तारा और अवी ग्रुप के लास्ट में चल रहे थे। दोनों चुप थे, जैसे कहने के लिए शब्द ही न हों। दोनों अपने आप को इतना नाजुक और कोमल महसूस कर रहे थे, जैसे छूने पर टूट जाएँगे। अंदर कितनी झुरझुरी-सी महसूस हो रही थी, एक अलग ही तरह का जोश उन्हें महसूस हो रहा था। यह सामान्य हार्मोनल गश नहीं, बल्कि और

भी बहुत कुछ था। मानो उनकी आत्माएँ भीग गई थीं और प्रेम में उच्च थीं। वे चुपचाप ऊपर की ओर अपना रास्ता बना रहे थे। ऊपर की ओर का ट्रेक थोड़ा थका देने वाला था। सब हाँफने और पसीने के बीच आराम कर रहे थे। अवी और तारा इतने खोए हुए थे कि उन्हें पता ही नहीं चला कि वे थक भी गए हैं या नहीं। वे चल ही रहे थे और रुक तभी रहे थे, जब पूरा समूह विश्राम कर रहा था। शुक्र है कि हलकी बारिश हो रही थी, जो किसी तरह ठंडक बनाए रख रही थी।

उनका दिल तेजी से दौड़ रहा था और साँसें गहरी थीं। यदि बेंच नंबर 594 भावनात्मक रूप से उच्च था तो फॉल्स ने इसे सभी स्तरों पर ऊँचा कर दिया। मानो वे पहले से कहीं ज्यादा करीब आ गए हों। अवी ने महसूस किया तारा की उँगलियाँ उसकी उँगलियों के साथ उलझ रही हैं। उसने देखा कि तारा की आँखों में चमक थी। हालाँकि, आधी बंद थीं। वह उसके सुप्त चेहरे से निकलने वाली गरम लहरों को महसूस कर सकता था। तारा उसे सीढ़ियों के किनारे, समूह के निशान से दूर, हरे-भरे जंगल के पौधों के भीतर ले गई, जहाँ वे दिखाई नहीं दे रहे थे। अवी तारा को मूक-सा देख रहा था, तभी तारा थोड़ा करीब आई। वह उसकी ओर थोड़ा झुकी और मानो अवी की आत्मा समझ गई कि इसका क्या मतलब है। उसने उसके चेहरे को अपने हाथों में पकड़ लिया, जो अब जलता हुआ-सा प्रतीत हो रहा था। जैसे ही उसने उसे छुआ, चूमा, उसके काँपते होंठ धीरे-धीरे अलग हो गए। तारा इतनी मदहोश थी कि वह अपनी आँखें ही नहीं खोल पा रही थी। उसके बाद अवी थोड़ा रुका, तारा को देखकर इंतजार करने लगा कि क्या वह और बह सकता है। तारा ने एक शब्द नहीं बोला और न ही उसने अपनी आँखें खोलीं। लेकिन उसके होंठ कुछ ऐसे खुल गए, जैसे कुछ खोज रहे हों और उसका चेहरा आगे की ओर झुका। अवी की आत्मा ने प्रेम की भाषा समझी और वह बह गया। उन्होंने एक-दूसरे को ऐसे चूमा, जैसे समय का अस्तित्व ही समाप्त हो गया हो। बाकी सब धुँधला हो गया। वे एक-दूसरे को इतने जोश से चूम रहे थे, मानो कहीं उनकी आत्माएँ करीब आ रही हों। थोड़ी देर बाद जब वे होश में आए तो अवी ने अपने चेहरे पर मुसकान के साथ उस पर अपनी नाक रगड़ी, उसके चेहरे को अपने हाथों में पकड़े हुए था। तारा ने अपनी आँखें खोलीं, अपने प्यार अवी को देखा और अपनी आँखों में उस चमक के साथ मुसकराए बिना न रह सकी। उनकी आँखें नम थीं, प्यार से भीगी हुई, कुछ ऐसा, जो उन्होंने पहले कभी महसूस नहीं किया था। जब अवी का बायाँ हाथ उसके चेहरे पर अपनी जगह बना पाया तो उसने अपना चेहरा झुका लिया और उसका चेहरा फिर उसके दाहिने कंधे पर उसके हाथ को बीच में रखकर टिक गया। उसने अपने चेहरे को कुछ देर तक ऐसे ही दबाया, फिर अवी

ने उसे अपने पास खींच लिया और गले लगा लिया। वे कुछ देर एक-दूसरे की पीठ सहलाते हुए एक-दूसरे से गले मिलते रहे। फिर मानो कुछ एहसास उन्हें हुआ, वे अलग हो गए, और फिर से सड़क पर अपनी यात्रा शुरू कर दी। वे कंधे-से-कंधा मिलाकर चल रहे थे, एक-दूसरे का हाथ पकड़कर मुसकरा रहे थे, मानो अब उन्हें कोई फर्क नहीं पड़ता कि दुनिया उनके बारे में क्या सोचेगी। यह दुनिया के लिए, पूरे ब्रह्मांड के लिए उनके प्यार की खुली घोषणा थी।

वे अपनी बस के पास पहुँचे और उनका वापस देहरादून का सफर शुरू हो गया। तारा बनारस की रहने वाली है। यात्रा के बाद उसे आज रात 10:50 बजे ट्रेन पकड़नी थी। देहरादून से बनारस जाने वाली यह आखिरी ट्रेन थी। उसने इसमें टिकट बुक किया था, क्योंकि वह पर्याप्त समय के साथ-साथ स्थानीय स्तर पर खरीदारी करना चाहती थी। अवी चाहता था कि तारा कुछ दिन रुके तो तारा भी। लेकिन वे समय को कितना रोक पाते!

वे शाम चार बजे देहरादून पहुँचे। अवी ने देहरादून में रुकने के लिए आग्रह किया। वह उसे कई सारी जगहों पर ले जाएगा। ऑफिस से छुट्टी ले लेंगे। "कम-से-कम एक दिन तो रुक जाओ," अवी ने पूछा।

"फिर आऊँगी। तुम्हारा भी ऑफिस है; मेरा भी।" तारा ने जवाब दिया। अवी फिर भी घंटाघर के पास पलटन बाजार में घूमते हुए उसे मनाने की हरसंभव कोशिशें करता रहा।

"तुम यहाँ से क्या खरीदना चाहती हो?" अवी ने उससे पूछा।

"ऐसा कुछ नहीं। बस कुछ जो यहाँ प्रसिद्ध है और कुछ स्मृति चिह्न भी। मुझे ये छोटे गहने और सामान पसंद हैं। हालाँकि, वे कहीं और भी मिल जाते हैं, यहाँ तक कि बनारस में भी, लेकिन मुझे इन लोकल बाजारों से खरीदारी करना अच्छा लगता है।" तारा ने हँसते हुए कहा।

"यहाँ से कुछ बटर पिस्ता बिस्कुट ले लो। यहाँ की एक गली में एक पुरानी और मशहूर बेकरी है, जो अपने मुँह में पानी लाने वाले बिस्कुट के लिए मशहूर है। कुछ साथ ले जाओ। अगर जरूरत पड़ी तो यहाँ से और भेज दूँगा," अवी ने अपने चेहरे की पूरी ईमानदारी के साथ कहा।

"क्या तुम चाहते हो कि मैं यहाँ से स्मृति चिह्न के रूप में बिस्कुट ले जाऊँ?" तारा ने कहा।

"नहीं! मेरा मतलब है, अन्य चीजों के अलावा, इन्हें ले लो। तुम इसे निश्चित रूप से पसंद करोगी। साथ ही, जब भी तुम इन्हें खाओगी, मुझे याद करना," अवी ने

उसके गालों पर एक चुंबन लेते हुए आँख मारी।

"अवी! मुझे ऐसा सबके सामने अनुराग पसंद नहीं है," तारा ने विरोध किया और उसे दूर धकेल दिया, उसके गाल गुलाबी हो गए। उसके विरोध के बावजूद अवी अपनी आँखें उस पर से नहीं हटा सका, उसके चारों ओर चक्कर लगाते हुए उसके चेहरे पर एक अजीब मुसकराहट बिखेर दी। उसे आखिरकार अपने जीवन का प्यार, अपना 'तारा' मिल गया था, और उसे लगा जैसे हर प्रेमगीत उनके लिए ही लिखा गया हो। उसने उसे पहले से कहीं अधिक आनंद दिया था। उस पल में तारा उसकी सबकुछ थी, उसके ब्रह्मांड का केंद्र। काशी से उसे अपने पास भेजने के लिए उसने चुपचाप शिव को धन्यवाद दिया।

वे थोड़ा घूमे। पलटन बाजार काफी बड़ा बाजार है, जिसमें लगभग हर चीज उपलब्ध है। तारा ने कुछ कार्डिगन, विंटर स्टोल आदि खरीदे, क्योंकि उसे ये काफी किफायती और गुणवत्तापूर्ण सामान लगे। वे एक चायवाले की दुकान पर चाय के साथ कुछ पकौड़े खाने बैठे। जब तारा अपने चाय के प्याले का आनंद ले रही थी तो उसे अपने पैरों में कुछ सनसनी महसूस हुई। अवी उसके पैरों पर कुछ कर रहा था। वह क्या कर रहा है? क्या वह मेरे टखनों पर कुछ लपेट रहा है। क्या यह पायल है?

"अवी! यह क्या है? क्या कर रहे हो?" तारा ने आश्चर्य भरे स्वर में कहा।

"तुमने कहा था, तुम्हें ये छोटे सामान पसंद हैं। मैं बस तुमको कुछ ऐसा देना चाहता था, जो तुम्हें हर दिन मेरी याद दिला सके। आपको नीला और हरा रंग पसंद है, है न? इसलिए मैंने ये आपके लिए खरीदे हैं। चाँदी के बेस पर थोड़ा सा हरा, थोड़ा नीला। आपको जिस तरह पसंद हो उसी तरह। अच्छा लगा?" अवी ने गहरी भावनाओं के साथ कहा।

"अवी! यह बहुत सुंदर है। तुमने इसे कब खरीदा?"

"जब तुम उस कार्डिगन के लिए सौदेबाजी कर रही थी," अवी मुसकराया।

"ही-ही," तारा हँस पड़ी। "सौदेबाजी हमारा जन्मसिद्ध अधिकार है," तारा हँसी। "इसके लिए धन्यवाद। मुझे यह बहुत सुंदर लगी।" उसने अवी के गालों को सहलाया; यह इशारा उसके दिल को छू गया।

"मैंने तुम्हारे लिए या हमारे लिए भी कुछ खरीदा है," तारा ने धीरे से कहा।

"वह क्या है और तुमने इसे कब खरीदा?"

"जब मैं उस कार्डिगन पर सौदेबाजी कर रही थी," तारा ने शरारती मुसकान के साथ कहा। "आठ बज गए हैं। मुझे भूख लगी है। चलो कुछ खाते हैं।"

"क्या खाना चाहोगी?" अवी ने धीरे से पूछा।

"मुझे दून की विशेषता बताओ," उसने उत्साह से पूछा।

"मोमोज, छोले कटलांबे, बर्गर आदि के लिए प्रसिद्ध है, लेकिन रात के खाने के लिए मोमोज, मुझे नहीं लगता कि यह काम करेगा। हनुमान चौक पर एक मशहूर पूरी वाला है, जो 4–5 तरह की सब्जी के साथ पूरी को परोसता है। यह इतना मुँह में पानी लाने वाला है, लेकिन यह काफी सुबह खुलता है और जल्दी शाम को बंद हो जाता है। इसलिए वहाँ नहीं जा सकते। पिज्जा? उम्म! रुको!! चलो 'ओर्चइर्स' (Orchards) पर चलते हैं। वहाँ शायद थाई और तिब्बती खाना मिलता है, लेकिन स्वाद और रेस्तराँ के दृश्य मंत्रमुग्ध कर देने वाले हैं। साथ ही, एक लाइव बैंड भी प्रदर्शन करता है। क्या कहती हो?" उसने ऐसे कहा जैसे एक छोटे लड़के ने कोई बड़ी पहेली सुलझा दी हो।

"आपकी इच्छा, मेरा आदेश सर!" तारा ने एक सैन्य कप्तान की तरह कहा।

जैसे ही वे रात के खाने के लिए भीड़ भरे रेस्तराँ में पहुँचे, तारा अपने फोन में लीन हो गई, जबकि अवी अपना ऑर्डर देने चला गया। वह स्क्रॉल करते हुए तारा को देख रहा था, सीमित समय के लिए एक साथ रहने की लालसा महसूस कर रहा था। 'तारा, क्या तुम कम-से-कम इन कुछ घंटों के लिए मेरे साथ रह सकती हो? भगवान् जाने कब हम एक-दूसरे को फिर से देखेंगे,' उसने मन-ही-मन सोचा। जैसे-जैसे मिनट बीतते गए और वह अपने फोन में ही उलझी रही, अवी उसकी ओर इशारा किए बिना नहीं रह सका। आखिरकार, तारा ने ऊपर देखा और उसे देखते ही हँस पड़ी। "बस एक मिनट, मेरे लाड़ले! बस एक मिनट," उसने कहा।

और एक मिनट के भीतर ही तारा उसके साथ वापस आ गई, उसे सहलाते हुए और उसके गालों को खींचते हुए। अवी उसके इन कोमल इशारों से फिर से सामान्य हो गया था। और वहाँ वे एक साथ, मंत्रमुग्ध कर देने वाले नजारों के बीच थे, भोजन की प्यारी सुगंध, प्यारा संगीत, और उनके बीच बहुत सारा प्यार उमड़ रहा था। वे लगातार एक-दूसरे को देख रहे थे। कभी शब्दों से तो कभी आँखें ही सबकुछ बयाँ कर रही थीं। खाना खाने के बाद दोनों आइसक्रीम खाने निकले। वहाँ अवी ने इस्कॉन भक्तों के एक समूह को एक रैली की तरह समूह में गाते और नाचते हुए देखा। तारा ने भी उनकी तरफ देखा और एक बड़ी सी मुसकान के साथ बोली, "ओह! भगवान् कृष्ण के उत्सव में!"

अवी उत्सुक हो गया और जैसे हजारों सवालों से घिर गया।

"तुमने मुझे सिखाया कि वर्तमान क्षण में कैसे रहना है, शांति, छोटे पलों का आनंद लेना। मुझे वह समझ आया लेकिन पूजा, भक्ति आदि की इस हिंदू संस्कृति के बारे में यह क्या बात है?" वह फिर से भ्रमित हो गया और उसने सोचा, मुझे आशा है

कि वह मेरे सवालों की बाढ़ से भाग नहीं जाएगी।

"मैं इसका उत्तर दे सकती हूँ। मैंने अपने पापा से एक बार इसी तरह का सवाल पूछा था, क्योंकि वह भी बहुत आध्यात्मिक और मेरे प्रेरणास्रोत हैं। भगवद्गीता में स्वयं को जानने और इस चक्रव्यूह से मुक्त होने के चार मार्ग बताए गए हैं। कर्मयोग या निस्स्वार्थ कर्म, समर्पण या भक्ति, ज्ञानयोग या बुद्धि और राजयोग या ध्यान। पूरी ईमानदारी और इच्छाशक्ति के साथ किसी भी रास्ते पर चलने से हमारे विकास में मदद मिलती है। जैसे-जैसे हम प्रेम में बहते हैं या प्रकृति में विलीन हो जाते हैं, भक्तों को अपने इष्ट (जिस भगवान् से वे जुड़ते हैं, वह साकार या निराकार हो सकता है) के लिए ऐसा ही महसूस करते हैं, वे इसे हर परमाणु, मानव, पशु और प्रेम में प्रवाहित महसूस करते हैं। किसी भी जीव और इष्ट में कोई भेद नहीं होता, वे उसे ही सबमें देखते हैं। लेकिन वह बहुत उच्च स्तर की भक्ति है, जैसे मीरा, सूरदास, श्री हित हरिवंश, महाप्रभु आदि।"

"ऐसा ही है, जो मैं तुम्हारे लिए महसूस कर रहा हूँ, मैं तुम्हें हर जगह, हर चीज में देख सकता हूँ। क्या मैं भक्तियोग कर रहा हूँ?" उसने उसे चिढ़ाया।

"हाँ! बेहूदा मजाक!"

"तो, तुम्हारा रास्ता क्या है, तारा?"

"ईमानदारी से कहूँ तो मैं अभी भी अपना रास्ता तलाश रही हूँ, लेकिन मुझे व्यक्तिगत रूप से लगता है कि पूर्ण विकास के लिए सभी रास्ते महत्त्वपूर्ण हैं और इस यात्रा में किसी तरह मदद करते हैं। इसमें से प्रत्येक का अपना महत्त्व है।" उसने कहा।

इस चर्चा में विदा का समय कैसे आ गया, उन्हें पता ही नहीं चला। रात के 10 बज चुके थे, तारा के देहरादून से निकलने का समय तेजी से पास पहुँच रहा था और उन्हें तारा के लिए 10:50 बजे ट्रेन पकड़नी थी। अवी ने तारा की ओर देखा, और लगभग जुदाई के दर्द के साथ उसने स्टेशन के लिए कैब बुक करना शुरू कर दिया। तारा ने उसे बीच में ही रोक लिया। उसने आश्चर्य से तारा की ओर देखा।

"क्या हुआ? तुम लेट हो जाओगी तारा! ट्रेन वक्त से चल रही है…"

"श्शश! मैंने इसे कैंसिल कर दिया।"

"क्या? कब?" और तब उसे एहसास हुआ कि रात के खाने के दौरान तारा कहाँ व्यस्त थी। उसकी आँखों से एक अश्रु गिर पड़ा और वैसा ही एक तारा की आँखों में भी आ गया।

"अब क्या?"

"सेरेंडिपिटी" (Serendepity)।

"मतलब ?"

"मैंने यहीं पास में एक होटल में बुकिंग की है। चलो आज रात के लिए, एक साथ रहें। हम इस प्रवाह, इस बहाव के साथ बहें, भविष्य या अतीत के बारे में सोचे बिना। और सिर्फ आज में रहें। हमारे पास क्या है या क्या हो सकता है, इस बारे में सोचने के बजाय, हमारे पास जो है, उसकी कद्र करें। क्या होगा अगर यह हमारे पास आखिरी दिन है ? क्या होगा अगर कल नहीं है ? समय को हमारे लिए तय करने दो, न कि इसके विपरीत। समय को हमारा समय तय करने दो," तारा ने कहा।

यह पल उनके जीवन के सबसे भावनात्मक पलों में से एक था। उन्होंने होटल में चेक-इन किया, अपने कमरे में चले गए। बाहर बारिश हो रही थी। देहरादून की बारिश, इतनी अप्रत्याशित! हालाँकि इस बार मानो ब्रह्मांड ने उनके लिए इस बारिश की योजना बनाई थी। एक प्रतिमान की तरह, एक रूपक, बस बहने के लिए, बस पिघलने के लिए, बस गिरने के लिए, बस होने के लिए, एक-दूसरे के साथ, एक-दूसरे के लिए, एक-दूसरे में। वे खिड़की के पास वाली सीट पर बैठ गए, बारिश की बूँदें खिड़की पर सरक रही थीं, दोनों एक-दूसरे को देख रहे थे। एक समान वर्षा मानो उनके भीतर बरस रही हो। एक अजीब सा प्रवाह, जो उन्हें कभी दिखाई नहीं दिया। मानो आज रक्त शिराओं में अलग तरह से बह रहा हो, बाहर की बारिश के साथ पूरी तरह तालमेल बिठाकर। चेहरे और पूरे शरीर पर एक कच्ची गरमाहट, मानो उन्होंने अभी-अभी घंटों ध्यान किया हो। दोनों में से किसी को पता नहीं चला कि सबसे पहले किसने संपर्क किया, लेकिन कुछ ही मिनटों में, वे एक-दूसरे की बाँहों में थे, दुलार रहे थे, आलिंगन कर रहे थे, चूम रहे थे, रूबरू हो रहे थे और एक-दूजे में मिल रहे थे, विलय कर रहे थे।

जैसे ही वे एक अनसुनी धुन की लय में झूमने लगे, बारिश की सुगंध कमरे में भर गई। एक धुन, जिसे सिर्फ उनका दिल जानता था। उनकी आँखें ऐसी थीं, जैसे एक-दूसरे के प्रति श्रद्धा में हों। अवी ने उसे एक कोमल, शिष्ट आलिंगन के साथ पकड़ रखा था और वह उसके सीने पर सिर रखे हुए थी। वह उसकी बाँहों पर लेटी हुई थी, आधी झूल रही थी, और वह उसके पेट को छू रहा था, और उसके चेहरे की मिठास। वह उसके चेहरे को अपने हाथों में पकड़कर ऊपर आती है, और वे एक-दूसरे के अमृत को चखने के लिए सबसे मधुर चुंबन में बँध जाते हैं। प्रेम का वह रस पी रहे हैं, जिसका स्वाद किसी अमृत से कम नहीं है। उस स्वाद ने उन्हें और अधिक के लिए तरसा दिया, प्यार जिसे वे कभी नहीं जानते थे। शायद शुद्ध प्रेम में दो आत्माओं का मिलन, जो एक-दूसरे में नहा रहे हों। प्रत्येक स्पर्श और दुलार उन्हें और अधिक

के लिए तरसने जैसा था। सबसे गहरे क्षणों में अवी ने महसूस किया कि वह सबसे भाग्यशाली व्यक्ति है, वह हमेशा से अपने पहले पूर्ण प्यार के साथ इश्क में एक हो जाना चाहता था, अपने सच्चे प्यार के लिए और यहाँ वह है। उसकी तारा, जैसे ही उसने उसके बालों को उसके चेहरे से धीरे से हटाया। उस पल में वह पूरी तरह से सभी स्तरों पर उसके सामने आत्मसमर्पण करना चाहता था, ताकि अंत में कुछ भी न रहे, कौन तारा है, कौन अवी है, पता नहीं, लेकिन जो कुछ बचा है, वह प्यार है। तारा की भी यही स्थिति थी, उसने उसे देखा, जैसे वह परमानंद में बह रही थी, जैसे वह उसका जीवनसाथी है, जिसे वह ढूँढ़ रही थी। शायद यही है निर्वाण, प्रेम के सागर में डूबने का आनंद, जब उन्होंने प्रेम किया। उसकी आँखों में प्यार के आँसू थे, जिसे अवी ने पी लिया, उसकी कनपटी को चूमा, वह केवल "अवी, आई लव यू," बोल सकी, जिससे अवी की आँखों में भी आँसू आ गए। "मैं भी तुमसे प्यार करता हूँ, मेरी तारा! अब मुझे कभी मत छोड़ना, क्योंकि मैंने अपनी प्रार्थनाओं का उत्तर तुममें पाया है!" और तारा को पीछे से आलिंगन में भर लिया, जैसे-जैसे रात और परवान होती गई।

उस रात जब तारा बिस्तर पर करवटें बदलती और करवट लेती तो वह इस भावना को हटा नहीं पा रही थी कि उसे अपने प्यार की परीक्षा लेने की जरूरत है। वह जानना चाहती थी कि क्या अवी वास्तव में उसकी ट्विन फ्लेम (Twin Flame) है। एक ऐसा प्यार, जो कभी फीका नहीं पड़ेगा और समय बीतने का सामना करेगा। भले ही यह एक जोखिम भरा कदम था, लेकिन उसकी आंतरिक आवाज ने उसे अपने दिल की आवाज सुनने का आग्रह किया। हालाँकि, तारा जानती थी कि इससे पहले कि वे पूरी तरह से एक साथ हो सकें, उन दोनों के पास पूरा करने के लिए अधूरा काम था। अभी भी जंजीरें उन्हें जकड़े हुए थीं, जिन्हें तोड़ने की जरूरत थी। भारी मन से, उसने अवी के लिए एक नोट लिखा और उसे उसके बिस्तर के पास रख दिया। उसके माथे को चूमने के लिए झुकी और फुसफुसाई, "जब तक हम फिर से नहीं मिलते, अवी! अपना खयाल रखना। मैं तुम्हारा इंतजार करूँगी।" जीवन अजीब था, उसने सोचा, जैसे थोड़ी देर पहले वह खुशी के आँसू रो रही थी, और अब वे दर्द के आँसू थे।

सूर्योदय हुआ, सुंदर रात समाप्त हो गई थी। अवी अपने गले में हार और डेस्क पर एक नोट के साथ अकेला उठा।

"अवी! मेरे सुंदर और आकर्षक अवी! ब्रह्मांड से मिला मेरा आशीर्वाद। मैं तुम्हें अलविदा कहने के लिए नहीं रह सकी, अन्यथा मैं फूट-फूटकर रो पड़ती। मेरे पास तुम्हारे सामने इसे कहने की ताकत नहीं थी और मुझे पता है कि तुम्हारे साथ भी ऐसा ही होता। मैं जानना चाहती हूँ कि यह वो प्यार है या मेरा भ्रम है। साथ ही, मुझे लगता

है कि हमें खुद पर काम करने, बढ़ने, सबक सीखने, लोगों की मदद करने और उसके बाद फिर से एक होने की जरूरत है। हमें पहले खुद को खोजने और बाद में एक-दूसरे के साथ रहने के लिए खुद से प्यार करने की जरूरत है। अगर हम आत्मिक साथी (Soul Partners) हैं तो कोई भी इसे बदल नहीं सकता। हमें एक साथ होना चाहिए, लेकिन अभी नहीं, क्योंकि यह हमारे लिए सही समय नहीं है। ऐसा मैंने पहले भी महसूस किया था और इसलिए मैंने पिछली रात को 'सेरेंडिपिटी' कहा था। मुझे पता है कि तुम इस तरह की बहुत सी बातों पर विश्वास नहीं करते, लेकिन एक दिन करोगे। कोई माध्यम होगा, कोई चीज होगी, जो तुम्हें अपनी आत्मा की इच्छा को समझाने में मदद करेगी। कुछ ऐसा, जो तुम्हें 'स्वयं को' खोजने में मदद करेगा। मुझे आशा है कि तुम इसे जल्द ही खोज लोगे अवी! और फिर मुझे ढूँढ़ लोगे। मैं अपना नंबर नहीं बदलूँगी और न ही तुम बदलना, लेकिन हम कभी भी संपर्क में नहीं रहेंगे, जब तक कि हमारे रास्ते पार न हों। आइए, हम इसे बनाए रखें, अवी! अगर ब्रह्मांड चाहता है कि हम इस जन्म में एक साथ रहें तो हम किसी दिन साथ रहेंगे। यह जन्म या अगला जन्म या कोई और मुझे नहीं पता, लेकिन हम साथ-साथ चलेंगे, यह मुझे पता है। और हमेशा याद रखना, यह प्यार, जो हमारे पास है, वो हमेशा रहेगा। चाहे कुछ भी हो जाए! यह बदल नहीं सकता। कभी भी नहीं। लेकिन हमें अकेले ही चलना है, अपने खुद के लिए और हम दोनों के लिए। ताकि हम जल्दी मिलें और साथ चल सकें। मैं तुम्हारा इंतजार करूँगी अवी! मैं तुम्हारा इंतजार करूँगी, मेरे प्यार! मुझे पता है कि तुम इस सबके लिए मुझ पर गुस्सा करोगे, लेकिन मुझ पर विश्वास करो, मैं यह हमारी भलाई के लिए कर रही हूँ। जल्दी आओ प्यार! बढ़ो, अपने क्षितिज का विस्तार करो, और इस ब्रह्मांड को हमारे लिए तेजी से काम करने दो। मैं जो कुछ भी करूँगी, तुम हमेशा वहाँ रहोगे। अलविदा, प्यार, तारा!"

"पुनश्च: मैं आपके साथ लॉकेट का एक हिस्सा छोड़ रही हूँ। यह यिन यांग का हिस्सा है। यह वह तोहफा है, जो मैंने तुम्हारे लिए उस बाजार से खरीदा था। यिन यांग को पूरा करता है और यांग यिन को पूरा करता है। वे अलग तरह से मौजूद नहीं हो सकते। हमारे जैसा ही। इसका एक हिस्सा (यांग-द लाइट) मैं तुम्हारे साथ छोड़ रही हूँ, और दूसरा हिस्सा (यिन-द डार्क) मेरे पास रहेगा। मुझे उम्मीद है कि हम जल्द ही इन दोनों हिस्सों को एक करेंगे। ढेर सारा प्यार, मेरा प्यार।"

दिन ढल चुका था या अँधेरा अभी भी जारी था, अवी थाह नहीं पा रहा था। वह सबसे जोर से उन चादरों के अंदर रोया, जहाँ कुछ पल पहले इतना प्यार था।

बिन तारा

तुम इतनी दूर क्यों हो,
जब तुम्हें अभी सिर्फ मेरी गोद में झूलना चाहिए,
मुझे अपनी बाँहों में ले लो, तुम्हारे सीने पे विश्राम कर सकूँ,
इस तरह, मैं वास्तव में चाहता हूँ कि सुकून से मर सकूँ''

दूरी के दर्द की कहाँ अब कोई सीमा,
कुछ भी शांत नहीं कर पा रहा, कोई बारिश न कोई वीणा,
प्यार अंदर है, मुझे पता है कि यह सुनिश्चित है,
पर तेरे बदन की वो गरमाहट, अभी है मेरी दवा''

क्या एक जीवनकाल निकल गया है, जब हम आखिरी बार मिले थे,
कब मिटेगी यह दूरी, बस दिन मेरे इसी चिंता में कटते,
मैं नहीं चाहता कि हमारी कहानी रोमियो-जूलियट की हो,
मैं तुम्हारे साथ रहना चाहता हूँ, इस जीवन, और उसके बाद भी''

तुम्हारे बिना, बहुत अकेला और उदास महसूस करता हूँ,
मुझे आशा है कि जीवन इतना बुरा नहीं होगा,
सूरज चमकेगा, जहाँ हम साथ होंगे,
नहीं तो साँसों की गिनती बंद कर देना, क्या आप कर सकते हैं?

तारा के जाने से अवी की जिंदगी में एक खालीपन आ गया। वह अपने पूर्व स्वयं के खोल में था, वैसा इनसान ही वह नहीं रहा, जिससे तारा को प्यार हो गया

था। वह दूर हो गया, मौन हो गया, मानो उसका कोई हिस्सा हमेशा के लिए खो गया हो। उसने अपना बंद दिल खोल दिया था, लेकिन अब वह खो गया था, न जाने क्या करना है या कैसे आगे बढ़ना है। ऐसा लगा, जैसे नियति ने उसके साथ क्रूर मजाक किया हो। प्रारंभ में उसने सोशल मीडिया पर तारा की तस्वीरों को देखने में घंटों बिताए, उसके पीछे छोड़े गए लॉकेट के यांग आधे हिस्से को घूरते हुए। उसे आश्चर्य हुआ कि जब वह उसका प्रकाश, उसका यांग, उसकी तारा चली गई तो उसने उसे उसके पास क्यों छोड़ दिया! उसने ऑफिस में देर तक काम करके खुद को व्यस्त करने की कोशिश की, लेकिन रातें असहनीय थीं। वह सुन्न महसूस कर रहा था, जैसे उसका कोई अंग मर गया हो।

जैसे-जैसे समय बीतता गया, अवी को मिश्रित भावनाओं का अनुभव होने लगा। वह क्रोधित और भ्रमित था और कभी-कभी वह उन दोनों की एक साथ तस्वीरें देखकर रो पड़ता था। उसने खुद से सवाल किया कि क्या तारा सही थी कि उनका एक संबंध था, जो समय से आगे बढ़ गया था और वे आध्यात्मिक भागीदार थे। इन विचारों ने उन्हें सांत्वना दी, लेकिन उन्हें पीड़ा और दर्द का एहसास भी कराया। उसने सोचा कि ब्रह्मांडीय योजना क्या थी और यदि एक भी थी, या यदि यह सबकुछ ऐसा था, जिसकी तारा ने कल्पना की थी। वह तारा से गहरा प्यार करता था, तब भी जब वह उसके जाने से नाराज था, तब भी जब उसने अपने जीवन में उसकी उपस्थिति को याद किया, तब भी जब उसने सार्वजनिक स्थानों पर जोड़ों को देखा। वह अपने जीवन में उसे वापस पाने के अलावा और कुछ नहीं चाहता था, लेकिन वह चली गई थी, एक तारे की तरह जो बिना निशान के आकाश से गायब हो गया था, वास्तव में उसके नाम 'तारा' को अर्थ दे रहा था।

दो साल बीत गए; तारा जा चुकी थी। तथाकथित जिंदगी फिर से पटरी पर आ गई। उसने मुसकराना शुरू कर दिया था, लेकिन यह ज्यादातर सतह पर था और उसके दिल से कम। असली से ज्यादा कॉरपोरेट मुसकान। उसे वरिष्ठ स्तर पर पदोन्नत किया गया था। आर्थिक स्थिति सही थी, एक कार और एक घर था। लेकिन एक चीज जो जिंदगी से गायब थी, तारा। वह उसे याद करता था, अभी भी! रोने की आवृत्ति काफी कम हो गई थी, जो पहले जोर-जोर से रोने के साथ दैनिक दिनचर्या की तरह थी, अब कभी-कभार आँसुओं में बदल जाती थी। एक चीज जो निरंतर बनी रही, वह थी उसकी तस्वीरें रोजाना देखना, और यांग लॉकेट, ज्यादातर सोने के समय। वह आगे बढ़ गया था जीवन में, लेकिन जैसे फिर भी आगे नहीं बढ़ सका था! वह जानता था कि कॉलेज में सामान्य क्रश या आकर्षण या पहले प्यार से कैसे आगे बढ़ना है। लेकिन यह किसी ऐसे

व्यक्ति से कैसे आगे बढ़ना है, जिसने आपके दिल को छुआ, आपकी आत्मा को आपके अस्तित्व का हिस्सा बना दिया!

उसके ज्यादातर दोस्तों की शादी हो रही थी। कुछ के बच्चे भी थे। उसका अपना परिवार उस पर शादी करने के लिए बहुत दबाव डाल रहा था, लेकिन वह कैसे कर सकता था? सेरेंडिपिटी के बारे में क्या? तारा के बारे में क्या। आखिर वह कहाँ है? वह मेरी जिंदगी में वापस क्यों नहीं आ रही है? हमारे रास्ते पार क्यों नहीं हो रहे हैं? और कभी होगा? यह देश, जिसकी आबादी दुनिया में दूसरे नंबर पर है, जिसकी आबादी 130 करोड़ से अधिक है, क्या यह संभव है कि वे दोनों कभी मिलेंगे?

ये सवाल उसे बुरी तरह परेशान कर रहे थे। वह इससे बाहर नहीं निकल पा रहा था। सामाजिक अपेक्षाएँ, पारिवारिक दबाव उस पर काफी असर डाल रहे थे। उसके माता-पिता धार्मिक रूप से उसके लिए एक उपयुक्त मैच ढूँढ़ रहे थे और उसके चयन के लिए वैवाहिक प्रोफाइल भेज रहे थे। कोई भी उसकी अनिच्छा को समझना नहीं चाहता था और हर कोई उसकी नाराजगी को वर्तमान में शादी करने की अनिच्छा के रूप में ले रहा था। 'विवाह' वह वास्तव में इस अवधारणा को पूरी तरह से कभी नहीं समझ पाया। यह समाज में प्रेरित कुछ झुंड मानसिकता की तरह था और परिवारों ने जो कुछ कारण बताए हैं, उनका कोई मतलब नहीं था।

उसके माता-पिता उसे शादी करने के लिए लगातार परेशान कर रहे थे, इस तथ्य का हवाला देते हुए कि उसके दोस्त और रिश्तेदार भाई सभी घर बसा रहे थे और उसकी भी उम्र होती जा रही थी। उन्होंने उसे बच्चों के साथ देखने की अपनी इच्छा के बारे में बात की और अगर वह अविवाहित रहे तो समाज क्या कहेगा, इसके दबाव के बारे में बात की। वह जवाब देना चाहता था, 'क्या होगा अगर यह काम नहीं करता है और शादी के बाद मेरा जीवन और भी अधिक उथल-पुथल वाला हो जाता है? क्या होगा यदि साथी सही नहीं है और मेरे पास जो थोड़ी सी शांति है, वह तनाव, झगड़े और विषाक्तता से बदल जाएगी? क्या होगा? अगर मैं इससे बाहर निकलना चाहता हूँ तो आप और समाज अब भी मेरा समर्थन करेंगे?' लेकिन हमेशा की तरह वह इन विचारों को व्यक्त नहीं कर सका। वह जानता था कि शादी करने के लिए उनके दबाव का सच्ची खुशी, शांति या प्रेम से कोई लेना-देना नहीं था और यह सिर्फ सामाजिक अपेक्षाओं को पूरा करने के बारे में था। वह जानता था कि वह केवल तारा जैसी किसी के साथ घर बसाएगा, अन्यथा शादी करने का क्या मतलब था?

"फिर शादी करने का सही समय कब है?" उसकी माँ ने एक दिन ठेठ लहजे में पूछा।

"मुझे नहीं पता। मैं बस इतना जानता हूँ कि मैं इस समय तैयार नहीं हूँ।" उसने सख्ती से कहा।

"इस समय से तुम्हारा क्या मतलब है?"

"मेरा कॅरियर प्राथमिकता पर है और भी बहुत सी चीजें हैं, जिनसे मुझे निपटना है। मैं किसी अनजान लड़की से शादी नहीं कर सकता। मुझे पहले किसी व्यक्ति को जानने की जरूरत है, तभी मैं किसी से शादी करने के बारे में सोच सकता हूँ। यह अरेंज मैरिज मेरी समझ से परे है।" उसने समझाने की कोशिश की।

"तुम्हारी जानकारी के लिए, मैंने और तुम्हारे पिताजी ने इसी धारणा—अरेंज मैरिज के साथ शादी की है।"

"हाँ, मुझे पता है और आपकी शादी कितनी खूबसूरत है, यह भी मुझे पता है," उसने व्यंग्यात्मक ढंग से कहा।

"यह टिप्पणी अप्रासंगिक थी।"

"जो भी हो! मैं इसका अवलोकन नहीं करना चाहता। मुझे समय की जरूरत है। हम ऐसे ही किसी के साथ शादी नहीं कर सकते हैं, जैसे हमारे या उसके घर पर शाम का नाश्ता या चाय के साथ किसी रेस्तराँ में और उसी दिन शगुन देने के बाद जैसे कोई कार्य पूरा हो गया हो। चलो जी, रोका हो गया। बधाई हो। नहीं! शादी के बारे में मेरा यह विचार नहीं है। आपने जीवन के किसी भी पहलू में मुझे कभी नहीं समझा और मेरा समर्थन किया और हमेशा अपने सपनों को मुझ पर थोपा। मेरे अपने भी सपने हैं, मैं भी एक इनसान हूँ और कठपुतली नहीं," वह अब और नियंत्रण नहीं कर सका और विस्फोट हो गया।

वह थोड़ी देर के लिए चुप हो गई और फिर पूछा, "फिर शादी के बारे में तुम्हारा क्या विचार है?"

"मेरे लिए शादी दो लोगों का मिलन है या बल्कि दो आत्माओं का मिलन है और…" वह वाक्य पूरा नहीं कर सका। शब्द 'आत्मा' उसे फिर से तारा की यादों में ले गया। 'आत्मिक साथी।'

"अवी, हम यह नहीं कह रहे हैं कि तुमको किसी से मिलने के तुरंत बाद शादी करनी है। अपना समय लो, हम तुम्हें मजबूर नहीं कर रहे हैं। लेकिन कम-से-कम खुद को इस तरफ मोड़ना शुरू करो, डेटिंग शुरू करो। नए लोगों से मिलो और देखो कि क्या आपके पास हैं सामान्य रुचियाँ या कुछ भी, जो आपको पसंद हो। उन्हें जानने के लिए समय निकालो, लेकिन कम-से-कम लोगों से बात करना शुरू करने का प्रयास करो और यह देखो कि जीवनसाथी के रूप में तुम्हारे लिए कौन अच्छा है। इसमें दिन, सप्ताह

या महीने लग सकते हैं। लेकिन तुम नहीं जानते कि तुम सही व्यक्ति से कहाँ और कैसे मिलोगे। कम-से-कम कहीं तो शुरुआत करो!"

उसकी माँ और उनका हावी होने का तरीका, अपने तरीके से चीजों को उत्तेजित करता है। उन्हें यह समझाने का कोई मतलब नहीं था कि शादी तथाकथित खुशी के समानुपातिक नहीं है।

"ठीक है। मुझे एक महीना दीजिए और फिर मुझे वो प्रोफाइल भेजिए।" वह बस इस बातचीत से छुटकारा पाना चाहता था।

"एक महीना क्यों?"

"माँ!" वह फिर से विस्फोट करने के लिए तैयार था।

"ठीक है। यह समय ले लो, लेकिन सुनिश्चित रहो कि उसके बाद तुम प्रोफाइल देखना शुरू कर दोगे, हम तुम्हें भेज देंगे। या फिर तुम खुद भी प्रोफाइल चेक कर सकते हो। इस मैचमेकिंग वेबसाइट के लिए यह मोबाइल ऐप भी है, इसे अपने फोन में डाउनलोड करो और खुद देखो। तुम्हारे पापा ने तुम्हारी प्रोफाइल पहले ही बना ली है।"

"हाँ, हाँ।"

"लेकिन तुम क्या करोगे इस एक महीने?" उसकी माँ ने अवी के पिछले ढीठ जवाब पर ध्यान दिए बिना फिर से पूछा। अवी जानता था कि इससे बचने का कोई रास्ता नहीं है। जब तक वह उसे नहीं बताएगा, तब तक उसकी माँ नहीं रुकेगी।

"मैं एक एकल यात्रा (Solo Trip) पर जाना चाहता हूँ।"

"क्या? कहाँ? क्यों? हमें साथ ले लो!"

"नहीं! सोलो ट्रिप का मतलब है अकेले जाना, अगर आप यह समझ सकते हैं।"

"हाँ, पता है Solo Trip का मतलब। मगर अकेले क्यों? नवे-नवे Fashion चला रखे आजकल दे मुंडेया ने।" उन्होंने कहा।

"मैं सिर्फ अपनी अंतरात्मा की आवाज सुनना चाहता हूँ। जैसा मैं अब इस जीवन से चाहता हूँ। मैं इसे कैसे देखता हूँ और मैं इसे कैसे देखना चाहता हूँ। और मैं प्रकृति में रहना चाहता हूँ, उसके साथ एक हो जाना चाहता हूँ। वह शांति मैं बहुत ज्यादा चाहता हूँ इस समय। परिवार के साथ यह संभव नहीं है। इसके अलावा, मैं आलू दे पराँठे, मैगियाँ, पनीर दी सब्जी के बारे में लगातार बातें सुनकर अपनी छुट्टी खराब नहीं करना चाहता, उस लड़की को देखो, उसने छोटे कपड़े पहने, इस ऑटोवाले ने हमसे दो अतिरिक्त पैसे लूट लिये, होटल के कमरे साफ नहीं थे, उन्होंने हमें ज्यादा चाय के पाउच नहीं दिए, चाय स्वादिष्ट नहीं थी, ये लोग पर्यटकों के साथ अच्छा व्यवहार नहीं करते हैं, वगैरह-वगैरह।"

"हुँह!" उसकी माँ ने चिढ़ने वाला मुँह बनाया।

"धन्यवाद!" अवी ने बात खत्म करने के लहजे में कहा।

अवी खोया हुआ और लक्ष्यहीन महसूस कर रहा था, वह अनिश्चित था कि वह जीवन से क्या चाहता है। वह जानता था कि उसे हवा-पानी में बदलाव की जरूरत है, अपने दिमाग को साफ करने और कुछ जवाब खोजने के लिए एक अकेली यात्रा। उसने आशा की कि यात्रा तारा और उनके संबंधों के बारे में ब्रह्मांड से एक संकेत के रूप में भी काम कर सकती है। हो सकता है कि वे फिर से रास्ते पार कर लें, अगर वे होना चाहते थे या शायद यह उनके लिए जाने और आगे बढ़ने का संकेत होगा। वह शांति और शांति की जगह खोजना चाहता था, एक ऐसी जगह जहाँ वह खुद को फिर से पा सके।

उसने अहमदाबाद से एक यात्रा लेने का फैसला किया, जहाँ उसे पदोन्नति के लिए स्थानांतरित कर दिया गया था। उसने नक्शा फैलाया और अपने विकल्पों पर विचार करने लगा। कुछ समय बाद उसने कुछ स्थानों को इंगित किया, जिसमें एक पहाड़ी शृंखला भी शामिल थी, जो उसे एक अजीब, अकथनीय तरीके से पास बुला रही थी। उसने माउंट आबू, मंदसौर और गोवा को चुना, दो दिन माउंट आबू में, एक दिन मंदसौर में और बाकी समय गोवा घूमने की योजना बना रहा था। लगभग 70 घंटे सड़क पर बिताने थे यात्रा के लिए और बाकी का समय घूमने-फिरने और आराम करने के लिए। उसने ऑफिस से छुट्टी ली और अपने बैग को खाद्य आपूर्ति, ग्रेनोला बार और अन्य जरूरतें, जैसे—चादरें, एक रजाई और तकिए के साथ पैक किया। अगली सुबह वह पूरी तरह से आराम करके उठा और अपनी यात्रा के लिए निकल पड़ा, आगे के रोमांच के लिए तैयार।

यात्रा ठीक समय पर शुरू हुई। वो चार घंटे में माउंट आबू पहुँच गया। दिलवाड़ा मंदिर देखने गया, जो पुराने जैन मंदिर हैं। उसे वहाँ बहुत अच्छी आध्यात्मिक ऊर्जाएँ मिलीं, जहाँ उसने कुछ समय के लिए ध्यान में रहने की कोशिश की। मंदिरों में कुछ खंड ऐसे थे, जो इतनी उच्च ऊर्जाओं के साथ फल-फूल रहे थे, जिन्हें अवी बहुत अच्छे से महसूस कर सकता था। वहाँ कुछ अच्छा समय बिताने के बाद वह प्रसिद्ध नक्की झील देखने गया। उसने झील के पास एकांत में शाम बिताई, कुछ नौका विहार किया और पक्षियों को देखा। वह हलका महसूस कर रहा था। जब से तारा ने उसे छोड़ा था, तब से उसने छुट्टी नहीं ली थी। वह चाहता था कि इस ब्रेक से फिर से वो जीवंत हो जाए। झील के पास ही एक बगीचा है, जहाँ वह काफी समय तक बैठा रहा। उसने उधर से गुजरते लोगों को देखा। किसी को देखकर मुसकराया, किसी की मदद की। उसने वहाँ एक कविता लिखी, उसका एक खोया हुआ जुनून, जो मानो फिर से जाग गया।

एक रास्ते से जा रहा था,
थोड़ा धीमा और मन में भार था,
एक प्रसिद्ध बगीचे में पहुँचा,
अपने लिए एक बेंच पाया और अपने पैर को आराम दिया।
बहुत सारे लोग इधर–उधर,
बगीचे में सब भरे हुए, अपने कार्य में लगे,
थोड़ा मैंने असहज महसूस किया, फिर से टहलने लगा,
एक लड़के को मुसकराते हुए थोड़ी दूर पे देखा।
अजीब तरह से बालों वाली हँसी और ताली बजाना,
यह समझने का समय कि वह शारीरिक रूप से अक्षम था,
एक छोटा रोलर कोस्टर बोर्ड उसके पास था,
हालाँकि यह किसी खेल के लिए नहीं था।
मुसकराने की वजह जानने की कोशिश की,
लड़कों के एक झुंड को खेलते हुए देखा,
वह उस आनंद पर खुश था, जो उसने कभी नहीं किया,
उसके बोर्ड का वह मुड़ना और घुमाना।
एक खुशमिजाज लड़का, एक गरीब घर का प्यारा सा लड़का,
अभी भी अपने इस दर्शक आदमी की तुलना में बहुत अमीर था,
बगीचे की खपरैल पर अपनी यात्रा मैंने फिर से शुरू की,
बस अब एक बात और थी, एक संक्रामक मुसकान।

दिन सुहाना था, इतने दिनों बाद उसे अपने भीतर कुछ प्रसन्नता का अनुभव हुआ। वह यात्रा के साथ–साथ व्यस्त दिन से काफी थक गया था, इसलिए वह कुछ ही समय में बिस्तर पर चला गया।

अगले दिन उसने अर्बुदा देवी मंदिर (आधार देवी) का दौरा किया। यह हरियाली के बीच एक पहाड़ी पर स्थित एक छोटा सा मंदिर है। जब वह वहाँ पहुँचा तो बूँदाबाँदी होने लगी, उसे लगा जैसे वे बूँदें उसे भी अंदर से साफ कर रही हैं। मंदिर में लगभग 365 सीढ़ियाँ हैं, जैसे साल के प्रत्येक दिन के लिए एक कदम याद दिलाती हों। वह उस पल में रहने और प्रकृति से जुड़ने की कोशिश कर रहा था। वह मंदिर पहुँचा, जो शीर्ष पर था, अर्बुदा देवी का मंदिर, कात्यायनी देवी का पुनर्जन्म, माँ शक्ति का एक स्वरूप माना जाता है। जब उसने गुफा में प्रवेश किया तो उसे सुंदर प्रेमपूर्ण ऊर्जा का अनुभव हुआ। उसने देवीजी का चेहरा देखा और उसे लगा जैसे वे उसे बहुत प्यार और स्नेह

से आशीर्वाद दे रही हैं। मानो वे करुणा की देवी हैं। वह कुछ देर वहीं बैठा रहा, अपनी आँखें बंद कीं और मानो एक फुसफुसाहट सुनी, "मेरे बच्चे, आओ और मेरी गोद में आराम करो, एक कठिन यात्रा तुम्हारी प्रतीक्षा कर रही है," जैसे ही उसने आँखें खोलीं, उसने उनमें आँसू महसूस किए, उसे पता ही नहीं चला कैसे? उसके बाद उसने इतना हलका महसूस किया, जैसे कोई बच्चा अपनी माँ की गोद में महसूस करता है। फिर वह मंदिर के साथ लगे एक चबूतरे पर गया, वहाँ प्रवेश करते ही उसकी साँसें फूल गईं, ऐसा सौंदर्य देखकर उसकी साँसें फूल गईं, वहाँ से पूरा माउंट आबू दिखाई दे रहा था।

अगले दिन उसने दमन की अपनी यात्रा शुरू की, जो गोवा से पहले उसका एक छोटा सा पड़ाव था। वह लंच टाइम में दमन पहुँचा और जंपोर बीच पर टहलता रहा। उस दिन मौसम हवादार था और हवा ठंडी थी। उसने वहाँ आराम से समय बिताया और कुछ स्थानीय व्यंजनों का स्वाद चखा। अगले दिन वह सुबह जल्दी निकल गया। यह एकल यात्राओं के बारे में सबसे अच्छा है, वह समय जो हमें बिना किसी व्याकुलता और गड़बड़ी के खुद के साथ मिलता है, बेशक दिमाग और उसके काफिले को छोड़कर। यहाँ यह फिर से शुरू हुआ।

'हे बडी,' दिमाग ने कहा।

'तुम कौन हो?' अवी ने पूछा।

'मैं तुम्हारा दिमाग हूँ। नमस्ते!'

'आप क्या चाहते हैं?'

'मैं सिर्फ तुम्हारा भला चाहता हूँ। जीवन में इतना निराशावादी होने का कोई मतलब नहीं है। आगे बढ़ो। किसी और को ढूँढ़ो।'

'मुझे आपकी सलाह की जरूरत नहीं है। मैं अपने दिल की सुनूँगा।'

'तुम्हारा दिल? हाहा! यह हमेशा की तरह तुम्हारा गलत मार्गदर्शन करता रहेगा। यह चाहता है कि तुम गहरी नींद में गोता लगाओ। दुःख और अकेलेपन की बेड़ियों में। प्रेम बगैर। समझो अवी, वह कभी भी तुम्हारे जीवन में वापस आने का इरादा नहीं रखती थी। पृथ्वी पर कौन इस बेवकूफी भरी बात को कहेगा? तुमसे दूर होने का बहाना चाहती थी। वह अब तक आगे बढ़ चुकी होगी, घर बसा चुकी होगी, अपने कॅरियर में अच्छा कर रही होगी, और यहाँ तुम हो। मूर्ख, डूबा हुआ इनसान। अभी भी किसी चमत्कार की प्रतीक्षा कर रहा है कि वाह, और तारा आ गई। धीमी ताली!!'

'चुप रहो!!!'

'तुम मुझे चुप कराने की कोशिश कर सकते हो भाई, लेकिन सुनो। मेरा काम तुम्हें वह कड़वा सच बताना है, जिसे तुम अब तक अनदेखा करते रहे हो। मैं नहीं चाहता कि

तुम दुनिया को गुलाब के रंग के चश्मे से देखो। व्यावहारिक बनो। तुम जानते हो कि तुम्हारे इस जीवनकाल में उसे फिर से देखने की संभावना लगभग असंभव है, जब तक कि किसी सर्वनाश में अधिकांश आबादी का सफाया नहीं हो जाता है और आप दोनों दुनिया को बचाने के लिए जीवित रहते हैं, जैसे कि कुछ लुगदी कथा में होता है।'

(मौन)

'देखो, अवी! तारा का अध्याय बंद हो गया है। इसे स्वीकार करो और आगे बढ़ो। अपनी बाँहों को भविष्य के लिए खोलो और अतीत को जाने दो। अगर वह वापस आने वाली होती तो अब तक आ चुकी होती। जरा सोचो, 10 साल बाद भी, अगर वह वापस नहीं आती है और तुम अभी भी अतीत में फँसे हुए हो तो क्या यह तुम्हारे लिए, तुम्हारे जीवनसाथी के लिए और बच्चों के लिए, यदि बच्चे हुए तो, और तुम्हारे माता-पिता के लिए उचित होगा? उसे जाने दो। कुछ लोग ऐसे होते हैं, जो आते हैं और चले जाते हैं, कुछ ही अधिक समय तक हमारे साथ रहते हैं। अतीत में रहने के बजाय सुंदर भविष्य के बारे में सोचो। यदि तुम अतीत में ही व्यस्त रहोगे तो तुम कभी भी भविष्य का स्वागत नहीं कर पाओगे। चुनाव तुम्हारा है!'

दिमाग अपना काम कर चुका था। यह खेला और अच्छा खेला। अवी पूरी तरह से उसके वश में था। अवी ने इस बारे में बहुत सोचा और पाया कि उसका दिमाग सही था। यह वास्तव में आगे बढ़ने का समय था। भारी मन से उसने आखिरी बार उसकी डिस्प्ले पिक्चर देखी और उसका कॉन्टैक्ट और उसके पास मौजूद सभी फोटो डिलीट कर दिए। उसने उसे सोशल मीडिया प्रोफाइल पर अनफ्रेंड कर दिया, भले ही तारा उन पर कभी सक्रिय नहीं रही। शायद इससे उसे अब अन्य संभावित साथी का पता लगाने में मदद मिलेगी।

एक लंबी-लंबी यात्रा के बाद वो शाम को गोवा पहुँचा। गोवा, कितना सुंदर है, जैसे पार्टी या शांति के लिए जो कुछ भी चाहता है, उसे पेश करने के लिए तैयार। सड़क के किनारे के कुछ शानदार नजारों के साथ पूरी यात्रा साँस लेने वाली थी, कुछ गाँवों से वह गुजरा, कुछ स्थानीय भोजनालयों में स्थानीय भोजन और मदिरा थी। माउंट आबू ने उसे किकस्टार्ट दिया था और किसी तरह गोवा ने उसे वास्तविक किक दी थी। उसे बहुत आनंद का अनुभव हो रहा था और उसके अंदर खोया हुआ वह बच्चा जैसे-तैसे फिर से ऊपर आ रहा था। वह अपना नाश्ता करने और पीने के लिए एक प्रसिद्ध शैक (Shack) के पास के एक कैफे में गया। एक दिन कैफे में वह अपना कॉफी पी रहा था, जब एक लड़की उसके पास आई और पूछा—

"मुझे उम्मीद है कि अगर मैं आपके साथ बैठ जाऊँ तो आप बुरा नहीं मानेंगे," वह

मुसकराई। उसने देखा कि वह इस लड़की को दो दिनों से देख रहा है, जब से वह इस कैफे में जाने लगा। शायद वह वहाँ की नियमित ग्राहक थी। वह एक खूबसूरत अपील के साथ सुंदर थी। उसकी आँखें बहुत उज्ज्वल थीं, एक अज्ञात रहस्य से झिलमिला रही थीं। वह काफी आकर्षक थी और वह उसके बारे में जानने को उत्सुक था।

"जरूर, मुझे खुशी होगी," उसने आकर्षक स्वर में उत्तर दिया।

"धन्यवाद, तो आप गोवा में कैसे आए?" उसने पूछा।

"मैं यहाँ एक अकेले यात्रा पर हूँ, खुद को फिर से खोजने की कोशिश कर रहा हूँ और निश्चित रूप से, पार्टियों और जगह की शांति का आनंद लेने के लिए," उसने प्रसन्नतापूर्वक कहा।

मीरा ने कहा, "आप एक इनसान का काफी दिलचस्प संयोजन हैं," मीरा ने कहा और वे दोनों हँसे।

"आप यहाँ क्यों आई हो?" उसने बदले में पूछा।

मीरा ने उत्साह से जवाब दिया, "मैं एक एक्स्प्लोरर (Explorer) हूँ, मुझे जल क्रीड़ा और समान विचारधारा वाले लोगों से जुड़ना पसंद है।"

"यह काफी दिलचस्प लगता है, मैडम एक्सप्लोरर," अवी ने छेड़ा।

"तो आज के लिए आपकी क्या योजनाएँ हैं?" मीरा ने पूछा।

"ज्यादा नहीं, वास्तव में। कोई सुझाव?" उसने पूछा।

"तो मेरे साथ आओ। चलो कुछ जल क्रीड़ा के लिए चलते हैं और फिर पास की एक शैक पार्टी में जाते हैं। मैं वहाँ कुछ लोगों को जानती हूँ," उसने चंचलता से कहा।

"अच्छा सुझाव है! लेकिन जाने से पहले, क्या मैं आपका नाम पूछ सकता हूँ?" वह उत्सुक था।

"तुम्हें पूछने की जल्दी है? मेरा नाम मीरा है, और तुम्हारा?" उसने बदले में पूछा।

"अवी।"

उन्होंने शहर को अच्छे से घूमा, सर्फिंग, स्नॉर्केलिंग, पैरा ग्लाइडिंग, जैसे पहले कभी नहीं की। अवी निश्चित रूप से उसके प्यारे वाइब से आकर्षित था, जिसकी निश्चित रूप से लंबे समय से कमी थी। हालाँकि, उसके पास कुछ और भी था, एक बुद्धिमानी, जिसे वह शायद अभी छिपा रही थी।

जैसे ही वे घुमावदार सड़क पर चल रहे थे, 90 के दशक की क्लासिक धुन 'वो पहली बार जब हम मिले' बजने लगा। अचानक, उसने वॉल्यूम कम कर दिया और पूछा," अवी, तुम प्यार को कैसे परिभाषित करते हो?"

उत्तर देने से पहले वह अपने विचारों को एकत्र करने के लिए एक क्षण के लिए

रुका। "प्रेम को परिभाषाओं में नहीं बाँधा जा सकता। यह अस्तित्व की एक अवस्था है, जहाँ सीमाएँ और परिभाषाएँ समाप्त हो जाती हैं। 'परिभाषा' शब्द का शाब्दिक अर्थ है परिभाषित करना, निर्धारित करना, किसी चीज का सीमांकन करना। लेकिन किसी चीज पर सीमांकन कैसे लगाया जाए, जिसकी प्रकृति ही मुक्त है?"

उसने आगे कहा, "प्रेम एक ऐसी चीज है, जहाँ परिमित अनंत हो जाता है और आकार निराकार हो जाता है। प्यार में किसी भी चीज या किसी के बीच कोई अलगाव या फर्क नहीं होता—न कि भगवान्, इनसानों, यहाँ तक कि जीवित और निर्जीव चीजों के बीच। सब एक हो जाते हैं और एक सब हो जाता है। प्यार एक एहसास है, जो आपकी आत्मा को छूता है, जैसे कि एक नदी आपके दिल से बहती है और आपको बहा ले जाती है। यह दिव्य के रूप में शुद्ध है! यह कुछ ऐसा है, जिसे कवि, सूफी और लेखक भी शब्दों में बयाँ करने के लिए संघर्ष करते हैं कि मेरा प्रिय प्रेम मेरे लिए है।"

वह मंत्रमुग्ध थी, "तुमने अचानक मुझे रूमी और शम्ज की याद दिला दी।"

"तुम उन्हें पसंद करती हो? मुझे पता था कि तुम्हारे पास और भी बहुत कुछ है।" अवी अब उसकी ओर अधिक आकर्षित हो गया था।

"हाँ, उनकी एक बोली," उसने उसकी आँखों में गहराई से देखा और कहा, "प्यार की व्याख्या नहीं की जा सकती। इसे केवल अनुभव किया जा सकता है। प्यार की व्याख्या नहीं की जा सकती, फिर भी यह सबकुछ समझा देता है।"

शाम को वे एक शैक पार्टी में गए। "क्या तुम डांस करते हो?" मीरा ने अवी से पूछा।

"हाँ मीरा, मुझे तुम्हारे साथ नृत्य करना अच्छा लगेगा," वे धीरे-धीरे एक अंग्रेजी गीत 'स्ट्रेंजर्स इन द नाइट-फ्रैंक सिनात्रा' पर झूम रहे थे, जो पृष्ठभूमि में चल रहा था।

Strangers in the night
Exchanging glances
Wond'ring in the night
What were the chances
We'd be sharing love
Before the night was through?
Something in your eyes was so inviting
Something in your smile was so exciting
Something in my heart told me

I must have you
Strangers in the night
Two lonely people
We were strangers in the night
Up to the moment
When we said our first hello
Little did we know
Love was just a glance away
A warm embracing dance away

वे एक-दूसरे की आँखों में देख रहे थे, चिनगारियाँ जैसी उड़ रही थीं, धीरे-धीरे कब उन्होंने एक साथ आकर किस किया, उन्हें पता नहीं चला, लेकिन अचानक जब वे किस कर रहे थे तो अवी के दिमाग में तारा की एक चमक कौंधी और वह पीछे हट गया।

"क्या हुआ अवी?"

"आह! कुछ नहीं," उसने ऐसे झाड़ा, जैसे कुछ हुआ ही न हो और अजीब खिंचाव को बदलने की कोशिश की, "तुम और पीना चाहती हो? मुझे तुम्हारे लिए लाने दो।" वह वापस आया और मदिरा पीते हुए उसने सूर्यास्त को देखा और धीरे से उसके कानों में फुसफुसाया, "सूरज कितना सुंदर है, चलो घूमने चलते हैं।"

"जरूर, मैं भी कहीं शांत, बहुत शोरगुल वाली जगह जाना चाहती हूँ।"

वे घूमने निकले और समुद्र तट पर कहीं सुनसान जगह पर बैठ गए। उसने उसकी उँगलियों को धीरे से छुआ और उसके हाथों को पकड़ लिया, वे फिर से करीब आ गए, इस बार प्यार के तीव्र क्षणों को रास्ता देते हुए एक-दूसरे में और गोता लगाते हुए। जैसा कि वे प्रेम के अंतिम क्षणों के कगार पर थे, अवी ने धीरे से कहा "आई लव यू तारा!"

"तारा! तुम्हें क्या हो गया है अवी? मैं मीरा हूँ!" वह उस पर टूट पड़ी।

"मुझे खेद है, मैं कहीं और खो गया था।" उसने नीचे देखा, क्योंकि वह उसका सामना नहीं कर सका।

"मैं वास्तव में आपको पसंद करती थी, ईमानदार होने के लिए मुझे यह भी लगा कि हम एक सामान्य फीलिंग से बहुत अधिक हो सकते हैं, मुझे आपकी वाइब में वह गहराई पसंद है, लेकिन आप एक टूटे हुए दिल के साथ एक घायल आदमी लगते हैं, जो अभी भी ठीक नहीं हुआ है। यदि आप तैयार नहीं थे, आपको मुझे संकेत नहीं देने चाहिए थे। यह अच्छा नहीं है।"

"मुझे खेद है मीरा, मैं वास्तव में हूँ, क्या हम इसे एक और मौका दे सकते हैं? मैं

वास्तव में आपके साथ अच्छी तरह से जुड़ा था और आपके साथ बहुत मजा आया था।" वह अपने आप से निराश था, सोच रहा था कि उसके साथ क्या गलत है।

"मुझे नहीं लगता अवी, तुम्हारे साथ आगे बढ़ना खुद को और अधिक चोट पहुँचाने के रास्ते की तरह होगा, क्योंकि मुझे पता है कि मैं तुम्हारे प्यार में पड़ जाऊँगी और चोट खा जाऊँगी, क्योंकि तुम अंदर से टूट चुके हो। मैं इस तरह के जुड़ाव के लिए तैयार नहीं हूँ। मेरे पास वास्तव में आपके साथ मेरे जीवन का समय था, लेकिन यह अब समाप्त होना चाहिए। एक आखिरी सलाह जो मैं आपको देना चाहती हूँ, या तो उस लड़की को ढूँढ़ो या पूरी तरह से आगे बढ़ो और खुद को एक और मौका दो। तुम हमेशा के लिए ऐसे नहीं रह सकते!" और वह चली गई।

होश में आने के लिए जैसे किसी ने थप्पड़ मारा हो। वह वहीं बैठा रहा, किनारे पर लहरों को घूरता रहा, यह उसके लिए एक देजा वु की तरह था, वर्षों पहले वह अपने प्रेमी के प्यार को आकर्षित करने के लिए काफी समान स्थिति में था, लेकिन इस बार वह किसी तरह उसे अंतिम विदाई देने के लिए यहाँ था, ताकि वह अपने जीवन के अगले पड़ाव पर जा सके। उसने यांग लॉकेट को देखा और उन लहरों से फुसफुसाया, "ओह प्रिय समुद्र, तुम्हारा मूल पानी है, जो हर जगह है। कृपया मेरे दूत बनो और उसे यह संदेश दो। तारा! मुझे आशा है कि तुम ठीक हो, मैं नहीं जानता कि तुम मुझे याद करती हो या नहीं, लेकिन मेरे जीवन में आने के लिए धन्यवाद। मैंने वास्तव में आपको बहुत याद किया और मेरा एक हिस्सा हमेशा आपका रहेगा, लेकिन अब समय आ गया है कि आपको जाने दिया जाए। मैं अब और इस पूरी नसीब वाली चीज के साथ तुम्हारा इंतजार नहीं कर सकता, अलविदा तारा!"

पहले उसने सोचा था कि लौटते समय मुंबई में रुकेगा, लेकिन फिर उसने सोचा कि मुंबई की तुलना में नासिक में रहना बेहतर होगा, क्योंकि मुंबई उसने पहले ही देख रखा था, वो त्र्यंबकेश्वर मंदिर के दर्शन करना चाहता था। यह एक शिव मंदिर है और बारह ज्योतिर्लिंगों में से एक है। मंदिर में भारी भीड़ थी, लेकिन किसी तरह वह दर्शन कर सका। वाइब्स को महसूस किया, कुछ समय के लिए वहाँ रहा, मुसकराया, क्योंकि उसने शिव के साथ बहुत जुड़ाव महसूस किया। वह बाहर मंदिर परिसर में सीढ़ियों पर बैठा था, जहाँ एक साधु के दर्शन हुए। उसने अवी को देखा, लगातार उसकी ओर देखकर मुसकराया। उन्होंने एक नारंगी ऊपरी वस्त्र और नीचे एक धोती के साथ सफेद गमछा पहन रखा था। उसने आँखें बंद कीं और अवी के सिर पर हाथ रखा और फिर कुछ देर बाद चला गया। अवी ने उसे हक्का-बक्का होकर जाते देखा। वह कौन था? वह जाने के लिए खड़ा हुआ कि अचानक उसके सिर से कुछ गिर गया। वह एक

फूल था, नारंगी रंग का फूल। उसने उसे अपने हाथों में ले लिया और ऐसा लगा जैसे वह किसी बिजली के स्रोत से जुड़ा हो। उसकी आँखें बंद हो गईं और उस समाधि को महसूस किया। उसने वह फूल अपनी जेब में रखा और परिसर से बाहर आ गया। उन्होंने वह रात नासिक में बिताई।

अगले दिन सुबह अचानक उसकी नींद खुल गई। उसने समय देखने के लिए अपना फोन देखा। यह 5:55 पूर्वाह्न था। होटल में नाश्ता करने के बाद उसने मध्य प्रदेश के मंदसौर के लिए अपनी यात्रा शुरू की। मंदसौर उसकी सूची में था, क्योंकि उसे इस यात्रा के बारे में सोचने से एक दिन पहले पशुपति नाथजी का सपना आया था। हालाँकि, जब उसने पशुपति नाथजी के बारे में सोचा तो वह प्रसिद्ध नेपाल मंदिर के बारे में सोचने लगा, लेकिन जब उसने इसकी खोज शुरू की तो उसे पता चला कि भारत में भी एक मंदिर मंदसौर में है और इस तरह मंदसौर उसकी यात्रा का हिस्सा बन गया।

मंदसौर आया और जब वह मंदिर पहुँचा तो उसने अपनी घड़ी देखी, शाम के 5:55 बज रहे थे। उसने मंदिर में प्रवेश करने से पहले अपने जूते जूता काउंटर पर जमा किए और टोकन नंबर 555 प्राप्त किया, ताकि बाद में अपने जूते ले सके।

जैसे ही अवी ने मंदिर में प्रवेश किया, उसे अपने ऊपर अपनेपन का एहसास हुआ। एक भावनात्मक प्रतिक्रिया, जो उसने पहले कभी अनुभव नहीं की थी। कारण न समझ पाने पर भी उसकी आँखों से आँसू छलक आए और चेहरे पर मुसकान फैल गई। उसे लगा, जैसे वह एक लंबी यात्रा के बाद घर आया हो, जैसे वह वहीं का हो। उसे ऐसा लगा, जैसे देवताओं का एक समूह उसका स्वागत कर रहा हो, आशीर्वाद और फूलों की वर्षा कर रहा हो। वह उन दृश्यों को नहीं समझ पा रहा था, जो वह अनुभव कर रहा था या वह अपने माथे के केंद्र में अचानक तेज दर्द का अनुभव क्यों कर रहा था, जैसा कि उसने उस दिन महसूस किया था, जब तारा ने उसे अपने अजना चक्र को संतुलित करने में मदद की थी।

जैसे ही वह गर्भगृह में प्रवेश करने के लिए लाइन में शामिल हुआ, मंदिर में ऊर्जा तेज हो गई। हर कोई 'ओम नमः शिवाय' का जाप कर रहा था और घंटियों की आवाज से मंदिर भर गया। उसने आध्यात्मिक उत्थान की एक जबरदस्त भावना महसूस की और जैसे ही उसने गर्भगृह में प्रवेश किया, उसका ध्यान आठमुखी शिवलिंग पर पूरी तरह से लीन हो गया। यह आठमुखी लिंग था। एक पंक्ति में शीर्ष पर चार चेहरे और उनके ठीक नीचे अन्य चार चेहरे, फिर से एक पंक्ति में। जैसे ही वह लिंग के पास पहुँचा, वह ठोकर खा गया और एक साथी आगंतुक द्वारा पकड़ा गया। वह कुछ भी या किसी और को नहीं देख सका, वह सिर्फ लिंग को एकटक देख रहा था। उसने महसूस किया कि उन आठ

चेहरों में से एक मुसकराते हुए चेहरे ने खुली बाँहों से उसका स्वागत किया। अवी ने भीड़ के साथ प्रवेश किया और जल्दी से बाहर हो गया, वह शिवना नदी के सामने खड़ा रह गया, हैरान और अनिश्चित कि अभी क्या हुआ था! वह अपने आसपास के लोगों पर ध्यान दिए बिना खुद से बात कर रहा था।

'वह क्या था? ऊर्जा का यह वेग क्या है? मैं यह क्यों महसूस कर रहा हूँ, समाधि? क्या है इस लिंग की कहानी? मैं एक बच्चे की तरह अकारण क्यों रो रहा हूँ? मेरा अपने शरीर पर नियंत्रण क्यों नहीं रहा?' वह कुछ देर के लिए शांत हो गया और पास की एक बेंच पर बैठ गया। होश में आने के बाद वह उस खुले क्षेत्र में गया, जहाँ नंदीजी थे। वह उनके पास बैठ गया। इस जगह से लिंग पूरी तरह से दिखाई दे रहा था, क्योंकि भीड़ अब शांत हो चुकी थी। उसे नहीं पता कि क्या हुआ, लेकिन उसकी आँखें अपने आप बंद हो गईं और जैसे उसे किसी दूसरी दुनिया में धकेला जा रहा हो, वह गहरे ध्यान की अवस्था में चला गया।

'यह क्या है? एक आग? ओह! यह बोन फायर है। इसके चारों ओर लोग नाच रहे हैं। ये इनसान हैं या जानवर? जानवर, इनसान, नहीं। रुको! जानवर और एक इनसान है। नहीं! वह इनसान नहीं है। वह आंशिक मानव है। बाघ का चेहरा और इनसान का शरीर। वह और ये जानवर क्या कर रहे हैं? और यह केंद्र में क्या है? रुको...क्या? क्या यह शिवलिंग है!' अवी ने एक झटके में अपनी आँखें खोलीं। उसने जो देखा, वह समझ नहीं पाया। क्या यह किसी प्रकार का विजन (Vision) था, जैसे एक बार तारा को हुआ था। उसे चक्कर आ रहे थे, कुछ समझ नहीं आ रहा था। उसके साथ क्या हो रहा था। अचानक उसने अपना सिर झुकाया और एक फ्लेक्स बैनर देखा, जिस पर लिखा था, 'निरंतर 555 दिनों तक जरूरतमंदों के लिए शिव भंडारा।'

वह खड़ा हो गया, किसी तरह अपनी चेतना प्राप्त कर रहा था, जो उसने देखा था, उससे पूरी तरह से भ्रमित था। वह मंदिर से बाहर जा रहा था, तभी किसी ने उसे रोका और कहा, "भाई, आप प्रसाद ले सकते हैं उस काउंटर से।" वह होश में नहीं था, पूर्ण समाधि में था, उसने बस वही किया, जो उस साथी ने उससे कहा था। वह काउंटर पर गया, कुछ प्रसाद लिया। काउंटर वाले ने उसे रसीद दे दी। उसकी आँखें धुँधली थीं और वह केवल रसीद संख्या देख सकता था, जिसमें लिखा था, क्र.सं. 555।

वह किसी तरह टहलते हुए वापस होटल पहुँचा और पिछले दो वर्षों में पहली बार बिना खाना, शराब या धूम्रपान किए सो गया।

अगले दिन वह सुबह देर से उठा। पिछले दिन के चक्कर से उसका सिर अब भी भारी था। वह सीधा बैठ गया और चीजों को संसाधित करने लगा। मंदिर में ध्यान

करते समय उसे जो दर्शन हुए, उसमें उसे जो कुछ दिखाई दिया, उसके बारे में कुछ भी समझ नहीं आ रहा था। काफी देर हो चुकी थी, उसने रिसेप्शन पर फोन करके पूछा कि क्या वे अभी भी नाश्ता परोस रहे हैं। सौभाग्य से, वे परोस रहे थे। उसने अपने कमरे को बंद कर दिया, जो पाँचवीं मंजिल पर था, उस समाधि (Trance) अवस्था में और अपना नाश्ता करने के लिए नौवीं मंजिल पर छत के ऊपर वाले रेस्तराँ में चला गया। उसका सिर इतना भारी और मदहोश था, उसने तुरंत एक कप चाय पी और फिर कुछ खाया। तब अचानक जैसे उसके अंदर कुछ क्लिक हुआ और एक एहसास हुआ।

जैसे ही अवी अपने नाश्ते और चाय के प्याले के साथ एक सीट पर बैठ गया, वह इस भावना को मिटा नहीं सका कि कुछ अलग था। उसने देखा कि कमरा नंबर 555 था। वही रसीद, जो उसे उस दिन पहले मंदिर में मिली थी, उसका नंबर भी 555 और उसके मंदिर पहुँचने का समय शाम 5:55 बजे था। और तो और, जूते के काउंटर पर टोकन नंबर भी 555 था। यह महज एक इत्तेफाक से ज्यादा था। उसने इसे ऑनलाइन देखने का फैसला किया तो पहली चीज जो सामने आई, वह थी—555 टाइमर इंटीग्रेटेड सर्किट, लेकिन उसने इसे नजरअंदाज कर दिया, क्योंकि उसे विज्ञान में कोई दिलचस्पी नहीं थी। लेकिन फिर परिणामों में से एक पर उसकी नजर पड़ी, यह 'एंजेल नंबर 555' था।

उसने इसके बारे में पढ़ना शुरू किया। उन्हें पता चला कि एंजेल नंबर (Angel Numbers) संख्याओं का एक पैटर्न है, जिसे हम अपने जीवन के किसी बिंदु पर अकसर देखते हैं, जो हमारे अभिभावक (Guardian) देवदूत (Angel) का एक संदेश है। वे संख्याओं के माध्यम से हमसे जुड़ने का प्रयास करते हैं और हम संख्याओं का एक विशिष्ट पैटर्न देखते हैं, जिसके साथ एक विशेष अर्थ जुड़ा होता है। जैसे वह 555 देख रहा था।

जब उसने इस पर कुछ 5-6 लेख पढ़े तो वह अवाक् रह गया। 555 विशेष रूप से जीवन में एक प्रतिमान बदलाव, बड़े बदलाव और परिवर्तन के बारे में था। और यह कि इस परिवर्तन के दौरान अभिभावक देवदूत इन परिवर्तनों से सुचारु रूप से गुजरने के लिए उनके जीवन-पथ में उनकी सहायता करेंगे। मार्गदर्शन स्वर्गदूतों, उच्च स्वरूप, दिव्य स्वरूप आदि द्वारा पारित किया जाएगा, ताकि व्यक्ति परिवर्तन के इस मार्ग से गुजर सके। उच्च स्वरूप! (Higher Self) दिव्य स्वरूप! (Divine Self) तारा ने इस बारे में बात की थी। उसने हमारे स्वरूपों को भी देखा था!

'लेकिन कौन सा बदलाव मेरा इंतजार कर रहा है? किस तरह का बदलाव? शिव, हे भगवान्, कृपया मेरा मार्गदर्शन करें। क्या करूँ! मैंने यह संदेश स्वर्गदूतों या

जो कुछ भी सुना है, लेकिन अब मैं क्या करूँगा? बोलो शिव! गोवा में समुद्र तट पर मीरा के साथ घटना के बाद मैंने अब तारा को जाने दिया है, मुझे पता है कि वह नहीं आएगी, और यह नसीब सब बकवास है। अब ये सभी संकेत स्पष्ट संकेत प्रतीत होते हैं कि मुझे जीवन के एक नए चरण में प्रवेश करना चाहिए, लेकिन फिर भी मेरा दिल नहीं कर पा रहा है। जीवन के इस मोड़ पर, जब मुझे नहीं पता कि मुझे अपने जीवन से क्या चाहिए और मैं इसके साथ क्या कर रहा हूँ, जहाँ मेरे माता-पिता शादी करने के लिए इतने पीछे हैं, मुझे बताओ कि मुझे क्या करना चाहिए? मैंने उत्तर पाने के लिए इस यात्रा की योजना बनाई थी, बल्कि मेरे पास अब पहले से कहीं ज्यादा सवाल हैं। मेरा जीवन पहले से ही अटका हुआ है। क्या परिवर्तन? मैं अकेला हूँ, क्या आप चाहते हैं कि मैं…'

"क्या मैं तुम्हारे पास बैठ सकता हूँ?" अचानक उसने देखा कि एक बुजुर्ग इनसान उसके साथ चाय पीने आए हैं। वे पचास की उम्र के लग रहे थे, उनके बाल सफेद हो गए थे और वे एक पर्यटक की तरह लग रहे थे, जो मंदिर में दर्शन के लिए आए। एक जिसने अवी का ध्यान वास्तव में खींचा, वह थी उनकी आँखें, उनकी कोमल, लेकिन तीक्ष्ण मजबूत निगाहें।

"हाँ, क्यों नहीं, आप अकेले खाना खाने आए हो?"

"लगता है बेटा! तुम किसी गहरी सोच में खोए हो, लगता है कुछ परेशान कर रहा है तुम्हें।"

"ओह! कुछ नहीं, आप भी यहाँ पशुपति नाथजी के दर्शन करने आए हैं?" उसने पूछा।

"हाँ बेटा, मैं उनके साथ एक मजबूत जुड़ाव महसूस करता हूँ। मैं अब बूढ़ा हो गया हूँ, अब जीवन में मंदिर जाने के अलावा और क्या करना रह गया है," और वह हँसने लगे, "लेकिन तुम यहाँ क्यूँ आए हो?"

"ओह, कुछ भी नहीं है बस, अलग-अलग जगहों की खोज की और यहाँ आने का मौका मिला," उसने आकस्मिक रूप से कहा।

"ऐसे ही कुछ नहीं होता; सबकुछ होने की वजह होती है। जब हम सोचते हैं कि जीवन वैसा नहीं हो रहा है, जैसा हम चाहते थे और महसूस करते हैं कि हम फँस गए हैं तो लड़ने या इसका विरोध करने के बजाय हम चीजों और परिस्थितियों को स्वीकार करने की कोशिश कर सकते हैं, जो जानते हैं कि सभी उत्तर उस समर्पण और स्वीकृति में निहित हैं। और शायद यही पशुपति नाथजी का यह रूप है, अपने भीतर के जानवर को वश में करके उन्हें समर्पित करना। ठीक है बेटा, मेरे जाने का समय हो गया है, मेरा

परिवार नीचे मेरा इंतजार कर रहा है, वैसे यह चाय काफी कड़क थी," उन्होंने आँख मारी, मुसकराए और बस ऐसे ही चले गए।

अवी चुप था; वह एक शब्द भी नहीं बोल सका। ऐसा लगा, जैसे ब्रह्मांड ने उसके सभी सवालों के जवाब उनके माध्यम से भेजे। वह भगवान् शिव का आभारी था, और चुपचाप उसने अपने जीवन की एक नई शुरुआत के लिए कमर कस ली, अँधेरा या उजाला वह समय बताएगा, लेकिन जो कुछ भी होगा, उसे अब भरोसा करना होगा और विश्वास करना होगा।

आखिरी बार, उसने यांग लॉकेट को देखा, आँसू की आखिरी बूँद डाली और उसी क्षण अपनी माँ को संदेश भेजा—"मम्मा! मैं शादी करने के लिए तैयार हूँ!"

□

शादी

जीवन एक लंबी यात्रा है, साथी रास्ता है,
लगाव के लाल धागे या स्वर्ग में बने मेल, जैसा कि वे कहते हैं,
प्रेम आजादी में है, और किसी दूसरी तरह से नहीं,
अगर कोई स्टेशन आपके पैरों को बाँध देता है तो रुकना बेहतर नहीं!

इसे भगवान् का उपदेश मानकर अवी शादी के लिए राजी हो गया। उनके माता-पिता निश्चित रूप से उनके लिए बहुत खुश थे। उन्होंने उसके मेलबॉक्स को अनगिनत प्रोफाइल से भर दिया। उनमें से कुछ एक ही पेशे के थे, कुछ एक ही जाति, कुछ एक ही शहर जहाँ अवी अभी रह रहा था, कुछ में उपरोक्त सभी या कुछ 'गुण' वगैरह थे। उसने अपने माता-पिता के सुझाव के अनुसार लड़कियों से मिलना शुरू किया। ज्यादातर लड़कियों से वह कनेक्ट नहीं हो पाता था। हो सकता है, किसी तरह उसके दिमाग में हो, सभी की तुलना तारा से की। और चूँकि कोई और तारा नहीं थी, वह ज्यादातर किसी लड़की को पसंद नहीं करता था। वह एक दर्जन लड़कियों से मिला, ज्यादातर कैफे में या कभी-कभी पूरा परिवार लड़की के घर जाता था। वह अब जैसे थक गया था। वह एक गहरे आत्मीय संबंध की तलाश कर रहा था, अगर समान नहीं तो भी कम-से-कम उसके पास, जो तारा के साथ था। लेकिन वह जो महसूस कर रहा था, वह विवाह की इस पूरी संस्था के प्रति बहुत सतही भौतिकवादी दृष्टिकोण था। जैसे समाज, परिवार के लिए हमें किसी-न-किसी से बँधना पड़ता है या फिर डर समा जाता है। 'आप अपना जीवन अकेले कैसे जिएँगे?' 'आपको बुढ़ापे में देखभाल करने के लिए किसी की जरूरत है', 'आप समाज में हमारी प्रतिष्ठा के बारे में नहीं सोचते और परवाह करते हैं।' अवी अभी भी इस पूरी तथाकथित शादी की बात को नहीं समझ सका था, अगर जिससे शादी हो वह आपकी सोलमेट नहीं है। वह जो आपके पूरे अस्तित्व को आँखों की एक ही चकाचौंध

से हिला सकता है, जिनके साधारण स्पर्श से आपके शरीर की प्रत्येक कोशिका में रोंगटे खड़े हो सकते हैं। वह जो न केवल आपको बढ़ने में मदद करता है, बल्कि भावनात्मक स्तर पर भी ठीक करता है। वह जो आपको खुद से सवाल करने में मदद करता है और खुद का बेहतर संस्करण बनने में मदद करता है। उसने इतने कम समय में तारा के साथ यह सब महसूस किया था, और उसे अपनी पत्नी के रूप में पाकर यह कितनी स्वर्गिक परीकथा हो सकती है। लेकिन नियति को हमेशा कुछ और ही मंजूर होता है, वह तब यह नहीं समझ सका। शायद अवी तारा के साथ इस स्वर्गिक गहरे मिलन के लिए तैयार नहीं था और उसे परीक्षणों और पाठों की एक श्रृंखला से गुजरना था। वह तारा को जाने देने और नए अध्याय में प्रवेश करने के लिए खुद को तैयार कर रहा था, लेकिन शायद वह उसकी ओर एक कदम और आगे बढ़ रहा था। ब्रह्मांड रहस्यमय तरीके से काम करता है, अगर हम पूरी तस्वीर को समझ सकें तो। एक दिन उसकी माँ उसके कमरे में आई।

"अवी! तुम्हें आगरा वाली निम्मी आंटी याद हैं?"

"वह जो आपकी दूर की बहन हैं और आधी समझदार हैं?"

"चुप कर! हाँ, वही। उसने अभी-अभी फोन किया था। वे आगरा में ही अपने एक दोस्त के जरिए एक परिवार को जानते हैं। परिवार अच्छा है, खाते-पीते लोग हैं। वह चार लोगों का एक एकल परिवार है। पिता व्यवसाय में हैं और उनकी बेटी किसी अच्छे कॉलेज से एम.बी.ए. है। वह किसी एम.एन.सी. में काम करती है, निम्मी ने मुझे नाम बताया था, मैं भूल गई। वे संयोग से यहाँ अहमदाबाद में किसी निजी यात्रा पर आए हैं। निम्मी ने उन्हें तुम्हारी प्रोफाइल भेजी थी और उन्होंने तुम्हें पसंद किया है। मैंने उसकी तस्वीरें भी देखीं और वह मुझे अच्छी लगी। उसका नाम मालविका है। उन्होंने हमसे मिलने में दिलचस्पी दिखाई है। वे कल तक यहाँ हैं। मैं उन्हें लंच और शाम की चाय के लिए हमारे घर आने के लिए कह सकती हूँ। तुम लोग मिल सकते हो और बात कर सकते हो, कुछ समय एक साथ बिता सकते हो और देख सकते हो कि क्या यह काम करता है। क्या कहते हो?"

"हम्म। ठीक है।"

अवी की माँ ने उन्हें फोन किया और उनसे अपने घर आने का अनुरोध किया। वे शालीनता से सहमत हुए। वे भी अपनी लड़की के लिए उपयुक्त वर ढूँढ़ना चाहते थे। कुछ ही समय में उनका परिवार दोपहर के करीब अवी के घर पर था। परिवार बात करने में लग गए, जहाँ उनके पिता राजनीति और क्रिकेट के बारे में बात करने लगे और माताएँ अपने परिवारों के रीति-रिवाजों के बारे में और यहाँ से अपने मायके में कैसे अलग थी। भाई-बहन नवीनतम गेम, मीम्स (Memes), YouTube चैनल

और इंस्टा रील्स के बारे में बात कर रहे थे तथा अवी और मालविका को जल्द ही जानबूझकर कुछ लोगों द्वारा और अनजाने में दूसरों द्वारा किनारे कर दिया गया। वे दोनों जानते थे कि वे क्यों मिल रहे हैं और हमेशा की तरह शर्म और हिचकिचाहट स्पष्ट थी। एक समय के बाद, यह काफी अजीब हो गया और फिर अवी ने चुप्पी तोड़ी।

"तो, आप यहाँ अहमदाबाद में किसी शादी में शामिल होने के लिए आए हैं?" उसने पूछा।

"हाँ। मेरे दूर के चचेरे भाई की शादी है, जिसके लिए हम यहाँ हैं।" मालविका ने थोड़ा शरमाते हुए जवाब दिया।

"अच्छा। और आपको यह जगह कैसी लगी?" उसने पूछा।

"अच्छी," मालविका ने मुसकराते हुए कहा, अपने बालों की कुछ लटें चेहरे पर गिरते हुए कानों के पीछे ले जाते हुए।

अवी सीधे मुद्दे पर आ गया। "देखिए, आपने मेरा प्रोफाइल देखा है और मैंने आपका देखा है। हम एक-दूसरे के बारे में बुनियादी बातें जानते हैं और हमें उस पर अपना समय बरबाद नहीं करना चाहिए। मैं आपसे दो प्रासंगिक बातें सीधे पूछना चाहता हूँ। पहला, आप शादी क्यों करना चाहते हैं? और अगर आप शादी करना चाहते हैं तो आप मेरे बारे में क्यों विचार करना चाहते हैं?"

मालविका ने सवालों के सीधे स्वर को संसाधित करने के लिए एक क्षण लिया। उसने अपने संयम को खोजने की कोशिश की और जवाब दिया, "खुद की कल्पना करो, एक द्वीप पर फँसे हुए, अकेले, चार साल के लिए जैसे कि उस फिल्म 'कास्ट अवे' (Cast Away) में उस चरित्र के साथ होता है। चार साल की बात तो छोड़िए, कुछ महीनों तक आप नहीं रह पाएँगे। वहाँ एकाकी जीवन जीना कितना पीड़ादायक होगा। आपको याद है कि टॉम हैंक्स ने जो किरदार निभाया था, उसने वहाँ क्या किया था? उन्होंने एक वॉलीबॉल का इस्तेमाल किया और उसका नाम विल्सन रखा। वह उस पूरे समय उससे बात करता था, जैसे वह एक वास्तविक इनसान था। और कैसे वह रोया था, जब वह उस द्वीप से घर वापसी की अपनी यात्रा के बीच में उससे बिछड़ गया था। मानो उसने अपने दोस्त, अपने साथी को वास्तविक रूप में खो दिया हो। यहाँ तक कि जब यह सिर्फ एक वॉलीबॉल था, लेकिन उसके लिए वह सबकुछ था!

"जीवन एक लंबी यात्रा है। मनुष्य जनकेंद्रित हैं। हमें इस सफर पर चलने के लिए लोगों की जरूरत है। कुछ हमें अपनी अस्थायी जरूरतों के लिए चाहिए, जैसे—दोस्त, परिचित, सहकर्मी, जो राहगीरों की तरह होते हैं, जिनके साथ हम अस्थायी स्नेह और आगे बढ़ने की ताकत प्राप्त करते हैं। फिर कुछ ऐसे भी होते हैं, जो हमारे जीवन के ठोस

स्तंभों की तरह हमारी नींव होते हैं या बन जाते हैं, जिनसे हम अपनी सच्ची खुशी, प्यार, आनंद और उन भावनाओं को प्राप्त करते हैं, जिन्हें हम सबके साथ दिखा या साझा नहीं कर सकते। ये हमारे खास लोग होते हैं और हमारी जिंदगी के उन खास लोगों में से एक हमारा पार्टनर होता है, जिससे हमारी शादी होती है। वह दूसरों से भी ज्यादा खास होता है, क्योंकि हम उस व्यक्ति के साथ लगभग हर छोटी-से-छोटी बात साझा करते हैं, जो हम अपने माता-पिता से भी साझा नहीं करते हैं, जिन्होंने हमें जन्म दिया है। ऐसे समय होते हैं, जब हम खुश होते हैं और हम अपनी खुशी का विस्तार करने के लिए उस विशेष व्यक्ति के साथ इसे साझा करना चाहते हैं, उस खुशी को बेहतर महसूस करते हैं और फिर ऐसे समय होते हैं, जब हम खुश नहीं होते, दु:खी होते हैं, भावनात्मक रूप से परेशान या दबे होते हैं और हमें उस ठोस स्थायी कंधे की जरूरत होती है, जिस पर सिर रखकर हम रो सकें, जब हम थके हुए हों तो गले मिल सकें, ताकि हम दुनिया का सामना करने के लिए फिर से खड़े हो सकें। हर कोई अपने राजकुमार या अपनी राजकुमारी के बारे में सोचता है, जिसके साथ वह अपना शेष जीवन बिताना चाहता है। जैसा कि बॉलीवुड में कहा जाता है, हैप्पी एवर आफ्टर। मैं अपने जीवन में वह विशेष व्यक्ति चाहती हूँ, जिसके साथ मैं अपना जीवन एक साथ बढ़ते हुए, एक-दूसरे का खयाल रखते हुए और एक-दूसरे की ताकत बनकर बिता सकूँ।

मैं अपने जीवन में, अपनी शिक्षा के दौरान और अब इस नौकरी में बहुत से लोगों से मिली हूँ। अधिकतर मैं उनके साथ कोई गहरा संबंध महसूस नहीं कर सकी और विशेष रूप से, मैं कभी भी उस चीज को महसूस नहीं कर सकी, मुझे नहीं पता कि इसे क्या कहा जाए, लेकिन आप अपनी भावनाओं को आईने की तरह कह सकते हैं या ऐसा ही कुछ। मैं आज के सिवा किसी की आँखों में वह नहीं देख सकी या महसूस कर सकी, जो मैंने आपमें देखा। आपकी आँखों में वह ईमानदारी है, वह आकर्षण है, वह शांति है और आपकी आँखें यह सब बोलती हैं। और सबसे अच्छी बात यह है कि ये यात्रा करती हैं। ये इतनी सहजता से मेरी तरफ यात्रा कर रही हैं और मैं इन वाइब्स को महसूस कर सकती हूँ। मैं खुद को इससे बेहतर कभी नहीं देख पाई या उस गरमजोशी को महसूस नहीं कर सकी, जो मैं आपसे मिलने के बाद से महसूस कर रही हूँ। यह एक कारण है कि मैं पूरी अवधि के दौरान बहुत चुप रही, क्योंकि मैं समझ नहीं पा रही थी कि यह क्या है। मुझे नहीं पता कि इस मुलाकात के बाद क्या होगा, लेकिन निश्चित रूप से, मैं आपसे हमेशा संपर्क में रहना पसंद करूँगी, भले ही आप मुझसे शादी न करने का फैसला लें, तब भी।"

अवी ने सब सुन लिया। तारा के बाद वह अकेली लड़की थी, जिसने उसकी

प्रशंसा की, कुछ तार्किक समझ दिखाई, वैसे भी वह हाल ही में अपने खोल में इतना डूब गया था। हालाँकि, उसका दिल उस तरह उसके लिए नहीं धड़क रहा था, लेकिन उसने जो कहा, उससे उसे खुशी मिली और उसने अपने लिए उसकी आँखों में एक चमक देखी। वह यह महसूस करने में सक्षम था कि मालविका को वास्तव में उसके लिए प्यार था और वह उसके प्रति उसके झुकाव को महसूस कर सकता था। और आश्चर्यजनक रूप से, यह उनकी पहली मुलाकात थी!

"क्या मेरी प्रतिक्रिया उचित नहीं थी?" मालविका ने थोड़ा आश्चर्य से पूछा, क्योंकि अवी बाद में चुप हो गया था।

"नहीं! यह वह नहीं है। मैं बस किसी चीज में खो गया था, मुझे उसके लिए क्षमा करें।" अवी मुसकराते हुए बोला।

उन्होंने कई चीजों के बारे में बात की। वे अच्छी तरह से जुड़े। हालाँकि, अवी को उसके लिए वह एहसास नहीं मिला, जो उसके पास तारा के लिए था, उसके करीब भी नहीं था। लेकिन जिस तरह वह उसके माता-पिता के साथ घुलमिल गई, कैसे वह उसके घर के सभी बच्चों की चहेती बन गई और जिस तरह से वह अवी को इतने प्यार एवं देखभाल के साथ देखती थी, उसे इस बात से खुशी हुई। घर में उनकी मौजूदगी किसी-न-किसी तरह से सभी को पसंद आई थी। अवी ने भी ऐसा ही महसूस किया था। हर कोई खुश था, हर कोई मुसकरा रहा था, हँस रहा था और अवी हमेशा से यही चाहता था। सुखी परिवार! कोई जो इस अनसुलझे और बिखरे परिवार को जोड़ सके। इसके अलावा, वह अब वो फिराव हो सकती है, जिसे वह तारा के जाने से हताश होने के बाद चाहता था और उसका टूटा हुआ दिल भी।

बाहर शाम हो रही थी। मालविका के परिवार के निकलने का वक्त हो चला था, क्योंकि उन्हें घर जाने के लिए फ्लाइट लेनी थी। हालाँकि, अवी की माँ ने पूरी कोशिश की कि वे अहमदाबाद में एक दिन अधिक रुकें, असल में कम, शिष्टाचार के नाते अधिक, लेकिन चूँकि सभी को काम था, इसलिए एक और दिन बिल्कुल भी संभव नहीं था, खासकर क्योंकि यह पहले से नियोजित नहीं था। उन्हें विदा करने के लिए पूरा परिवार उमड़ पड़ा। हर कोई अच्छी तरह से जुड़ा हुआ था और किसी तरह दोनों के माता-पिता महसूस कर सकते थे कि मालविका और अवी भी अच्छी तरह से घुल-मिल रहे हैं। यह सब बॉडी लैंग्वेज से साफ झलक रहा था। कैब आ गई, मालविका के परिवार वाले आपस में गले मिले और सभी बैठ गए। अवी ने परंपरा के अनुसार मालविका के माता-पिता के पैर छुए और उसके पिता के चेहरे को मुसकान के साथ देखा। उसके पिता ने एक विस्तृत मुसकान के साथ उसे कंधों से पकड़ लिया और कुछ क्षणों के लिए उसे

गले से लगा लिया। जब उसने उसकी माँ के पैरों को छुआ तो उसकी माँ ने भी उस पर अपना आशीर्वाद बरसाया। अवी ने मालविका की ओर देखा, जो अब तक अपने परिवार के साथ कैब में बैठ चुकी थी और अलविदा कहने के लिए हाथ हिलाया। मालविका ने एक प्यारी सी मुसकान के साथ हाथ हिलाया और कैब ने गति बढ़ा दी और कुछ ही सेकंड में चली गई।

उसकी माँ शरारती मुसकान के साथ उसे घूर रही थी, जैसे वह जानती हो कि क्या हुआ है। माताएँ! वे चीजों को इतनी अच्छी तरह कैसे जानती हैं? वे कैसे समझ सकती हैं, खासकर इन परिदृश्यों को, इतनी अच्छी तरह से।

"तो! कैसा रहा?" उसी शरारती मुसकान के साथ उन्होंने अवी से पूछा।

"माँ! यह सिर्फ एक मुलाकात है। उसे भी थोड़ा समय दें और मुझे भी। क्या आप कर सकते हैं?" अवी ने पलटवार किया।

"हाँ, अपना समय ले लो। मैं बस पूछ रही हूँ कि यह कैसा रहा और क्या तुम उससे जुड़ सके? सच कहूँ तो मुझे लड़की पसंद आई!" उसकी माँ न केवल शरारती थी, बल्कि तंग भी कर रही थी।

"आपको तो दुनिया की हर लड़की पसंद आ जाती है।"

"अवी!"

"वो अच्छी थी माँ! मुझे उससे बात करके अच्छा लगा। नहीं पता कि भविष्य में इसका समापन कैसे होगा, लेकिन हाँ, उसके साथ अच्छी बातचीत हुई। और आपके लिए यह जानना काफी है कि अब आप मेरे व्यक्तिगत स्थान में प्रवेश कर रही हैं। थोड़ा साइड हो जाएँ अब!"

"ठीक है! जो मैं सुनना चाहती थी, वह मुझे मिल गया," और उसकी माँ उसे अपने कमरे में अकेले मुसकराती हुई छोड़कर चली गई।

वह कुछ देर अपने बिस्तर पर करवटें बदलता रहा और सोचता रहा कि क्या हुआ। पूरे समय उसके चेहरे पर मुसकान थी, एक छोटी लेकिन हार्दिक मुसकान। आमतौर पर वह सोने से पहले कुछ संगीत सुनता था, आज रात वह बाँसुरी और तबले की मधुर धुन सुनने के मूड में था। जैसे-जैसे उसकी चेतना स्वरों के साथ एकाकार होने में गहरी होने लगी, उसे थोड़ी बेचैनी होने लगी। जैसे किसी की उपस्थिति उसे कुछ दिखा रही हो। उसे अपने ऊपर मँडराते कुछ धुँधले भूरे बादलों का दर्शन हुआ और धीरे-धीरे वह सो गया। उस रात उसे एक सपना आया। उसने खुद को पेड़ों और घास के मैदानों से घिरी एक खूबसूरत सड़क पर चलते देखा। थोड़ी देर बाद उसने अपने आगे दो रास्ते देखे, एक सुनसान सड़क की तरह, जिसमें ढेर सारी बाधाएँ थीं, अँधेरा था, लेकिन वहाँ देखा कि

उसके परिवार के सभी सदस्य उसे देखकर मुसकरा रहे थे, जिसमें मालविका भी शामिल थी, जो एक सुंदर काले रंग का गाउन पहने उसे देखकर मुसकरा रही थी। उस रास्ते पर उसे लगा कि मंजिल बहुत करीब है। जबकि दूसरी सड़क पर न अँधेरा था, न रुकावटें थीं, न हरियाली थी, फिर भी कुछ सुनसान था और लगा कि मंजिल बहुत दूर है। इस स्वप्न ने उसे झकझोरकर रख दिया, वह पसीने से तर-ब-तर हो गया। वह इस सपने का अर्थ नहीं समझ सका, लेकिन उसे पता था कि वह एक दोराहे पर है और एक महत्त्वपूर्ण चुनाव उसे करना है। जागरूकता की कमी के कारण और भावनात्मक जुड़ाव से अंधे होने के कारण उसने इसे अपने परिवार और मालविका के बारे में सोचकर डिकोड किया, जो उनकी मंजिल तक पहुँचने में उनकी मदद और समर्थन करेंगे। उसके साथी और जीवन के लिए शुभचिंतक, जो उसके साथ हमेशा होंगे चाहे कितना भी अँधेरा हो या बाधाएँ आएँ। उसने महसूस किया कि यह ब्रह्मांड उसे उस रास्ते को चुनने के लिए संकेत दे रहा है, जो उसकी नियति है। खैर, वह सही था, वह रास्ता चुनना उसकी नियति थी, क्योंकि वह उसे अपनी मंजिल के करीब ले जाएगा। सवाल यह था कि उसने उस अँधेरे रास्ते पर देखा कि वे उनके रक्षक होंगे या वास्तव में उसे धक्का देने वाले।

इस तरह के किसी भी अनुमान से अनभिज्ञ, थोड़ी देर बाद वह अपनी घड़ी में समय देखने के लिए पहुँचा। मालविका की फ्लाइट को 15-20 मिनट में टेक ऑफ करना था। वह अपने फोन पर पहुँचा और उसे टेक्स्ट किया।

"शुभ यात्रा! यह मुलाकात अच्छी रही।" एक स्माइली इमोजी के साथ।

"धन्यवाद! यह वास्तव में एक अच्छी मुलाकात थी," मालविका जल्द ही उसी इमोजी के साथ लौटी, जिसका उसने इस्तेमाल किया था।

"क्या फ्लाइट समय पर है? क्या आप बैठ गए हैं?"

"हाँ। हमने बोर्ड कर लिया। बस कुछ ही मिनटों में विमान उड़ने वाला है।"

"अच्छा, बहुत बढ़िया। एक बार फिर शुभ यात्रा। अपना खयाल रखना।"

"एक बार फिर धन्यवाद अवी! तुम भी अपना ध्यान रखना।"

उसने अपने फोन को चार्जिंग में लगा दिया और खाना खाने चला गया। उसकी माँ के पास कुछ और ही ऊर्जा तथा मनोदशा थी। वह बहुत खुश थी, क्योंकि उसका बेटा एक लड़की से मिला था और उसके साथ अच्छा जुड़ाव महसूस किया था। वह उसकी शादी के बारे में पहले से ही सपने देख रही थी कि वह उसे 'बहू' कैसे कहेगी, उसे अवी के कमरे में क्या व्यवस्था करनी होगी, पुराने फर्नीचर को बदलने के लिए नया फर्नीचर, मेहमानों की सूची, शादी का स्थान, कौन कितना 'शगुन' देगा, पंडित जो सभी रस्में करेंगे, उनके बच्चों का नाम और क्या नहीं, उस वक्त उसके दिमाग में चल रहा था। वह

किसी परियों के देश में ऊँची उड़ान भर रही थी, जैसे कि कोई अफीम चख रखी हो। हालाँकि, उसकी दीप्तिमान ऊर्जा केवल दिवास्वप्न के लिए काम कर रही थी, भोजन जैसी अन्य चीजों के लिए नहीं, क्योंकि उसने रात के खाने के लिए कुछ भी तैयार नहीं किया था, क्योंकि दोपहर के भोजन और शाम के नाश्ते से बहुत अधिक बचा था और एक विवेकपूर्ण पंजाबी माँ के रूप में उसने इन सबको मिलाया और 'गत्तावा' बनाया, जो कि एक पंजाबी व्यंजन है, जिसे पंजाबी माताएँ तब बनाती हैं, जब उनका खाना बनाने का मन नहीं होता और फ्रिज में बहुत सारा खाना होता है, जिसे वे फेंकने या कुत्तों को देने का इरादा नहीं रखती हैं, क्योंकि यह ज्यादा-से-ज्यादा 3 दिन पुराना ही होता है। इसलिए इसे कुत्तों को देने के बजाय एक बेहतर नस्ल, 'परिवार' को दे दिया जाता है।

उसने टी.वी. पर कुछ रियलिटी शो देखे और रात के खाने के दौरान परिवार के साथ कुछ गपशप की। रात का खाना खाकर वह वापस अपने कमरे में आया और एक पुस्तक निकाली, जो वह इन दिनों पढ़ रहा था। उसने एक या दो पेज पढ़े और फिर उसे याद आया कि उसने चार्ज करने के लिए अपना फोन प्लग किया था। उसने अपना फोन निकाला और एक टेक्स्ट नोटिफिकेशन देखा। इसमें लिखा था, 'अभी-अभी लैंड हुए, इस पूरी उड़ान के दौरान मैं केवल तुम्हारे बारे में सोच रही थी और जब से हम मिले थे, तब से एक छोटी और प्यारी सी मुसकान ने मेरा साथ नहीं छोड़ा। मुझे नहीं पता कि आप अभी क्या महसूस कर रहे हैं, लेकिन यह एहसास खूबसूरत है, जो मैं अपने अंदर महसूस कर रही हूँ। धन्यवाद!'

अवी ने एक स्माइली चेहरे और 'खयाल रखें' संदेश के साथ बातचीत समाप्त की। उसे समझ नहीं आ रहा था कि आगे क्या कहना है। उस रात, वह भावनाओं का मिश्रण महसूस कर रहा था। एक तरफ जहाँ उसने मालविका से मुलाकात में खुशी महसूस की थी, यह अच्छा और मैत्रीपूर्ण रहा था, और उसने फिर से किसी के सामने खुलने में सहज महसूस किया था। दूसरी ओर तारा थी। वह उसका प्यार थी, उसकी सोलमेट थी। वह अभी भी अपनी भावनाओं से जूझ रहा था। उसका दिल उससे कह रहा था कि यह वह नहीं हो सकता, जो वह वास्तव में चाहता था। वह खुद से पूछता रहा, 'क्या मालविका वास्तव में वही है, जिसके साथ मैं खुद को अपना जीवन बिताते हुए देख सकता हूँ?'

बिस्तर में तीन घंटे हो गए थे और वह अभी भी करवटें बदल रहा था। क्या करना है, इसका जवाब नहीं मिल रहा था। मालविका, तारा और स्वप्न की इन सब बातों से उसका सिर भारी हो गया था। क्या वह सपने को सही ढंग से सुलझा पा रहा था। क्या वह वास्तव में वही थी, जैसा ही वह मालविका के बारे में सोचता था, ऐसा लगता था, जैसे कोई उसे धक्का दे रहा है, इसके लिए जाओ। उसे सपने से उसका मुसकराता हुआ

चेहरा याद आया जैसे कह रहा हो, मैं तुम्हारे लिए कुछ भी करूँगी अवी, बस मेरे पास आओ। वह खड़ा हुआ और अपने लिए पानी की बोतल लेने के लिए फ्रिज के समीप चला गया। बीच रास्ते से वापस अपने कमरे की तरफ आते हुए उसने अपने माता-पिता के कमरे से आवाजें सुनीं। वे मालविका और उसके परिवार के बारे में बात कर रहे थे। वे वास्तव में उससे और उसके परिवार से मिलकर बहुत खुश थे। हर कोई उसकी शादी का सपना देख रहा था, बेशक उसे छोड़कर। उसने चुपचाप अपने माता-पिता के कमरे का दरवाजा खोल दिया, थोड़ा सा ही, यह सुनिश्चित करते हुए कि वे ध्यान न दें। उसने उन्हें देखा, उनके चेहरे खुशी से दमक रहे थे। उन्हें इतने संतुष्ट देखे काफी समय हो गया था। एक मुलाकात उनके जीवन में कितनी खुशियाँ लेकर आई थी। उसने सोचा कि कैसे वह उस खुशी को हमेशा के लिए उनके चेहरे पर बनाए रख सकता है। क्या वह प्रारिवारिक एकता के लिए त्याग कर सकता था? उसने सोचा कि क्या उसे मालविका के साथ सच्चा प्यार मिल सकता है और क्या इसका मतलब तारा के साथ रहने की उसकी कल्पना को छोड़ देना होगा। शायद वह और तारा कभी होने के लिए नहीं बने थे। उसने अपने माता-पिता को देखते हुए भावनाओं का मिश्रण महसूस किया—उनकी खुशी के लिए खुशी और तारा को खोने के विचार से दर्द। उसने दरवाजा बंद कर दिया, मन-ही-मन तारा को अलविदा कहने के लिए एक पल लिया और फिर अपने कमरे में चला गया। आँखों में आँसू लिये उसने अपना फोन उठाया और मालविका को मैसेज किया।

'क्या तुम मेरी विल्सन बनोगी?'

25 दिसंबर, 2016 : शादी का दिन

मालविका ने अवी के प्रपोजल को हाँ कहा, वे कभी-कभार मिले, संदेशों में खूब बातें कीं, कभी कॉल पर। उन्होंने एक-दूसरे के सौहार्द का भरपूर आनंद लिया और कुछ ही समय में शादी तय हो गई, मालविका के माता-पिता द्वारा कुंडली का मिलान किया गया और कुल 36 में से 24 गुणों का मिलान हुआ, जिसे शादी के लिए ठीक माना जाता है। शादी करने के लिए एक सुरक्षित क्षेत्र! राशिफल के अनुसार शुभ तिथि तीन महीने में थी। रिश्ता धीरे-धीरे, ईंट-दर-ईंट बनने लगा था। यह अब तक का रोमांटिक कम, लेकिन देखभाल करने वाला और प्यार भरा रिश्ता अधिक था। दोनों ने इस रिश्ते को धीरे-धीरे स्थापित करने के लिए समय दिया था। और यहाँ वे थे, शादी के दिन। दो आत्माओं के बीच मजबूत लाल धागे आखिरकार जुड़ गए!

मालविका अवी के परिवार का हिस्सा बन गई और धीरे-धीरे एक महत्त्वपूर्ण अंग बन गई, जिसके बिना हर किसी का जीवित रहना असंभव था। हर कोई उस पर इतना

निर्भर हो गया था कि कभी-कभी यह असंभव सा लगता था कि वे अब तक अपना जीवन कैसे जी रहें थे। अपने पिता कीं दवाओं से लेकर खाना, घर की देखभाल, हिंदू रीति-रिवाजों और परंपराओं के अनुसार सभी रीति-रिवाजों का प्रबंधन करना। छोटों का खयाल रखना, उनकी जरूरतों को पूरा करना, उन्हें उनकी पढ़ाई के लिए ट्यूशन देना, परिवार के सभी सदस्यों को एक बड़े परिवार की तरह एक साथ आने देना, और हाँ, अवी की देखभाल करना। देखते-ही-देखते वह इस छोटे से परिवार के ब्रह्मांड का केंद्र बन गई, जहाँ किसी भी जरूरत के लिए, किसी भी आवश्यकता के लिए पहला नाम और कभी-कभी आखिरी भी जो हो सकता है, मालविका थी। यह लगभग ऐसा था, जैसे हर कोई उसके करामाती जादू के अधीन था। मालविका को पता था कि पिन से लेकर प्लेन तक घर की हर चीज कहाँ है। सब मालविका के सिर्फ भरोसे ही नहीं थे, बल्कि उसके प्रति इतने स्नेही थे कि वह जो कुछ भी कहती, बड़े प्रेम से उसका पालन करते थे। सभी को कम ही पता था कि वे खुद क्या कर रहे हैं। वह कब घर की सबसे प्रमुख शख्सियत बन गई, किसी को पता ही नहीं चला। यह लगभग ऐसा था, जैसे वह जानती थी कि सभी को अपनी धुन पर कैसे नचाना है। वो जो कहती या दिखाती, हर कोई उस पर आँख बंद करके विश्वास करता था, उसकी मीठी बातें, उसकी बच्चों जैसी मासूमियत, उसके दिल में क्या था, यह कोई नहीं जानता था, अवी भी नहीं।

मानव मनोविज्ञान रहस्यमय तरीके से काम करता है। सबकुछ तब तक अच्छा और प्यारा लगता है, जब तक प्रत्यक्ष या परोक्ष रूप से आपके अपने अधिकार, स्थिति, मूल्य को चुनौती नहीं दी जाती है। मजेदार बात यह है कि कई बार यह होता भी नहीं है! यह सब दिमाग में है। लेकिन जब यह आघात (Hit) होता है तो यह इतना कठिन होता है, जितना कोई समझ नहीं सकता।

जो कभी मधुर, स्नेह, देखभाल के रूप में देखा जाता था, वह अब हस्तक्षेप, प्रशंसा, एक 'संप्रभु' बनने के रूप में देखा जा रहा था, जो अन्यथा उसकी माँ अब तक थी।

"उसकी कितनी देखभाल है!" बन गया था, "उसकी कितनी हिम्मत है!" और जैसा कि दुनिया के हर खुशहाल परिवार के साथ होता है, खुशियाँ और एकता मुरझाने लगीं और जनता के बीच ही यह दिखाने के लिए निकली कि उनका परिवार कितना खुश और संतुष्ट था!

आप एक ही जेब में दो सिक्के नहीं रख सकते, नहीं तो वह शोर करने लगेंगे। तीन विकल्प रहते हैं हमेशा—पहला, उन्हें अलग-अलग जेब में रखें; दूसरा, एक ही जेब में दोनों के लिए प्रावधान करें या फिर तीसरा, संगीत का आनंद लें!

अपनापन और प्यार प्रतिद्वंद्विता बन जाता है! स्पोर्ट्समैन स्पिरिट कहीं पीछे छूट जाती है! वे छोटे-से-छोटे भाव फूटने लगते हैं, जिनका किसी को पता नहीं था। ईर्ष्या, दूसरे को नीचा दिखाना, बदनाम करना और क्या नहीं। यह एक शांत बॉक्सिंग मैच बन जाता है, जहाँ एकमात्र उद्देश्य दूसरे को हराना है, लेकिन हाथों से नहीं, रणनीति के साथ। सत्ता की लड़ाई! घर का प्रमुख कौन है इसकी लड़ाई!

किसी भी समूह, समुदाय, परिवार में एक बात समान रहती है। जब दो के बीच लड़ाई होती है तो दूसरों को उनकी पसंद से आँका जाता है कि वे किसके साथ खड़े हैं। डिप्लोमेसी हर किसी के वश की बात नहीं होती, लेकिन जो डिप्लोमैटिक हो सकते हैं, वही असली विजेता होते हैं। लेकिन जो लोग इस युक्ति से अनभिज्ञ हैं, वे लड़ने वालों की तुलना में अधिक पीड़ित हैं। उनके द्वारा लिये गए पक्ष के लिए उन्हें हमेशा आँका जाएगा।

अवी अलग नहीं था। वह ज्यादातर खुद को असहाय महसूस करता था, क्योंकि यह समझना भी इतना मुश्किल हुआ करता था कि कौन सही है और कौन नहीं। उसकी माँ के लिए यह ऐसा था, 'तुम हमेशा अपनी पत्नी का पक्ष लोगे' और मालविका के लिए, 'आपको मेरी परवाह नहीं है' या 'आप मेरे लिए खड़े नहीं होते, मेरे लिए एक शब्द नहीं बोलते।' किसी ने इसे बहुत खूब कहा है, 'शादी पार्क में टहलने जैसा है, बस वह पार्क जुरासिक पार्क है!'

अगर हर बादल में उम्मीद की किरण होती है तो कभी-कभी इसका उलटा भी सच होता है। कोई भी इतना पूर्ण नहीं हो सकता, हमेशा कुछ ऐसा होता है, जो गहरे स्तर पर चलता रहता है। वह वही हुआ करती थी जिसकी उम्मीद हर कोई करता था। वह अवी के परिवार की खामियों को अपने पक्ष में मोड़ने में काफी कुशल थी, लगभग बाँटो और राज करो की तरह। अवी दोनों तरफ से पंचिंग बैग बन गया। वह कूड़ादान बन गया। एक तरफ उसकी माँ मालविका की हर बात उस पर निकाल देती थी और मालविका भी उसकी माँ के लिए ऐसा ही करती थीं। कभी-कभी गंभीर इमोशनल ड्रेनिंग सेशन हुआ करते थे, जब अवी एक-एक करके उनके सामने बैठता था और उन सभी भावनाओं को अपना लेता था, जो उन्होंने अभी-अभी उतारी थीं। वो इमोशंस, उसमें इतना मेलोड्रामा था, इतनी चीखें, इतने आरोप, इतनी नफरत, इतना हो-हल्ला, जो अवी को मारने लगा। अवी के लिए जब इस तरह के रोस्टिंग सेशन नहीं होते थे तब भी घर का माहौल इतना असहनीय होता था कि कोई आपस में बात नहीं करता था और एक-दूसरे से दूर-दूर बैठे रहते थे, जिससे वह पागल हो जाता था।

अवी कभी-कभी सुन्न पड़ जाता था और कभी-कभी वह उन सभी बातों या

भावनाओं के बारे में सोचते हुए पूरी रात सो नहीं पाता था। और फिर, एक चमत्कार की तरह, कुछ ही समय में, वे दोनों फिर से एक साथ हो जाते थे, जैसे कि वास्तव में कुछ भी नहीं हुआ हो! और जैसे वे दुनिया की सबसे अच्छी सास-बहू हैं! तब प्रेम बहता, एक-दूसरे को गले लगाना, किस करना, एक-दूसरे की तारीफ करना। अजीब बात यह कि तब भी अवी को आलोचनाओं का सामना करना पड़ता था। "हम आपकी परवाह करते हैं, इसलिए हम लड़ते हैं। हम आपके लिए लड़ते हैं! चूँकि हम दोनों आपका भला चाहते हैं। और आप? आप कितने लापरवाह हो। घर के बारे में भी मत सोचो। हमेशा ऑफिस या दोस्तों में बिजी रहते हैं। हम आपका कितना इंतजार करते हैं! हम कितना चाहते हैं कि आप यहाँ हमारे साथ रहें और छोटे-छोटे पलों का आनंद लें। आप बहुत गैरजिम्मेदार हो अवी!" ऐसा लग रहा था कि दोनों तरफ से उसके लिए कोई राहत नहीं है।

हालाँकि यह सास-बहू गाथा हर घर में बहुत आम है, लगभग किसी गहरे कर्म-बंधन की तरह, जो बुद्धिमानी से लेने पर बहुत सारे अवसर और सबक देती है। लेकिन अवी इसे अच्छे से हैंडल नहीं कर पाया। उसने सभी अराजकता की नकारात्मकता को अवशोषित करना शुरू कर लिया और अपनी आत्मा में बह गया। वह आत्म-प्रेम (Self Love) की कमी, खोने के डर और बहुत अधिक संवेदनशीलता की अपनी कमजोरियों के तथ्य को स्वीकार नहीं कर सका और सही समय पर उचित कार्यवाही करने के लिए साहस नहीं कर सका। वह ऐसा जलशोषक (Sponge) बन रहा था, जहाँ मालविका छोटी-छोटी बातों की शिकायत करना शुरू कर देती थी, वैसे ही उसके माता-पिता भी करते थे। इस तरह वे अपना भार अवी पर लादकर खुद भारमुक्त हो जाते थे। लड़की जिसके बारे में उसने सोचा था कि वह सबको बाँधने आई है, पूरी तरह से हेरफेर का एक अलग खेल खेल रही थी। अवी, जो अपनी माँ के बहुत करीब था, उन से और परिवार के अन्य सदस्यों से भी दूर जाने लगा था।

अवी मालविका का हर तरह से समर्थन करने के लिए पूरी तरह से प्रतिबद्ध था, भले ही इसके लिए उसे अपने परिवार के खिलाफ जाना पड़े। उसने उसकी देखभाल और स्नेह की बौछार की और उसकी अधिकांश माँगों को पूरा करने का प्रयास किया। मालविका भी उसकी देखभाल करती थी, लेकिन यह सब जैसे एक बिजनेस डील का हिस्सा था। मालविका के लिए विवाह एक व्यक्ति के मालिक होने जैसा था और उसकी देखभाल व प्यार कई शर्तों के साथ आया। अवी ने सोचा कि शादी शायद ऐसे ही काम करती है, प्रत्येक साथी दूसरे से अपेक्षा करता है कि वे अपने आदर्श साथी के विचार के अनुरूप हों और उनसे अपना समय, पैसा और स्थान देने की अपेक्षा करें। लेकिन यह उस तरह का प्यार नहीं था जैसा अवी जानता था या जिसकी उसने कभी कल्पना भी

नहीं की थी। उनके लिए प्यार किसी को बंधन में नहीं, बल्कि आजाद करना था। उसका मानना था कि अगर हम किसी को रिश्ते में बाँधते हैं, चाहे वह शादी हो या कोई और तो यह सही मायने में प्यार नहीं है, बल्कि एक हलका सा भ्रम है। उसके लिए सच्चा प्यार दूसरे व्यक्ति को खुश देखकर खुश होना था, अपनी खुशी और अपनी जरूरतों से ऊपर रखना था। इस तरह के सवाल उसके दिमाग में चलते थे, लेकिन वह उन्हें झाड़ देता था, क्योंकि उसे लगता था कि शायद वह इस तरह के शुद्ध वास्तविक प्रेम के बारे में सोचने के लिए पागल है। वास्तविक जीवन में हो सकता है कि मालविका संस्करण मानव है, जो सच है और तारा प्रतीक सिर्फ सपनों या किसी काल्पनिक दुनिया में होता है। शायद वह कभी इस अजीब दुनिया से ताल्लुक नहीं रखता था। सिर्फ इस फैमिली चिक-चिक की वजह से ही नहीं उसने खुद को पूरी तरह से खोना शुरू कर दिया, लेकिन इस पूरे अनुभव में कुछ और भी था, कुछ गहरा खेल चल रहा था।

"मालविका, मैं अपने ऑफिस के साथियों के साथ गोवा जाने की योजना बना रहा हूँ," अवी ने विनम्र लेकिन दृढ़ स्वर में कहा।

"ओह, ठीक है, लेकिन मुझे अकेला छोड़ के, मेरा क्या?" मालविका ने सबसे मधुर आवाज में अभी तक उत्तेजित स्वर में उत्तर दिया।

"क्या मतलब, अभी पिछले महीने ही तो हम शिमला गए थे।" हैरान अवी ने कहा।

"हाँ, मुझे पता है, लेकिन मैं भी गोवा जाना चाहती हूँ, मुझे पता है कि तुम वहाँ हॉट लड़कियों को देखोगे।" एक बच्चे की तरह मालविका ने जवाब दिया।

"मैं थोड़ी देर के लिए दूर जाना चाहता हूँ, मालविका! क्या मैं अपनी जिंदगी के दो दिन भी अपने हिसाब से नहीं जी सकता?" चिढ़कर अवी ने थोड़े ऊँचे स्वर में कहा।

"हाँ-हाँ, तुम जी सकते हो, लेकिन तुम मेरे साथ भी जी सकते हो। हम खूब मस्ती और रोमानी पल बिताएँगे," मालविका ने चुलबुले लहजे में आँख मारी, अवी के चारों ओर हाथ डालते हुए उसकी आँखों में गहराई तक देखा। "इसके अलावा, मैं हमेशा की तरह आपकी देखभाल करूँगी। आपकी छोटी चीजें, जहाँ आपको मेरी जरूरत है।"

अवी पिघल गया, उसका सिर कुछ देर के लिए घूम गया और धुँधली अवस्था में उत्तर दिया, "ठीक है स्वीटी, जैसा तुम कहो।"

एक लंबी मुसकान ने उसके चेहरे का स्वागत किया और जैसे उसने कोई लड़ाई जीत ली हो। वह अवी का पसंदीदा व्यंजन बनाने के लिए चली गई। अवी समझ नहीं पाया कि अभी क्या हुआ। अपनी शादी के दो साल में पहली बार उसने मालविका से कुछ माँगा, जिसे उसने न केवल देने से मना कर दिया, बल्कि किसी तरह उसे अपनी इच्छा पूरी करने के लिए राजी भी कर लिया। उसे सबसे ज्यादा परेशान इस बात ने किया

कि उसने उससे बात करने से पहले इस यात्रा को सफल बनाने के लिए दृढ़ता से दृढ़ संकल्प किया था, क्योंकि उसे अपने उत्थान के लिए इस 'एकल टाइम' की दृढ़ता से आवश्यकता थी। उसका सिर और अधिक घूमने लगा और अचानक उसके दिल में तेज दर्द का अनुभव हुआ। कुछ ठीक नहीं है अवी, बिल्कुल गहरे में, उसके दिल ने इस बार बहुत जोर से कहा और उसने सुना और माना कि वास्तव में, कुछ सही नहीं था!

हम अकसर उस चेतावनी को अनदेखा कर देते हैं, जो हमारी आत्मा हमें देती है, जिसके परिणाम अधिक भयानक होते हैं। यह टॉम एंड जेरी गेम उनकी जिंदगी का हिस्सा बन गया। उसका स्वास्थ्य बदतर हो रहा था। घर वापस आने के मेलोड्रामा या माहौल या ऊर्जा से बचने के लिए उसने ऑफिस में ज्यादा समय देना शुरू कर दिया था। वह ऑफिस की पार्टियों में जाने लगा, जिससे वह अब तक परहेज करता था। इस सबके कारण उसका शराब और धूम्रपान का सेवन बढ़ गया। जब कोई व्यक्ति तनाव लेता है तो वह उस पर काबू पाने या कम-से-कम कुछ समय के लिए उससे दूर रहने का आसान तरीका खोजने की कोशिश करता है। फिर आते हैं ये व्यसन! व्यसन कुछ और नहीं है, बस यही जो आपका दिमाग आपको तुरंत राहत देने के लिए चाहता है। एक त्वरित समाधान। एक लघु परिपथ! हमें लगता है कि ये व्यसन हमारी मदद कर रहे हैं, लेकिन वास्तव में ऐसा नहीं है। वे केवल कुछ समय के लिए भावना को दबा देते हैं या उसे विक्षेपित कर देते हैं। लेकिन वे कुछ हल नहीं करते। इसके विपरीत वे एक उत्प्रेरक के रूप में कार्य करते हैं, क्योंकि हम समस्या को सीधे हल नहीं करते हैं, लेकिन दबाते या विक्षेपित करते हैं। यह ऐसा है, जैसे किसी छिपे हुए फोल्डर में कुछ रखा गया है, जो अभी भी रॉम (ROM) का उपभोग करता है, लेकिन हम खुश हैं, क्योंकि हम इसे कम-से-कम नहीं देख रहे हैं। इसके अलावा, यह हमारे स्वास्थ्य पर जो बुरा प्रभाव डालता है, वह भी हमारे लिए अच्छा नहीं होता है।

उसके बाल समय से पहले सफेद होने लगे थे। उसका पेट इंच में ज्यामितीय प्रगति दिखाने लगा। फेफड़े, हृदय से संबंधित अन्य बीमारियाँ थोड़ी उभरने लगीं, लेकिन नैदानिक परीक्षणों में दिखाई देने के लिए बहुत प्रमुख नहीं थीं। लेकिन वह देख सकता था! हर कोई अपने शरीर को सबसे अच्छे से जानता है। हम कई बार जानते हैं कि हमारे अंदर क्या हो रहा है और इसके कारक क्या हैं। लेकिन हम चेहरे पर मास्क लगाए रहते हैं, जैसे कुछ हो ही नहीं रहा हो। हमारा दिमाग फिर से खेलने लगता है, ओह! ठीक है। यह होता है! ओह! तुम बूढ़े हो रहे हो। बुढ़ापा इन मुद्दों को लाता है। देखें कि आपकी मंडली में लगभग सभी के साथ ऐसा हो रहा हैं या कम-से-कम शुरू हो गया है।

हम नजरअंदाज करते रहते हैं। इन सब बातों के बीच, सबसे बुरी बात यह थी

कि उसके घर में कोई भी उसके इस बदलाव और इसके कारणों को महसूस नहीं कर सकता था।

समय बीतने लगा। अवी और मालविका की शादी को तीन साल हो चुके थे। असुरक्षा और अराजकता अधिक-से-अधिक बढ़ रही थी। अंदर-ही-अंदर उसकी तबीयत काफी बिगड़ रही थी। उसका पेट फूला हुआ हो गया था। उसकी लत बढ़ती जा रही थी। वह अब शराब और धूम्रपान अधिक करने लगा था, जिसके बारे में उसके परिवार को पता नहीं था। वे शुद्ध धारणा में थे कि वह इसे सीमा के भीतर सेवन करता है, क्योंकि समय के साथ एक व्यक्ति यह छिपाने में माहिर हो जाता है कि उसने इन व्यसनों का कितना सेवन किया है। वह एक अच्छा अभिनेता बन गया था। वह देर से घर आता था। वह एक तरीके से 'मंजुलिका' बन गया था। वह विशेष रूप से जानता था कि उसका परिवार कब सोया होगा और हर कोई कब अपनी सबसे अच्छी नींद में होगा। तब तक वह घर आ जाता था। मालविका बच्चों की तरह सोती थी, उसे अच्छी नींद का जैसे वरदान मिला हुआ था। इसलिए अवी उसे देर रात फोन करता था, पार्टी के बाद, घर का दरवाजा खोलने के लिए। वह अंदर से दरवाजा खोलने के लिए आती, यह स्लीप मोड ऑन, और फिर से खर्राटों के साथ कुछ ही सेकंड में बिस्तर पर चली जाती। इस तरह, अवी कभी पकड़ा नहीं जा रहा था। उनकी योजना काम कर रही थी। यह योजना कितनी लायक थी या नहीं, भगवान् जानें!

वह दो आयामी दुनिया में जी रहा था। एक समय वह एक अच्छा अभिनेता था, सबको दिखाता था कि वह कितना खुश है और अपने साथियों के साथ खूब हँसता था। वो किसी भी पार्टी या मीटिंग का आकर्षण का केंद्र होता था। हर कोई ऐसा समझता था कि वह कितना खुश है! कोई नहीं जानता था कि वह अंदर से कितना अकेला और उदास है।

मानव मनोविज्ञान! एक व्यक्ति जो बहुत हँसता है, हमेशा आकर्षण का केंद्र बनने की कोशिश करता है, अंदर से गहरा अकेला और उदास होता है। सबसे बुरी बात यह है कि उस समय कोई व्यक्ति अपने लोगों को यह सब नहीं बता पाता है। किसी को दया नहीं, बल्कि प्यार चाहिए। हम दूसरों को कोरा सत्य बताने से डरते हैं, क्योंकि हम स्वयं इसे देखना नहीं चाहते। अवी कभी अपने लिए भी खड़ा होने की कोशिश करता तो मालविका भेदती हुई निगाहों से उसे देखती या मुँह में कुछ बुदबुदाती, जो उसे उस दिशा में एक कदम भी आगे बढ़ने से रोक देता।

एक दिन घर में बहुत लड़ाई हुई। जब अवी घर पहुँचा तो चीजें पहले ही एक विचित्र मोड़ ले चुकी थीं। घर में पूरी नकारात्मक ऊर्जा थी। उसकी माँ अपने घर के

सबसे दूर के कोने में कुछ पढ़ रही थी, क्रोधित चेहरे के साथ, माथे की सभी रेखाओं के साथ, शनि रेखा से लेकर भूमि रेखा तक, एक पूर्ण सममित सांख्यिकीय घंटी वक्र बना रही थी। कुछ बड़ा हुआ था, अवी ने सोचा। दरअसल, कुछ बड़ा हुआ था। उसकी माँ और सास के बीच कुछ शब्दों का आदान-प्रदान हुआ और मालविका की भौंहें तन गईं कि उसकी माँ के बारे में कैसे बुरा बोल सकती है और उसकी माँ को गुस्सा आ रहा था, जैसे उसकी सास किसी भी सम्मान के लायक नहीं है, क्योंकि उसकी बेटी हमारा सम्मान नहीं करती है। स्थिति इतनी भयानक थी कि इसमें रोना, मौन, दूरी, क्रोध, उत्पीड़न, घृणा, निर्णय,, राय और कोई भी नकारात्मक भावनात्मक शब्द जिसकी कोई कल्पना कर सकता है।

"कृपया मुझे मेरी माँ के यहाँ ले चलो। शायद कोई नहीं चाहता कि मैं यहाँ रहूँ। शायद यहाँ कोई मुझसे प्यार नहीं करता। मैं बहुत अच्छी नहीं हूँ। हो सकता है तुम्हारे परिवार ने मुझसे बेहतर लड़की का सपना देखा हो। मुझे शायद हमेशा के लिए छोड़ देना चाहिए। मेरे लिए प्यार और सम्मान न होने पर यहाँ रहने का कोई उचित कारण नहीं है। और जब मेरा अपना पति चुपचाप सबकुछ सुन रहा है, मेरे लिए स्टैंड नहीं ले रहा है या मेरे सम्मान के लिए नहीं लड़ सकता है तो बेहतर है कि मैं सभी की भलाई के लिए चली जाऊँ। हो सकता है कि मेरे जाने के बाद आप सहित सभी लोग खुश हों।" मालविका ने रोते हुए यह सब कहा।

अवी की भी आँखों में आँसू आ गए। उसने पहले मालविका से काफी बातें सुनी थीं, लेकिन आज इन भावनाओं को सँभालना उसके लिए काफी मुश्किल था। वह अपनी माँ के पास गया, उत्तेजित हुआ और उनसे बात करने की कोशिश की। एक ठेठ पंजाबी माँ की तरह, उन्होंने अपने आँसुओं और रोने के साथ एक उलटा ऊनो (Reverse Uno) खेला कि कैसे अवी मालविका की कठपुतली बन गया है; कि वह अपनी माँ की बात को समझना भी नहीं चाहता है। वह केवल यह दिखाना चाहता है कि मालविका कितनी अच्छी है, जैसे कि वह बुरी है वगैरह-वगैरह।

अवी को हमेशा की तरह तेज माइग्रेन हो गया था। उसे सामान्य से लेकर गंभीर सिरदर्द के साथ-साथ बहुत अधिक माइग्रेन भी होता था। वह अपने कार्यालय में अपनी दराज में एस्पिरिन की गोलियों का एक पैकेट रखने के लिए प्रसिद्ध था। अगर उसके ऑफिस में किसी को सिरदर्द होता था तो वे जानते थे, अवी के पास निश्चित रूप से एस्पिरिन मिल जाएगी। अवी तीन दिनों में एक बार तो कम-से-कम इसका सेवन करता ही था, आमतौर पर कई बार पार्टी के बाद के हैंगओवर को शांत करने के लिए और माइग्रेन को भी वह घर की नकारात्मकताओं से बाहर निकालने के लिए इस्तेमाल करता

था। इस दिन भी उसे पहले मालविका और फिर अपनी माँ के साथ हुई इस बातचीत के बाद तेज माइग्रेन हो गया था। सबने चुपचाप खाना खाया और फिर सो गए। आखिर इस बड़े मेलोड्रामा के बाद हर कोई बिना समय गँवाए सो गया। अवी हमेशा की तरह जाग रहा था। वह भावनात्मक रूप से खो गया था और काफी डूबा हुआ था। ये तीन साल उसके लिए भावनात्मक रूप से काफी खराब रहे थे, जहाँ वह डूब रहा था। उनकी रातों की नींद उड़ जाती थी, रोती हुई कई-कई रातें, कभी-कभी उदास गाने और गजलें सुनता था और महसूस करता था कि वह कितना अकेला है। उसका जीवन कितना प्रेमहीन हो गया था, जहाँ हर कोई उसे केवल प्रेम देने के लिए नहीं, बल्कि अपने खालीपन के लिए प्रेम कर रहा था। स्वार्थी प्रेम हर जगह वह महसूस करता था और सभी के अपने मकसद और भावनाएँ। वह टूट गया था या कहें, बिखर गया था। वह खड़ा हुआ और अपने घर के छोटे से मंदिर में गया। उसने अश्रुपूरित नेत्रों से प्रत्येक भगवान् की मूर्ति को देखा और उनसे बातचीत करने लगा।

"क्या तुम सच में हो? नहीं! तुम नहीं हो सकते! तुम सब केवल मूर्तियाँ हो और कुछ भी नहीं। वहाँ कोई नहीं है, मैं अब इसे पूरी तरह से जानता हूँ। या फिर तुम हो भी तो भूल गए हो कि इस दुनिया में एक आदमी है, जिसका नाम अवी है। क्या आपको मुझसे कोई स्नेह नहीं है? क्या आपको मुझ पर इतनी सी भी दया नहीं आती? इस तरह का जीवन जीने के लिए मैंने क्या किया है? क्यों? बस मुझे बताओ क्यों? आप चाहते हैं कि मैं आपके लिए दिन में चार बार अगरबत्ती और दीपक जलाऊँ? यदि मैं प्रतिदिन आरती और प्रार्थना करूँ तो क्या आप प्रसन्न होंगे? बस मुझे बताओ कि आप क्या चाहते हो?"

उसने शिव की मूर्ति देखी और उसकी आँखें नम हो गईं। वह बचपन से ही शिव से बहुत प्यार करता था।

'क्यों शिव? आप यह सब मेरे साथ कैसे होने दे सकते हैं, एक साँस लेने का भी वक्त मुझे दिए बिना? आप हमेशा से मेरे जीवन का इतना महत्त्वपूर्ण हिस्सा रहे हैं, भले ही मैं रोज प्रार्थना नहीं करता, लेकिन आप हमेशा मेरे दिल के अंदर रहे हैं। आप मेरे दर्द के प्रति इतने उदासीन कैसे हो सकते हैं? आपने असुरों को भी वरदान दिया है। लेकिन बस क्या मेरे जीवन से इन पीड़ाओं को दूर भी नहीं कर सकते? आप किस तरह के भगवान् हैं? या आपने अपनी शक्तियाँ खो दी हैं? या आप मेरी मदद नहीं करना चाहते हैं? या आपको रिश्वत चाहिए? क्या?' अवी इस भावनात्मक दर्द से पागल हो गया था।

'मैं अब आप सभी का अनुसरण नहीं करना चाहता। अब से मैं नास्तिक हूँ, नास्तिक हूँ मैं! क्योंकि कोई भगवान् किसी को इतना दर्द नहीं दे सकता, जब उसने अपने जीवन में कोई गलत काम नहीं किया हो। मैंने आज तक एक चींटी को भी अपने पैरों से

नहीं कुचला है। मैंने अपने कार्यों से कभी भी किसी को कोई शारीरिक या भावनात्मक पीड़ा नहीं दी है। अपने माता-पिता या आप लोगों से कभी कुछ नहीं माँगा। जिन्होंने मेरा बुरा किया, उन्हें भी हमेशा प्यार दिया है। किसी ने मेरे साथ जो कुछ बुरा किया है, उसे मैं भूलता रहता हूँ और उन पर बार-बार दया करता हूँ। मैं बुरी बातों को भूलता रहता हूँ और लोगों को उनके कर्मों के लिए क्षमा करता रहता हूँ, किसी उपकार के लिए नहीं, क्योंकि मैं किसी का बुरा सोच ही नहीं पाता और बदले में मुझे हमेशा की तरह क्या मिलता है ? यह ? यह प्यार क्यों अधूरा रह जाता है ? क्या मैं इनसान नहीं हूँ ? मैं क्या हूँ, मैं कौन हूँ ? बस आप सब चले जाओ। आप सब अब मेरे लिए कोई मायने नहीं रखते। यदि मैं आपके लिए अस्तित्वहीन हूँ तो आप सब भी मेरे लिए अब से अस्तित्वहीन हो। चलो अच्छा छुटकारा मिला!'

इतना कहकर वह अपनी आँखों में आँसू लिये अपने कमरे में वापस आ गया। उसके आँसुओं ने दो बालटी भर ली होतीं, अगर उन आँसुओं को समेट लिया होता। वह बिस्तर के अपने किनारे पर लेट गया और हमेशा की तरह छत को घूरना शुरू कर दिया, उसकी आँखों से आँसू गिरने लगे और उसकी कलमों से होते हुए कान फिर गरदन और फिर अंत में अपने तकिए पर इकट्ठे हो गए।

उसने पहले भी अपने जीवन को समाप्त करने का विचार किया था, लेकिन इस बार इच्छा पहले से कहीं अधिक प्रबल थी। उसने खुद से पक्का वादा किया था कि वह अब जीना नहीं चाहता। उसका दिमाग अँधेरे और भारी आत्मघाती विचारों से घिर गया था। वह जीवन की एक ऐसी भूलभुलैया में फँसा हुआ महसूस कर रहा था, जहाँ सच्चे प्यार की धारणा भी पहुँच से बाहर लग रही थी। ऐसा लगता था कि करुणा और समझ उनसे, यहाँ तक कि उनके सबसे करीबी लोगों से भी दूर हो गई थी।

उसने अपने जीवन को नियंत्रित करने के लिए ताकत खोजने की कोशिश की थी, लेकिन हमेशा ऐसा लगता था कि कोई चीज उसे रोके हुए है। वह इस भावना से विचलित नहीं हो सका कि उसकी पत्नी मालविका किसी तरह ठहराव की इस घुटन भरी भावना के लिए जिम्मेदार थी। यहाँ तक कि उनके सबसे अंतरंग पलों में भी उसे अपने शरीर या दिल में कुछ भी महसूस होना बंद हो गया था। वह, जो कभी दिल से सच्चा रोमांटिक था, अब प्यार के विचार से सुन्न था। वह जानता था कि वह फँस गया है, लेकिन उसकी इच्छाशक्ति इतनी कमजोर हो गई थी कि वह आजादी की ओर एक कदम भी नहीं उठा सका। वह 'आत्मा की अँधेरी रात' के बीच में था, जहाँ रोशनी की कोई किरण नहीं दिख रही थी। उसने इस बारे में अपने माता-पिता से बात करने की भी कोशिश की। कैसे वह इस शादी से खुश नहीं है और घुटन महसूस करता है। उसका स्वास्थ्य गिरता जा रहा

है। लेकिन उम्मीद के मुताबिक उसे बस यही मिलता था, 'शादी में इतना सबकुछ होता है', 'समाज के बारे में सोचो', 'तुम्हारे पापा और माँ, यानी हम, हमारे बींच भी बहुत लड़ाई-झगड़े हुए और यहाँ हम आज भी साथ हैं। किसके लिए? तुम्हारे लिए!' वगैरह-वगैरह। वे उसकी एक भी फरियाद तक सुनने को तैयार नहीं थे। वे समझ नहीं पा रहे थे कि अब लड़ाई-झगड़ों की बात ही नहीं रही, अंब उसके बचने की बात है। और वह सामान्य झगड़ों के बारे में बात नहीं कर रहे थे, या पति और पत्नी के बीच सामान्य बातें हो रही थीं। यह कुछ अजीब था, कुछ और, कुछ ऐसा जिसे वह भी पूरी तरह से पहचान या समझ नहीं पा रहा था। उसके पास अपने माता-पिता के सामने अपनी भावनाओं को व्यक्त करने के लिए शब्दों की कमी थी। चूँकि कोई भी अवसाद को वास्तविक चीज नहीं समझता और मानता है, लेकिन यह उतना ही जानलेवा है जितना कि कैंसर हो सकता है, अगर समय पर इसका इलाज न किया जाए।

अवी के पास अब जीने की इच्छा नहीं थी। उनके जीवन की परिस्थितियों ने उसे एक परम पीड़ित की तरह महसूस कराया। उसका मन फिर योजनाएँ बनाने लगा, 'अपनी आय से जितना हो सके, उतना कवर का एक टर्म प्लान बीमा लूँगा। कुछ 5-6 या 10 साल की कमाई के बाद, मालविका के लिए मेरी बचत और निवेश, अपने वेतन और इस बीमा कवर की आय के साथ एक अच्छा जीवन जीने के लिए पर्याप्त है और फिर मैं अपना जीवन समाप्त कर लूँगा!

'यह शेष जीवन मैं एक निर्जीव मानव की तरह जिऊँगा। सुन्न इनसान। खुशी मेरे लिए नहीं है, इसलिए मैं इसके बारे में सोचूँगा भी नहीं। इस पूरी अवधि में जितनी कमाई हो सके, उतनी कमाने के लिए मेहनत करूँगा, जो मेरे बाद मालविका को मिलेगी। अब ऐसा ही होगा। यही अब मेरा जीवन है!'

जैसे ही चीजें थोड़ी ठीक हुईं, घर पर और जीवन ने अपनी चिर-परिचित लय फिर से शुरू की, अवी का घर अपने सामान्य उत्साह में लौट आया। उसकी माँ और पत्नी हँसते और बातें करते कि जैसे कभी कुछ हुआ ही न हो। लेकिन अवी के लिए सबकुछ बदल गया था। उसने नास्तिकता को पूरी तरह से अपना लिया था और अब एक नए मंत्र के साथ जीने के लिए दृढ़ था : '45 तक काम करो, फिर इस दुनिया से गायब हो जाओ!'

उसने सावधानीपूर्वक अपने निवेश, बचत और देनदारियों के साथ-साथ अपनी सभी संपत्तियों को एक जर्नल में दर्ज करना शुरू किया, जिसे उसने पृथ्वी के चेहरे से गायब होने से ठीक पहले अपनी पत्नी को देने की योजना बनाई थी। वह अपने सच्चे इरादों को प्रकट किए बिना उसे बताता कि इन बातों को जानना उसके लिए महत्त्वपूर्ण है।

इस बीच अवी अपने आप में गुम हो गया, तब-तब बोल रहा था और मुसकरा रहा था, जब घर में कोई और दृश्य पैदा करने से बचना जरूरी था। लेकिन फिर भी, उसके शब्द और कार्य एक मुखौटे से ज्यादा कुछ नहीं थे।

उसका विभाजित व्यक्तित्व कुछ ज्यादा ही सतह पर आ गया था। उसके साथियों और दोस्तों के साथ भी ऐसा ही था। वो ज्यादातर चुप रहता था, लेकिन जब उसे लगता था कि थोड़ी देर बाद कोई उससे पूछ सकता है कि क्या वह ठीक है या ऐसा ही कुछ है तो वह मजाक-मस्ती करने लगता था या लोगों से हँसते-हँसते बात करना शुरू कर देता था। यह अजीब था, लेकिन तब उसके दिमाग में इसके अलावा कोई दूसरा विकल्प नहीं आता था। वह अभी भी कार्यालय के बाद की पार्टियों में शामिल था, क्योंकि यह घर पर होने से कहीं बेहतर था। कम-से-कम उसकी एक सकारात्मक कंपनी थी। पार्टियों में चारों ओर हँसी-खुशी का माहौल था। इस तरह वह एक रोबोटिक जीवन जी रहा था।

वह बड़े समय से अनिद्रा का शिकार हो गया था। रात में वह ज्यादातर या तो हर समय छत को देखता रहता, सुन्न पड़ा रहता या कोई संगीत, उदास संगीत सुनता रहता।

महीनों बीत गए वह योजना के अनुसार काम कर रहा था। 45 तक काम करो और दुनिया से विदा लो। उसका कोई मकसद नहीं था, कोई इरादा नहीं, कुछ भी नहीं, जीवित रहने के लिए। उसे कुछ भी नहीं लुभाता था। उसे खाने में कोई रुचि नहीं रही और वह सिर्फ जीने के लिए खाना खाता था। उसके पास किसी भी चीज में कोई विकल्प नहीं था। उसका जीवन मरणासन्न-सा हो गया था। उन्हीं में से एक रात को, एक दिन, उसके सेल फोन पर एक संदेश आया, जब वह बिस्तर पर मरे हुए आदमी की तरह लेटा हुआ छत को देख रहा था।

"हैलो! क्या यह अवी है?" एक अनजान नंबर से मैसेज आया।

अवी ने अपना फोन फिर साइड टेबल पर रख दिया। वह कौन था, इसमें उसकी जरा भी दिलचस्पी नहीं थी। थोड़ी देर बाद फिर से एक संदेश बीप हुआ।

"मौरी!" उसी अनजान नंबर से एक मैसेज आया।

अवी ने उसे देखा और बिना कुछ सोचे-समझे उसे फिर से अपनी साइड टेबल पर रख दिया। वह सुन्न था, हमेशा की तरह। कुछ पलों के बाद मानो अचानक एहसास हुआ, उसने अपना फोन फिर से हाथ में लिया और संदेशों को फिर से देखा। 'मौरी!' उसने इस शब्द को बार-बार देखा जैसे उसे विश्वास ही नहीं हो रहा था कि वह क्या देख रहा है।

उसने तुरंत उत्तर दिया, "गौरी! क्या यह तुम हो?"

"खुशी हुई कि तुमने पहचान लिया, मना," दूसरी तरफ से एक संदेश आया।

"बिल्कुल! मैं अपनी प्यारी मौरी को कैसे भूल सकता हूँ! हा-हा। कैसी हो? इतने वर्षों से कहाँ थी? मुझे लगता है कि हम लगभग 14-16 साल के बाद बात कर रहे हैं! हे भगवान्! समय कैसे गुजर जाता है! तुम्हें मेरा नंबर कैसे मिला?" अवी ने उत्साह से गौरी पर ढेर सारे सवाल दाग दिए।

"तुम्हारा नंबर तुम्हारी एक सोशल मीडिया प्रोफाइल से मिला है। मैं तुमसे कुछ दिनों में बात करूँगी, क्योंकि मैं एक काम के सिलसिले में अमरीका (US) के लिए अभी फ्लाइट लेने वाली हूँ। नंबर भी एक हफ्ते के लिए बंद रहेगा और जब तक वहाँ हूँ, तब तक काफी व्यस्त समय रहेगा, लेकिन जब मैं वापस पहुँचूँगी तो तुमसे बात करूँगी। अवी! तुमसे दोबारा बात करके वास्तव में मुझे बहुत खुशी हो रही है। अपना ध्यान रखना!" गौरी ने मैसेज किया।

"जरूर गौरी! शुभ यात्रा और अपना खयाल रखना, जब तक यू.एस. में रहो। अजीब बात है कि तुम्हें किसी तरह मेरी प्रोफाइल पर मेरा नंबर मिल गया और यहाँ हम इतने वर्षों बाद चैट कर रहे हैं!" अवी ने जवाब दिया।

अवी, गौरी और तन्मय सबसे करीबी दोस्त थे, स्कूल में अपने साझा अनुभवों के माध्यम से आपस में जुड़े हुए थे। उन्होंने अपना सारा समय एक साथ अध्ययन, खेल और अन्वेषण में बिताया। वे सबसे अच्छे दोस्त थे। एक दिन, एक स्कूल असाइनमेंट के लिए माओरी संस्कृति के बारे में अध्ययन करते समय, उन्हें तीन शब्द मिले, जो उनके साथ गहरे मेल खाते थे—'मौरी', 'मना' और 'तपू'। इन शब्दों में लोगों और प्रकृति के अंतर्संबंधों के बारे में बात थी और गौरी ने आध्यात्मिकता एवं योग में अपनी रुचि के साथ इन शब्दों के साथ उन ग्रंथों में समानताएँ पाईं, जिनका उसने अध्ययन किया था। उसके लिए 'मना' 'प्राण' की तरह था, जो महत्त्वपूर्ण ऊर्जा है, जो सभी चीजों से बहती है। मौरी 'चेतना या चित्त ' और 'तपू' के रूप में विकास का एक सार या पैरामीटर था और इसे जीवित व निर्जीव दोनों की आभा में परिलक्षित देखा जा सकता था। चूँकि तन्मय काफी सुंदर, मजबूत सौष्ठव शरीर, उज्ज्वल और एक चिनगारी थी उसमें, इसलिए उसे 'तपू' उपनाम दिया गया था। अवी को बहुत ऊर्जावान और भावनाओं में भी बहुत संवेदनशील होने के कारण 'मना' नाम दिया गया था और गौरी, चूँकि वह एक थी, जो इस छोटे समूह को एक साथ बाँधती थी और चूँकि उसका नाम समान लगता था, इसलिए वह 'मौरी' बन गई। वह कहा करती थी, 'चित्त और प्राण दोनों जीवन के अस्तित्व के लिए एक-दूसरे के साथ बातचीत करते हैं। इस दुनिया में सबकुछ पुरुष और प्रकृति का एक संयोजन है, या एक तरह से, मौरी और मना।' तब अवी और तन्मय उसकी इन आध्यात्मिक बातों पर खूब हँसते थे, लेकिन उन्हें ये

नाम बहुत पसंद थे। एक-दूसरे को उनके वास्तविक नामों के अलावा अन्य नामों से बुलाना मजेदार था। यह दोनों के लिए एक रोमांचकारी खेल की तरह था, जिसने उन्हें एक तरह का एड्रेनालाइन रश दिया और जब से उन्होंने इन नामों को अपनाया तब से वे एक-दूसरे को इन्हीं नामों से पुकारते थे। समय बीतता गया और दसवीं कक्षा के बाद उनकी पसंद के विषय बदल गए। जहाँ तन्मय ने ललित कला (Fine Arts) को चुना और अध्ययन के लिए विदेश चला गया, वहीं गौरी ने विज्ञान को चुना और किसी अन्य स्कूल में चली गई। अवी ने कॉमर्स चुना और उसी स्कूल में रहा।

जैसे-जैसे साल बीतते गए, तीनों के बंधन धीरे-धीरे खत्म होते गए। हालाँकि, वे कुछ समय के लिए संपर्क में रहे, अंततः वे अपने ही जीवन में व्यस्त हो गए। उन दिनों संचार इतना आसान नहीं था, जितना अब है। सेलफोन एक ऐसी विलासिता थी, जिसे केवल धनी लोग ही वहन कर सकते थे और यहाँ तक कि एक इनकमिंग कॉल की कीमत भी बहुत अधिक थी। पेजर मोबाइल डिवाइस के सबसे करीब थे, लेकिन वे केवल छोटे पाठ संदेश भेज सकते थे और सेलफोन से भी दुर्लभ थे। वह याद किए बिना नहीं रह सका कि कैसे तन्मय के पिता अपने मोटोरोला पेजर के बारे में शेखी बघारते थे, हमेशा इसे अपने कमरबंद पर प्रमुखता से प्रदर्शित करते थे!

अवी इन्हीं सब यादों में खोया हुआ था और एक लंबे अंतराल के बाद उसके चेहरे पर मुसकान थी। गौरी और तन्मय को वह लगभग भूल ही गया था, क्योंकि इतने साल हो गए थे। उसने अपनी आँखें बंद कर लीं और सोने की कोशिश की जब उसके फोन ने फिर से टेक्स्ट बीप किया। वह गौरी थी!

"अरे, जब मैं बोर्डिंग कर रही थी, तब नेटवर्क खो गया था। मैंने तुम्हें इंटरनेट पर खोजा और इस तरह मैं तुम्हारे सोशल पेज पर पहुँची और तुम्हारा नंबर मिला। मुझे तुम्हारे बारे में सपने और विजन आ रहे हैं कुछ समय से कि तुम ठीक नहीं हो। मैंने तुम्हें एक बार नहीं, बल्कि कम-से-कम एक दर्जन बार डूबते देखा है। मैंने तुम्हें किसी झील में गिरते हुए देखा है, जो गरम जलते हुए लावा से भरी हुई है। ऐसा लग रहा था, जैसे तुम अपने आप को खो रहे हो। मैंने तुम्हारा हाथ पकड़ने की कोशिश की, लेकिन तुम अपनी भावनात्मक गिरावट के कारण खुद को बचाने में दिलचस्पी नहीं ले रहे थे। मैंने बहुत कोशिश की तुम्हारा हाथ पकड़ने की, पर तुम मुरझा रहे थे। मुझे ये सपने बहुत बार आए और साथ ही ध्यान करते समय भी मुझे इसी तरह के दर्शन हो रहे हैं कि तुम अपने जीवन में खुश नहीं हो और जैसे कि तुम अब और जीना नहीं चाहते! मैं कुछ समय से एक आध्यात्मिक जागरण से गुजर रही हूँ और सपने और दर्शन (Vision) बहुत स्पष्ट रूप से देख सकती हूँ। ठीक है, अवी! चालक

दल अब फोन बंद करने के लिए कह रहा है। अलविदा! जल्द ही तुमसे बात करूँगी। और सुनो! चिंता मत करो। चीजें ठीक होंगी, चाहे जो भी हो। रात तो सब देखते हैं, लेकिन सुबह भी। सूरज निकलेगा, अवी! अशांति समाप्त हो जाएगी, बस कुछ-न-कुछ पकड़े रहो। अपना ध्यान रखना!"

अवी अवाक् रह गया। गौरी को उसकी वर्तमान स्थिति के बारे में कैसे पता चला? सपने, दर्शन, क्या यह सच है? इसका मतलब क्या है? अवी पूरी रात सो नहीं सका, लेकिन उस दिन किसी और वजह से।

□

गौरी

जब सबकुछ विफल लगने लगे,
जब कुछ साकार होता न दिखे,
जब आप किसी के लिए जोर-जोर से रोएँ,
कोई फरिश्ता, किसी तरह, अपना बुलावा खोज लेगा!

गौरी की बातें अब भी अवी के दिमाग में गूँज रही थीं। उसके बारे में सपने और दर्शन, वह वास्तव में इन बातों से हैरान था। 'वह मेरी वर्तमान स्थिति कैसे जान सकती है, जबकि हमने वर्षों से एक-दूसरे से बात भी नहीं की है ? और उसने कहा कि वह कुछ जागरण से गुजर रही है। वह क्या था ?' अवी अंदर तक हैरान था।

अवी का इस साल तबादला हो गया था और उसे उदयपुर आए कुछ महीने ही हुए थे। उदयपुर राजस्थान की अरावली पर्वत श्रृंखला में बसा एक खूबसूरत शहर है। अरावली को भारत की सबसे पुरानी पर्वत श्रृंखलाओं में से एक माना जाता है, कुछ का मानना है कि यह हिमालय से भी पुरानी है। इतने वर्षों से इसकी टूट-फूट और दुनिया भर में भौगोलिक परिस्थितियों में बदलाव के कारण, ये पहाड़ छोटे हो गए हैं और अब एक बौनी पर्वत श्रृंखला है, लेकिन लंबी है, जो राजस्थान से मध्य प्रदेश तक फैली हुई है। उदयपुर को 'पूर्व का वेनिस', 'झीलों का शहर' भी कहा जाता है। यह फतेहसागर, पिछोला झील, स्वरूप सागर, जयसमंद झील आदि जैसी कुछ बहुत प्रसिद्ध झीलों का घर है। दिलचस्प बात यह है कि कुछ झीलें शहर के भीतर इतनी खूबसूरती से घिरी हुई हैं कि वे एक-दूसरे से जुड़ी हुई हैं। यह शहर जस्ता और संगमरमर की प्रचुरता के लिए भी जाना जाता है।

उदयपुर अपनी समृद्ध सांस्कृतिक विरासत के लिए प्रसिद्ध शहर है, जिसमें विभिन्न प्रकार के ऐतिहासिक किलों, महलों, संग्रहालयों, दीर्घाओं और फतेहसागर झील पर

स्थित एक अद्वितीय सौर वेधशाला है। आगंतुक शहर के सुरम्य उद्यानों, स्थापत्य मंदिरों और स्थलों तथा 'शिल्पग्राम उत्सव' जैसे पारंपरिक मेलों का भी आनंद ले सकते हैं, जो आमतौर पर 10 दिनों तक चलता है। ऐतिहासिक रूप से उदयपुर मेवाड़ साम्राज्य की राजधानी था और दक्षिणी राजस्थान में गुजरात की सीमा के पास है। यह शहर डेस्टिनेशन वेडिंग और फिल्म शूट के लिए भी एक लोकप्रिय स्थान है। अपने रोमांटिक माहौल के बावजूद, अवी ने इस मनमोहक शहर में सच्चे प्यार का अनुभव न के बराबर महसूस किया।

गौरी की कही हुई बात का अर्थ समझने की कोशिश में वह प्रतिदिन उसके बारे में सोचता। 'गौरी' जैसे ही यह नाम उसके दिलो-दिमाग में गूँजता था, अचानक जैसे उसे अपने जीवन के दूसरे युग में स्थानांतरित कर दिया गया हो। मानो ताजी ठंडी हवा का झोंका उसकी आत्मा को छू गया हो। उसे हमेशा से इसका आभास था कि वह कोई साधारण लड़की नहीं थी और उसके बारे में हमेशा कुछ खास था। गौरी बचपन में एक सीधी-सादी लड़की थी। धर्म, पौराणिक कथाओं, अध्यात्म और योग में उसकी हमेशा से गहरी रुचि थी। वह इन मनोगत विषयों पर बहुत सारी पुस्तकें पढ़ती थी, जबकि अवी और तन्मय अपने वीडियो गेम या अन्य बाहरी खेलों जैसे क्रिकेट, टेनिस और तैराकी में व्यस्त रहते थे। गौरी हमेशा पढ़ने में मग्न रहती थी। वह स्कूल में होने वाली भाषण प्रतियोगिताओं में विशेष रूप से इन विषयों पर भाग लेती थी और अपनी बुद्धिमत्ता से वह हमेशा भीड़ में अलग दिखती थी। हालाँकि, चूँकि अवी और तन्मय इन विषयों के बारे में कुछ नहीं जानते थे, इसलिए यह उन्हें थोड़ा बोर करता था। वे उसका मजाक उड़ाते थे और कभी-कभी उसे लाइब्रेरी से बाहर खींच लेते थे। लेकिन फिर भी अवी हमेशा गौरी से स्नेहिल रहता था, उसकी रहस्यमय, लेकिन हार्दिक वाइब हमेशा उसे एक सवाल देती थी कि वह कौन है?

गौरी के मस्ती में शामिल होने की अनिच्छा के बावजूद अवी और तन्मय ने हमेशा उसे अपने स्कूल के रोमांच में शामिल करने की कोशिश की। उन तीनों ने दोस्तों के रूप में एक सही संतुलन बनाया था। अवी ही था, जिसने सबसे पहले गौरी को क्लास छोड़ने (Bunk) के लिए राजी किया जब वह स्कूल के पीछे एक स्थानीय विक्रेता से अमरूद खरीदना चाहता था। एक दिन अवी और तन्मय ने भोजन अवकाश के बाद गौरी को अपने साथ ले जाने की एक गुप्त योजना बनाई। उन्होंने स्कूल की चारदीवारी से कुछ अस्थायीं पत्थरों को हटा दिया, जिससे उन्हें दूसरी तरफ जाने के लिए जगह मिल गई। गौरी के विरोध करने और कक्षा में वापस जाने के प्रयासों के बावजूद वे जबरन अपने साथ घसीट ले गए। गौरी डर गई थी, यह सोचकर कि उसे

स्कूल से निकाल दिया जाएगा, लेकिन अवी और तन्मय हँस रहे थे और आनंद ले रहे थे। उन्होंने अमरूद खाए और कुछ समय सड़कों पर घूमते रहे, जबकि गौरी बार-बार स्कूल जाने के लिए विनती करती रही।

"तन्मय और अवी, चलो वापस चलते हैं!" गौरी ने चिंता से कहा।

अचानक तन्मय के चेहरे के भाव बदले, जैसे उसे कोई भूत नज़र आ गया हो।

"क्या हुआ तन्मय?" गौरी ने चिंतित होकर पूछा।

"कुछ नहीं, ऐसा लगा जैसे मैंने कुछ देखा, कुछ प्रकाश या क्या, पता नहीं। आउच! मेरा सिर, मानो कोई दबाव डाल रहा है!" तन्मय ने अंदर-ही-अंदर बेचैनी के साथ यह सब कहा।

अवी ने उसे चिढ़ाते हुए कहा, "तुम और तुम्हारे अजीब अनुभव, क्या सस्ते नशे करके बैठा है क्या?"

लेकिन गौरी जानती थी कि तन्मय को कुछ अनदेखी ताकत महसूस होती है, शायद कोई भटकती हुई आत्मा, वह हमेशा मानती थी कि ये खाली आँखें जो नहीं देख सकतीं, इसका मतलब यह नहीं है कि यह सच नहीं है। 'यदि आप ब्रह्मांड के रहस्यों को खोजना चाहते हैं तो आवृत्ति, ऊर्जा और कंपन के संदर्भ में सोचें' निकोला टेस्ला द्वारा ज्ञान के शब्द वह हमेशा उद्धृत करते थे।

"तन्मय! बस एक गहरी साँस लो, थोड़ा ढीला करो शरीर को और महसूस करो कि यह सब इस ब्रह्मांड का हिस्सा है।" वह जानती थी कि उसकी इंद्रियाँ बहुत विकसित हैं।

तन्मय ने कुछ गहरी साँस लेने के साथ गौरी की बात मानने के बाद बेहतर महसूस किया। उसे अपने माथे पर हलकी सी कुछ अनुभूति हो रही थी, लेकिन अन्यथा वह सब ठीक था।

"चलो अब चलते हैं, देर हो रही है," तन्मय को पहले की तरह अच्छा जानकर गौरी ने दोनों से कहा।

"बस थोड़ा और गौरी! यह मजेदार है, है न?" तन्मय ने अवी के साथ हँसते हुए कहा।

"हे भगवान्! तुम लोग भी न! लेकिन सच कहूँ, मुझे इन पलों की कमी खलेगी," गौरी ने नम आँखों से कहा।

अवी और तन्मय दोनों थोड़े अचंभे में थे, लेकिन उन्होंने वही भावनाएँ महसूस कीं, जैसे यह उनके दिलों में उतर गई हों। तीनों चुपचाप, एक नया पीरियड शुरू होने से पहले, अपनी कक्षा में वापस चले गए और सौभाग्य से उस बंक से बच गए, जहाँ

शिक्षक ने 60 की कक्षा में तीन बच्चों को याद नहीं किया। उनकी मजेदार गतिविधियाँ गौरी के लिए एक ताजा बदलाव हुआ करती थीं, अज्ञात और अनदेखी के अपने दायरे से वास्तविकता में वापस लाने के लिए।

अवी यादों की बाढ़ से अभिभूत था, जैसे कि वे उसके दिमाग में एक फिल्म की तरह चल रहे हों। उसने गौरी को हमेशा उच्च सम्मान में रखा था, उसकी बुद्धि, ज्ञान और प्रज्ञता की प्रशंसा की थी। हालाँकि, वह अकसर उसे चिढ़ाता था, फिर भी उसके मन में उसके लिए गहरा सम्मान था। वह उसे पुस्तकें भेंट करता था, जो उसे लगता था कि उसे पसंद आएँगी और वह अकसर उन पुस्तकों को पसंद करती थी, जिन्हें वह चुनता था। उनके बीच एक विशेष बंधन था, जहाँ अवी गौरी की पसंद और नापसंद को अच्छी तरह से जानता था और गौरी समझ सकती थी कि अवी क्या महसूस कर रहा है, वह क्या चाहता है और वह क्या कर रहा है। उसने एक माँ की तरह अवी की देखभाल की, उसके संवेदनशील पक्ष को समझा और कैसे वह अपने घर में एक बच्चे के रूप में उपेक्षित महसूस करता है, उसे भी। वह जानती थी कि उसने अपनी हँसी के पीछे अपना दर्द छुपाने की कितनी कोशिश की और वह उसकी अनकही बातों को महसूस कर सकती थी।

अपने दिल की गहराई में अवी जानता था, उसके जीवन की यात्रा में गौरी को बहुत महत्त्वपूर्ण भूमिका निभानी थी। हालाँकि, इस उम्र में हम ऐसी अंतर्दृष्टि को नजरअंदाज कर देते हैं। गौरी भी यह भली-भाँति जानती थी कि अवी के साथ यह रिश्ता स्कूल की सामान्य दोस्ती से कहीं अधिक है। अवी एक बहुत बड़े उद्देश्य के साथ एक प्रतिभाशाली आत्मा था, बस इसे प्रकट करने का अभी समय नहीं था शायद।

वह उसे पुस्तकें पढ़ने के लिए लाइब्रेरी ले जाती थी। वह कहती थी, "कोई भी पुस्तक पढ़ो, जो भी तुम्हें पसंद हो, लेकिन पढ़ो। यह आपके क्षितिज और आपकी चेतना का विस्तार करेगी। आप किसी भी पुस्तक से ज्ञान प्राप्त कर सकते हैं। आप कभी नहीं जान सकते कि आपको किसी पुस्तक में किस तरह ज्ञान का मोती मिल सकता है।

"तुम पंचतंत्र के बारे में जानते हो, है न? यह मूल रूप से एक कथा-संग्रह है, लेकिन इसका गहरा अर्थ है, जिसे सीखा जाना चाहिए। हम किसी भी पुस्तक से ज्ञान, सबक प्राप्त कर सकते हैं। यदि तुम्हारे लिए आत्म-विकास या आध्यात्मिकता पर एक भारी पुस्तक पढ़ना कठिन है तो तुम कथा या कुछ भी पढ़ सकते हो, जो तुम्हें पसंद हो। लेकिन पढ़ो! यह तुम्हें कई गुना मदद करेगा।" गौरी हमेशा अवी से यही कहती थी।

अवी को उन पुस्तकों से ज्यादा उसका साथ पसंद था। इसलिए, जब वह अपनी तरह की पुस्तकों में गहरी डुबकी लगाती थी तो वो एक आसान पुस्तक और कभी-कभी तो कॉमिक्स भी पढ़ लेता था। लेकिन जब गौरी पढ़ रही होती तो वह उसका खूब ध्यान

रखा करता था। उसके पीने के लिए पानी, भोजन, नाश्ता, जूस आदि, ज्यादातर समय तो बिना गौरी के आग्रह के ही, वह समझ के ले आता था। वह पुस्तकालय में सभी को चुप रहने को बोल देता था, जब वह किसी चीज पर केंद्रित थी। उनका रिश्ता बहुत सुंदर था। उसे इतनी एकाग्रता से पढ़ते देखना उसे अच्छा लगता था।

एक दिन जब अवी और गौरी लाइब्रेरी में पढ़ रहे थे, तब अवी ने अचानक गौरी की तरफ देखा और लगा, जैसे समय रुक गया हो। उस क्षण उसने गौरी को एक देवी या देवदूत के रूप में देखा, जो एक चमकदार रोशनी से घिरी हुई थी और उसकी पीठ से पंख निकल रहे थे। उसें गौरी के प्रति भक्ति की एक अजीब भावना और आशीर्वाद के लिए उसके पैर छूने की तीव्र इच्छा महसूस हुई। समाधि की हालत में उसने उसके पैर छुए। गौरी जल्दी से पीछे हट गई और चिल्लाई, "अवी! क्या कर रहे हो?" अवी भ्रमित हो गया और समझ नहीं पाया कि अभी क्या हुआ। गौरी उसे पुस्तकालय से बाहर ले गई, जबकि वह अभी भी असमंजस की स्थिति में था।

"क्या हुआ तुम्हें? तुम इस तरह मेरे पैर क्यों छू रहे थे?" गौरी ने आश्चर्य से पूछा।

"मुझे नहीं पता। मुझे उस पल तुम्हारे लिए बहुत आदर और सम्मान की भावना आई और इसलिए तुम्हारे पैर छुए। यह ऐसा था, जैसे मैं किसी देवी या अपने किसी गुरु के पैर छू रहा हूँ। मुझे पता है कि यह अजीब था, लेकिन मैं इसे रोक नहीं सका।" अवी ने बड़े आश्चर्य के साथ जवाब दिया।

"ओह! यह हमारे पिछले जन्मों या उच्च लोकों से संबंधित हो सकता है। हो सकता है कि तुमने उस समय अलग-अलग टाइमलाइन भी पार की हों। यह एक डेजा वु (Déjà vu) क्षण की तरह है, जहाँ आपने अपने किसी अन्य जन्म के साथ संपर्क किया, जहाँ मैं भी थी और शायद उस जन्म या दायरे में मैं तुम्हारी गुरु या कुछ और हूँ। यह किसी अन्य आकाशगंगा या समय क्षेत्र से भी हो सकता है, जो एक तरह से तुम्हारी दृढ़ इच्छाशक्ति या कुछ और के कारण पार हो गया। यह इस जीवन के भविष्य से भी कुछ हो सकता है या यह हमारी आत्मा या आत्मा की दुनिया से भी कुछ हो सकता है, जो अभी-अभी तुम्हारे रास्ते में आया हो। पता नहीं।"

"मतलब?"

"हम्म! किसी और दिन।" गौरी ने मुसकराते हुए कहा और चर्चा समाप्त हो गई।

अवी को वह दिन हमेशा याद रहेगा, जब उसने आखिरी बार गौरी और तन्मय को देखा था, उनकी विदाई का दिन। गौरी ने एक खूबसूरत लैवेंडर साड़ी पहनी थी, जबकि तन्मय और अवी ने टक्सीडो पहने थे। तन्मय गौरी पर से नजरें नहीं हटा पा रहा था। अवी जानता था कि तन्मय के दिल में दोस्ती से बढ़कर भी कुछ है। वह तन्मय को चिढ़ाने से

खुद को रोक नहीं सका, "चलो अब, तुम्हें मुझे बताना होगा, यह रहस्य तुम छुपा रहे हो।"

"उम्म क्या ?" तन्मय ने चौंकते हुए पूछा।

"तुम गौरी के बारे में कैसा महसूस करते हो ?" अवी ने गंभीरता से पूछा।

"वह अच्छी है," तन्मय घबराकर हकलाते हुए बोला।

"हा-हा-हा, तुम मुझे बेवकूफ नहीं बना सकते," अवी ने हँसते हुए कहा।

"क्या तुम्हें लगता है कि वो मुझे पसंद करती है ?" तन्मय ने उत्सुकता से पूछा।

"यह तो वही बता सकती है। तुम उससे बाहर जाने के लिए क्यों नहीं पूछ लेते ?" अवी ने जोर दिया।

"मुझे डर लग रहा है, यार! क्या होगा अगर वह इसे गलत तरीके से ले ? मैं अपनी दोस्ती को खराब नहीं करना चाहता," तन्मय ने जवाब दिया।

"हम्म, यह एक कठिन विकल्प है, लेकिन अभी नहीं तो कब ?" अवी ने कहा।

"शायद किसी दिन। कौन जानता है कि हमारे लिए भविष्य क्या है!" तन्मय ने उदास दिखते हुए कहा।

गौरी, जो अभी-अभी उनके पास गई थी, मुसकराई और बोली, "हम फिर मिलेंगे।" उसने उनकी अंतिम पंक्ति सुनी और बोली, "याद है 'हैंगओवर' फिल्म में कैसे एलन गाता है ?"

"और हम तीन सबसे अच्छे दोस्त हैं, जो किसी के हो सकते हैं, हम तीन सबसे अच्छे दोस्त हैं, जो किसी के हो सकते हैं, हम तीन सबसे अच्छे दोस्त हैं, जो किसी के हो सकते हैं, और हम कभी भी, कभी भी, कभी भी, कभी भी नहीं होंगे जुदा।" (We are the three best friends that anybody could have), वे कई बार इसे गाते हुए और 'रिंग-ए-रिंग ओ' रोसेस खेलने में एक-दूसरे का हाथ पकड़कर लगातार हँसे।

"आओ, तीनों साथ में गले मिलें," गौरी ने नम आँखों से कहा और वे गले मिले, आँखों में आँसू थे, लगभग अपने ही परिवार से बिछड़ने जैसा एहसास हो रहा था, जो इतने कम समय में इतने अधिक निकट बँध गए।

"मुझे एक मजबूत एहसास है कि एक दिन हम तीनों फिर मिलेंगे," अवी ने कहा।

समय आ गया है, अवी ने खुद से कहा और वर्तमान क्षण में वापस आकर एक बार फिर से अपना फोन चेक करने लगा।

सात दिन बीत गए, अवी गौरी और तन्मय के बारे में सोच रहा था, लेकिन ज्यादातर गौरी के बारे में। वह उत्सुकता से गौरी के फोन का इंतजार कर रहा था, उसके बारे में और जानना-समझना चाहता था। हालाँकि, दस दिन बीत जाने के बाद भी गौरी ने

फोन नहीं किया। अवी ने जिज्ञासा और चिंता से कई बार उसका नंबर आजमाया, लेकिन वह हमेशा बंद रहता था। ग्यारहवें दिन, आखिरकार उसे गौरी का फोन आया।

"अवी! तुम कैसे हो? एक अधूरे प्रोजेक्ट पर काम कर रहे होने के कारण अमरीका में मेरा प्रवास कुछ दिनों के लिए बढ़ गया था, इसलिए मैं तुम्हें कॉल नहीं कर सकी।"

"मैं ठीक हूँ, गौरी! हाँ, मैंने तुम्हारे कॉल का बहुत इंतजार किया, और तुम्हारे नंबर पर कोशिश भी की, लेकिन वह हमेशा बंद रहता था। जब तुम अमरीका में थी, तब क्या तुम्हारे पास कोई और नंबर नहीं था?"

"मेरे पास एक अस्थायी अंतरराष्ट्रीय नंबर था, अवी! लेकिन मैं उससे तुमसे बात नहीं करना चाहती थी," उसने जवाब दिया।

"क्यों नहीं?" उसने पूछा।

"यह नंबर कॉल करने या यहाँ तक कि टेक्स्टिंग के लिए सुरक्षित नहीं है, विशेष रूप से अंतरराष्ट्रीय नंबर," उसने सतर्क आवाज में कहा।

"ओह, हाँ! इन दिनों फोन टेप हो रहे हैं," अवी ने कहा।

"नहीं, यह सिर्फ टैपिंग नहीं है। बातचीत को काली ताकतों (Dark Forces) द्वारा भी पता लगाया जा सकता है, जो जानकारी को ट्रैक करके प्रकाश पर बढ़त हासिल करना चाहते हैं," गौरी ने समझाया।

"मुझे यह समझ में नहीं आया।" अवी ने उलझन में कहा।

"मुझे पता है। चिंता मत करो, कुछ समय में चीजें स्पष्ट हो जाएँगी। तुम कैसे हो?" गौरी ने विषय बदल दिया।

उन्होंने करीब एक घंटे तक बातचीत की। अवी ने उसे अपने जीवन के बारे में बताया, इसका थोड़ा सा हिस्सा, पूरा नहीं। उसने अपने बचपन की यादों के बारे में बात की; उन दिनों को याद कर खूब हँसे और अपनी वर्तमान जिंदगी, प्रोफेशनल लाइफ के बारे में भी।

"तो, तुम पेशेवर रूप से क्या करती हो? यह कौन सा प्रोजेक्ट था, जिसके लिए तुम अमरीका गई थी?"

"मैं प्रमुख भारतीय फर्मों में से एक के साथ पुरातत्त्व में एक प्रधान अन्वेषक हूँ।"

"बहुत खूब! यह प्रभावशाली है। मैं और खुश होता और अपने फेफड़ों की पूरी ताकत से चिल्ला रहा होता, अगर मैं तुम्हारे इस पदनाम और कॅरियर के बारे में रत्तीमात्र भी समझ पाता, हुँह!"

"हाहा! अवी! तुम और तुम्हारे घटिया चुटकुले। यह समय के साथ नहीं बदला, है न?"

"दिन-ब-दिन बेहतर हो रहा है!"

"हाँ-हाँ! ठीक है तो मेरा काम पुरातात्त्विक परियोजनाओं और अध्ययनों के सभी पहलुओं का संचालन और पर्यवेक्षण करना है। इसमें पुरातात्त्विक, सांस्कृतिक, भूवैज्ञानिक, ऐतिहासिक और पर्यावरण अनुसंधान शामिल हैं; रिकॉर्ड तैयार करना और बनाए रखना; पुरातात्त्विक जाँच और उचित परिश्रम सर्वेक्षण। पुरातत्त्व संसाधन की पहचान और मूल्यांकन; उपचार योजना, डेटा रिकवरी और शमन; पुरातात्त्विक, सांस्कृतिक और ऐतिहासिक कलाकृतियों एवं प्रयोगशाला विश्लेषण; विभिन्न प्रकार के पुरातात्त्विक दस्तावेज और तकनीकी रिपोर्ट तैयार करना और क्यूरेशन के लिए कलाकृतियाँ और रिकॉर्ड तैयार करना।"

"लेकिन तुम तो हमेशा आध्यात्मिक और पौराणिक कथाओं में इतनी रुचि रखती थी, यह उससे कैसे जुड़ा है और क्या यह तुम्हारी मदद भी कर रहा है?" भ्रमित अवी ने पूछा।

"पुरातत्त्व हमारी पौराणिक कथाओं के बारे में इतने सारे छिपे रहस्यों को खोजने की कुंजी है। मुझे अपने प्राचीन मंदिरों के बारे में बहुत कुछ जानने को मिल रहा है, इससे जुड़ी कहानियाँ और इतनी सारी कलाकृतियों के प्रमाण मिल रहे हैं। क्या तुम जानते हो कि इसकी सुंदरता क्या है? मैं वास्तव में इस ज्ञान को अध्यात्म से जोड़ सकती हूँ। उदाहरण के लिए, मंदिर और पिरामिड सभी ऊपर से त्रिभुज के आकार के क्यों होते हैं? क्योंकि त्रिकोण कंसंट्रेटर पोर्टल्स हैं, जो जब सही संरेखित होते हैं तो अपार दिव्य ऊर्जा का संचार करते हैं और ध्यान या भक्ति ध्यान के दौरान एकाग्रता को बढ़ाते हैं। साथ ही, हमारे हृदय या अनाहत चक्र के आकार में दो अंतर्ग्रथित त्रिभुज हैं, जो इसे एक तारा बनाते हैं। एक तारा ऊपर की ओर इशारा कर रहा है, जबकि दूसरा नीचे की ओर इशारा कर रहा है। हम इसे 'स्टार ऑफ डेविड' के नाम से भी जानते हैं।

अवी मंत्रमुग्ध था।

"जबकि कुछ परियोजनाएँ घरेलू सीमा के भीतर हैं, कुछ मुझे दूर-दराज के क्षेत्रों में ले जाती हैं, कई बार अमरीका जैसे पॉश और कई बार तो अफ्रीका के दूरस्थ गाँवों में भी, जहाँ बिजली तक का कोई संकेत नहीं है, मोबाइल नेटवर्क के बारे में तो भूल ही जाइए, लेकिन यह छिपे हुए रहस्यों और प्राचीन लंबे समय से खोए हुए रहस्यों के खजाने की तरह है।" उसने उत्साह के साथ बताया।

"ओह! तो वो तुम्हारे ही भाई-बंधु थे, जिन्हें ममी और डायनासोर मिले थे!" अवी मुसकराया।

"हाँ, हममें से एक। वैसे भी, हमें इससे कहीं अधिक महत्त्वपूर्ण बात करनी है!" वह अचानक गंभीर लग रही थी।

"मैं सुन रहा हूँ," वह उत्सुक था।

"ठीक है, अवी, जैसा कि मैंने तुम्हें आखिरी कॉल में बताया था, मैं एक जागृति, एक आध्यात्मिक जागृति से गुजर रही हूँ, जहाँ मैं बहुत सी चीजों को पहले से कहीं ज्यादा स्पष्ट रूप से देखने, प्रकट करने में सक्षम हूँ, यहाँ तक कि वे चीजें भी, जो अनदेखी हैं। मैं कुछ समय से गहन साधना में लगी हूँ, जहाँ मेरे चक्र काफी खुल गए हैं और ढेर सारे आध्यात्मिक उपहार प्राप्त हुए हैं।" उसने उसे समझाने की कोशिश की।

"हाँ, मुझे याद है कि स्कूल के दिनों में भी तुम हमेशा आध्यात्मिक पुस्तकों में डूबी रहती थी, समझने और हल करने की कोशिश करती थी, भगवान् जाने क्या रहस्य है," अवी ने चिढ़ाया।

"हा-हा, हाँ अवी, तो तुम्हें याद है!"

"एक पागल लड़की को भूलना मुश्किल है," उसने चिढ़ाया।

गौरी हँसी और आगे बोली, "इन्हीं उपहारों और साधनाओं से मैं परमात्मा से जुड़ती रही हूँ, दर्शनों, स्वप्नों आदि के रूप में मार्गदर्शन प्राप्त करती रही हूँ। सीख लिया है कि बहुत सारी चीजें इस तरह से क्यों हो रही हैं। रिश्तों के बारे में जैसे कि परिवार में हमारे अधिकांश रिश्ते कार्मिक होते हैं, न कि आत्मा के स्तर पर, ताकि हम आगे बढ़ने के लिए अपने सबक सीख सकें। अधिकतर पाठ हमारी उन कमजोरियों पर काबू पाने के बारे में हैं, जो आसक्तियों और इच्छाओं से प्रेरित होती हैं। हम अधिकतर प्रेम के इस विचार से अंधे हो जाते हैं, जिसके नाम पर हम दूसरों को चोट पहुँचाते ही रहते हैं। यह ज्यादातर हमारी असुरक्षा है और शुद्ध प्रेम का रत्ती भर भी नहीं। यह हमें जन्म और मृत्यु के इस कभी न खत्म होने वाले चक्र में बाँधता है।"

अवी अंत में गौरी का मतलब समझ गया, जैसे कि कहीं गहरे में, वह पहले से ही यह जानता हो। यह ऐसा था, जैसे कोई साथ आया और उसे इसकी याद दिला रहा था, जैसे चमकदार सतह को प्रकट करने के लिए धूल को झाड़ा जा रहा हो।

अवी ने कहा, "मैं नास्तिक बन गया हूँ, गौरी! एक रात मैं शिव पर भी चिल्लाया, जिनके साथ मुझे हमेशा एक जुड़ाव महसूस हुआ। याद है? मैंने उन्हें मेरी मदद न करने और मुझे इस कभी न खत्म होने वाले दुःखों के चक्रव्यूह में डालने के लिए दोषी ठहराया।" उसके चेहरे पर आँसू बह रहे थे। "मैंने ऐसा क्या किया है, गौरी? मैं अब बहुत थक गया हूँ।" वह पूरी तरह टूट चुका था।

गौरी ने एक गहरी साँस ली और शांत एवं करुण स्वर में बोली, "तुम्हारा दिमाग तुमसे पीड़ित की भूमिका निभवा रहा है, अवी! जो हो रहा है, उसका तुम विरोध कर रहे हो। याद रखो, किसी ने तुम्हें इन परिस्थितियों में मजबूर नहीं किया है। यह एक विकल्प

है, जो इस दुनिया में आने से पहले तुम्हारी आत्मा ने लिया है। इसके पीछे एक कारण है, गहरे सबक और समझ। लेकिन इन रुकावटों के कारण हम इसे नहीं देख पा रहे हैं और हम खुद को दुःख और निराशा के इस कभी न खत्म होने वाले पैटर्न से बाँध लेते हैं। शिव, शक्ति या श्याम, वे हमसे बाहर कोई नहीं हैं, वे एक हैं, हमारे अंदर हमारी चेतना का हिस्सा। शक्ति 'प्राण', हमारे चेतन मन, इंद्रियों, ऊर्जा और शरीर या प्रकृति का प्रतिनिधित्व करती है। जबकि शिव 'योग' हमारे अवचेतन 'आत्मा' को हमारे अंदर, पुरुष का प्रतिनिधित्व करते हैं या प्रकट करते हैं। और श्याम हमारी 'आत्मा', प्रेम में एकता, भक्ति या प्रवाह का प्रतिनिधित्व करते हैं। आध्यात्मिक यात्रा शरीर से आत्मा तक शुरू होती है।"

अवी ने चुपचाप और पूरी एकाग्रता से सबकुछ सुना। बहुत सारी चीजें उसे तुरंत तारा की याद दिलातीं और उसने इनमें से कुछ शब्दों का इस्तेमाल किया, जैसे—चक्र, शुद्ध प्रेम और भी बहुत कुछ। तारा को याद करते ही उसके गले में अचानक एक गाँठ बन गई।

"मैं हाल में बहुत ध्यान कर रही हूँ, अच्छी पुस्तकें पढ़ रही हूँ और आध्यात्मिकता के बारे में बहुत कुछ सीख रही हूँ। मैं पहले भी ध्यान करती थी, लेकिन अब जैसा है, वह कुछ और है। मैं अपने दिमाग, इंद्रियों को नियंत्रित करने, अपनी कमजोरियों और कर्म के धागों को दूर करने की कोशिश कर रही हूँ। यह थोड़ा समय लेने वाली प्रक्रिया है। कभी-कभी गहन ध्यान अवस्थाओं में मेरी आत्मा भी यात्रा करती है और सूक्ष्म रूप से तैरती है, लेकिन मैं इस समय अच्छी तरह से जागरूक और सचेत हूँ।"

"ऐसी अवस्थाओं में कभी-कभी जो दर्शन मुझे मिलते हैं और सोते समय स्वप्न में मैंने तुम्हें किसी कुएँ या आग के कुंड में डूबते हुए देखा है। मैंने एक विशाल सफेद कमरा देखा, जहाँ तुम धीरे-धीरे आग के इस विशाल कुंड की ओर चल रहे हो। मैं छत के ऊपरी तरफ बाहर की ओर हूँ और एक खिड़की के माध्यम से मैंने तुम्हारा नाम पुकारा, अपना हाथ दिया, लेकिन तुमने एक जोंबी (Zombie) की तरह ध्यान नहीं दिया। शायद, जैसे तुम किसी गहरे जादू में हो और अपनी भावनाओं के बोझ तले दबे हुए हो। मैं कितनी भी कोशिश करूँ तुमने ध्यान नहीं दिया। मैं कई बार यह स्वप्न देखकर हाँफते हुए उठी हूँ, मेरा चेहरा पसीने से लथपथ था और मेरा शरीर सूख गया था। यह कुछ वक्त से बढ़ने लगा है, जहाँ मैं तुम्हें हर दूसरे सपने या दृष्टि में देख रही हूँ। मैंने सूक्ष्म रूप से भी तुम्हारे पास आने की कोशिश की, लेकिन तुमने अपने कंधों पर इन भारों के कारण खुद को बहुत अधिक अवरुद्ध कर लिया है और मैं तुम्हारी आत्मा को छू नहीं सकी। तभी मैंने तुम्हें खोजने और तुमसे सीधे संपर्क करने का फैसला किया।

"मुझे पता था कि तुम्हारे साथ कुछ ठीक नहीं है। मैं नहीं जानती अवी, मैंने जो कुछ कहा है, वह इस समय तुम्हारे लिए कितना मायने रखता है, लेकिन मैं तुम्हें केवल कुछ संकेत देने की कोशिश कर रही हूँ। और हमेशा एक लौकिक योजना होती है, जो कि हमारी कल्पना से कहीं अधिक बड़ी होती है। मैं तुम्हारे दर्शन तथा सपने देख रही हूँ और इतने वर्षों के बाद तुमसे इस तरह संपर्क कर रही हूँ, कुछ तो होना चाहिए। केवल एक चीज जो मायने रखती है, क्या तुम यह सब समझने के लिए तैयार हो और उस मदद के लिए तैयार हो जो ब्रह्मांड तुम्हें देना चाहता है।" उसने उसे समझाने की पूरी कोशिश की।

"मैं समझता हूँ गौरी! कुछ साल पहले मेरे जीवन में एक शख्स थी, जो कुछ इसी तरह की बातें कहती थी, जैसे तुमने अभी कहीं। चक्र, कुंडलिनी आदि। तो मैंने इनके बारे में सुना है, लेकिन इनके बारे में ज्यादा नहीं जानता। मुझे अजना चक्र के बारे में थोड़ा बताया था, लेकिन यह सब मेरी अस्पष्ट यादों में है। मैं जानता हूँ गौरी कि मुझे मदद की जरूरत है, लेकिन यह नहीं पता कि क्या करूँ? चीजें मेरे लिए वश से बाहर हो रही हैं और कहीं भी धूप नहीं दिख रही है। तुम ठीक कह रही हो, गहरे गड्ढे की तरह गहराई में गिरता जा रहा हूँ। जीवन इतना चुनौतीपूर्ण हो गया है कि एक दिन भी एक साल जैसा लगता है। रोजाना बहुत सारी लड़ाइयाँ लड़ रहा हूँ, लेकिन अभी भी बाहर निकलने की कोई उम्मीद नहीं है।" वह एक हारे हुए योद्धा की तरह लग रहा था।

"मैं समझ सकती हूँ, अवी! लेकिन तुम यह समझो कि तुम गड्ढे में इतने डूबे हुए हो कि तुम्हारे पास सिर्फ दो विकल्प हैं, फिर से उठो या हमेशा के लिए वहीं रहो। इस हाथ को स्वीकार करो अवी, जो मैं या अन्य लोग या देवदूत या परमात्मा तुम्हें दे रहे हैं। हम सब केवल माध्यम हैं, जो तुम्हारी मदद कर सकते हैं, लेकिन यह 'तुम' हो, जिसे स्वयं पर काम करना होगा। हम केवल तुम्हारा मार्गदर्शन कर सकते हैं और कुछ नहीं। यह ऐसा ही है कि यदि आप भूखे हैं तो कोई दूसरा व्यक्ति आपके लिए भोजन की व्यवस्था कर सकता है। लेकिन अंत में, यह आप ही हैं, जिसे अंततः इसे खाना है। लेकिन अगर आपके पास इसे खाने की हिम्मत या ताकत नहीं है, भले ही आपकी पसंदीदा डिश टेबल पर पड़ी हो, आप उसका स्वाद नहीं ले पाएँगे! और माफ करना, लेकिन तुमने कहा कि तुम बहुत लड़ाई लड़ रहे हो। नहीं अवी, तुम नहीं लड़ रहे हो! तुम्हारे लिए लड़ाई अभी शुरू भी नहीं हुई है! यह तुम्हारा मन है, जो तुम्हें पीड़ित होने का आभास करा रहा है, सहानुभूति दे रहा है कि ओह, तुम कितने कमजोर हो और तुम कुछ नहीं कर सकते। इसके विपरीत, यह तुम ही हो जो अपने आपके लिए चीजों को बदल सकते हो और अपने लिए काम कर सकते हो!" उसने अवी में

थोड़ी सी उम्मीद जगाने की कोशिश की।

अचानक अवी को वह सपना याद आया जो उसने मालविका से शादी करने से पहले देखा था। दो सड़कों वाला सपना। उसने इस बारे में गौरी को बताया, क्या पता यह उसे जो भी दर्शन हो रहा है, उससे संबंधित है।

गौरी ने एक गहरी साँस ली, उसके बारे में जानने की कोशिश की और कहा, "अवी, अभी मैं बस इतना ही कह सकती हूँ कि आसक्ति, भय और इच्छाएँ हैं कि जिनसे हम दूसरों को शक्ति देते हैं और कुछ लोग इसका बहुत गलत इस्तेमाल करते हैं, वे इस पर फलीभूत होते हैं। तुम अपने अतीत की वजह से प्यार के लिए तरस गए और वांछित हो गए और इसने तुम्हें इतना अंधा बना दिया कि बिना परिणामों के बारे में सोचे ही अँधेरी सड़क को चुन लिया, क्योंकि तुमने सपने को सही से डिकोड नहीं किया। हमें हमेशा संकेत मिलते हैं, अगर हम सही समय पर समझ सकें और देख सकें," गौरी ने इस जवाब से अवी को चौंका दिया।

"हालाँकि मुझे पूरी तस्वीर पाने के लिए सपने और तुम्हारे जीवन विकल्पों और परिस्थितियों के बारे में गहराई से देखना होगा। तुम्हारे अंदर बहुत सारे, भावनात्मक और मानसिक अवरोध हैं, जो किसी-न-किसी तरह से तुम्हारी वर्तमान स्थिति के लिए जिम्मेदार हैं। कुछ मूल कारण हैं और कुछ सतही हैं। जबकि सतह वाले हटाने में आसान होते हैं, गहरी जड़ वाले गहरे ब्लॉक को हटाने में मेहनत और समय लगता है। सवाल फिर से लेकिन यही है, क्या तुम इसके लिए तैयार हो? वह पहला कदम उठाने के लिए तैयार हो? वह पहली उड़ान!" गौरी ने यह सब दो-टूक होकर एक ही स्वर में कहा।

अवी यह सब सुन रहा था और इसे संसाधित करने की पूरी कोशिश कर रहा था। यह उनके लिए रियलिटी चेक जैसा था। वह अंदर तक दंग रह गया था। किसी ने बड़ी बेबाकी से उसे हिलाया था। उसे नहीं पता था कि क्या कहना है। उसे यह सब पचाने और संसाधित करने के लिए समय चाहिए था और गौरी यह सब महसूस कर पा रही थी।

"अपना समय ले लो अवी, अंत में यह तुम्हारी पसंद है मेरे दोस्त!" बातचीत को हलका बनाते हुए गौरी ने कहा।

"तुम इतनी सारी चीजें कैसे जानती हो, गौरी?"

"मैं बहुत सारी पुस्तकें पढ़ रही हूँ, ध्यान कर रही हूँ, दिव्य मार्गदर्शन प्राप्त कर रही हूँ, और ऑनलाइन और ऑफलाइन बहुत से लोगों से मिल रही हूँ, जिनके साथ मैं इन विषयों पर चर्चा कर रही हूँ और इस दौर से भी गुजर रही हूँ। उन लोगों में से एक को तुम भी जानते हो।"

"कौन?"

"तन्मय!"

"तुम्हारा मतलब हमारा तन्मय?"

"हाँ! तुम्हें वो याद है?" गौरी ने पूछा।

"हाँ! बेशक, गौरी! मेरे लिए उसे भूलना बहुत मुश्किल है! बड़ा बलवान, मोटा तन्मय। हर अपराध में मेरा साथी।" अवी ने इसे दुनिया भर के उत्साह के साथ कहा।

"वह मेरी आध्यात्मिक यात्रा का हिस्सा रहा है, हम कुछ महीनों से एक-दूसरे की मदद और समर्थन कर रहे हैं।" गौरी ने उत्तर दिया।

"अरे वाह!" हैरान अवी ने कहा। "कभी नहीं सोचा था कि वह आध्यात्मिकता और ऐसे आयामों में इतना अच्छा हो सकता है। लेकिन हाँ, हमारे स्कूल के दिनों से ही उसमें कुछ था। तुम्हें याद है कि वह कैसे लोगों को देखता था और चारों ओर रंगों के प्रतिबिंब के बारे में बात करता था तथा भूतों और आत्माओं को देखकर हमें डराता भी था?" अवी विस्मित भाव से मुसकरा रहा था।

"हाँ, मैं इसे कैसे भूल सकती हूँ," सामान्य रूप से गौरी ने कहा।

"मैं अपने पौराणिक और आध्यात्मिक ग्रंथों, वेदों, यौगिक ग्रंथों और सूत्रों से ज्ञान प्राप्त करके अपने क्षितिज का विस्तार करने के लिए सबसे अधिक उत्सुक रहा करती थी। तन्मय अनायास ही इन अनदेखे और अनजाने आध्यात्मिक आयामों को महसूस कर लेता था। शायद, वह बचपन से ही खुले हुए तीसरे नेत्र (अजना चक्र) के साथ एक प्रतिभाशाली बच्चा रहा है।" गौरी ने समझाया।

"लेकिन कैसे?" हैरान अवी ने पूछा।

"केवल यही मानव जन्म नहीं है, जिसका हम प्रयोग करते हैं, बल्कि हमारे पिछले और भी कई जन्म हुए हैं। यदि हम किसी भी जन्म में परम चैतन्य को लाकर योग (ध्यान) और भक्ति की दिशा में बढ़ते हुए अपने परम उद्देश्य को साकार करते हैं तो यह सब हमारी आत्मिक चेतना में संचित हो जाता है। यदि कुछ परिस्थितियों के कारण यह अधूरा रह जाता है तो अगले जन्म में हम ठीक वहीं से शुरू करते हैं। कुछ मामलों में योगी सिद्धियाँ (उपहार) विकसित करते हैं और यह अगले जन्म में स्थानांतरित हो जाती हैं। तन्मय ऐसा ही एक उदाहरण है," गौरी ने समझाया।

"ओह! तो वह अपने पिछले कुछ जन्मों में योगी रहा है?" अवी ने हैरानी से पूछा।

"हाँ अवी, और मुझे लगता है कि तुम भी ऐसे ही थे। हम सभी के मिलने का एक कारण है, इस ब्रह्मांड में कुछ भी बेतरतीब ढंग से नहीं होता है," उसने वीडियो कॉल पर उसकी आँखों में देखा और शांति से एक विस्तृत सुंदर मुसकान के साथ कहा।

उस क्षण अवी के भीतर जैसे कुछ हलचल हुई, उसके हृदय में एक कंपन हुआ,

जैसे उसके भीतर कोई चीज जोर से धक्का दे रही हो।

"मैं और जानना चाहता हूँ गौरी, अचानक मुझे ऐसा लग रहा है कि मैं इसकी गहराई में जाना चाहता हूँ। मैं कौन हूँ? मैं पृथ्वी पर क्यों हूँ? मैं क़िसलिए भटक रहा हूँ? मेरा जीवन ऐसा क्यों था, जैसा वह रहा है? मैं इस डूबने से कैसे बाहर आ सकता हूँ? जैसे तुमने मेरी अवस्था को कैसे भाँप लिया बिना मेरे बताए, तुम्हें क्या, बिना किसी और को भी बताए। यह कौन सा आयाम है, जो हमारी इन आँखों की धारणा से परे है, लेकिन इसे कम सत्य नहीं बनाता है। मेरी मदद करो गौरी!" अवी ने लगभग विनती की।

"वाह-वाह, कितनी उत्साहित और जिज्ञासु आभा बिखेर रहे हो तुम! तुम जानते हो कि जिस क्षण हम प्रश्न करते हैं कि 'मैं कौन हूँ?', हमारी आध्यात्मिक यात्रा शुरू हो जाती है। मैं तुम्हारी मदद करूँगी अवी!" समान रूप से उत्साहित गौरी मुसकराई।

□

नींव

जब चीजें या लोग आपको विफल करने की ओर ले जाते हैं,
जब आप अपनी गाड़ी खींचने में सक्षम नहीं होते हैं,
याद रखें, कोई दूसरी और कला नहीं है,
गहरी साँस लें और एक नई शुरुआत करें!

गौरी ने अवी को उससे और तन्मय से मिलने के लिए गोवा बुलाया, जहाँ वह आजकल रह रही थी। तन्मय आजकल लंदन में रहता था और वहीं काम करता था। उनकी ऋषिकेश में पुश्तैनी संपत्ति थी और वह छुट्टियों में भारत में थे। हमेशा एक लौकिक योजना होती है!

गौरी के घर मुलाकात तय हुई। यह सप्ताहांत था, उन सभी के लिए सुविधाजनक। गौरी वैसे भी अब एक पुराने शिव मंदिर परियोजना की साइट के लिए काम कर रही थी और वर्तमान में डेस्क जॉब कर रही थी, रिपोर्ट और सभी काम कर रही थी, जिसे वह घर से ही मैनेज कर रही थी।

उदयपुर और ऋषिकेश दोनों से गोवा के लिए कोई नॉन-स्टॉप फ्लाइट नहीं थी, इसलिए अवी और तन्मय ने मुंबई एयरपोर्ट पर मिलने का फैसला किया, जहाँ उनकी फ्लाइट को लैंड करना था, बस एक घंटे के अंतर से और फिर गोवा के लिए एक साथ फ्लाइट लेंगे।

वे एयरपोर्ट के एक रेस्टोरेंट में चाय-नाश्ता करने गए। तन्मय न केवल शारीरिक रूप से बल्कि प्रकृति के लिहाज से भी बहुत बदल गया था। वह पहले से कहीं ज्यादा शांत और चीजों पर काफी केंद्रित हो गया था। बचपन में तन्मय खूब बोलता था, हर समय बक-बक करता था। वह अपने चेहरे पर एक सदाबहार मुसकान के साथ काफी शांत हो गया था, जो उनके पहली बार हवाई अड्डे पर मिलने से लेकर अब तक जब

वे जलपान कर रहे थे, तब तक नहीं बदला था। वो चुप था, जरूरत पड़ने पर ही बोल रहा था, नहीं तो बस वो मुसकान ओढ़े और अवी की आँखों में गहराई से देख रहा था। इस टकटकी ने अवी को असहज कर दिया और साथ ही उसकी वृद्धि की प्रशंसा भी।

"तो आजकल क्या कर रहा है मेरे दोस्त तन्मय? इतने वर्षों बाद तुम्हें देखकर अच्छा लगा। हम लोगों को मिले हुए इतना लंबा समय हो गया है। मुझे वास्तव में अभी इस बात का पछतावा है कि हमने पहले मिलने की योजना क्यों नहीं बनाई? और ऐसा लगता है कि उम्र के साथ तुम काफी बड़े हो गए हो। यह परिपक्वता मैं तुम्हारे चेहरे पर देख सकता हूँ। तुम अपनी उम्र से ज्यादा परिपक्व लगते हो।" अवी ने नाश्ता करते हुए चुप्पी तोड़ी।

"यह एक उतार-चढ़ाव भरी यात्रा थी, आसान नहीं थी, लेकिन मुझे लगता है कि लायक थी। हालाँकि, मुझे खुशी है कि तुम मुझमें सकारात्मक बदलाव महसूस कर रहे हो। हम मिल रहे हैं, जैसा कि होना चाहिए था," तन्मय ने शांति से कहा।

"सच बात है! और तुम जीने के लिए क्या करते हो?"

"जीने के लिए मैं खाता हूँ, सोता हूँ और साँस लेता हूँ।" तन्मय हँसा।

अवी की हँसी फूट पड़ी। "मुझे लगता है कि कुछ चीजें कभी नहीं बदलतीं, मेरे पुराने दोस्त को वापस महसूस किया मैंने अब जाके।"

"गंभीरता से कहूँ तो मैं जीने के लिए कुछ नहीं करता, लेकिन सचेत होने के लिए बहुत कुछ करता हूँ! जीना अपने आप आता है।" तन्मय ने उत्तर दिया।

"अन्यथा, एक फ्रीलांसर के रूप में एक इलस्ट्रेटर के रूप में काम करता हूँ। सरल शब्दों में, मुझे क्लाइंट से एक विचार (Idea) प्राप्त होता है और फिर मैं इसे स्केच, चित्र, मानचित्र, डिजाइन इत्यादि का आकार देता हूँ। कुछ आर्किटेक्ट्स के लिए काम करता हूँ, कुछ प्रकाशन गृह, कुछ संपादकीय, कुछ फिल्म निर्माता और कुछ छाया चित्रकार भी। गौरी को उसकी एक परियोजना में भी सहायता की है, जहाँ वह कुछ तस्वीरों को कुछ प्रजातियों के विकास को दर्शाने के लिए चाहती थी, जिस पर वह काम कर रही थी, जब वह किसी अफ्रीकी देश में थी।"

"ओह! बहुत सही! तुम्हारे पास हमेशा बहुत अच्छा हाथ था कला में। अच्छा लगता है तन्मय कि तुमने अपने जुनून और अपने लव इंटरेस्ट का अनुसरण किया।" अवी ने आँख मारी।

रेस्टोरेंट में खेल रहे बच्चों को देखते हुए तन्मय ने शरमाते हुए कहा, "यह तो अभी तक छुपा हुआ राज है। कभी-कभी मुझे लगता है कि अवी, ये पक्षी हम इनसानों से कहीं ज्यादा आजाद हैं। हम उनसे बहुत कुछ सीख सकते हैं।"

अवी ने चुप रहना पसंद किया। उसने एकतरफा प्यार के तन्मय के दुःख को महसूस किया। हालाँकि, वह जानना चाहता था कि उसने उसे अब तक क्यों नहीं बताया।

"तो तुम तस्वीरें और सबकुछ खींचकर कैसा महसूस करते हो?" थोड़ी देर बाद अवी ने चुप्पी तोड़ने की कोशिश की।

"एक तस्वीर एक हजार शब्दों के बराबर होती है," उसने कॉफी पीते हुए अपने विचारों में खोए हुए उत्तर दिया।

"तुम लोगों का आभामंडल (Aura) स्कूल में देखा करते थे। लोगों के चारों ओर रंग, जिन्हें आप देखते थे और बताते थे कि वह उस समय कैसा महसूस कर रहा है। क्या तुम अभी भी इसे देखते हो? अरे! अभी तुम्हें मेरी आभा कैसी दिखती है?" अवी ने उत्साह से उससे पूछा।

"हमें कुछ बातें गौरी के घर पर करने के लिए रखनी चाहिए," तन्मय ने उसे शांत भाव से चुप करा दिया।

"ठीक है," अवी ने अब चुप रहने और अपनी कॉफी का आनंद लेने का फैसला किया।

वे गोवा के लिए फ्लाइट पकड़ने गए। वे एक-दूसरे की बगल में बैठे थे। अवी को यात्रा के दौरान संगीत सुनने की आदत थी। तन्मय वैसे भी किसी पुस्तक में डूबा हुआ था तो उसने अपना ईयरफोन निकाला और कुछ संगीत सुनने लगा। उसने एक बार उस पुस्तक को देखा, जो तन्मय पढ़ रहा था। इसके कवर पेज पर कुछ ज्यामितीय आकृति थी, जैसे कि वह और गौरी दूसरे दिन डेविड के सितारे के बारे में चर्चा कर रहे थे। पुस्तक का एक बड़ा शीर्षक किसी अंग्रेज लेखक के नाम से था, लेकिन वह जो देख या रख सकता था, वह यह अजीब शब्द था, अन्य सभी सामान्य अंग्रेजी शब्दों में, 'मरकबाह (Merkabah)' था। कवर पेज पर भी कुछ अलौकिक चित्र थे। उसने देखा कि तन्मय पुस्तक में डूबा हुआ है तो वो कुरसी पर बैठ गया, आँखें बंद कर लीं और गाने सुनने लगा। सुनने के लिए उसके पास एक एम.पी. 3 प्लेयर था और वह बीच में से चल रहा था, जहाँ कुछ भजन और आरतियाँ चल रही थीं। वह आमतौर पर इससे हमेशा बचता था, लेकिन किसी तरह उस समय ऐसा नहीं हो सका, क्योंकि मंत्र जप का संगीत था, जो उसे थोड़ा मदहोश कर रहा था। उसके एम.पी. 3 प्लेयर ने इस मंत्र का समय 11:11 यानी ग्यारह मिनट और ग्यारह सेकंड दिखाया। उसने अपनी आँखें बंद कर लीं और सुनने लगा।

संगीत की ताल इतनी तेज थी कि वह धीरे-धीरे नींद जैसी स्थिति में चला गया, जहाँ उसका सिर बिना किसी दूसरे विचार के एक खाली बरतन की तरह हो गया। वह

गहरी नींद में सो गया। नींद में उसे एक अजीब सा नजारा दिखाई देने लगा। "वह क्या है? आग! होलिका! लिंग, बाघ, नहीं-नहीं, मानव, आधा बाघ-आधा मानव, नहीं। मैंने इसे पहले कहीं देखा है। वह क्या कर रहा है, वह कौन है, वह अजीब प्राणी!" अवी को थोड़ा डर लग रहा था, लेकिन इस अजीब आधे बाघ, आधे इनसान को छूने की तीव्र इच्छा थी। वह आगे बढ़ा और उसे छुआ। उसने महसूस किया कि उसके शरीर में ऊर्जा का एक विस्फोट हो रहा है और फिर उसने उसका चेहरा देखा। उसका दिल उसी समय तेजी से बहने लगा और धड़कन तेज हो गई। उसने उसे मुसकराते हुए देखा और अवी के सिर पर हाथ रख दिया। अवी ने और करीब से देखने की कोशिश की और उसे खूब पसीना बह रहा था। "आप क्या कर रहे हैं? आप कौन हैं?" फिर उसने उस लिंग को देखा।

वह एक घना जंगल जैसा स्थान था। चारों ओर ऊँचे-ऊँचे पेड़ थे, बीच में मिट्टी का एक बड़ा खाली मैदान था। वह पूर्णिमा की रात थी और जमीन के बीचोबीच आग थी और उसके साथ ही एक विशाल लिंग भी था। वहाँ एक हृष्ट-पुष्ट मनुष्य बैठा था, उसका चेहरा प्रचंड बाघ जैसा था, जबकि शरीर आधा मानव जैसा था। कुछ और जानवर भी आग के साथ नाच रहे थे, जैसे कुछ जश्न मना रहे हों। वह बाघ मानव या टाइगर मैन उनके नेता की तरह था। लिंग सामान्य नहीं था। यह एक विशाल बिना तराशा हुआ लिंग था, जो उस स्थान पर 'स्थापित' हो रहा था और इसलिए उत्सव चल रहा था। उसने इस आधे बाघ, आधे मानव को चारों ओर मंत्र पढ़ते हुए देखा और उस लिंग पर नक्काशी करना शुरू कर दिया। एक मुख, दो मुख, उन्होंने उस एक लिंग पर आठ मुखों को एक समरूपता में उकेरा। चार मुख नीचे के भाग में और चार मुख ऊपर के भाग में। रुको! उसने इस लिंग को पहले भी देखा है। "पशुपति नाथजी?" वह साँस के लिए लगभग हाँफते हुए उठा। तन्मय ने उसे बेचैनी में देखकर उसकी पीठ थपथपाई और पानी पिलाया।

"क्या हुआ? तुमने कुछ देखा?"

"हाँ, तन्मय! मुझे काफी समय से कोई आधा बाघ, आधा मानव रूप दिखाई दे रहा है। वह आज मेरे स्वप्न में तीसरी बार प्रकट हुआ है, जब मैं कोई संगीत सुन रहा था। और मैंने कुछ अजीब चीजें घटित होते देखीं।"

"ठीक है। चिंता मत करो। अपनी साँस को सामान्य करो। इसका आपके पिछले जन्म या किसी चीज से कुछ संबंध होना चाहिए। गौरी सपनों की व्याख्या करने में माहिर है। उसके पास एक उपहार है, सपने देखना और दूसरों के सपनों की व्याख्या करना। चलो उससे बात करते हैं, वैसे भी हम उतरने ही वाले हैं," तन्मय ने शांति से कहा।

अवी ने कुछ लंबी साँसें लीं और थोड़ा पानी पिया। वह अब शांत था। उसने खिड़की से बाहर देखा। गोवा है! हालाँकि इस बार गोवा वैसा नहीं था, जैसा पहले था। वह हमेशा अपने दोस्तों के साथ समुद्र तट जीवन, अद्भुत डिस्कोथेक, कैसीनो नाइट लाइफ और मद्यपान (Boozing) का आनंद लेने के लिए गोवा गया है। इस बार एक पूरी तरह से अलग उद्देश्य था। कुछ बड़ा उसका इंतजार कर रहा था और वह इसे महसूस कर सकता था।

वे समय से गौरी के यहाँ पहुँचे। उन तीनों ने पुराने अच्छे समय को याद किया, एक-दूसरे को समूह में गले लगाया, जैसा कि वे स्कूल में किया करते थे। अपने अंतिम समय को याद करते हुए गौरी ने गाना शुरू किया, "हम तीन सबसे अच्छे दोस्त हैं कि···।" और वे खूब हँसे।

गौरी ने उनके लिए गोवा के कुछ लाजवाब ऑथेंटिक व्यंजन बनाए थे। गौरी का घर बहुत सुंदर था। वाइब्स उसके घर में इतनी सकारात्मक थीं कि वे दोनों तुरंत तरोताजा महसूस कर रहे थे। सेकंडों में थकान दूर हो गई। उसने इसे काफी न्यूनतर रखा था, जिसमें साधारण बेंत का फर्नीचर, लकड़ी और मिट्टी की छोटी झोंपड़ियाँ घर के बरामदे में, कंकड़ के साथ सुंदर बगीचा क्षेत्र था।

"तुमने अब अपने निवास के लिए गोवा को क्यों चुना? तुम्हारा पैतृक घर दिल्ली में था न?" अवी ने जिज्ञासावश पूछा।

"क्योंकि यहीं से मेरा अजना चक्र (Third Eye Chakra) खुला था," गौरी ने आँखों में चमक के साथ कहा।

अवी ने गौरी को चकित होकर देखा, जबकि गौरी और तन्मय ने एक-दूसरे को देखा और मुसकराए। उसकी उलझन को भाँपते हुए गौरी बोली—

"करीब दो साल पहले एक बार मैं अपने किसी प्रोजेक्ट के सिलसिले में गोवा आई थी। मैं एक समुद्र तट पर रोजाना आती थी, वहाँ कम-से-कम दो घंटे बैठती थी और बस। मैं वहीं बैठी रहती, कुछ देर बस पानी को निहारती, अपने चेहरे पर हवा को महसूस करती। एक समय के बाद मेरे आसपास की हर चीज फीकी पड़ जाती थी और केवल तीन चीजें थीं, जो उस क्षण में मौजूद थीं, मैं, हवाएँ और पानी और उसकी लहरों की आवाज। ऐसा लगभग एक हफ्ते तक हुआ। वर्तमान क्षण में रहकर आप इसे मौन ध्यान कह सकते हैं। पानी ने मेरे लिए एक जादू की तरह काम किया, भगवान् जानता है कि मेरे अंदर क्या खुला। एक दिन हमेशा की तरह मैं पल-पल में बहती गई, धीरे-धीरे पानी से एक हो गई, इतना कि एक समय के बाद पानी और मेरे शरीर के बीच कोई अंतर नहीं रह गया। पानी मैं बन गई और मैं पानी बन गया। बहते पानी की

आवाज जीवन का संगीत बन गई, 'अनहद नाद' मेरे लिए और मैं उसमें जैसे विलीन हो गई। तभी मुझे अपनी तीसरी आँख (अजना) पर तेज संवेदना महसूस हुई और मेरी आँखें आधी बंद हो गईं।

"उसी क्षण मैंने बहुत स्पष्ट रूप से देखा, मेरी भौंहों के बीच एक अजीब शाही नीले रंग का चक्र, जिसके अंदर कुछ अजीब डिजाइन और नक्काशी थी। इसने मुझे मजबूत संवेदनाएँ और कंपन दिए, लेकिन यह रहस्यमय, सुंदर लगा। अजना के साथ-साथ अनाहत चक्र भी प्रवाहित होने लगा और ऐसा लगा, जैसे अजना और अनाहत के बीच ऊर्जा लगातार घूम रही हो, जैसे वे भी एक हो गए हों। मैं एक अफीमची की तरह चल रही थी, बिना किसी जागरूकता के कि मैं कहाँ जा रही हूँ, मैं क्या कर रही हूँ। पूरे दिन मैं किसी से ठीक से बात नहीं कर पाई। मैं ऐसी अवस्था में थी, मैं तुरंत अपने होटल के कमरे में गई और सो गई। मैं घंटों सोती रही! जब मैं उठी, दर्द अभी भी था। हालाँकि, कम हो गया था, लेकिन ऐसा लगा कि मेरे अंदर कुछ बदल गया है। कुछ जग गया और मेरे होश उड़ गए। तीसरी आँख या अजना खोलने का यह मेरा पहला अनुभव था। इसके पूर्ण जागरण में और भी कई स्तर आते हैं, लेकिन यह सबसे महत्त्वपूर्ण था। जागने के बाद मैंने थोड़ा ध्यान किया, एकता को महसूस करने की कोशिश की, जिससे मुझे अपने दर्द को थोड़ा और कम करने में मदद मिली।" गौरी ने सबकुछ ऐसे सुनाया, जैसे अभी-अभी हो रहा हो।

अवी यह सब सुनकर काफी हैरान रह गया। गौरी और तन्मय की बातें सुनकर उसे बहुत अजीब लग रहा था। वह उस समय उनके सामने काफी छोटा महसूस कर रहा था और उसके मन के अंदर ऐसा था कि वे चीजों को कितना जानते हैं और मैं कितना अज्ञानी हूँ।

"हर कोई कहीं-न-कहीं से शुरुआत करता है अवी! हम सभी कभी-न-कभी अज्ञानी रहे हैं। अज्ञानी या कोरा होना आध्यात्मिक यात्रा की ओर पहला कदम है," तन्मय ने कहा।

"तुम्हें कैसे पता चला कि मैं अभी इस बारे में सोच रहा था?" अवी ने चौंकते हुए पूछा।

"मैं महसूस कर सकता हूँ," तन्मय ने आँख मारी।

"ठीक है। तो आप लोग मुझसे कह रहे थे कि आप मुझे मेरे बारे में कुछ बताना चाहते हैं। मेरा अध्ययन। हम इसे कब कर रहे हैं?" अवी ने पूछा।

"जब कुछ समय में हम अगोंडा बीच पर पहुँचेंगे। चलो चलें!" गौरी ने कहा।

"अगोंडा? इस बीच के बारे में पहले कभी नहीं सुना," अवी ने गौरी से पूछा।

"हाँ! यह गोवा के कम प्रसिद्ध समुद्र तटों में से एक है। आमतौर पर कैलंगुट, बागा, वागातोर आदि के आसपास लोग घूमते रहते हैं, इसलिए यह बीच थोड़ा खाली रहता है। साथ ही, यहीं पर मेरी तीसरी आँख (अजना चक्र) खुली थी," गौरी ने पलक झपकते कहा।

वे लोग अगोंडा बीच गए। यह दक्षिण गोवा में है और काफी प्राचीन है। समुद्र तट पर कोई फेरीवाले नहीं थे, केवल कुछ ही लोग थे, जो ज्यादातर स्थानीय प्रतीत होते थे, जिनके आसपास अपने घर थे या समुद्र तट पर आगंतुक या पर्यटक थे।

वे कुछ देर समुद्र तट पर टहलते रहे, प्रकृति का आनंद उठाते रहे। वे वहीं किसी आरामदायक जगह पर बैठ गए और गौरी तथा तन्मय वहीं ध्यान करने लगे। वे काफी मग्न थे। अवी को नहीं पता था कि क्या करना है तो वह बस पानी या पास से गुजर रहे लोगों को देख रहा था। वह लंबे समय से प्रकृति की सुंदरता को समझना या उसकी सराहना करना भूल चुका था।

कुछ मिनटों के बाद उन दोनों ने अपनी आँखें खोलीं और उनकी आँखों में चमक आ गई। वे फिर टहलते रहे और उन्हें बीच पर किसी छत के नीचे एक आरामदायक जगह मिली, जहाँ उन पर सीधी धूप नहीं पड़ रही थी। उस समय हवा चल रही थी और मौसम में थोड़ी ठंडक थी, खासकर जब से वे सीधी धूप से दूर थे।

गौरी ने अवी से अपनी बातें साझा करने के लिए कहा, जो उसने उन्हें अपने दुःखों, दर्द और सभी के बारे में बताया, ताकि तन्मय को भी इसका आभास हो सके। उसने बचपन की बातें, उसकी शादी की बातें, उसका इतना भावुक और संवेदनशील होना, उसका अति करुणामय स्वभाव आदि सबकुछ बता दिया। बोलते-बोलते उसकी आँखों में आँसू आ गए और वह कई बार रुका। गौरी ने उसे और बोलने के लिए प्रोत्साहित किया। अवी बातें करता रहा।

"तो, मुझे बस इतना ही कहना था, मेरे जीवन के संबंध में। मैं जिन आघातों और परेशानियों को महसूस कर रहा हूँ। बहुत रोया हूँ, मैं ही जानता हूँ, पर न जाने कैसे, अब इतना सुकून महसूस कर रहा हूँ। मानो वह सारा दर्द किसी ताकत ने छीन लिया हो। बहुत खुश और ऊर्जावान महसूस कर रहा हूँ, जैसे फिर से जी उठा। मैंने इस ऊर्जा को अपने अंदर कभी महसूस नहीं किया, जैसे एक साल या उससे भी ज्यादा समय से। मैं माउंट एवरेस्ट पर चढ़ सकता हूँ! क्या हो गया है मुझे? कुछ समय से मैंने इस खुशी को अंदर महसूस नहीं किया है। हालाँकि, मुझे आपके घर में अच्छा वाइब्स महसूस हुआ और वहाँ की बातों पर हँसी भी आई, लेकिन यह खुशी गायब थी। यह क्या है?" अवी एक ही समय पर हैरान, भ्रमित, चकित था।

गौरी और तन्मय ने एक-दूसरे को मुसकराते हुए देखा, जिससे अवी और भ्रमित हो गया।

"ठीक है, यहाँ छाया में आने से पहले, हम किनारे पर ध्यान कर रहे थे, जब तुम चारों ओर देख रहे थे, है न?" गौरी ने पूछा।

"हाँ।"

"तभी से हम तुम्हें 'प्राणिक हीलिंग' दे रहे हैं," गौरी ने कहा।

"क्या हीलिंग?" अवी पूरी तरह से उलझन में था।

"मैं तुम्हें समझाता हूँ। प्राण को 'ऊर्जा' या 'प्राणशक्ति' भी कहा जाता है, लेकिन यह बहुत ही मोटा अनुवाद है। योग की दृष्टि से संपूर्ण ब्रह्मांड जीवित है और प्राण के कारण उसके साथ साँस ले रहा है। सभी निर्मित वस्तु के भीतर प्राण, मनुष्य, पौधे, ग्रह, क्षुद्रग्रह या एक ब्लेड जैसे पदार्थ का निर्माण करता है। प्राणिक ऊर्जा कणों का घनत्व विभिन्न क्रम-परिवर्तन में भिन्न होता है और सृजन के कभी न खत्म होने वाले मैट्रिक्स को बनाने के लिए संयोजन। मूल सार्वभौमिक प्राण स्थिर या गतिशील हो सकता है, लेकिन यह अस्तित्व के निम्नतम से उच्चतम रूपों के पीछे है।

पृथ्वी पर, सभी जीवित प्राणियों के भौतिक शरीर को बनाए रखने के लिए प्राण का स्रोत वायु, भोजन, जल और सूर्य हैं। हम जिस हवा में साँस लेते हैं, वह प्राण का बहुत स्थूल रूप है। हालाँकि, हम जिस हवा में साँस लेते हैं, वह प्राण नहीं है, क्योंकि कई योगी बिना साँस लिये जीवित रह सकते हैं। यह तब होता है, जब प्राण शरीर छोड़ देता है, मृत्यु होती है। प्राण को सार्वभौमिक या महाप्राण और व्यक्तिगत प्राण में वर्गीकृत किया जा सकता है। महाप्राण मूलधारा (Root Chakra) में छिपी कुंडलिनी ऊर्जा भी हो सकती है। महाप्राण को ब्रह्मांडीय माँ या पराशक्ति भी कहा जाता है, जो ब्रह्मांड में सृजन को गति देने के लिए अव्यक्त चेतना (परब्रह्म) से पहली मौलिक ऊर्जा है। एक-दूसरे में ऊर्जा (प्रकृति) और चेतना (पुरुष) के इस संपर्क को लौकिक नाटक या 'लीला' कहा जाता है और यह सृजन या 'सृष्टि' का कारण बनता है। सांख्य परंपराओं में प्रकृति को शक्ति और पुरुष को शिव के रूप में भी जाना जाता है। जब प्राण शांत हो जाता है, कुंडलिनी उठती है और अजना चक्र (तीसरी आँख) में चेतना के साथ विलीन हो जाती है।" गौरी ने उसे समझाने की कोशिश की।

"क्या तुमने कभी गौर किया है कि कैसे किसी देवता की पत्थर की मूर्ति, जब पहली बार तुम्हारे घर के मंदिर में रखी जाती है, भले ही नीरस और बेजान लगती है, लेकिन जैसे ही तुम उसकी प्रार्थना करना शुरू करते हो, उससे एक सुंदर और सकारात्मक ऊर्जा निकलती है? इसका कारण यह है कि मूर्ति प्राण या ऊर्जा के निरंतर

संचार के माध्यम से जप और शुद्ध भक्ति प्रेम के माध्यम से, शक्ति और ऊर्जा से ओत-प्रोत है। तुम्हारे आश्चर्य के लिए, ऐसी मूर्ति में एक जीवित इनसान की तुलना में बेहतर प्राण या ऊर्जा भी हो सकती है। यह महत्त्वपूर्ण है यह याद रखने के लिए कि निर्जीव वस्तुओं को रिक्त स्थान के रूप में नहीं देखा जाना चाहिए, क्योंकि ऊर्जा हमेशा जीवित और निर्जीव दोनों में पदार्थ के साथ परस्पर क्रिया करती है। अंतर केवल इतना है कि जीवित प्राणियों में प्राण की आवृत्ति, मात्रा सूक्ष्म और मजबूत होती है निर्जीव चीजों की तुलना में।" तन्मय ने जोड़ा।

"व्यक्तियों के रूप में हमारा प्राण सार्वभौमिक प्राण का एक हिस्सा है और जब तक परदा नहीं उठाया जाता है, तब तक हम खुद को ब्रह्मांडीय मैट्रिक्स से अलग देखते हैं। ध्यान, क्रिया और प्राणायाम के माध्यम से हम अपने स्वयं के प्राण के प्रति सचेत हो सकते हैं, जो वृद्धि करता है प्राण की मौजूदा मात्रा। प्राण को मूलाधार (Root Chakra) से तीसरी आँख (अजना) तक निर्देशित किया जाता है, जिससे गरमी पैदा होती है और इसकी आवृत्ति बढ़ती है। हमने तुम्हें जो उपचार दिया था, वह था सार्वभौमिक प्राण को हमारे हाथों में प्यार से प्रसारित करके और इसे तुम्हारे व्यक्तिगत प्राण में स्थानांतरित करके, तुम्हारे शारीरिक, मानसिक और भावनात्मक शरीरों को जोड़कर। इसलिए तुमने ऐसा ही महसूस किया," गौरी ने शांति से कहा।

"ऊर्जा हस्तांतरणीय है। यही कारण है कि हम कुछ जगहों पर सकारात्मक वाइब्स और अन्य जगहों पर नेगेटिव वाइब्स महसूस करते हैं, जैसा कि हमने अभी थोड़ी चर्चा की। हम अपनी मर्जी से ऊर्जाओं को अवशोषित करते हैं। कुछ जगहों पर हम कायाकल्प महसूस करते हैं, जबकि कुछ में हम थक जाते हैं। मुझे आशा है कि तुमने 'ऊर्जा पिशाच' नाम सुना होगा। जब हम कुछ खास लोगों से मिलते हैं तो हमें बहुत थकान महसूस होती है। जैसे उन्होंने हमारी ऊर्जा चूस ली हो। यह निर्भर करता है कि हम इसे हथियाने के लिए खुले हैं या नहीं। तुम जो महसूस कर रहे हो, वह और कुछ नहीं, बल्कि एक ऊर्जा हस्तांतरण है, जो हमने तुम्हें दिया है ब्रह्मांड से प्राप्त करके। हम तो माध्यम मात्र हैं!" तन्मय ने शांत भाव से सबकुछ समझाया।

"समुद्र तट पर टहलते हुए तुम मुझे बता रहे थे कि तुम्हारे सिर में भी दर्द था। क्या अब है ?" उसने आगे पूछा।

अवी मंत्रमुग्ध था। वह जो सुन रहा था उस पर विश्वास नहीं कर पा रहा था।

"हाँ, सिरदर्द चला गया है। वह था और मेरे बात शुरू करने से पहले तक यह काफी तेज था," अवी ने चकित होकर कहा। "क्या यह किसी फिल्म की तरह है या कुछ और ?"

"यह उस उपचार के कारण है, जो हमने तुम्हें दिया," गौरी ने समझाया।

"लेकिन यह सिर्फ एक अस्थायी स्थिति है, अवी! यह एक पंचर टायर को हवा देने जैसा है; तुमने इसे फिर से फुलाया है, लेकिन अगर तुम इसकी देखभाल नहीं करते हो तो यह एक दिन फिर से खराब हो जाएगा," तन्मय ने कहा।

"लेकिन मैं क्या कर सकता हूँ?" अवी ने पूछा।

"अपने ब्लॉक और उससे संबंधित स्रोतों की पहचान करके पहला कदम। तुम्हें बहुत सारे भावनात्मक और मानसिक अवरोध मिले हैं, जो चक्रों को अवरुद्ध कर रहे हैं और इस प्रकार तुम्हारे अंतर में प्राण के मुक्त प्रवाह को प्रभावित कर रहे हैं, जिससे तुम्हारे शरीर में विभिन्न स्वास्थ्य और चिंता संबंधी समस्याएँ पैदा हो रही हैं," गौरी ने कहा।

"लेकिन मेरी क्या गलती है गौरी? तुम क्या उम्मीद करती हो कि मैं अपने जीवन की परिस्थितियों में कैसा रहूँगा?" रक्षात्मक अवी ने कहा।

"पहला कदम, शिकार (Victim) बनना बंद करो। दूसरा, आभार व्यक्त करो कि तुम्हें यह जीवन मिला है। सभी को दिक्कतें होती हैं। ब्रह्मांड के लिए महसूस करने, करुणा और प्रेम करने का प्रयास करो। उनकी योजना पर विश्वास करो। विश्वास करो कि जो कुछ भी हो रहा है, वह किसी बड़े कारण के लिए हो रहा है। और तुम प्रतिभाशाली (Gifted) हो अवी, मुझे पता है कि तुम आज इस बात पर यकीन नहीं करोगे, लेकिन एक दिन तुम्हें पता चल जाएगा। तीसरा, ध्यान का अभ्यास करो, विशेष रूप से नाड़ी शोधन, चक्र ध्यानम्, हम इस पर तुम्हारा मार्गदर्शन करेंगे। चौथा, उन ब्लॉकों, बंधनों और रस्सियों को काट दो, जिन्हें तुमने अपने परिवार के साथ बाँध रखा है। जैसा कि मैंने और तन्मय ने तुम्हारे वैवाहिक जीवन में देखा, तुम्हारे पास चार मुख्य रस्सियाँ हैं, जो तुम्हें बड़ी बाधा पहुँचा रही हैं। तुम्हें उन्हें अपने दम पर देखने की जरूरत है कि वे क्या हैं और उन्हें काट देना चाहिए, ताकि तुम जिन मुद्दों का सामना कर रहे हो, वे नष्ट हो जाएँ। और अंतिम, लेकिन सबसे महत्त्वपूर्ण हिस्सा अवी, प्रवाह (Flow)! बस प्रवाह! वो है तुम्हारा मूल, तुम्हारी ताकत," गौरी ने दृढ़ता से कहा।

तन्मय ने आगे कहा, "तुम्हें क्या लगता है कि मेरी और गौरी की जिंदगी आसान रही है? शादी के छह साल बाद मेरा तलाक हो गया, लेकिन मैं खुश हूँ, क्योंकि मैंने सामाजिक बंधनों और बंधनों के ऊपर अपना जीवन चुना। गौरी ने तीन साल पहले अपनी दादी को खो दिया था। तुम्हें याद हो तो वह बचपन से ही उनके काफी करीब थी और भी कई चीजें हैं, जो हमारे साथ शारीरिक, भावनात्मक और आध्यात्मिक रूप से घटित होती रहती हैं, लेकिन हम उनका सामना आत्मविश्वास से करते हैं, क्योंकि हमने 'संतुलन' नाम की चीज हासिल कर ली है। कोई भी या कुछ भी आपको नियंत्रित करने की शक्ति

नहीं दे सकता है। आप अपने जीवन के चालक स्वयं हैं। आपकी खुशी और आनंद की स्थिति आप पर निर्भर करती है और किसी पर नहीं। अवी, किसी के पास वह शक्ति नहीं है, जब तक हम उन्हें वह शक्ति नहीं देते।" तन्मय ने थोड़ी सख्ती से कहा।

अवी गौरी को देखता रहा, वह अभी भी गौरी की दादी माँ को खोने के बारे में अनिश्चित था। लेकिन गौरी शांत रही।

"दादी माँ को जाना ही था और वे अपने भले के लिए गई हैं," गौरी ने कहना शुरू किया।

"उन्होंने अपने जीवन का उद्देश्य यहाँ पूरा किया था। हालाँकि, उनके पास कुछ रुकावटें और लगाव थे, विशेष रूप से मेरे लिए, वहीं मैं उन्हें 'गुजरने' में मदद करने में सक्षम थी। उनका शरीर मर चुका था, लेकिन उनकी आत्मा पृथ्वी के द्वार पर अटकी हुई थी। मैंने उनकी आत्मा से बात की, उन्हें सांत्वना दी, शांत किया, और समझाया कि हम ठीक होंगे और चिंता करने की कोई आवश्यकता नहीं है। उनका अपने पिता से संबंधित एक अवरोध (Block) था, जिसे दूर करना उनके लिए मुश्किल था, लेकिन मैंने उन्हें इसे दूर करने में मदद की और इस तरह वे सुरंग के माध्यम से अपने पूर्वजों या आत्मा की दुनिया में चलने का साहस जुटा पाईं।"

गौरी ऐसे बोली, जैसे उसकी दादी कभी गई ही न हों, मानो वह अभी भी उसे महसूस कर रही हो, उनसे इतनी स्पष्ट रूप से बात कर रही हो, जैसे वह जीवित थी। यह ऐसा था, जैसे उसने मौत के अपने डर पर पूरी तरह से काबू पा लिया हो, और यह एक नई शुरुआत के लिए बस एक और अंत था।

अवी ने कहा, "ईमानदारी से कहूँ तो इस समय मेरे लिए संसाधित करना बहुत मुश्किल है। मैं आपको उन सपनों के बारे में भी बताना चाहता हूँ, जो मैं हाल ही में देख रहा हूँ।" तब अवी ने गौरी को वह स्वप्न या दृष्टि बताई, जो उसने उड़ान के दौरान देखी थी, लगभग आधा बाघ और आधा मानव रूप।

गौरी ने कुछ मिनटों के लिए अपनी आँखें बंद कर लीं और कुछ देखने के बाद कहा, "यह तुम्हारा उच्च स्वरूप (Higher Self) है, अवी! यह चाहता है कि तुम इसके साथ जुड़ो। लेकिन इसके बारे में बाद में बात करते हैं, क्योंकि तुम अभी तक पूरी तरह से तैयार नहीं हो। इसमें समय लगेगा। उस अवस्था तक पहुँचने के लिए कुछ समय, लेकिन तुम्हें अभी शुरू करने की आवश्यकता है। अपने आप से पूछो, अवी, क्या तुम तैयार हो? क्या तुम इसे दूसरों के लिए नहीं, बल्कि अपने लिए करना चाहते हो? अपनी आत्मा की यात्रा और अपनी आत्मा की पुकार के लिए? क्या तुम बड़े उद्देश्य के लिए तैयार हो, जो इस जीवन में हमारे लिए है,

या क्या तुम सिर्फ एक सांसारिक जीवन जीना चाहते हो और अगले जनम में फिर से शुरू करना चाहते हो?" गौरी ने अवी से पूछा।

"मैं खुद को बदलना चाहता हूँ गौरी! मैं तुम्हारी हर पेशकश का पालन करूँगा। कृपया मेरी मार्गदर्शक बनो।" अवी ने उससे हाथ जोड़कर कहा।

तन्मय और गौरी अवी को गले लगाते हैं और उसे नाड़ी शोधन और चक्र ध्यानम् के बारे में बताने लगे।

"मैं तुम्हें संक्षेप में चक्रों, नाड़ियों के बारे में और अवरोधों को हटाने के तरीके के बारे में बताता हूँ। प्राणिक शरीर को चक्रों द्वारा ईंधन दिया जाता है, जिसका शाब्दिक अर्थ है 'पहिया', लेकिन यौगिक संदर्भ के अनुसार, एक बेहतर अनुवाद शरीर में ऊर्जा के सूक्ष्म उच्च शक्ति वाले भँवर हैं। वे भौतिक शरीर में नाड़ियों के माध्यम से विभिन्न अंगों में ऊर्जा वितरित करने के साथ-साथ सूक्ष्म शरीरों में चेतना के उच्च आयाम को रोशन करने के लिए स्विच करने के लिए ट्रांसफॉर्मर के रूप में कार्य करते हैं। नाड़ी का अर्थ है ऊर्जा के प्रवाह के लिए चैनल। उत्साह के क्षणों के दौरान हम जो ऊर्जा का अनुभव करते हैं, वह इन चैनलों के माध्यम से होती है। जैसे-जैसे ध्यान के दौरान हमारी एकाग्रता गहरी होती जाती है, हम कंपन के रूप में प्रवाह का पता लगा सकते हैं। आधुनिक विज्ञान इसे बिजली, रेडियो तरंगों और लेजर बीम की तरह ऊर्जा के सूक्ष्म प्रवाह के रूप में अनुभव होने वाले तंत्रिका आवेगों के रूप में समझाता है।

"तंत्र के अनुसार 72000 नाड़ियाँ या उससे कुछ ज्यादा, प्राणमय कोश (ऊर्जा शरीर) में नेटवर्क बनाती हैं, पूरे फ्रेम को कवर करती हैं, जिसके माध्यम से उत्तेजना विद्युत प्रवाह की तरह बहती है। वे प्राणिक, मानसिक और आध्यात्मिक धाराओं के मार्ग हैं, जो भौतिक शरीर के प्रत्येक अंग और कोशिका को ऊर्जा प्रदान करते हैं। मानसिक स्तर पर उन्हें प्रकाश, रंग और ध्वनि की नदियों के रूप में माना जाता है, जबकि भौतिक स्तर पर वे सभी शारीरिक कार्यों और प्रक्रियाओं में शामिल होती हैं।

"जब एक बच्चा पैदा होता है तो चक्र और नाड़ियाँ स्वतंत्र रूप से प्रवाहित नहीं होती हैं, कुछ मामलों को छोड़कर जहाँ कुछ पिछले जन्म के कर्म-बंधनों के कारण वे कुछ बीमारियों के साथ पैदा होते हैं। हालाँकि, मुझे लगता है कि यह माता-पिता के लिए एक सबक है। जैसे-जैसे बच्चा बढ़ता है, कंडीशनिंग शुरू होती है, क्रियाओं और प्रतिक्रियाओं का यह चक्र। यदि विचार और उससे जुड़ी भावनाओं की आवृत्ति अधिक है तो यह संबंधित चक्र आवृत्ति के साथ प्रतिध्वनित होता है और प्राण मुक्त रूप से प्रवाहित होता है, जिससे एक स्वस्थ शरीर बनता है। हालाँकि, अगर यह कम प्रतिध्वनित होता है तो चैनलों में बाधा उत्पन्न होती है। यह ऐसा है, जैसे हम बिना किसी निर्गम

(Outlet) के उदासी, अपराध-बोध, पछतावा, क्रोध के रूप में इतनी कम भावनाओं में डूबे रहते हैं। यदि किसी जल निकाय में ऐसा होता है तो क्या होता है? पानी रुक जाता है और मटमैले पानी में बदलने लगता है, हमारे शरीर में भी ऐसा ही होता है। मैं आपको और सरलता से समझाता हूँ। उदाहरण के लिए, यदि हम किसी को खो देते हैं या कोई हमें चोट पहुँचाता है और हम इसे गहराई से लेते हैं, पीड़ित होते हैं, खुद को ढीला करते हैं या आत्म-प्रेम छोड़ते हैं, थोड़ा स्वार्थी दृष्टिकोण रखते हैं तो अनाहत चक्र में ब्लॉक होने लगते हैं और भौतिक शरीर में विभिन्न हृदय रोगों के रूप में प्रकट होते हैं। हालाँकि, अगर हमारे पास आत्म-प्रेम, करुणा है और अपनी चेतना को सार्वभौमिक प्रेम में रखते हैं तो यह स्वतंत्र रूप से बहती है।"

"आह, यही कारण है कि योगी और संत शायद ही कभी बीमार पड़ते हैं और लंबा जीवन जीते हैं," अवी ने उत्साह से कहा।

"हाँ अवी, अब तुम इसको समझ रहे हो।"

"तो सभी सात चक्रों की स्थिति विभिन्न निम्न या उच्च वाइब भावनाओं और उससे जुड़े संबंधित ब्लॉकों पर निर्भर करती है," अवी ने पूछा।

"हाँ अवी! हालाँकि, यह संतुलन और इसे खोलने का पहला द्वार है। हम जितने गहरे जाते हैं, हम इससे जुड़े विभिन्न मानसिक उपहारों का भी लाभ उठा सकते हैं!"

"समझ गया तो मैं इसे कैसे शुरू करूँ, गौरी?" अवी ने पूछा।

"सबसे पहले, अपने ब्लॉक, कमजोरियों को लिखो जहाँ आपको काम करने की आवश्यकता है। जैसे कि आपके डर, दर्द, दोष आदि क्या हैं। अगला, हमें उन्हें स्वीकार करने की आवश्यकता है। फिर हम योग क्रियाओं से शुरू करते हैं, जैसे—पहले नाड़ियों और फिर चक्रों को संतुलित करना। चक्र क्रिया में हम पहले मूलाधार से शुरू कर सकते हैं, इसके अवरोधों को छोड़ सकते हैं और फिर धीरे-धीरे ऊपर की ओर बढ़ सकते हैं। मैं आपको एक चार्ट भी दे सकती हूँ, जिसमें विभिन्न चक्र और उनसे संबंधित ब्लॉक मौजूद हैं। इससे आपको और समझने में मदद मिलेगी।"

"इससे निश्चित ही बहुत मदद मिलेगी," अवी ने मुसकराते हुए कहा।

"चलो आज यहीं रुकते हैं, तुम्हें यह सब संसाधित करने के लिए समय चाहिए। चलो वापस चलें।"

जैसे ही वे तीनों वापस जा रहे थे, अवी को अपने पैरों के नीचे की रेत, उसकी कोमलता, जैसे कि उसके सामने सबकुछ महसूस हो रहा था, बस वह केवल देख नहीं रहा था। बहुत देर के बाद अवी के गालों को छूने वाली हवा ने उसके चेहरे पर मुसकान ला दी।

□

अँधेरा और प्रकाश

अँधेरे के बिना प्रकाश हो नहीं सकता है,
हर आत्मा, एक अँधेरी रात से गुजरती है, वे कहते हैं,
सबसे चमकीले सितारे, रात के सबसे अँधेरे में चमकते हैं!

अगले दिन तन्मय ने अवी को मेडिटेशन के लिए जगाया। जैसे ही वे बाहर निकले, उन्होंने गौरी को समुद्र तट पर एक हवादार सफेद फूलों की पोशाक पहने हुए देखा। उसके बाल लहरा रहे थे और गालों को सहला रहे थे। उसके चेहरे से इतनी शांति और चमक बिखर रही थी, जिसे देखकर अवी अवाक् रह गया। तन्मय लगभग सुन्न ही हो गया था, अवी ने उसकी ओर देखा और उसे चिढ़ाया, "तो मैं अभी भी सोच रहा हूँ कि तुमने उसे अभी तक क्यों नहीं बताया?"

"अभी सही समय नहीं है अवी!" और वह गौरी की ओर चल पड़ा।

गौरी ने धीरे से आँखें खोलीं, उनका स्वागत किया और बैठने को कहा। उसने सबसे पहले उन्हें सभी नाड़ियों और चक्रों का आरेख दिखाया और उनके स्थान के बारे में थोड़ा समझाया।

उसने उन्हें अपनी आँखें बंद करने और आराम करने के लिए कहा। उसने आगे जारी रखा और कहा, "अब कृपया मेरी आवाज का पालन करो।"

"अनुलोम विलोम (वैकल्पिक नासिका श्वास) करो, लगभग 10 पूर्ण चक्रों के लिए और साँस का निरीक्षण करो, जैसे ही कोई विचार आता है, उसे फिल्म की तरह आने और जाने दो। केवल विचारों को देखो, उनका हिस्सा न बनो।

"अब, सुषुम्ना नाड़ी की कल्पना करो, तार या धागे की तरह उसे देखो, ऐसे, जैसे सातों चक्र उस पर मोतियों की तरह सजे हुए हों।

"अब, अपनी चेतना को मूलाधार चक्र पर ले आओ, लंबी गहरी साँस के साथ

शुरू करो, साँस लो और अपनी साँस के साथ-साथ सफेद रोशनी अपने अंदर महसूस करो। इस सफेद उजली रोशनी को एक सीधी रेखा मे, सुषुम्ना नाड़ी पर सभी चक्रों को भेदती हुई ऊपर बढ़ने दो, उसे अजना चक्र तक लेकर जाओ और जब तक तुम कर सकते हो, तब तक साँस को वहीं अजना चक्र पर रोककर रखो। अब जैसे-जैसे साँस को छोड़ते हो, अजना चक्र से मूलाधार तक वापस सफेद रोशनी को एक सीध में सुषुम्ना नाड़ी से जाते हुए महसूस करो। यह एक पूरा चक्र है। इसे कम-से-कम दस बार दोहराओ।

"अब, जैसे ही तुम निर्विचार हो जाते हो, अपनी चेतना को मूलाधार चक्र में ले जाओ और शुद्ध शक्ति (आदिमाँ देवी) से आने वाली लाल सुनहरी रोशनी को महसूस करो और अपने भय, अस्तित्व संकट आदि के अवरोधों को दूर करो। अपने भीतर शक्ति को महसूस करो, उस पर विश्वास करो, खुद को उसके सुपुर्द करो, मानो तुम सृष्टिकर्ता की चिनगारी हो, कुछ कम नहीं, जैसा कि तुम इस शक्ति को अपने में समाते

तीन प्रमुख नाड़ियाँ और सात चक्र

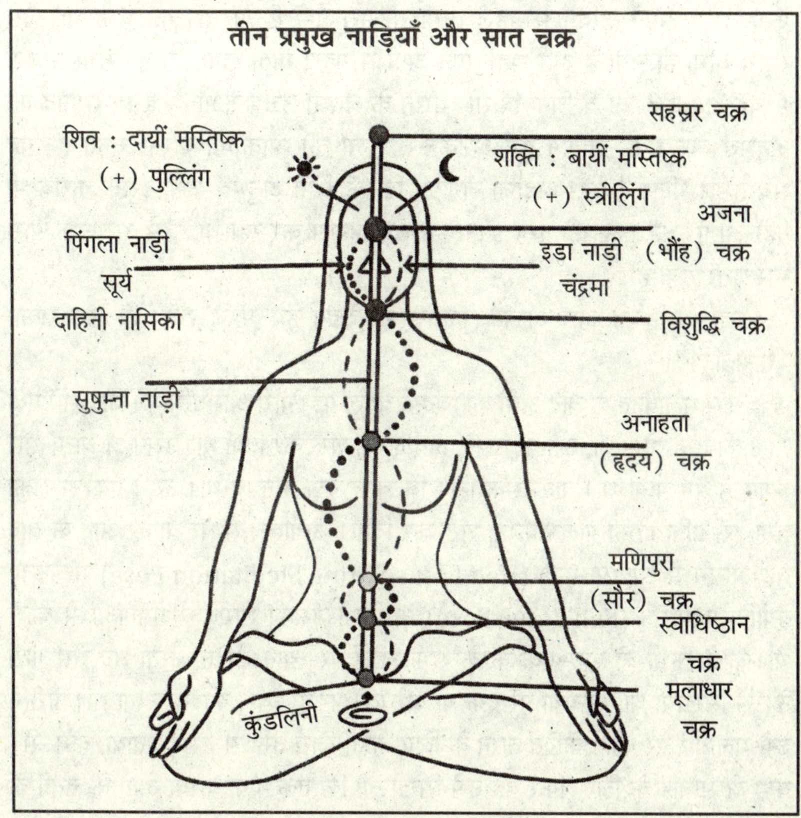

हुए महसूस करते हो। यह आपके अवरोधों को धकेल रही है, जो काली या स्लेटी (Grey) ऊर्जा के रूप में दूर हो रही है, तुम्हारे पैरों से धरती की ओर जा रही है।

"अगले चरण के रूप में, अब, अपनी नाक की नोक पर ध्यान केंद्रित करें, जिसे नासिकाग्र दृष्टि या अगोचरी मुद्रा भी कहा जाता है, क्योंकि यह मूलाधार चक्र को संतुलित करने के लिए प्रयास करता है।

"अब अपनी चेतना को अपनी भौंहों के केंद्र में, यानी अजना चक्र पर लाओ और केवल वर्तमान क्षण में हो रही ध्वनि को सुनो, जो इस समय समुद्र से टकरा रही लहरें हैं। इसे सुनो और धीरे-धीरे इसके साथ एक हो जाओ। दस मिनट तक ऐसे ही रहो।

"अब धीरे-धीरे अपने हाथ को मलो, आँखों पर रखो और खोलो।

अवी ने कहा, "वाह! वह क्या था?" वह बस खुशी से सुन्न था, कुछ बोल नहीं पा रहा था। यह लगभग ऐसा था, जैसे उसने अपनी आत्मा की गहराई तक यात्रा की और लगभग उसे छू लिया। इतनी पवित्रता और शांति उसे महसूस हो रही थी। ऐसा उसने अपने जीवन में पहले कभी महसूस नहीं किया था। यह ऐसा था, जैसे समय धीमा हो गया है और वह अपने आप में गहरा गोता लगा रहा है। सभी मनुष्यों में यह क्षमता है कि वे बिना किसी व्यसन के बाहरी उत्तेजनाओं के इस परमानंद का अनुभव कर सकें, लेकिन हम अटककर दु:खों को आकर्षित करना चुनते हैं। यह सब हमारे भीतर है और अंदाजा लगाइए कि कोई भी अनुभव कभी इसके करीब भी नहीं आया। वह पक्षी की तरह इतना हलका महसूस कर रहा था, जैसे अचानक सारा भार उतर गया हो!

वह गौरी की ओर अत्यंत कृतज्ञता से देखते हुए महज इतना ही कह सका, "धन्यवाद!"

इस मुलाकात के बाद अवी की जिंदगी बदल गई। गौरी और तन्मय ने जो उसमें एक बीज की तरह बोया था, उस पर उसने कार्य करना शुरू कर दिया था। उसने अध्यात्म और ध्यान में प्रेम पाया था। यह उसके लिए बिल्कुल नया अनुभव था। उसने एक रस्म की तरह इस प्रक्रिया का पालन करना शुरू कर दिया। कार्यालय से घर वापस आने के बाद वह आराम से सुखासन मुद्रा (Half Lotus Sitting Meditation Pose) में बैठता, क्योंकि पद्मासन (Full Lotus Pose) अभी भी उसकी शारीरिक क्षमताओं से बाहर था। कभी-कभी वो एक-एक करके सभी चक्रों पर ध्यान केंद्रित करता था, जैसे गौरी ने उसे सिखाया था, अन्यथा पूरे एक या दो चक्रों पर ही ध्यान केंद्रित करता था। गौरी ने उसे मूलाधार पर ध्यान केंद्रित करने के लिए कहा, जिस तरह से उसने बताया, कम-से-कम दो सप्ताह के लिए, फिर वह उसे सिखाएगी कि एक-एक करके आगे के चक्रों के

अवरोधों को कैसे छोड़ा जाए। वह लगभग आधे घंटे के लिए इन पर ध्यान केंद्रित करता था, जहाँ वह प्रत्येक चक्र की एक विशिष्ट गेंद की तरह कल्पना करता था, उस चक्र के विशेष रंग के साथ शुद्ध दिव्य स्रोत से प्रवाहित होने वाली ऊर्जा। वो इन चक्रों को घूमते हुए महसूस करता था, जैसे ही उसे शुद्ध रंग के साथ-साथ उस चक्र से संबंधित अच्छे गुण भी महसूस होते थे, जो साँस लेते समय अंदर आ जाते थे और साँस छोड़ते समय अवरोध बाहर निकलते थे।

किसी-किसी दिन जब वह घर आता था तो उसे बहुत सारी नकारात्मक ऊर्जा अपने ऊपर हावी होती हुई महसूस होती थी। ऑफिस में इतने काम के बाद भी कभी-कभी उसे

ठीक लगता था, लेकिन जैसे ही वह घर में कदम रखता था तो जैसे कुछ उसे धकेल रहा हो, प्रहार कर रहा हो, ऊर्जा सोख रहा हो, ऐसा लगता था। वह जानता था कि उसके पारिवारिक नकारात्मक लक्षणों के कारण घर की ऊर्जा के साथ कुछ ठीक नहीं है। लेकिन यह उसके विकास में बाधा बन रहा था। यह लगभग ऐसा था, जैसे वह ध्यान करता था और एक कदम आगे बढ़ाता था, लेकिन इसकी वजह से दो कदम पीछे हट जाता था। उसने महसूस किया कि उसके और उनके बीच बहुत अधिक ऊर्जा अंतर था। जैसे वह वहाँ का नहीं था, लेकिन अभी के लिए उसे कुछ समाधान की जरूरत थी, ताकि वह उसे बाधित न कर सके। इसलिए, एक बार उसने गौरी से मदद माँगी कि ऐसी परिस्थितियों में कैसे रक्षा और संतुलन बनाया जाए। गौरी ने उसे 'आंतरिक प्रक्षालन' (Cleansing) और 'कवच' (Shielding) के बारे में बताया।

"गौरी 'आंतरिक प्रक्षालन' कैसे करें?" अवी ने पूछा।

"अवी! जब तुम रात को सोते हो और बिना किसी कारण के बहुत अधिक थकान और थकावट महसूस करते हो तो जान लो कि तुम खराब ऊर्जाओं की चपेट में आ गए हो। इसलिए, प्रक्षालन में, पहले गहरी साँसें लो और विचारहीन हो जाओ और फिर अपने शरीर की प्रत्येक कोशिका में सफेद या सुनहरे दिव्य प्रकाश को प्रवाहित करो। अपने दाहिने हाथ की उँगलियों से लेकर दाहिने कंधे, छाती के किनारे, नीचे पैरों और दाहिने पैर तक जाने वाले शरीर के हर हिस्से पर इसकी एकाग्रता को महसूस करो। इसी तरह बाईं ओर करो और फिर अपने शरीर के पीछे की ओर, पीठ के निचले हिस्से से गरदन तक, सिर नीचे की ओर चेहरे पर जाओ। फिर जब तुम साँस लो तो महसूस करो कि पूरा शरीर इस सफेद रोशनी के संकुचन में नहा रहा है और जैसे ही तुम साँस छोड़ते हो तो महसूस करो कि पूरा शरीर फैल रहा है। अंतिम चरण में बस अपने आप को मुक्त करो और परमात्मा में तल्लीन हो जाओ, परमात्मा को याद करते हुए महसूस करो जैसे कि प्रेम परमात्मा और ब्रह्मांड की ओर बह रहा है, और बस पंख की तरह उड़ो, तिनके की तरह तैरो, जहाँ कोई और नहीं, बल्कि सिर्फ तुम हो, पूरे ब्रह्मांड में। शरीर का कोई वजन नहीं है, कुछ भी नहीं, जैसे पिघलकर हवा के साथ एक हो जाना। तो इस तरह से प्रक्षालन करते हैं। इसमें अधिक समय लग सकता है, शुरू में 40 मिनट लग सकते हैं, लेकिन यदि तुम रोजाना करते हो तो धीरे-धीरे इसमें बहुत कम समय लग सकता है।"

"समझ गया। और कवच कैसे बनाएँ?" उसने पूछा

"जब तुम रात को सोने से पहले प्रक्षालन करते हो, उसके बाद भी तुम कवच बना सकते हो या फिर चक्र और मौन साधना के बाद सुबह के समय कवच बनाना सबसे अच्छा है," उसने शांति से कहा।

"ठीक है, कैसे कवच बनाना हमारी मदद करता है?" उसने उत्सुकता से पूछा।

"यह तुम्हारे चारों ओर एक सुरक्षात्मक आवरण या परत बनाता है, ताकि किसी भी अँधेरे या नकारात्मक ऊर्जा को लोगों द्वारा जानबूझकर या अनजाने में तुम्हारी ऊर्जा पर प्रहार न किया जा सके।"

"अनजाने में?"

"हाँ, जैसे जब हम पार्टियों, शादियों, बाजारों जैसे सार्वजनिक स्थानों पर जाते हैं तो कभी-कभी हम खराब ऊर्जा सोख लेते हैं। जैसा कि तुम जानते हो कि ऑस्मोसिस ऊर्जा उच्च से निम्न की ओर प्रवाहित होती है। ध्यान के प्रारंभिक वर्षों में यह बहुत महत्त्वपूर्ण है, क्योंकि जब हम खुलना शुरू करते हैं तो हम भोले और थोड़े कमजोर होते हैं।"

"ओह, मैं समझा। तो, मुझे बताओ कि यह कैसे करना है!" उसने उत्साह से पूछा।

"कोई भगवान् या स्रोत जिनसे तुम जुड़ाव महसूस करते हो?"

"जैसा कि तुम्हें पता ही है गौरी कि मैं शिव से जुड़ाव महसूस करता हूँ।"

"अरे हाँ, तो कल्पना करो कि वह वहाँ ऊपर हैं, तुम्हारी ओर देख रहे हैं और मुसकरा रहे हैं। कल्पना करो कि सफेद और नीली रोशनी की प्रबल शक्ति तुम्हारे पास आ रही है और तुम्हारे चारों ओर एक गुब्बारा बना रही है, जो तुम्हें ढक रही है। जैसे गोल घेरे में। यह एक बुनियादी कवच की तरह है। और भी कई उन्नत कवच हैं, जिन्हें तुम ध्यान में आगे बढ़ते हुए अपने आप समझने लगोगे और बनाने लगोगे।"

"यह तो दिलचस्प है!"

"इसे रोजाना करो, यह तुम्हें अनावश्यक ऊबड़-खाबड़ ऊर्जाओं से बचाएगा और तुम्हें अपनी प्राण शक्ति को बचाकर रखने में मदद करेगा, न कि उन खराब ऊर्जाओं से लड़ने में।"

"हाँ, मैं समझ गया," उसने आत्मविश्वास से कहा, "धन्यवाद!"

इस तरह, सुबह वो ध्यान करता था, यौगिक क्रियाएँ करता था, अपने आसपास एक कवच बनाता था और रात में वह आंतरिक प्रक्षालन करता था और संगीत सुनता था। उसके शरीर में शुरू में अजीब लक्षण दिखाई देने लगे। उसे कभी-कभी साँस फूलने, खाँसी और बलगम के साथ छींकें, दस्त, जी मिचलना, मतली, पेट फूलना, बुखार, सिरदर्द और न जाने क्या-क्या होने लगा। वह असमंजस में था कि उसके साथ क्या हो रहा है। उसे तो अब इन सभी प्राणायाम और ध्यान के बाद बेहतर होना चाहिए था और अच्छा महसूस करना चाहिए था। अचानक उसे ये सारे लक्षण क्यों आ रहे हैं? एक दिन जब यह असहनीय हो गया तो उसने तन्मय को फोन किया।

"तन्मय भाई!"

"क्या हुआ राणा अवी!" तन्मय उसकी टूटी आवाज पर मुसकराया।

"हँस मत, नालायक!"

"ठीक है, ठीक है। क्या हुआ प्यारे अवी को?" तन्मय अभी भी अपनी हँसी को नियंत्रित नहीं कर पा रहा था, लेकिन दबाने की बहुत कोशिश की, क्योंकि वह समझ सकता था कि अवि की इस तरह की आवाज क्यों है।

"मैं एक अनियंत्रित शौच की रेलम-पेल से गुजर रहा हूँ, बेवकूफ!" अवी ने कहा।

तन्मय बहुत हँसा। हालाँकि, अवी चिढ़ गया था, पहले अपनी हालत और फिर तन्मय की इस हँसी के कारण, लेकिन वह भी फिर अपने आप को नियंत्रित नहीं कर सका और हँस पड़ा।

"समझ सकता हूँ!"

"क्या समझ सकता हूँ? मुझे नहीं पता कि मुझे क्या करना चाहिए! मैं इसके लिए डॉक्टर को नहीं दिखाना चाहता!" अवि ने कहा।

"इसके लिए डॉक्टर के पास मत जाओ! क्योंकि यह कोई चिकित्सकीय स्थिति नहीं है, जिससे तुम गुजर रहे हो।"

"मतलब?"

"जब हम इस आध्यात्मिक यात्रा पर कदम रखते हैं, जब हम अपने चक्रों पर काम करने की कोशिश करते हैं, अपने कर्मों और अवरोधों को व्यवस्थित करने की कोशिश करते हैं, ये पुराने अवरोध जो लंबे समय से जमा हुए हैं, हमारे सिस्टम से बाहर जाने का रास्ता खोजने की कोशिश करते हैं। तुम अपने अंदर बलगम उत्पादन में अचानक वृद्धि का अनुभव कर सकते हो, यह जो तुम दस्त के रूप में देख रहे हो होते हुए अंदर या कभी-कभी ऐसा भी महसूस होता होगा कि गैस्ट्रिक चीजें भी हैं। यहाँ तक कि बुखार भी इन अवरोधों को जाने देने का एक माध्यम हो सकता है।"

"तुम ठीक कह रहे हो! मैं अपने साथ लगभग सभी चीजों का अनुभव कर रहा हूँ। कभी-कभी यह सिर्फ एक लक्षण होता है और कई बार ऐसा लगता है कि सबकुछ एक ही समय में हो रहा है।"

"अब तुम जानते हो क्यों? यह बिल्कुल ठीक है। इसे अपने सिस्टम से बाहर जाने दो और चिंता मत करो, यह हमेशा के लिए नहीं रहेगा। तुम अपनी पैंट में इस तरह दस्त के साथ सब जगह पर घूमने नहीं जा रहे!" तन्मय ने छेड़ा।

अवी ने कुछ नहीं कहा, बस, "हुँह!"

"हा-हा! ये लक्षण धीरे-धीरे दूर हो जाएँगे, जब तक कि तुम थोड़ा सा संतुलन नहीं पा लेते और ये अवरोध बाहर निकल जाते हैं। मुझे पता है कि उस समय थोड़ा दर्द होता

है, हमें परेशान करता है, हमें निराश करता है। लेकिन अवी, सकारात्मक पक्ष देखो। इन संकेतों का मतलब है कि तुम बढ़ रहे हो कि सदियों पुराने अवरोध (Blocks) आखिरकार बाहर जा रहे हैं। हर अँधेरा अपने साथ एक नए सूर्योदय, प्रकाश का वादा लेकर आता है! क्या यह जानकर सुखद संतोष नहीं होता कि हम वास्तव में अपनी आध्यात्मिक यात्रा में धीरे-धीरे प्रगति कर रहे हैं। इसे एक शुद्धीकरण प्रक्रिया के रूप में देखो, जिसे जानने के लिए एक निर्गम (Outlet) की आवश्यकता है।" तन्मय ने अपने चेहरे पर मुसकान के साथ कहा।

"समझ पा रहा हूँ तन्मय," अवी मुसकराते हुए बोला।

"महत्त्वपूर्ण बात यह है कि इसे नियंत्रित न करो। जैसे बलगम निकल रहा हो तो उसे बाहर निकलने दो। अवरोध (ब्लॉक्स) को जाने दो! और भूलकर भी कोई दवाई नहीं खानी चाहिए इस वक्त। वे इसे दबा देते हैं, तुम अस्थायी रूप से तो राहत महसूस कर सकते हो, लेकिन वे फिर से वापस आ जाते हैं। वे केवल पूरी प्रक्रिया को खराब करते हैं। मेरा मानना है कि हर बीमारी कुछ अंतर्निहित अवरोधों के कारण होती है, जिन्हें मूल कारण (Core) में गहराई तक जाने और इसे जाने देने से ठीक किया जा सकता है। यदि तुम दवा लेते हो तो वे कभी बाहर नहीं निकलते हैं और केवल स्थिति खराब करते हैं। मैंने और गौरी ने एक भी दवा नहीं ली है, बेवजह जब से हमने ध्यान शुरू किया, वर्षों हो गए और हम जीवित हैं! जब जरूरत हो और कोई और विकल्प न हो, डॉक्टरी परामर्श के साथ दवा लेनी चाहिए।" वह मुसकराया।

"ओके कप्तान साहब!"

अवी अब तक सीखी गई सभी ध्यान तकनीकों का अनुसरण कर रहा था, साथ ही आध्यात्मिक पुस्तकें, कुछ अच्छे उद्धरण भी पढ़ रहा था और आध्यात्मिक पॉडकास्ट का अनुसरण कर रहा था। यहाँ तक कि ऑफिस में भी वह कुछ समय निकालकर कुछ मिनट के लिए मौन में बैठ जाता था, निर्विचार होकर, आँखें बंद करके अपनी तीसरी आँख पर ध्यान केंद्रित करता था। धीरे-धीरे वह इस प्रक्रिया को पसंद करने लगा था। वो बीच-बीच में गौरी और तन्मय दोनों से पूछता था कि उसके चक्र कैसे दिख रहे हैं या उसका आभामंडल (Aura) क्या दर्शा रहा है और एक बच्चे की तरह संतुष्टि प्राप्त करता, जब उसके चक्र या आभामंडल में सकारात्मक परिवर्तन होता। हमारे अपने भीतर यिन और यांग, अँधेरे और प्रकाश का संतुलन। उसने अपने उन अधिकांश दोस्तों से किनारा कर लिया था जिनसे वह जुड़ नहीं पा रहा था। घर में भी वह अब परिवार के साथ कम और खुद के साथ ज्यादा समय बिताने लगा था। धीरे-धीरे वह सभी के साथ अप्रभावित और तटस्थ महसूस करने लगा। वे उस पर नियंत्रण और शक्ति खो रहे थे। वह

मालविका के अंदर असुरक्षा का पैटर्न भी देख पा रहा था। उसने खुद को उससे शारीरिक और भावनात्मक रूप से दूर कर लिया था। वह उसके करीब आने की कोशिश करती थी, कभी-कभी उसे बहकाती थी, लेकिन वह बस उससे किनारा कर लेता था। वह कोई जुड़ाव महसूस नहीं कर पाता था और बहुत अधिक प्रतिरोध। लगभग उसकी अपनी प्रवृत्ति की पुष्टि की जा रही थी कि उसने बहुत कुछ महसूस किया, लेकिन वह शुद्ध प्रेम कभी नहीं और केवल उसे बाँधना और अपनाना चाहती थी। उसका संचार, उसकी सच्चाई को व्यक्त करना, जो सही है, उसके लिए स्टैंड लेना; घर, कार्यालय, दोस्तों में एक नए स्तर पर पहुँच गया, जिसे पहले वह टालता या दबाता था। उसके संपर्क कम हो रहे थे, व्यसन अब लगभग शून्य हो गए थे, उसका वजन कम हो गया था, उसके आसपास के सभी लोग उसके नए संस्करण को देखकर काफी हैरान थे। वो खुद हैरान था।

एक दिन तक, जब वह बुरी तरह से अस्वस्थ हो गया।

अवी को एक बार ऑफिस में अजीब सा बुखार हुआ। ऐसा लग रहा था, जैसे कोई उसके चेहरे पर आग फेंक रहा हो। उसे सचमुच ऐसा लगा, जैसे वह एक ज्वालामुखी के पास बैठा है और ठंडे एसी कार्यालय में भी बहते हुए लावा की सारी गरमी का सामना कर रहा है। वह तब तक पूरी तरह से ठीक था, तापमान का कोई संकेत या कुछ भी नहीं था और अचानक उसे यह महसूस होने लगा। मानो कोई इस धुएँ को अपने चेहरे पर निकाल रहा हो। साथ ही उसे सिर पर, जैसे कोई तबला बजा रहा हो, भी महसूस हुआ। जैसे कोई कहीं से उसका सिर पीट रहा हो। उसे थोड़ा चक्कर आया, उसने अपना चश्मा हटा दिया और मेज पर सिर टिकाकर बैठ गया।

कुछ देर तो वह ऐसे ही रहा, लेकिन अभी भी वह गरमी और खटखट महसूस कर रहा था। दो घंटे हो चुके थे; उसे तेज सिरदर्द और बुखार साथ में था। वह समझ नहीं पा रहा था कि क्या हो रहा है, वह सुबह बिल्कुल ठीक था, खाँसी या जुकाम तक नहीं था और अचानक यह! अपने दिल में उसने गौरी को याद किया, जैसे कृपया मेरी मदद करें और अचानक उसके फोन पर एक मैसेज आया। गौरी थी! वाह, क्या यह टेलीपैथी (Telepathy) है या उसने क्या सोचा!

"अवी! कैसे हो। कुछ दिन हो गए, मुझे एक असाधारण एहसास हुआ कि तुम ठीक नहीं हो, कैसे हो?"

"गौरी! क्या मैं तुम्हें कॉल कर सकता हूँ?"

"जरूर अवी!"

अवी ने उसे फोन लगाया।

"गौरी! पता नहीं, लेकिन मेरे चेहरे पर बहुत गरमी महसूस हो रही है, जैसे कोई

ड्रैगन मेरे चेहरे पर धुआँ छोड़ रहा हो। मेरा सिर भी पागलों की तरह फड़क रहा है, मुझे ऐसा पहले कभी नहीं लगा!"

"क्या? कितने समय से? और तुम्हारी तबीयत कैसी है? तुम बहुत थके हुए और बेजान-सी आवाज में बात कर रहे हो!"

"दो घंटे हो गए हैं। मुझे इतना बुखार हो रहा है और इतना तेज सिरदर्द है कि तुम्हें बता नहीं सकता।"

"पागल! पहले तुमने मुझे क्यों नहीं बताया? रुको! मुझे देखने दो!"

फोन कुछ देर के लिए खामोश हो गया और कुछ देर बाद गौरी फिर बोली।

"अवी! अपनी आँखें बंद करो और महसूस करो। बस महसूस करो और कुछ नहीं। ठीक है?"

"ठीक है।"

अवी ने वैसा ही महसूस करने की कोशिश की, जैसा गौरी ने बताया था। कुछ सेकंड के लिए वह कुछ भी महसूस नहीं कर सका, फिर थोड़ी देर बाद उसे अपनी कलाई पर, फिर अपने चेहरे पर, फिर अपने पैरों और अपने सिर पर कुछ सनसनी महसूस हुई। ऐसा लग रहा था, जैसे कोई उसे छू रहा हो। धीरे-धीरे उसका बुखार कुछ कम हुआ और उसका सिरदर्द भी उतर गया। उसे अचानक ऐसा लगा, जैसे किसी ने उसका चेहरा हाथों में पकड़ लिया हो। वह अजीब था! लेकिन उसे अच्छा लगा! वह बेहतर महसूस कर रहा था, बेहतर हो रहा था। कुछ मिनटों के बाद वह लगभग वैसा ही हो गया जैसा वह उस अजीब धुँधले एहसास से पहले महसूस कर रहा था।

"अब कैसे हो अवी?"

"मुझे अच्छा लग रहा है गौरी! धन्यवाद! तुमने मुझे ठीक किया न?"

"हमने! मैंने और तन्मय ने। वह भी तुम्हें ठीक करने के लिए वहाँ आया। हम तुम्हारे पास सूक्ष्म रूप से आए थे और तुम्हें ठीक किया था, क्योंकि यह सामान्य बात नहीं थी। तुम पर हमला हो रहा था अवी!"

"हमला! क्या? यह कैसे संभव है और मुझ पर कौन हमला करेगा? मैं अपने आसपास किसी को नहीं देख रहा हूँ।" वह घबरा गया।

"यह शारीरिक हमला नहीं है, यह आध्यात्मिक है।"

अवी अवाक् रह गया। गौरी ने उसे थोड़ा झकझोरा और जारी रखा।

"अवी, तुम ऊर्जा नहीं देख सकते, लेकिन यह है और हम इसे वैसे ही महसूस करते हैं। काली या शैतानी अत्माएँ (Dark Spirits) भी हैं। जहाँ रोशनी है, वहाँ अँधेरा भी है। यह ठीक है। घबराओ नहीं! इस यात्रा में ऐसा होता है, लेकिन इसे तूल न दो।

इस पर ध्यान दो कि यह किसने किया, क्यों और भविष्य में कैसे बचाव करना है। हमने आत्मा का पता लगाकर इसका स्रोत खोजने की कोशिश की, लेकिन हम नहीं कर सके। ऐसा लगता है कि यह कोई मजबूत आत्मा है या यह काले जादू में है। लेकिन हम दोनों को इस बात का गहरा एहसास था कि यह कोई है, जिसके तुम काफी करीब हो और जिसने तुम्हें अत्यधिक शक्ति दी है। अन्यथा, इस प्रकार का हमला असंभव है, क्योंकि तुम अच्छी तरह से आगे बढ़ रहे हो।"

"क्या बात कर रही हो?" अवी उस पल उलझन में था, चिंतित था, घबराया हुआ था।

"देखो, मान लो कि तुम्हारे फोन की बैटरी खत्म हो गई है और यह सॉकेट में डाले गए चार्जर से जुड़ा है। लेकिन स्विच ऑन नहीं है, क्या यह चार्ज हो जाएगा?"

"नहीं, जाहिर है!"

"लेकिन क्यों? चार्जर लगा है, फिर चार्ज क्यों नहीं हो रहा है?"

"क्योंकि स्विच बंद है। इसमें कोई शक्ति संचारित नहीं होती है इसलिए। तुम क्या कहना चाह रही हो गौरी?"

"बिल्कुल मेरे दोस्त! जब शक्ति नहीं होगी तो कोई क्रिया नहीं होगी। शक्ति मिलने पर ही क्रिया होती है। तुम्हारे मामले में, हमला इतना मजबूत तभी हुआ है, जब तुमने किसी व्यक्ति या आत्मा को शक्ति दी है, उसके साथ कुछ लगाव के धागे के रूप में, क्योंकि अन्यथा तुम्हारे आसपास कवच था ही।"

"हाँ! आज सुबह मैंने अपने चारों ओर एक कवच बनाया था।"

"हाँ। साथ ही मैं और तन्मय भी तुम्हारे कवच की रोजाना देखभाल करते रहते हैं। चूँकि तुम अभी नए हो, इसलिए तुम्हारा कवच थोड़ा कमजोर है। हम तुम्हारे कवच को रोज थोड़ी मजबूती देते हैं और तुम्हारे चारों ओर एक मरकबा बनाने की कोशिश करते हैं!"

"मरकबा? यह शब्द पहले कहीं सुना या देखा है, खैर! अब क्या?"

"तुम्हें इसे अपने दम पर देखने की जरूरत है कि तुम पर यह हमला कैसे हुआ और इसे किसने किया?"

"इन संवेदनाओं के बारे में क्या, जो मैंने महसूस कीं? यह जादुई जैसा था, एक पल मुझे ऐसा लग रहा था कि मैं नरक में हूँ और अगले ही पल यह लगभग 70 प्रतिशत शांत हो गया।"

"हाँ, हमने तुम्हारे पास सूक्ष्म रूप से आकर तुम्हें ठीक किया, जैसा कि मैंने अभी कहा। हीलिंग न केवल शारीरिक रूप से निकट होने से होती है, बल्कि इस तरह दूरी के माध्यम से भी होती है। ऊर्जा समय और स्थान से बँधी नहीं है, यह अब विज्ञान ने भी

ध्यान देना शुरू कर दिया है। अब तुम जानते हो कैसे? हमारी आत्माएँ तुम्हारे पास आईं। हालाँकि, कुछ उन्नत योगियों के पास सिद्धि या उपहार भी होता है, जहाँ उनकी आत्मा पूरी तरह से अपना शरीर छोड़ देती है, यह पूर्ण सूक्ष्म प्रक्षेपण की तरह है, हमने तुम्हारी मदद करने के लिए आंशिक किया है।"

"लेकिन तुम दोनों ने मुझे इतने स्पष्ट रूप से कैसे स्वस्थ किया, यह लगभग ऐसा था, जैसे किसी ने मेरा चेहरा असली के लिए पकड़ लिया हो।"

"हाँ। वह मैं थी! तुम्हें इतने दर्द में नहीं देख सकी। पता नहीं, लेकिन कई बार मुझे तुम्हारे लिए ऐसे मातृभाव आते हैं, बयाँ भी नहीं कर सकती। मानो तुम मेरे आत्मिक बच्चे हो। बस तुम्हारे चेहरे को सहलाने के लिए खुद को रोक नहीं पाई और तुमसे कहने लगी, चिंता मत करो, सब ठीक हो जाएगा। इस शुद्ध प्रेम के साथ मैंने उपचारात्मक ऊर्जा (Healing Energy) और प्रकाश (light) को प्रसारित किया और तुम्हें दिया।" गौरी ने बड़े प्यार और चिंता से कहा।

"ओह गौरी! समझ सकता हूँ। हमेशा की तरह तुम्हारे लिए भी बहुत सम्मान महसूस किया है। तुम्हें याद है, हमारे स्कूल के दिनों में एक बार मैंने तुम्हारे पैर छुए थे?"

"अरे हाँ! मुझे अभी याद आया! इसमें कुछ हो सकता है अवी! यह कोई इत्तेफाक नहीं हो सकता कि तुम्हारे अंदर मेरे लिए इतनी भक्ति है।"

"अब तुम्हें कैसा महसूस हो रहा है?" उसने आगे पूछा।

"मुझे अब बेहतर महसूस हो रहा है।" अवि ने कहा।

"थोड़ा आराम कर लो। हम हमले के स्रोत के बारे में बाद में पता लगाएँगे।"

"ठीक है, बहुत-बहुत धन्यवाद गुरु माँ!" वह हँसा।

उस रात गौरी और तन्मय के बीच हमले को लेकर बातचीत हुई। वे दोनों अवी के बारे में चिंतित थे।

"तन्मय, तुमने क्या देखा?" उसने पूछा।

"मैंने दो काली आत्माओं को उस पर हमंला करते देखा, वे काफी मजबूत और शक्तिशाली थीं। वे सचमुच उसकी ऊर्जा चूस रहे थे और कुछ चीजों के लिए उसे सम्मोहित करने की कोशिश कर रहे थे। जैसे कोई उसे नियंत्रित करना चाहता है और उसके चले जाने पर क्रोधित हो रहा है।"

"हाँ, मुझे भी ऐसा ही लगा। यह काफी अँधेरा था और कोई आकस्मिक हमला नहीं था। मुझे काला जादू लगा।"

"सामान्य आध्यात्मिक हमले और काले जादू में क्या अंतर है?" उसने उत्सुकता से पूछा।

"इसके आसपास बहुत प्रचार है, मुझे पता है, खासकर हमारे देश में। लेकिन ईमानदारी से कहूँ तो यह गलत इरादों के साथ कुछ चीजें करने के अलावा और कुछ नहीं है, जो ईर्ष्या, नियंत्रण या शक्ति पाने के स्वार्थ से प्रेरित है। यह सामान्य मंत्र जप और प्रार्थना या यहाँ तक कि किसी के बारे में दृढ़ता से सोचने जैसा है, लेकिन, गलत इरादे से। वे विचार ब्रह्मांड में जाते हैं और काली शैतानी आत्माएँ इसे प्रकट करने में मदद करती हैं, क्योंकि वे ऐसे गुणों से शक्ति लेते हैं। यह अधिक शक्तिशाली है, क्योंकि यह आमतौर पर समीप के किसी व्यक्ति द्वारा किया जाता है, जैसे हमारे परिवार के किसी सदस्य, दोस्त और कभी-कभी दुश्मन भी, जिसे भी हमने शक्ति दी है। किसी से नफरत करना भी उसे शक्ति देने जैसा है। कभी-कभी एक मजबूत काली शक्तियों से परिपूर्ण मानव या बल के माध्यम से भी मदद ली जाती है, जैसे हम दैवीय बल से लेते हैं। प्रकाश और अंधकार, ब्रह्मांड के दो भाग हैं। जबकि सामान्य आध्यात्मिक हमलों में यह कुछ आध्यात्मिक आकांक्षियों में कुछ आत्माओं के बढ़ते प्रकाश और शक्ति की ओर आकर्षित होने जैसा है। काले जादू की तुलना में उन्हें खत्म करना आसान है और अब तुम जानते हैं कि क्यों। यह एक गलत धारणा है कि खोपड़ी, तांत्रिक और सभी काले जादू में शामिल हैं, हमेशा। ऐसा होता भी है, लेकिन हमेशा नहीं। कोई भी मानव, जिसकी चेतना प्रेम, करुणा, एकता के विपरीत भावनाओं में निरंतर शामिल होती है, उसे प्रकट करने और विभिन्न माध्यमों से किसी को नुकसान पहुँचाने के लिए पर्याप्त रूप से अँधेरा होता रहता है। अंत में यह सब एक ऊर्जा का खेल है! और वे भी शक्ति प्राप्त करते हैं, जैसे हम करते हैं, यद्यपि विपरीत स्रोत से। तो, मंत्रों या प्रार्थनाओं या ऊर्जा के माध्यम से किसी को निर्देशित किया गया कोई भी गलत या बुरा विचार अवचेतन रूप से एक काला जादू है, क्योंकि इसका तांत्रिक काले जादू के समान या समान प्रभाव का होता है। लेकिन यह भी सच है, प्रेम में अंधकार को बदलने की सारी शक्ति है!

"यह एक नई अंतर्दृष्टि है, निश्चित रूप से।"

"एक माँ के खाना पकाने का जादू निर्विवाद है, है न तन्मय? भोजन तैयार करने में जो प्यार और देखभाल लगती है, वह उसे आत्मा के लिए वास्तव में पौष्टिक बना सकता है। लेकिन एक ही व्यंजन में भी उसी ऊर्जा की कमी हो सकती है, जब वह किसी और के द्वारा बनाया गया हो, यह सब इसके पीछे के इरादे और ऊर्जा में है। और नकारात्मक विचारों एवं भावनाओं से बने भोजन पर तो क्या ही बात करें। यह वास्तव में ध्यान देने वाला है कि यह कितना अंतर ला सकता है।"

"मैं पूरी तरह से सहमत हूँ, गौरी! मुझे याद है कि जब मेरी माँ मेरा पसंदीदा राजमा-चावल बनाती थी तो मैं प्लेट-दर-प्लेट खा लेता था, लेकिन जब मैं इसे एक रेस्तराँ में

या होटल में खाता हूँ तो इसका उतना संतोषजनक प्रभाव नहीं होता है। लेकिन फिर, कुछ रेस्तराँ ऐसे हैं, जहाँ मैं संतुष्ट महसूस करता हूँ, न केवल स्वाद के कारण, बल्कि जैसा तुमने बताया, उसके प्राणिक मूल्य (Pranic Value) के कारण भी। यह सिर्फ इतना ही है कि भोजन के पीछे का इरादा और ऊर्जा कितनी शक्तिशाली हो सकती है।"

"बिल्कुल सही, तन्मय! यह सिर्फ उनके लिए एक उत्पाद नहीं है, बल्कि कुछ ऐसा है, जो वे प्यार और देखभाल के साथ किसी को दे रहे हैं। इरादे और ऊर्जा वास्तव में सभी अंतर लाते हैं।"

"लेकिन हम सदा घर पर खाना नहीं खा सकते, कभी-कभी जैसे मान लो की हम बाहर यात्रा (Trip) पर हों तो खाने के प्राणिक मूल्य या गुणवत्ता को कैसे सुनिश्चित करें?" तन्मय ने पूछा।

"हम खाने से पहले भोजन को हमेशा आंतरिक प्रक्षालन (Cleanse) कर सकते हैं। अपनी आँखें बंद करके और कल्पना कर सकते हैं कि सफेद या हलका गुलाबी रंग (Baby pink Colour) शुद्ध प्रकाश भोजन में डाला जा रहा है और इसे ऊर्जा के किसी भी कम रूप से साफ किया जा सकता है, इसी तरह हम इसे साफ कर सकते हैं। यही कारण है कि इतनी सारी संस्कृतियों में हम खाने से पहले भगवान् से प्रार्थना करते हैं, प्रार्थना करते समय हम किसी तरह कृतज्ञता की सकारात्मक ऊर्जा को भोजन में प्रवाहित करते हैं। यदि हम समझ सकें तो युगों से चली आ रही सभी प्रथाओं के पीछे एक तार्किक कारण है। अगर हम गहराई में खोजने की कोशिश करते हैं तो ही।" गौरी ने जवाब दिया।

"सच है! लेकिन गौरी, हमारा दोस्त खतरे में पड़ सकता है। अगर कोई करीबी इसमें शामिल है तो हमें उसका पता लगाने में मदद करनी चाहिए।"

"हाँ, कल करते हैं।"

अगले दिन गौरी ने अवी को यह जानने के लिए कॉल किया कि वह कैसा महसूस कर रहा है। हमले के स्रोत को देखने के लिए उसे भी उसकी मदद करनी थी।

"हेलो अवी! कैसे हो?" उसने बड़ी चिंता से पूछा।

"मैं बेहतर हूँ गौरी! अभी-अभी एक ध्यान सत्र समाप्त किया।"

"ओह अद्‌भुत! आओ अब मैं गहराई से यह देखने में तुम्हारी सहायता करती हूँ कि कल वास्तव में क्या हुआ था। अपनी आँखें बंद करो, मैं तुम्हें अपने अजना चक्र और अनाहत चक्र को खोलने में मदद कर रही हूँ, ताकि तुम अधिक स्पष्ट और दृढ़ता से देख और महसूस कर सको।" उसने उत्साह से कहा।

"ठीक है गौरी, लेकिन मुझे कैसे पता चलेगा कि जो मैं देख रहा हूँ, वह सही है और मन की कल्पना की उपज नहीं है।"

"कल्पना केवल उस हद तक की जा सकती है, जहाँ आपने अपने जीवन में चीजों को देखा या सुना है और उन्हें अपनी सचेत स्मृति में संगृहीत किया है। आप किसी ऐसी चीज की कल्पना कैसे कर सकते हैं, जिसे आपने कभी देखा या सोचा भी नहीं है? जैसे-जैसे हमारा अजना चक्र खुलता है और अधिक-से-अधिक संतुलित होता जाता है, हम एक उच्च आवृत्ति में ट्यून (Tune) कर सकते हैं और अनदेखी को देख सकते हैं। यह हमारे आध्यात्मिक एंटीना की तरह है। अगर हम किसी चीज को गहराई से देखते हैं या किसी को पढ़ते हैं तो हमारा हृदय चक्र प्रवाहित होता है, इसका मतलब है कि हम सही देख रहे हैं। यह एक संकेतक की तरह है। यह मेरा अनुभव है।"

"ठीक है, फिर मुझे कोशिश करने दो," अवी ने अपनी आँखें बंद कर लीं और गहराई से देखने लगा। गौरी ने उसे उसके चक्रों को खोलने में मदद की। अवी ने अपनी भौंहों के बीच में बहुत दबाव महसूस किया और अचानक उसे हमले के पीछे गहरे लाल और काले रंग की आभा वाली एक महिला की झलक दिखाई दी। जैसे ही वह अचानक अपनी आँखें खोलने वाला था, उसने गहरे बैंगनी आभा वाले एक व्यक्ति को भी देखा। वह बहुत जोर-जोर से साँस लेने लगा। गौरी ने उसे शांत कराया। उसने धीरे से आँखें खोलीं।

"क्या तुम ठीक हो अवी? तुमने क्या देखा?" उसने पूछा।

काँपती आवाज में उसने कहा, "मैंने एक महिला और एक पुरुष को देखा…" और फिर वह रुक गया।

"क्या? मुझे बताओ अवी!"

"मैंने मालविका जैसी महिला की ऊर्जा को दृढ़ता से महसूस किया!" वह काँप रहा था। "शायद मैंने गलत देखा, क्या तुम पुष्टि कर सकती हो?"

"क्या तुम्हारा दिल बहा अवी?"

"हाँ! बहुत।"

"तो तुम गलत नहीं हो, इस पर विश्वास करो। कोई बात नहीं। जीवन आश्चर्य से भरा है। जो हम अकसर देखते हैं, वह सच नहीं होता और जो नहीं दिखता, वह सच होता है! हम आसक्तियों और भ्रमों से अंधे हो गए हैं।"

"लेकिन वह अँधेरी आत्माओं में है और हमला कर रही है, यह कैसे संभव है? भगवान् के लिए, वह मेरी पत्नी है।" वह नहीं जानता था कि अचानक किस पर गुस्सा किया जाए, खुद पर या मालविका पर या ब्रह्मांड पर।

"शांत हो जाओ, कोई बात नहीं। अँधेरा और उजाला, दोनों ही हमारे हिस्से हैं। हम सभी में सात्त्विक, राजसिक और तामसिक गुण होते हैं। कुछ मनुष्यों में एक गुण दूसरे की तुलना में अधिक होता है और इसके विपरीत कुछ में, तामसिक असुरक्षा, जुनून ऐसी सीमा

तक पहुँच जाता है कि उनकी आत्मा अनजाने में या जानबूझकर गहरे रंग की आत्माओं, बलों को चैनल करती है और ऐसे हमलों की शुरुआत करती है। हो सकता है कि मालविका की आत्मा और अधिक गहरी हो गई हो, क्योंकि वह आपकी ऊर्जा से प्रतिरोध महसूस करने लगी थी और आप पर नियंत्रण खो रही थी। उसके गहरे दबे हुए उपहार और शक्तियाँ किसी जन्म की साधना से हो सकती हैं, जो उच्च क्रोध से जाग्रत् हो गईं, क्योंकि उसने आप पर नियंत्रण खोना शुरू कर दिया था। या तो वह जानबूझकर इस सबके लिए किसी गुरु की मदद ले रही है, जिसे हम तांत्रिक कहते हैं या उसका खुद का उच्च स्वरूप स्वयं भी नहीं जानता है कि उसकी उग्र नकारात्मक भावनाएँ उसे इतना काला बना रही हैं कि वह अपने ही पति पर काले हमलों का स्रोत बन रही है। लेकिन एक बात पक्की है कि उसकी आत्मा काफी शक्तिशाली है; वह आपके लिए आसक्त है और पिछले जन्म का कर्म संबंध है। अनायास कुछ नहीं होता। आपने बैंगनी आभा वाले एक व्यक्ति का भी उल्लेख किया है, मुझे लगता है कि यह पहेली केवल पिछले जीवन प्रतिगमन चिकित्सा (Past Life Regression-PRT) के माध्यम से संबंधित पिछले जीवन में जाकर हल हो सकती है।"

सहसा उसकी आँखों के सामने जैसे कोई दृश्य कौंध गया और उसने कहा, "गौरी! इसके साथ ही मुझे वह सपना याद आ गया, जो मुझे मिला था, जिस रास्ते पर इतना अँधेरा और आग थी और मालविका थी। हाय भगवान्! यह सब अब बहुत मायने रखता है। मैंने इसे बहुत गलत गूढ़वाचन (Decode) किया, यह था कि वह अँधेरे में है, फिर भी आप उसे चुनना चाहते थे, क्योंकि यह घर जैसे कहीं पहुँचने का शॉर्टकट लग रहा था। मुझे लगा कि मालविका मेरी मदद करने के लिए है, लेकिन···छी! मैंने अपने जीवन के साथ क्या किया है!"

"तुमने सही चुना है अवी! याद रखें, सबसे चमकीले सितारे रात के सबसे अँधेरे में चमकते हैं। एक तरह से तुम बहुत कुछ सीखोगे और इन सभी बाधाओं के साथ जबरदस्त रूप से बढ़ोगे और अपने असली घर तक पहुँचोगे। अभी के लिए, दिल्ली में मिलने की योजना बनाते हैं, अकेले कॉल पर पी.आर.टी. नहीं करवा सकते, यह सुरक्षित नहीं है।"

"ठीक है! मुझे इसकी योजना बनाने के लिए कुछ समय दो। मुझे पता है कि यह देखना महत्त्वपूर्ण है। जल्द ही मिलता हूँ।"

दिल्ली की ओर बढ़ते हुए अवी के दिमाग में जैसे एक गड़बड़झाला-सा था। उसे समझ नहीं आ रहा था कि मालविका इतना घिनौना काम क्यों करेगी? उसने अपने जीवन में इस तरह के दु:खद भाग्य के लिए क्या किया था? वह उन संकेतों और चेतावनियों के प्रति इतना अंधा क्यों था, जो तारा ने उसे दी थीं? वह उसकी रक्षा करने में सक्षम न होने के अपराध-बोध को दूर नहीं कर सका।

उसने तारा, अपने सच्चे प्यार, के बारे में सोचा और उसके चेहरे पर एक आँसू आ गया। 'तुम कहाँ हो, तारा?' वह फुसफुसाया। 'मैं चाहता था कि मेरे पास पहले जैसा संबंध हो, लेकिन अब मैं इससे बहुत दूर महसूस करता हूँ।' वह जानता था कि उसे अतीत के साथ सामंजस्य बिठाने और आगे बढ़ने का रास्ता खोजने की जरूरत है, लेकिन अपने अपराध-बोध और दुःख का बोझ उसके दिल पर भारी था। उसे बस उम्मीद थी कि दिल्ली में अपने सप्ताहांत के दौरान उसे उन सवालों के जवाब मिल जाएँगे, जिनकी उसे जरूरत थी।

एक तरफ उसके अंदर उथल-पुथल चल रही थी, लेकिन साथ ही वह थोड़ा उत्साहित भी था, जब उसने पहली बार गौरी से इसे सुना था। "तुमने खुद ही पी.आर. टी. किया है?" यह कहकर अवी उछल पड़ा था। पी.आर.टी. का मतलब पिछला जीवन प्रतिगमन चिकित्सा है, जहाँ कुछ प्रशिक्षित चिकित्सक/मनोवैज्ञानिक या सम्मोहक द्वारा पिछले जीवन के अवरोधों या मुद्दों को हटा दिया जाता है। गौरी ने अपने अतीत में जाकर बिना किसी बाहरी तकनीकी मदद के इसे अपने दम पर किया था। जब उसका अजना चक्र खुला तो उसने समय यात्रा के इस उपहार का लाभ उठाया। वह न केवल अपनी समय-रेखा देख सकती थी, बल्कि अन्य लोगों की भी। समय के इस दैवीय उपहार के साथ वह वास्तव में धन्य थी। वह अकसर कहती थी कि ऐसा इसलिए है, क्योंकि उसका मूल तत्त्व पानी है और पानी याद रखता है (Water Remembers!)। उसने अवी के साथ उसके बारे में बहुत सी बातें साझा की थीं और उसे इससे जुड़ी सावधानियों और चेतावनियों के बारे में भी बताया था, क्योंकि इसके लिए बहुत अधिक भावनात्मक स्थिरता और दैवीय सुरक्षा की आवश्यकता होती है, अन्यथा आत्मा किसी जन्म में अटक भी सकती है। हर चीज के अपने फायदे और नुकसान होते हैं।

"तो, हमारे प्यारे मनुलाल व्यस्त हो गए हैं, लड़ने का जोश है मेरे भाई?" तन्मय ने छेड़ा।

"हाँ भाई! लेकिन यह सब क्या है यार? इस सबके बारे में मैंने कभी सपने में भी नहीं सोचा था।"

"हा-हा! लड़के का पार्टी में स्वागत है।"

"सच में!"

जल्द ही गौरी ने प्रक्रिया शुरू की और उसे अपने शरीर को ढीला करते हुए आराम से लेटने को कहा।

"जैसे मैं तुम्हें तुम्हारे पिछले जन्म में ले जाऊँगी, तुम्हारी आत्मा धीरे-धीरे उसमें गहराई तक जाएगी।"

"गौरी! उससे पहले क्या मैं कुछ पूछ सकता हूँ?"

"जरूर।"

"सूक्ष्म शरीर (Spirit) और आत्मा (Soul) में क्या अंतर है?"

"वास्तव में अच्छा सवाल है! लंबे समय तक मैं भी इसके बारे में उलझन में थी। इसे एक फल की तरह सोचो," गौरी ने कहा। "बीज आत्मा का प्रतिनिधित्व करता है, गूदा सूक्ष्म शरीर का प्रतिनिधित्व करता है और वह ऊर्जा, जो इसे जीवन देती है और इसे बढ़ने देती है, रंग बदलती है, स्वाद और सुगंध विकसित करती है, वह प्राणिक ऊर्जा की तरह है। मनुष्य के रूप में हम भी इन तीन तत्त्वों से बने हैं : आत्मा, सूक्ष्म शरीर और ऊर्जा या आत्मा, पुरुष और प्रकृति। आत्मा या अतिचेतन हमेशा शुद्ध होती है और हमें सही और दिव्य की ओर ले जाती है। यह सूक्ष्म शरीर या अवचेतन है, जो जन्म और मृत्यु के चक्र से गुजरता है और प्राणिक ऊर्जा या चेतना के साथ इसकी बातचीत के आधार पर अँधेरे या प्रकाश से प्रभावित हो सकता है। यह वह अंत:क्रिया है, जो हमारे जन्मों को नियंत्रित करती है, हमारे कर्म बीजों, पाठों और तीन गुणों द्वारा संचालित होती है।"

"तो, यह प्राण से प्रेरित मेरा सूक्ष्म शरीर होगा, जो अब यात्रा करेगा और आत्मा नहीं।"

"केवल बहुत उच्च स्तर के योगियों में ही आत्मा को शरीर छोड़ने और वापस आने देने की क्षमता होती है। हालाँकि, यह बिल्कुल भी सुरक्षित नहीं है। शरीर एक खाली बरतन की तरह है और आत्मा के बिना कोई भी सूक्ष्म शरीर इसे धारण कर सकता है। मैं इस प्रक्रिया में तुम्हारी रक्षा करूँगी, ताकि तुम वहाँ से कोई कचरा ऊर्जा वापस न ले आओ।"

"लेकिन तुम मेरे पिछले जन्म को क्यों नहीं देख सकती गौरी, मुझे पता है कि तुम्हारे पास देखने के लिए वह उपहार है।"

"मैं देख सकती हूँ अवी, लेकिन किसी और के पिछले जन्मों को देखना उचित नहीं है। यह समय-सीमा के साथ हस्तक्षेप करने जैसा है। और देखो, मैं किसी को उनके चक्रों को थोड़ी देर के लिए खोलने में मदद करके उन्हें उनके देखने के लिए मार्गदर्शन कर सकती हूँ, लेकिन उनकी ओर से देखना सही नहीं है। यह कुछ ऐसा है, जो व्यक्ति को स्वयं करना चाहिए।"

"फिर उन्हें देखने में मेरी मदद करो!" दृढ़ संकल्प से साथ अवि ने कहा!

"तैयार अवी?"

"हाँ, गौरी! क्या करना है, मुझे बताओ?"

"मैं तुम्हारी ऊर्जा महसूस कर सकती हूँ। वो अच्छी दिख रही है। तुम्हें तुम्हारे पिछले

जन्म में ले जाया जा सकता है। पहले खुद के आसपास कवच बनाओ और फिर 10 लंबी गहरी साँसें लो और विचारशून्य अवस्था में जाओ। बस, मैं जो कहती हूँ, उसका पालन करो। ठीक है?"

"ठीक है!"

अवी ने उसका पालन किया और धीरे-धीरे विचारशून्य अवस्था के निकट चला गया। और अजना पर ध्यान केंद्रित करते हुए चुपचाप और आराम से बैठ गया।

"अवी! तुम एक गहरी सम्मोहन अवस्था में हो। तुम जानते हो कि तुम अपने जीवन के सबसे आश्चर्यजनक क्षणों को महसूस करने और जीने वाले हो। तुम्हारी आत्मा सूक्ष्म लोकों में यात्रा करेगी और उस जन्म तक पहुँचेगी, जिसे तुम देखना चाहते हो। तुम एक पुरानी और अनुभवी आत्मा हो और तुमने धरती पर बहुत जन्म लिये हैं। अपने मार्गदर्शक (Spirit Guide) या शिव से कहो कि वे तुम्हें उस जन्म तक ले जाएँ, जिसे तुम्हें अपनी आध्यात्मिक यात्रा और उसके पाठों को समझने के लिए सबसे ज्यादा देखने की जरूरत है। उनसे पूछो, तुमने जन्म क्यों लिया, अपने वर्तमान परिवार को चुना, तुम्हारे प्रमुख पाठ क्या हैं और यह अंधकार क्यों है? उन्हें तुम्हें आसानी से वहाँ ले जाने के लिए कहो और तुम्हें वह सबकुछ दिखाएँ, जो तुम्हें जानने की जरूरत है। अंत में, उन्हें अपना आभार व्यक्त करना और अत्यंत सम्मान के साथ, अपने सूक्ष्म शरीर को वापस अपने शरीर में ले आना। तुम तैयार हो?"

"हाँ। मैं तैयार हूँ।"

"ठीक है। तीन की गिनती पर तुम्हारी आत्मा सूक्ष्म मैदानों में यात्रा के लिए निकल जाएगी। इसे उस जन्म तक स्वतंत्र रूप से बहने दो, जिसे तुम्हें देखने की जरूरत है। एक दरवाजा है और मेरे एक, दो, तीन के गिनने पर तुम उसे खोल दोगे!"

तीन, दो और एक!

कुछ सेकंड के लिए सन्नाटा छा गया। गौरी जानती थी कि उसके साथ क्या हो रहा है। वह सतर्क भी थी और उसकी अच्छी तरह से रक्षा भी की थी।

"अवी! तुम अपने आप को कहाँ देखते हो?"

"मैं एक सड़क देख रहा हूँ, एक गाँव की तरह। हरियाली बहुत कम है और किसी के साथ पेड़ के नीचे बैठा हूँ। मैंने सफेद धोती-कुरता और सफेद पगड़ी पहन रखी है, जैसे गाँव का आदमी पहनता है। हालाँकि, नियमित पहनावे के कारण यह थोड़ा मैला है। एक साइकिल है, वो काले रंग की, पुरानी किस्म की है। मैं उस महिला के साथ सवारी कर रहा हूँ, जिसके साथ मैं बैठा हूँ।"

"कौन है वो लड़की? क्या तुम उसे इस जन्म से पहचान सकते हो? उसकी आँखें

देखो। चेहरा बदल सकता है, लेकिन आँखें आत्मा की खिड़की होती हैं। यह कौन सा युग है?"

कुछ देर रुकने के बाद वह आगे बढ़ा।

"यह भारत की आजादी से पूर्व युग की तरह दिखता है, जैसे 1920 के दशक की शुरुआत। सड़कों का उतना विकास नहीं हुआ है। यह एक छोटी कंक्रीट की सड़क है और आज की तरह मजबूत नहीं है। यह महिला, मैं उसके साथ बहुत घनिष्ठता महसूस कर रहा हूँ। मैं दोनों में इतना प्यार महसूस कर सकता हूँ। हालाँकि, ठीक से उसे देख नहीं पा रहा हूँ। लेकिन प्यार अत्यधिक शुद्ध और सुंदर है। अचानक अवी को अपनी गरदन के आसपास, कानों के नीचे पसीना आने लगा। वह थोड़ा असहज हो गया। गौरी उसकी बेचैनी को उसकी ऊर्जा के साथ-साथ उसकी छोटी-छोटी साँसों के माध्यम से महसूस कर सकती थी। बिना ज्यादा समय गँवाए उसने फिर पूछा—

"कौन है वो अवी?"

"तारा!"

"तारा कौन है?"

अवी बोल नहीं पा रहा था, इसलिए गौरी ने दिशा बदल दी। हालाँकि, वह थोड़ा-बहुत समझ पा रही थी।

"तारा से तुम्हें उस स्थान पर ले जाने के लिए कहो जहाँ इन वर्तमान परिस्थितियों की नींव पड़ी।"

"वह मुझे कुछ झोंपड़ियों, मिट्टी की छोटी झोंपड़ियों में ले गई है। एक छोटी सी कॉलोनी है, जहाँ कोई सड़क नहीं है। एक कतार में पाँच झोंपड़ियाँ हैं और सामने खेत हैं। जैसे हर झोंपड़ी के बाहर खेत के बराबर हिस्से। हर दो खेतों के बीच एक छोटी सी कीचड़ भरी सड़क है, जो पैदल या साइकिल के लिए ही पर्याप्त है। मेरी झोंपड़ी के बाहर पानी का कुआँ और खुली रसोई है। तारा और मैं शादीशुदा हैं। सुंदर जीवन हमारे पास है और तीन बच्चे हैं, दो लड़कियाँ और एक लड़का। हमने इस घर में, खेत में और गाँव के आसपास कुछ खूबसूरत पल एक साथ बिताए। जगह राजस्थान की लगती है। मेरी बड़ी-बड़ी मूँछें हैं और तारा साधारण लहँगा-चोली पौषाक में है। हम एक साथ एक सरल, सुखी और संतुष्ट जीवन जी रहे हैं। मैं उसकी गोद में पेड़ के नीचे, खेतों में लेटा हूँ। वह मेरे लिए दोपहर के भोजन के रूप में भोजन, कुछ सादी चपाती, हरी मिर्च और नमक के साथ प्याज लाती है। साथ में खाना खा रहे हैं और एक-दूसरे को कितने प्यार से देख रहे हैं। एक-दूसरे पर पानी के छींटे डाल रहे हैं।"

"और क्या देख सकते हो?"

"तारा!" वह चिल्लाया।

"क्या हुआ अवी?" गौरी ने हाथ पकड़ लिया।

"वह ठीक नहीं है। उसे खून की उलटी हो रही है। वह बहुत दर्द में है।" अवी ने इतने दर्द के साथ कहा, जैसे यह सब अभी हो रहा है।

"उसकी उम्र क्या है? और वह इस दर्द और बाकी सब चीजों को क्यों महसूस कर रही है? उससे पूछो। पूरी तस्वीर देखने की कोशिश करो, अवी!"

कुछ सेकंड के लिए सन्नाटा पसर गया।

"वह मर रही है!" अवी ने भारी आवाज में कहा और उसकी आँखों से बेकाबू आँसू बह रहे थे।

"क्यों? और वह किस उम्र में है?"

"उसके तीसवें दशक के अंत में। उसने कुछ ऐसा खा लिया, जो अच्छा नहीं था, और वह वहीं पड़ी है। मैं बहुत बेबस हूँ और रो रहा हूँ। स्थानीय डॉक्टर उसे होश में लाने की कोशिश कर रहे हैं, लेकिन वह हार रही है। वह मुझे और बच्चों को उस पूरे दर्द के साथ देख रही है और आँसुओं के साथ मुसकरा रही है, जैसे बहुत सारी भावनाओं के साथ एक दयालु मुसकान।"

"गहराई में जाओ अवी! उसने ऐसा कुछ क्यों खाया?"

एक खामोशी फिर पनप उठी। कुछ सेकंड बाद अवी फिर बोला।

"उसे जहर दिया गया है!"

"क्या? वो किसने किया?" उसने शांति से पूछा, फिर भी उस पर हलका सा दबाव डाला।

"मालविका!" वह काँप गया।

"उसने ऐसा क्यों किया?"

"मुझें नहीं पता।"

"मैं तुम्हारा हाथ पकड़ रही हूँ अवी, डरो मत। तुम सुरक्षित हो। पूरी तस्वीर को समझने के लिए तुम्हें सबकुछ देखने के लिए मजबूत होना पड़ेगा। तुम यही जानना चाहते हो कि तारा का यह दुःखद अंत क्यों हुआ? है न? हिम्मत जुटाओ। वहाँ रहो। देखो, महसूस करो, यह सब क्यों हुआ। मत हारो!" गौरी ने शांति से सब कहा।

"ठीक है!"

अवी एक बार फिर चुप हो गया। गौरी को बेचैनी हुई। उसने अपने पिछले जन्मों को देखा था और अपनों की मौत देखी थी, लेकिन उसने कभी किसी को किसी की हत्या करते नहीं देखा था। उसने अवी के जारी रहने का धैर्यपूर्वक इंतजार किया।

“मैंने देखा!” अवी ने कहना शुरू किया।

“तुमने क्या देखा अवी?” गौरी ने इशारा किया।

“मालविका एक खेत मालिक की नौकर के रूप में हमारे घर के करीब रहती थी। मैंने उसे एक काले रंग की राजस्थानी पोशाक पहने हुए देखा, जिसमें चाँदी के कुछ आभूषण और उसके चेहरे पर काली बिंदिया उसके शृंगार का हिस्सा थी। उसका परिवार भूमिहीन किसान था, जिसने अपनी संपत्ति खो दी थी। जमीन-जायदाद और दूसरे की जमीन पर काम कर जीविकोपार्जन कर रहे थे। स्थानीय लोगों द्वारा उन्हें हेय दृष्टि से देखा जाता था। मालविका मुझे पसंद करती थी, लेकिन तारा और मैं बचपन से साथ थे। इससे उसके मन में उथल-पुथल मच गई और वह बन गई मेरे पास होने का जुनून, बेहतर जीवन जीने की चाह, क्योंकि मेरे पास अधिक मौद्रिक विशेषाधिकार थे। वह अलग तरह से प्रार्थना करने लगी। उसकी चाची, जो उसके साथ रहती थी, ने उसकी मदद की। उसके मंत्रों का इरादा मुझे ले जाना था और किसी तरह मेरे साथ रहना था। साल-दर-साल वह मजबूत होती गई, क्योंकि वह अपने दृष्टिकोण में बहुत समर्पित थी। हर रात वह मंत्रों का जाप करती और अन्य शक्तियों को खुश करने के लिए कुछ काले अनुष्ठान करती। शुरू में, वह हमें प्रभावित नहीं करती थी, क्योंकि तारा भी एक साधारण महिला नहीं थी। उसका प्यार और परिवार के लिए समर्पण इतना शुद्ध था कि इसने अनजाने में हमारे चारों ओर एक कवच बना लिया, जो हमें किसी भी प्रकार के अंधकार से बचाती थी। तारा की उच्च आध्यात्मिक ऊर्जा के कारण मालविका की सभी चालें और चालबाजियाँ विफल हो गईं। उसने मेरे और मेरे दोस्तों के माध्यम से उन्हें सम्मोहित करके और उन्हें क्या करना है, बताकर मेरे और तारा के जीवन को एक जीवित नरक बनाने की कई बार कोशिश की। लेकिन चूँकि हम एक-दूसरे से प्यार करते थे और तारा की ऊर्जा काफी ज्यादा और उच्च थी, इसलिए वह ज्यादा नुकसान नहीं कर सकती थी। तारा ने मुझे कई बार मालविका के इरादों के बारे में आगाह किया था, लेकिन मैंने मूर्ख की तरह उसकी बात पर कभी ध्यान नहीं दिया। मैं तारा के सुरक्षात्मक पंखों के नीचे मूर्खों के स्वर्ग में रहने वाले एक अंधे व्यक्ति की तरह था, इस बात से अनभिज्ञ कि चीजें कितनी खतरनाक हो रही थीं। ‘मैं इन सब बातों पर विश्वास नहीं करता, हम तो सुख से रह रहे हैं, तुम बार-बार यह बकवास क्यों करती हो? मैं मालविका को बचपन से जानता हूँ, वह हमें क्यों नुकसान पहुँचाएगी? मैं उसे हमारे घर आना बंद करने के लिए नहीं कह सकता। देखो, हमारे बच्चे उसे कैसे प्यार करते हैं, शायद तुम असुरक्षित महसूस कर रही हो।’ टूटे दिल के साथ, तारा के पास मालविका द्वारा लाए गए अँधेरे से अकेले लड़ने के अलावा और कोई चारा नहीं था, जिसे उसने एक शेरनी की तरह किया। इससे मालविका और भी

भड़क गई और एक दिन तो उसने अपनी सारी हदें पार कर दीं।"

"फिर क्या हुआ अवी?" गौरी ने पूछा।

"एक दिन, वह तारा के पास आई और…"

अवी रुक गया और उसकी साँसें छोटी हो गईं। गौरी इस प्रवाह को तोड़ नहीं पाई और थोड़ा समय था, क्योंकि अवी वर्तमान में इतना मजबूत नहीं था कि इस सम्मोहन में लंबे समय तक रह सके।

"फिर क्या हुआ अवी?"

"उसने तारा को अपनी शक्तियों से धमकाया। वह रक्तरंजित आँखों से दहाड़ी, 'अगर तुम पीछे नहीं हटे तो मैं तुम्हारे बच्चों और पति के साथ ऐसा भयानक काम करूँगी, जिसकी तुम कल्पना भी नहीं कर सकती। तुम दिन-रात उसकी रक्षा नहीं कर सकती। तुम्हारा पति तुम पर विश्वास भी नहीं करता, यह सबसे बड़ी खामी है, जो एक दिन मुझे एक ऊपरी बढ़त देगी'," वह दुष्टता से हँसी।

उसने तारा को दिखाया कि कैसे उसकी शक्तियाँ इस खामी के कारण परिवार को नुकसान पहुँचाने के लिए काफी मजबूत हो रही थीं। तारा घबरा जाती है और उससे उन्हें छोड़ने की विनती करती है। मालविका ने उससे कहा कि वह उसके परिवार को हाथ भी नहीं लगाएगी और उनकी देखभाल भी कर सकती है, अगर तारा दूर चली जाती है। उसे मरना होगा! तारा तारा होने के नाते, अपने परिवार के साथ कुछ होने की कल्पना भी नहीं कर सकती थी और उनकी सुरक्षा के लिए खुद को बलिदान करने को तैयार थी। हालाँकि, वह दुःखी थी, अगर अवी ने उस पर विश्वास किया होता और उसकी मदद की होती तो यह सब इतना दुःखद नहीं होता।

"योजना के अनुसार, मालविका ने उसे खाने के लिए कुछ संतरे दिए, जिसमें उसने किसी की जान लेने के लिए पर्याप्त काली शक्तियाँ भर दी थीं। तारा ने आखिरी बार अपने बच्चों को देखा, उन्हें गले से लगा लिया, जोर-जोर से सिसकियाँ भरकर रोने लगी और बाहर जाकर उन संतरों को खा लिया। वह तुरंत जमीन पर गिर पड़ी और मालविका ने मासूम-सी बाजी खेलते हुए सभी को घटनास्थल पर बुलाया। मालविका घड़ियाली आँसुओं से सिसक रही थी, अपनी गहरी चिंता दिखाकर सबको बहका रही थी और स्थानीय डॉक्टर को साथ ला रही थी, यह जानते हुए कि अब कोई कुछ नहीं कर सकता। उसने तारा की हत्या करने के लिए वर्षों से जमा की गई सभी काली शक्तियों का इस्तेमाल किया। मैं वहाँ नहीं था, मैं काम कर रहा था और जब मैं वापस आया तो मैंने उसे खून से लथपथ पाया। मुझे विश्वास नहीं हो रहा था कि क्या हुआ था? कोई नहीं जानता था कि मालविका ने ऐसा किया है। मैं दौड़ता हुआ तारा के पास गया और

उसका सिर अपनी गोद में रख लिया, हम एक-दूसरे को पागलों की तरह देखकर रो रहे हैं, और फिर, उसकी आत्मा ने तुरंत उसके शरीर को छोड़ दिया और वह मेरी गोद में तड़प-तड़पकर मर गई। उसने मुझसे एक शब्द नहीं कहा। मैं सदमे में था; मेरी पूरी दुनिया उजड़ गई थी। मैं तबाह हो गया था, खो गया था और अकेला था। बोलते ही अवी की आवाज टूट गई, उसके चेहरे से आँसू बहने लगे।"

गौरी ने उसका हाथ पकड़कर उसे सांत्वना दी और आगे देखने का आग्रह किया।

"फिर क्या हुआ अवी?"

"तब मालविका हमारे साथ रहने लगी। तारा की हत्या से पहले ही बच्चे उसके करीब आ गए थे। यह उसकी योजना का हिस्सा था और एक मूर्ख की तरह मैंने उसे अपने घर में रहने की अनुमति दी, क्योंकि मैं चाहता था कि कोई मेरी मनःस्थिति में बच्चों की देखभाल करे और मुझे नहीं पता था कि उसने तारा को मार डाला था। कई बार, मुझे याद आया कि तारा ने मुझे उसके बारे में क्या बताया था, लेकिन मैं उसे खोने के दुःख से इतना भस्म हो गया था कि मैं उसकी आवाज नहीं सुन सका। लगभग दस वर्षों के बाद, तारा की यादों में डूबा हुआ और अपने जीवन के प्यार को खोने के अवसाद में मैंने भी अपना जीवन एक बीमारी के हवाले कर दिया," अवी की आवाज फटी।

"ठीक है अवी, अब अपनी चेतना को धीरे-धीरे वर्तमान में वापस लाओ। इस जन्म के द्वार पर वापस आओ और तीन की गिनती पर सबकुछ पीछे छोड़ दो और वापस आ जाओ। सबकुछ वहीं छोड़ दो! ब्रह्मांड और अपने दिव्य मार्गदर्शक के प्रति कृतज्ञ हो, इसके माध्यम से तुम्हारी मदद करने के लिए। अब, तीन की गिनती पर वापस आओ। एक, दो, तीन!"

अवी वर्तमान में लौट आया। उसे अजना चक्र में तेज दर्द महसूस हुआ, लेकिन उसे इसका पता ही नहीं चला। वह एक बच्चे की तरह रो रहा था, विश्वास नहीं कर पा रहा था कि उसने अभी क्या देखा था। गौरी और तन्मय ने उससे थोड़ा पानी पीने, साँस लेने और शांत होने का आग्रह किया। तन्मय भी बहुत हिल गया था, अपनी आध्यात्मिक यात्रा या अपने किसी पिछले जन्म में कभी भी ऐसा कुछ अनुभव नहीं किया था।

"मुझे खेद है अवी," गौरी ने कहा, उसकी आँखों में आँसू आ गए। "मुझे पता है कि इसे संसाधित करना कठिन है, लेकिन तुम्हें इस दर्द को जाने देना होगा, यह तुमको वापस पकड़ रहा है। तारा की रक्षा नहीं कर पाने के लिए तुमको मालविका और खुद को माफ करने की जरूरत है। तुम्हें तारा के लिए, अपने लिए और अपने प्यार करने वालों के लिए आगे बढ़ने और अपना जीवन जीने की जरूरत है।"

अवी ने सिर हिलाया और अपने आँसू पोंछे। वह जानता था कि गौरी सही कह रही

है, अब समय आ गया था कि वह जाने दे और आगे बढ़े।

"यह सब अतीत में था अवी! वर्तमान में कुछ नहीं। लेकिन अब तुम जानते हो कि यह सब हमारे वर्तमान से कैसे संबंधित है। सबक सीखने के लिए हम बहुत सारे कर्म संबंध बनाते हैं। हमें उन पाठों को सीखने और अपने विकास और यात्रा की दिशा में आगे बढ़ने की जरूरत है। तुम्हारे वैवाहिक जीवन में असंतोष तुम्हारे इस पिछले जन्म का एक प्रमुख कारण है। मुझे लगता है, तुम इसे अब अच्छी तरह से जानते हो और मुझे और बताने की जरूरत नहीं है।"

"गौरी···तन्मय···मैंने अपनी तारा के हत्यारे को अपने और अपने बच्चों के साथ रहने दिया! अगर केवल मैंने उसकी बात सुनी होती तो वह इतनी दुःखद मौत नहीं मरती। मैं इसके लिए जिम्मेदार हूँ, मैं इस जीवन में महसूस किए गए हर दर्द और पीड़ा का हकदार हूँ," और वह फूट-फूटकर रोने लगा।

तन्मय ने उसे गले लगाया और गौरी ने उसकी पीठ पर हाथ फेरा। वे ऐसे ही रहे, मानो तीनों उस पीड़ा को अश्रुपूरित नेत्रों से अनुभव कर रहे हों।

कुछ समय बाद, गौरी ने तन्मय से कहा कि वह उसे वापस ले जाए, क्योंकि वह अभी भी होश में नहीं है। "यह सब ठीक हो जाएगा अवी, तुम आराम करो, और हम कल फिर मिलेंगे और इस पर और तारा पर चर्चा करने के लिए।" उसने अवी को आँख मारी और मुसकराई, अवी को सांत्वना देने की कोशिश की ताकि माहौल थोड़ा हलका हो सके।

गौरी अकेली अपने होटल के कमरे में जाने लगी। उसने जो कुछ देखा था, उससे वह थोड़ी हिल गई थी। उसके जीवन में भी उसका एक करीबी था, जिसने उस पर काली चालें चलीं, लेकिन वह अवचेतन रूप से या सचेत रूप से हमेशा इससे लड़ती रही। यह वह अनुभव था, जिसने अँधेरे से निपटने और उसे बेअसर करने के लिए उसके उपहार को बढ़ाया। उसने अपने साथ भगवान् शिव और श्याम (भगवान् कृष्ण) की दिव्य सुरक्षा को भी महसूस किया। जब वह टैक्सी में वापस जा रही थी तो उसे कुछ सेकंड के लिए कुछ अजीब लगा। लेकिन वह अवी के अनुभवों में इतनी खोई हुई थी कि उसने ध्यान ही नहीं दिया। वह अपने होटल के कमरे में वापस आई, फ्रेश हुई और सोने चली गई। अचानक, उसे अपनी त्वचा पर रोंगटे महसूस हुए, और वह जानती थी कि वहाँ कोई आत्मा है। जैसे ही उसने यह गहराई से देखने की कोशिश की, उसके सिर के बीच में तेजी से दर्द होने लगा। ऐसा लगा जैसे आत्मा उसके सिर पर ईंटें मार रही है, सिर पकड़ते ही उसे चक्कर आने लगे। यह एक असहनीय पीड़ा थी, क्योंकि वह भी बहुत कमजोर महसूस करने लगी थी, जैसे उसे चूसा जा रहा हो। वह दर्द से कराह उठी और बड़ी मुश्किल से अवी और तन्मय दोनों को संदेश (Text Message) भेज सकी कि उसे मदद की जरूरत है।

उसकी आँखें धुँधली हो रही थीं और फोन पर से पकड़ छूटती जा रही थी। उसने अपनी ऊर्जा को चैनल करने और उसे दूर करने की कोशिश की, लेकिन कोई फायदा नहीं हुआ। यह बल जो भी था, यह बहुत शक्तिशाली था, जैसा उसने पहले कभी नहीं देखा था।

वहाँ अवी और तन्मय ने उसका संदेश पढ़ा। उन्होंने उसे फोन करने और मैसेज करने की कोशिश की, लेकिन कोई फायदा नहीं हुआ। तन्मय ने फिर अवी को फोन किया और कहा, "हमें वहाँ पहुँचने की जरूरत है, मुझे लगता है कि उस पर भारी हमला हो रहा है।" वे दोनों उत्सुकता से उसके होटल के कमरे में चले गए। अपना सिर पूरी तरह से धुँधला कर उसने दरवाजा खोला और वह अवी की बाँहों में गिर गई।

"गौरी!" वह काँप रही थी और उन्होंने उसे बिस्तर पर लिटा दिया। तन्मय ने तुरंत उसकी, अवी और गौरी के कवच की शक्ति बढ़ाई और अवी को शांत रहने और उसके साथ अपनी आँखें बंद करने और यह देखने की कोशिश करने का निर्देश दिया कि क्या हो रहा है।

"तुम क्या देख पा रहे हो अवी ?"

"मैंने बैंगनी आभा वाली एक आत्मा देखी, रुको, तन्मय! वो वही है, जैसा मैंने अपनी दृष्टि में देखा था! मिस्टर पर्पल!"

"हाँ, मैं भी उसे देख सकता हूँ, और वह अकेला नहीं है, मैं मालविका की आत्मा को भी उसके और पूरी सेना के साथ देखता हूँ। वे गौरी पर लगातार हमला कर रहे हैं, उसकी ऊर्जा चूस रहे हैं।"

"इन्हें कैसे रोका जाए तन्मय, मैं मदद करूँगा," अवी ने जमकर कहा। तन्मय ने अवी पर नजर डाली, जो अचानक गौरी के साथ घटित होते हुए देखकर तीव्र ऊर्जा का संचार कर रहा था। जब हम अपनों का दर्द देखते हैं तो मदद के लिए किसी भी हद तक जा सकते हैं, तन्मय के सिर में यह बात गूँज रही थी, अवि को देख कर।

"हम अपनी आँखें बंद कर लेंगे, विचारहीन हो जाएँगे और अपने आत्मा मार्गदर्शकों के मार्गदर्शन के साथ-साथ अपने उच्च स्वयं से शक्तियाँ प्राप्त करेंगे।"

वे गहराई तक जाने लगे और चूँकि वे दोनों गौरी की इस स्थिति को देखकर भावनात्मक रूप से इतने क्रोधित थे, इसने उन्हें ब्रह्मांड से मजबूत शक्ति को चैनल करने के लिए अपनी सीमाएँ बढ़ा दीं। तन्मय ने अपने उच्च स्वयं से एक त्रिशूल का लंगर डाला, जो भगवान् शिव ने उनके पिछले प्राचीन जन्मों में से एक में दिया था। जबकि अवी को लगा कि पशुपति नाथजी उसे बड़े-बड़े रत्नों वाली तलवार दे रहे हैं। जहाँ अवी ने सेना की देखभाल की, वहीं तन्मय ने मालविका और मिस्टर पर्पल से गौरी की रक्षा की। उसने उनकी शक्तियों को अवरुद्ध करते हुए एक त्रिशूल से उनकी आत्मा को छुआ। इस बीच

गौरी भी थोड़ी बेहोशी में उठी, क्योंकि उसे कुछ अच्छा लगने लगा, क्योंकि अब उन आत्माओं की शक्तियाँ बंद हो चुकी थीं।

तन्मय और अवी मिस्टर पर्पल पर चिल्लाए, "तुम उस पर हमला क्यों कर रहे हो?"

मिस्टर पर्पल ने गौरी की ओर देखा और चिल्लाया, "क्योंकि वह हमारी योजनाओं में हस्तक्षेप कर रही है। अवी मालविका का है और तुम लोगों को उसे अपनी पकड़ से दूर करने का कोई अधिकार नहीं है। उसने उसे इतने जन्मों तक पाने के लिए बहुत मेहनत की है।"

गौरी शांति से मुसकराई और जवाब दिया, "हम सभी निर्माता के बच्चे हैं, कोई भी किसी का मालिक नहीं हो सकता। अवी ने काफी कुछ झेला है, मैं उसका साथ कभी नहीं छोड़ूँगी, चाहे कुछ भी हो जाए और एक दिन वह इस अँधेरे चक्र से मुक्त हो जाएगा।"

मिस्टर पर्पल ने कहा, "मूर्ख औरत! क्या तुम जानती भी हो कि तुम किसके साथ पंगा ले रही हो? तुम इतिहास को फिर से दोहराने के लिए क्यों दृढ़ हो? इस बार वह तुम्हें नहीं छोड़ेगा, उसके बाद नहीं, जो तुमने उसके साथ युगों पहले किया था।"

वे तीनों चकित थे, उन्हें पता नहीं था कि वह किस बारे में बात कर रहा है।

"आप क्या कह रहे हैं?" गौरी ने चौंकते हुए पूछा।

"हा-हा-हा! तुम इनसान, तुम्हें अपने अनगिनत पिछले जन्मों से कुछ भी याद नहीं है। मुझे तुम सभी के लिए बहुत दुःख हो रहा है," मिस्टर पर्पल ने उपहास किया।

वह गौरी के पास गया और फुसफुसाया, "दैत्य राजा के साथ एक देवी के रूप में तुम्हारी प्राचीन लड़ाई है। राजा, जो उन सभी में सबसे भयंकर है। वह, जो सबसे बड़ा संहारक है। वह, जिससे देवता भी डरते हैं। वह, जो अंधकार का सम्राट् है। वह, जो पहाड़ की तरह लंबा और चट्टान की तरह मजबूत है। वह, जिसका नाम ही नश्वर के दिलों में भय पैदा करता है। वह, जो मेरा गुरु है। इस युग के शासक, पराक्रमी, कली! वह वापस आ गया है, क्योंकि युग समाप्त हो रहा है और वह तुम्हें सफल नहीं होने देगा।"

"तमः वर्धतु!!"

□

गौरी के मोती

मंजिल एक है, राहें अनेक हैं,
आप एक पर चल सकते हैं, या किसी को जोड़ सकते हैं,
सब कुछ कंपन और ऊर्जा है,
योग से खुद को पवित्र करो, और फिर भक्ति में बहना है!

अवी कल जो भी घटित हुआ था, उससे हैरान और परेशान था। उसने ध्यान और विकास में इसके महत्त्व के बारे में अच्छे से समझा, लेकिन इसके अलावा, यह सब क्या हो रहा है? यह कौन सी दुनिया में वो प्रवेश कर रहा है? क्या वह इन सबके लिए तैयार था? यह लड़ाई, काला जादू, अँधेरापन! उसे तो लगा था, यह ध्यान सिर्फ उपचार, रोशनी और प्यार का नाम है। वह अभी भी मालविका के छुपे अँधेरे रहस्यों को स्वीकार नहीं कर पाया था, लेकिन गौरी के साथ जो घटित हुआ, उससे वह हिल गया था। यह उसके लिए बहुत बड़ा था संसाधित करने के लिए जब उसकी थाली में पहले से ही इतना कुछ था समझने को। वह केवल इस अवसाद के दौर से बाहर निकलना चाहता था, फिर से सच्चा प्यार मिल जाए और उसका आत्मा मिशन पूरा हो। लेकिन यह ऐसा लग रहा था, जैसे कोई फैंटेसी फिल्म चल रही हो। प्रकाश और अँधेरे के बीच लड़ाई। नहीं-नहीं! यह वह नहीं है, जो उसने माँगा था। उन्होंने गौरी और तन्मय पर भरोसा किया, लेकिन उनके पास कई अनुत्तरित प्रश्न थे। अगले दिन जब वे मिले, वह थोड़ा चिंतित और तनावग्रस्त था। गौरी ने महसूस कर लिया कि अवी परेशान है। गौरी ने एक शिव मंदिर, 'श्री दूधेश्वरनाथ महादेव मठ मंदिर' जाने का सुझाव दिया। वे वहाँ गए, वह गाजियाबाद में था। श्री दूधेश्वरनाथ महादेव मठ मंदिर का इतिहास रावण काल से जुड़ा हुआ है। यह एक स्वयंभू मंदिर है। श्री दूधेश्वरनाथ महादेव मठ मंदिर अति प्राचीन एवं ऐतिहासिक है।

"यह मंदिर क्या है?" अवी ने पूछा। मंदिर में प्रवेश करते ही वह थोड़ा शांत होने लगा था।

गौरी ने उसे सूचित किया, "यह मंदिर एक अलग आध्यात्मिक ऊर्जा से भरा है, जहाँ प्रवेश करते ही आपका मन आंतरिक खुशी से भर जाता है। यह 5000 वर्ष से अधिक पुराना है और माना जाता है कि त्रेतायुग से, यहाँ तक कि श्रीराम के जन्म से भी पहले। यह स्थान अनेक साधु-महंतों की साधना और तप की भूमि रहा है। भगवान् शिव ने कुबेर के पिता महर्षि पुलस्त्य को उनकी भारी तपस्या के कारण वरदान दिया। उन्होंने यहाँ रहने के लिए कैलाश जैसी जगह भी दी थी, इसलिए कैलाश के लिए लघु श्री दूधेश्वर नाथ महादेव ज्योतिर्लिंग के पास कैला गाँव है। पुराणों में वर्णित हरनंदी (हिंडन) आज भी पास में बहती है। कहा जाता है कि जिस भक्त पर वह बहुत प्रसन्न होते हैं, भगवान् दूधेश्वर उसे सोने की बहुतायत से आशीर्वाद देते हैं। इसे रावण के पिता ऋषि विश्वेश्वर/विश्रवा का गृहनगर कहा जाता है। दोनों ने यहाँ तपस्या की और लोककथाओं के अनुसार दूधेश्वर की पूजा करके सोने की लंका भेंट की।"

तन्मय ने आगे कहा, "अगर हम सोने की बात करें तो मैंने सुना है कि यहाँ का शिवलिंग हिरण्यगर्भ (ब्रह्मांडीय सुनहरे अंडे) से जुड़ा है, इसलिए मंदिर के सिद्ध संतों की समाधि गर्भगृह के पास स्थित है। इनमें से कई सिद्ध संतों ने जीवित समाधि ले ली थी। माना जाता है कि इन समाधियों की नियमित रूप से पूजा करने से कई चमत्कार होते हैं। कहा जाता है कि प्रथम श्री महंत वेणी गिरिजी से लेकर तेरहवें श्री महंत शिव गिरिजी महाराज तक सभी सोना बनाने की कला में निपुण थे। श्री दूधेश्वरनाथ महादेव मठ के सिद्ध संतों में तपोमूर्ति बाबा इलायची गिरिजी महाराज का नाम सबसे ऊपर आता है। बाबा इलायची गिरिजी को मंदिर से बाहर जाते कभी किसी ने नहीं देखा था। बाबा हमेशा 'धूनी' के पास बैठकर भगवान् के नाम का जाप करते थे। कहा जाता है कि कई-कई दिनों तक लगातार 'धूनी' के पास आसन पर बैठते थे। यह उनकी तपस्या की शैली थी। इस दौरान उन्होंने न कुछ खाया-पिया और न ही किसी से बात की। जब कोई व्यक्ति उनके पास समस्या लेकर आता था तो पीड़ित की बात सुनकर केवल इतना ही कहते थे कि दूधेश्वर भगवान् से कह देंगे कि वे तुम्हें बचा लेंगे और फिर आँखें बंद कर कुछ बुदबुदाने लगे, जैसे बात कर रहे हों, किसी से भीतर-ही-भीतर।"

"बहुत खूब! यह तो कमाल है दोस्तो," अवी मंदिर परिसर में घूमते हुए और वहाँ की ऊर्जा को महसूस करते हुए उत्साहित और हैरान दोनों था।

दर्शन के बाद जब वे बाहर बेंच पर बैठे तो गौरी ने अवी से पूछा, "तुम यहाँ किस तरह की ऊर्जा महसूस कर रहे हो?"

"मैं बहुत ताजा और शांतिपूर्ण महसूस कर रहा हूँ, यहाँ कुछ रहस्यमय है। यह ऐसा है, जैसे मैं उन सभी ऋषियों और संतों की ऊर्जा को महसूस कर सकता हूँ। क्या तुम मेरी आवाज को महसूस कर सकती हो, वह भी इतनी शांत हो गई है। मैंने कभी नहीं सोचा था कि कोई मंदिर मेरे साथ ऐसा करेगा। बचपन से ही मैं अपने माता-पिता के साथ मंदिर जाने से कतराता था। यह हमेशा इतना उबाऊ हुआ करता था, शायद प्रोग्रामिंग के कारण, जैसे—जाओ, झुको, पूजा करो, कोई इच्छा माँगो, प्रसाद लो और बाहर आओ। लेकिन आज, मैं नहीं जानता, मैं बहुत अलग महसूस कर रहा हूँ, और मुझे लगता है कि यह मंदिर के बारे में अधिक नहीं है, बल्कि मेरे द्वारा विभिन्न चीजों के लिए खुलने, मेरी धारणा बदलने, प्रोग्रामिंग या पूर्वग्रहों के ध्वस्त होने के बारे में है। जब तुम मुझे इसकी कथा सुना रही थी तो मैं उन सभी मुनियों को ध्यानमग्न एवं मुसकराते हुए देख रहा था और महसूस कर रहा था जैसे मेरे चेहरे पर अपने आप ही मुसकान आ गई। क्या मैं पागल हो रहा हूँ? या यह सब मेरी कल्पना की उपज है, क्योंकि मैं अध्यात्म पर सामग्री पढ़ रहा हूँ, तुम दोनों लोगों के साथ बातचीत कर रहा हूँ। क्या यह मुझ पर प्रभाव डाल रहा है, या ये सब वास्तविक अभिव्यक्तियाँ हैं?" अवी ने अपना सिर थपथपाते हुए पूछा।

"हा-हा-हा, नहीं। ध्यान और जागरूकता के कारण तुम उन भेड़-बकरियों वाली अवधारणाओं से ऊपर उठ रहे हो, जिन अवधारणाओं का हम बिना पूछे, बिना जाने पालन करते हैं और करते रहते हैं। ज्यादातर मंदिरों में जाना, पूजा करना या तो उच्च शक्ति के डर पर आधारित होता है, जैसे कि अगर मैं प्रार्थना नहीं करता तो मेरे साथ कुछ बुरा हो सकता है या कुछ सौदों के लिए, एक वस्तु विनिमय कह सकते हैं; भगवान्, कृपया मुझे यह दे दो और मैं तुम्हें एक किलो लड्डू दूँगा। और यदि यह नहीं तो सिर्फ इसलिए कि हमारे माता-पिता हमें ऐसा कहते हैं या कभी-कभी जिज्ञासा से, पर्यटकों की तरह, हम किसी मंदिर या पवित्र स्थान पर जाते हैं। हम कभी भी किसी मंदिर या किसी पवित्र स्थान के पीछे की कहानी को गहराई से महसूस करने या जीने की कोशिश नहीं करते हैं। लेकिन जब हम वहाँ की ऊर्जा को महसूस करने और उसके साथ एक होने की कोशिश करते हैं, अगर हम कर सकते हैं तो कभी-कभी हमारी चेतना एक अलग स्तर तक बढ़ सकती है!" गौरी ने जवाब दिया।

"मैं सहमत हूँ, क्योंकि यहाँ तक कि तार्किक रूप से अगर हम देखते हैं तो कुछ मंदिर बहुत रहस्यमय हैं, वहाँ पर सामूहिक उच्च सकारात्मक स्पंदनों के कारण, जो कि एक समय के कारण जमा हुए हैं, केवल तभी हम इसे ट्यून और सुन सकते हैं। हम हर मंदिर या किसी भी धार्मिक ढाँचे की कहानी जान सकते हैं, उसके बारे में पढ़े बिना भी हम कई गहरे रहस्य खोल सकते हैं, जो आपको कभी कोई नहीं बता सकता। बेशक!

हालाँकि, यह ट्यूनिंग और अधिक परिष्कृत हो जाती है, क्योंकि साधना द्वारा हमारे अंदर अवरोधों/ब्लॉकों की शुद्धि के साथ हमारी इंद्रियाँ बढ़ जाती हैं। गौरी, याद है कि कैसे एक बार अल्मोड़ा में हमने कसार देवी मंदिर के रहस्यों को सिर्फ अपनी आँखें बंद करके और महसूस करके डिकोड किया था। तुम जानते हो अवी, हमने बस उस जगह को देखा और मंदिर में दर्शन करने गए। लेकिन यार, वहाँ ऊर्जा का बवंडर था, इसलिए हमने वहाँ ध्यान लगाने का फैसला किया और जैसे उस मंदिर की पूरी कहानी चलचित्र की तरह हमारी आँखों के सामने घूम गई। फिर हमने गूगल पर कहानी के बारे में पुष्टि की और हमारे होश उड़ गए, क्योंकि हमने जो देखा, उससे यह मेल खाता था। उसके बाद जब भी हम किसी पवित्र स्थान पर जाते हैं तो हम हमेशा वहाँ के कंपन को महसूस करने, ट्यून करने और जीने की कोशिश करते हैं!" तन्मय एक बच्चे की तरह बोलता चला गया।

"हाँ, मुझे याद है! कसार देवी के उस अनुभव को मैं कभी नहीं भूल सकती। वह इतना गजब था। तो, अवी! अब मैं तुमसे कुछ पूछती हूँ। तो जैसी कि कहानी इस मंदिर के बारे में है, रावण ने भी यहाँ पूजा की थी और वह भगवान् शिव का एक भक्त था। उन्हें एक अच्छे इनसान के तौर पर नहीं माना जाता है, वास्तव में एक राक्षस राजा और इस तरह रामायण अस्तित्व में आई, बुराई पर अच्छाई की जीत या अंधकार पर प्रकाश। लेकिन एक बात बताओ, अगर रावण न होता तो क्या भगवान् राम भगवान् राम होते? अन्यथा क्या वे एक साधारण आदमी नहीं होते? यह वह रावण ही था, जिसने दुनिया को यह दिखाने के लिए कि कैसे प्रकाश और प्रेम किसी भी अँधेरे को दूर कर सकते हैं, भगवान् राम को सूक्ष्मता से युद्ध करने के लिए प्रेरित किया। इसलिए, हम या तो रावण को राक्षसी अंधकार का पर्याय मानकर आकलन या आलोचना कर सकते हैं या हम उसे भगवान् शिव के महान् उपासक के रूप में देखने के लिए अपना दृष्टिकोण बदल सकते हैं। एक पुजारी, जिसने सिर्फ श्रीराम को धक्का देने के लिए या यों कहें, एक तरह से प्रेरित करने का, एक माध्यम के रूप में अपनी भूमिका निभाई और पूरी मानवता को एक बड़ा सबक सीखने दिया।"

"सच बात है! मैंने ऐसा कभी नहीं सोचा था गौरी! मुझे लगता है कि यह सब हमारी धारणा के बारे में है, लेकिन फिर भी अँधेरा होना ही क्यों चाहिए?"

"क्या तुम इस पेड़ से गिरे हुए पत्ते को देख रहे हो?" गौरी ने पूछा।

"हाँ गौरी, ऐसा लगता है, जैसे यह सूखकर गिर गया है।" उसने कहा।

"हाँ अवी, लेकिन तुम्हें क्यों लगता है कि यह गिर गया है?" उसने शांति से पूछा।

"ताकि नए पत्ते पैदा हों।"

"क्या होगा, अगर कभी कोई पत्तियाँ गिरकर मरें नहीं। क्या हो जाएगा?" उसने फिर पूछा।

"फिर तो यह जंगल की धरती होगी, न कि इनसानों की धरती!" वह हँसा।

"बिल्कुल अवी, यह एक प्रकृति का चक्र है, जीवन और मृत्यु, इसी तरह अंधकार और प्रकाश। पृथ्वी भीड़भाड़ वाली हो जाएगी, यह न भूलें कि साथ-साथ अन्य समस्याएँ भी होंगी। ऐसे प्राणी हैं, जो शाकाहारी हैं, कुछ मांसाहारी हैं और कुछ सर्वव्यापी हैं। अब कौन सही है और कौन नहीं? एक हिरण का शाकाहारी होना सही है या एक बाघ, जो उसी शाकाहारी हिरण को खाता है और एक मांसाहारी है, सही है?" उसने पूछा।

"हाँ गौरी, लेकिन फिर भी..."

"रुको अवी, मुझे पूरा करने दो," उसने उसे बीच में काट दिया।

तन्मय ने कहा, "इससे पहले कि गौरी का अपना उग्र रूप सामने आए, उसे धैर्यपूर्वक सुन लो।"

"हा-हा तन्मय, बस हाँ, बस! अब सुनो," उसने कहा।

"जिस मंदिर में हम अभी गए थे, तुमने ऊपर एक पेंटिंग में उनके विभिन्न रूपों को दरशाते हुए एक चित्र देखा। एक हैं भगवान् शिव, आदियोगी, लेकिन उनके पास विनाशक महाकाल का एक भयंकर रूप भी है, ठीक उसी तरह जैसे शक्ति एक दिव्य करुणामयी माँ हैं, लेकिन राक्षसों का वध करने वाली भयंकर महाकाली भी हैं। क्या हम उनके किसी रूप का आकलन कर सकते हैं? और तुम्हें क्या लगता है, क्यों ऐसे उग्र रूपों की आवश्यकता थी? जब यह सब प्रेम और प्रकाश है?"

अवी काँप उठा, गौरी को पता था कि वह क्या सोच रहा था और किस बारे में संदेह कर रहा था।

उसने आगे कहा, "जब हम विकसित होना शुरू होते हैं तो हमें अन्य ताकतों के बारे में भी पता चलता है, लेकिन यह इसके विपरीत भी होता है। लेकिन क्या इसका मतलब यह है कि हम डर जाएँ, भयभीत हो जाएँ और अपनी यात्रा से पीछे हट जाएँ? इसके मूल को समझो। इस पूरे ब्रह्मांड का निर्माण दो शक्तियों—अँधेरे और प्रकाश से हुआ है। क्या तुमने कभी सोचा है कि जीवन देने वाले ग्रहों के साथ-साथ डार्क होल (Dark Hole), भँवर, सुपरनोवा (SuperNova) क्यों मौजूद हैं? यदि रात ही न होगी तो चमकते तारों को कैसे देखोगे या उनका क्या मूल्य होगा? आमतौर पर सबसे चमकीले सितारे सबसे अँधेरी रातों में ही चमकते हैं। ये अँधेरे जीव, आत्माएँ हमें चुनौती देने वालों की तरह हैं, वे हमें चुनौती देते हैं, हमें धक्का देते हैं, ताकि हम जान सकें कि हम कहाँ खड़े हैं और हमें कहाँ काम करना है! जैसे पिछली रात मुझे पता चला

कि मैं उतना मजबूत नहीं हूँ जितना मैंने सोचा था और अभी भी बहुत कुछ सीखना है, खासकर मेरे सूक्ष्म डर, जिनके बारे में मुझे पता नहीं था, लेकिन उनको इस चीज के लिए धन्यवाद, क्योंकि अब मुझे पता है। यह ऐसा है कि हम पूरी तस्वीर को कैसे देखते हैं। डर और बेहोशी से अंधे हो जाना और फिर हार मान लेना बहुत आसान है अवी, बहुत-बहुत आसान। लेकिन यह समझने के लिए कि ऐसा क्यों हुआ, हमने ऐसी स्थितियों पर कैसे प्रतिक्रिया दी और हम उसके अनुसार खुद पर कैसे काम कर सकते हैं, यही असली बात है।"

"तुम सही हो गौरी, बिल्कुल सही, मुझे खेद है, मैं थोड़ा डर गया!" अवी थोड़ा पश्चात्ताप कर रहा था।

"ठीक है, ऐसा होता है, जब हम इस सफर में नौसिखिए होते हैं, इस रास्ते पर नए होते हैं और हमें तरह-तरह की ताकतों का पता नहीं होता है, हमारा दिमाग इधर-उधर थोड़ा खेलता है। यही कारण है कि जो इस पथ पर नए हैं, उन्हें हमेशा दिव्य प्रकाश की ढाल या कवच बनाकर ध्यान करने की सलाह दी जाती है। हालाँकि, वे हमारे आसपास मौजूद हैं और यह स्वाभाविक है, जैसे ही हम उनके बारे में जागरूक होने लगते हैं, वैसे ही वे भी। आमतौर पर लोग उन्हें महसूस या देख नहीं सकते, क्योंकि उनकी इंद्रियाँ बंद हैं, लेकिन इसका मतलब यह नहीं है कि वे वहाँ नहीं हैं। हालाँकि, डरने का कोई कारण नहीं है, उनका रास्ता अलग है, बस," गौरी ने कहा।

"लेकिन वे ऐसे क्यों हैं, ये काली शक्तियाँ, असुर, राक्षस और यहाँ तक कि मनुष्य भी जो अँधेरे बन जाते हैं और दूसरों को चोट पहुँचाने के लिए तरह-तरह के तरीके अपनाते हैं। उन्हें क्या मिलता है? हम उनसे कुछ नहीं कहते, हम बस बढ़ रहे हैं, अपनी यात्रा का अनुसरण कर रहे हैं, फिर क्यों?" उसे आश्चर्य हुआ।

तन्मय ने इसे समझाने की कोशिश की, "ब्रह्मांड की इस छतरी के नीचे हर आत्मा का अपना स्थान है। अपनी ही भूमिका निभानी है, अपना ही नृत्य है और अपनी ही धुन है। काली आत्माएँ भी परमात्मा का ही अंश हैं। यदि सृजन महत्त्वपूर्ण है तो विनाश भी उतना ही महत्त्वपूर्ण है। यदि प्रकाशमय प्राणी महत्त्वपूर्ण हैं तो गहरे रंग वाले या अँधेरे में संलिप्त भी उतने ही महत्त्वपूर्ण हैं। लेकिन कभी भी एक पूर्ण पक्ष नहीं हो सकता, न तो पूर्ण प्रकाश और न ही पूर्ण अंधकार और यह कभी नहीं होना चाहिए। लेकिन हाँ, एक व्यवस्था हो सकती है, जहाँ दोनों सह-अस्तित्व में हो सकते हैं। और जब भी यह क्रम टूटता है, अवतार आते हैं या दूसरा पक्ष संतुलन बहाल करने के लिए हरकत में आता है। वर्तमान में अंधकार बढ़ रहा है, प्रकाश नहीं। इसके पीछे मुख्य कारण मनुष्यों में विश्वास की हानि, अहंकार सहित सूक्ष्म अहंकार, लालच, असुरक्षा, धन, शक्ति, पद के माध्यम

से भौतिक सुखों की प्राप्ति; परमात्मा से नाता टूट रहा है, तामसिक गुण आत्मसात् हो रहा है, धर्मी चीजों पर ध्यान न देना, चूहा-दौड़ का शिकार होना, समाज बंधन और दुनिया की सभी बेड़ियों में फँसना, कोई आत्म-प्रेम नहीं, और बहुत कुछ, इसलिए हमारे जैसे प्रकाश के कार्यकर्ता को जरूरत है हमारी ऊर्जाओं को बढ़ाने के लिए, एक सचेत जागृति पैदा करने के लिए, सामूहिक रूप से इस ग्रह की ऊर्जा को बढ़ाने के लिए, ताकि यह क्रम नियंत्रण में रहे और पृथ्वी अगले युग में सुचारु रूप से पारगमन कर सके।

गौरी ने इसे आगे बढ़ाया, "क्या तुमने कभी सोचा है कि क्यों कुछ इनसान या आत्माएँ (चूँकि उनमें बहुत अंतर नहीं है, सिर्फ इनसान में शरीर नामक कपड़ों की एक अतिरिक्त परत होती है) क्यों अँधेरे का रास्ता चुनते हैं या दूसरों को चोट पहुँचाते हैं? मुख्य रूप से अगर हम अपराधियों का भी पैटर्न समझ सकते हैं तो इसका मुख्य कारण यह है कि वे अपनी यात्रा के किसी हिस्से में किसी तरह प्यार, करुणा, समझ से रहित थे। मैंने और तन्मय ने ऐसी बहुत सी आत्माएँ देखी हैं और जब हम उन्हें प्यार देते हैं तो उनमें से कुछ प्रकाश प्राणियों में बदल जाती हैं। लेकिन हाँ, कुछ लोग, जो पहले ही इस रास्ते को चुन चुके हैं, जैसे—कुछ खूँखार अपराधी और राक्षस तो वह उनकी पसंद है। उनका क्यों हम यहाँ बैठकर अवलोकन करें, हम कौन होते हैं उनका आकलन करने वाले? उनके बारे में राय बनाना बहुत आसान है, लेकिन एक जागरूक आत्मा के रूप में क्या हम यह समझने की कोशिश कर सकते हैं कि वे जैसी हैं वैसी क्यों हैं? कोई भी बुरा होना नहीं चुनता है। यदि हम उसके वास्तविक कारण को नहीं समझ सकते हैं तो कम-से-कम हमें उनके ऊपर राय भी नहीं बनानी चाहिए और यह सब कानूनों और कर्मों के चक्र पर छोड़ देना चाहिए।"

"तुम्हारे कहने का मतलब है कि दूसरों को चोट पहुँचाना, मारना इत्यादि ठीक है?"

"नहीं अवी! मैंने ऐसा कभी नहीं कहा, अगर हम किसी के ऊपर एक राय बनाते हैं या आकलन करते हैं तो हम अपने अंदर भी एक ब्लॉक बना लेते हैं, क्योंकि हम अपने अहंकारी मन को हावी होने देते हैं, अरे! हम उनसे श्रेष्ठ हैं, जिसे सुपीरियरिटी कॉम्प्लेक्स (Superiority Complex) भी कहा जाता है। कोई भी पूर्ण नहीं है अवी, सभी आत्माओं को क्रमचय और तीन गुणों के संयोजन के साथ बनाया गया था जैसा कि हमने पहले चर्चा की है। अलग-अलग व्यक्तियों में बस तीव्रता अलग-अलग होती है और हम यह जानने के लिए कितने जागरूक हैं कि हमारी यात्रा के लिए क्या सही है, कौन सा गुण खिलाना है और कौन सा वश में करना है। उदाहरण के लिए, क्रोध एक ऐसी चीज है, जो हम सभी के पास होती है, कुछ इसे स्वीकार करते हैं, जबकि

कुछ इसे सही ठहराते हैं और कुछ इसे इतना अधिक फलीभूत करते हैं कि यह क्रोध और प्रतिशोध में परिवर्तित हो जाता है। जैसे एक सामान्य व्यक्ति पर कभी-कभी परिवार, दोस्तों पर क्रोध का प्रकोप होता है, लेकिन बाद में पछताता है और उसे नियंत्रित करने की कोशिश करता है, एक हत्यारा क्रोध को इतना फलीभूत करता है कि कुछ विषम परिस्थितियों में वह इसके वश में आ जाता है और इसे वास्तविक क्रिया में बदल देता है, जबकि एक जागरूक व्यक्ति, जैसे ही क्रोध भीतर उबलने लगता है, उसे पता चल जाता है और वह प्रतिक्रिया में आने से पहले ही उसे नियंत्रित करने की कोशिश करता है। ज्ञानी संतों ने अन्य आत्माओं के लिए समझ और करुणा के लिए क्रोध को पूरी तरह से विकसित कर लिया है और इस क्रिया और प्रतिक्रिया के पैटर्न से मुक्त हो चुके हैं। तो, यह तामसिक गुण सभी में है, बस प्रतिशत कम या ज्यादा हो सकता है। तो यह किसी भी व्यक्ति को अपराधी का न्याय करने या धारणा बनाने का क्या अधिकार देता है, जब वह स्वयं उन भावनाओं से पूरी तरह से रहित नहीं है? एक प्रबुद्ध आत्मा कभी भी न्याय या रायशुमारी नहीं करेगी और उस व्यक्ति में इस क्रोध के मूल को समझने की कोशिश करेगी, जैसे बचपन का शोषण या आघात, उसके बाद उसके जीवन में प्यार और समर्थन की कमी। कानून अपना काम करेगा, लेकिन हमें इस ब्रह्मांड में किसी भी व्यक्ति या प्राणी का न्याय करके अपनी अहंकार संचालित चेतना में क्यों गिरना है। याद रखें, बाहरी अँधेरा सिर्फ एक उपकरण या माध्यम है, जो हमें अपने भीतर के अँधेरे का सामना करने और अंततः उसे बदलने के लिए प्रेरित करता है। हम वास्तव में इसके प्रति आभारी होने का प्रयास कर सकते हैं। मुझे आशा है कि यह बेहतर व्याख्या करता है।"

"हाँ गौरी, यह एक आँख खोलने वाला ज्ञान और धारणा थी, मैंने कभी इस तरह नहीं सोचा था। हमें हमेशा सही या गलत, काले या सफेद के बारे में पढ़ाते थे, मैंने कभी नहीं सोचा था कि यह यात्रा एक पांडा होने के बारे में है। संतुलन में अँधेरे और प्रकाश दोनों का मिश्रण। कभी-कभी ग्रे भी ठीक होते हैं, कुछ भी पूरी तरह से सही या पूरी तरह से गलत नहीं होता है। यह सब हमारी धारणा और समझ के बारे में है।"

"हाँ, और यह यात्रा भी। बाहरी ताकतें और सभी कभी-कभी हमें चुनौती देने वालों की तरह आईना दिखाने में मदद करती हैं, क्या तुम जानते हो कि असली सौदा क्या है? हमारे अपने आंतरिक राक्षसों या तामसिक गुणों का सामना करना और उन्हें बदलना," तन्मय ने कहा।

"हाँ, यह कलियुग है, बाहर से ज्यादा यह आंतरिक लड़ाई के बारे में अधिक है।" गौरी ने कहा।

"मुझे लगता है कि मुझे इसका मतलब समझ आ रहा है, अचानक इस बातचीत के बाद जैसे मुझे एक मार्गदर्शन मिला, तुम दोनों इसकी पुष्टि करना। तुमने अभी कहा कि हम सभी के पास प्रकाश और अंधकार दोनों हैं, ठीक वैसे ही जैसे भगवान् शिव और शक्ति और कई अन्य दिव्य प्राणी के पास हैं। मुझे अचानक याद आया कि एक बार तारा ने एक समाधि अवस्था में एक दर्शन देखा, जैसे कि सफेद चाँदी की पोशाक पहने हुए किसी यूनानी देवता की तरह, एक बार जब मैं पशुपति नाथजी के पास गया तो मुझे स्वयं दर्शन हुआ मेरे किसी बाघ स्वयं का। क्या यह संभव है कि वे मेरे उच्च प्रकाश और अँधेरे स्वयं हैं?" वह अचानक घबरा गया।

"ठहरो! हम इसके बारे में देखें और महसूस करें और भगवान् शिव से पुष्टि करें!" गौरी और तन्मय ने ध्यान में अपनी आँखें बंद कर लीं।

"हाँ अवी, मुझे एक मजबूत एहसास हुआ, वे वास्तव में तुम्हारे प्रकाश और अँधेरे स्वयं हैं। मैंने एक साधु या संत की तरह चाँदी के सुनहरे प्रकाश के साथ एक हलकी आकृति की एक धुँधली झलक देखी, एक यूनानी देवता की तरह सुंदर और एक बाघ जैसा चेहरा और मानव शरीर वाला एक बहुत ही क्रूर, लेकिन भगवान् पशुपति नाथजी का प्रबल उपासक। तुम उनके नाम और उनके बारे में और जानोगे जैसे-जैसे तुम जागरूक होंगे, उनकी कहानियाँ और कैसे इसने आपकी आध्यात्मिक प्रकृति और मानव जन्मों को प्रभावित किया," गौरी ने उत्तर दिया।

"हाँ, यह समझ में आता है। हालाँकि, यह मुझे मेरे जैसा कैसे बनाता है या मुझे परिभाषित करता है?

"ये उच्च स्वयं कहीं बाहर न केवल किसी अन्य आयाम में बल्कि हमारी आत्मा के हिस्से के रूप में हमारे भीतर भी हैं। शायद, निराशाजनक रूप से रोमांटिक और साथ ही सार्वभौमिक प्रेम जिसे तुम महसूस करते हो, करुणा, संवेदनशीलता, सहानुभूति तुम्हारा प्रकाश, यांग है, जिसे तुम्हें अपने यिन या अँधेरे स्वयं के साथ संतुलित करना होगा, जो स्टैंड लेना शुरू कर देता है, अपने आप को किसी और की ऊर्जा से खत्म न होने देने के लिए सीमाएँ खींचने के लिए पर्याप्त क्रूर होना, कमजोर लोगों की मदद करें, मूल रूप से बढ़ने और मदद करने के लिए शक्ति का उपयोग करें," तन्मय ने ज्ञान की वर्षा की।

"लेकिन दोनों में संतुलन होना चाहिए, जैसे कि यदि आप प्रकाश को असंतुलित करते हैं तो आप कम आत्म प्रेम और देखभाल के साथ अधिक करुणा और अधिक सहानुभूति के कारण दूसरों द्वारा नियंत्रित, भस्म हो जाओगे, इसलिए यिन पक्ष आपकी मदद करके इसे संतुलित करता है। सीमाएँ खींचने के लिए। इसी तरह, यदि यांग पक्ष असंतुलन करता है तो यह आपको बहुत अधिक आक्रामक शक्ति, अहंकार, पूरी तरह से

तटस्थ और दुनिया से क्रोधित कर सकता है और स्वयं कभी-कभी अपराध और असुरक्षा की अभिव्यक्ति भी कर सकता है। तो अब आप जान गए होंगे कि दोनों का संतुलन क्यों जरूरी है। एक बार जब आप उनके साथ विलय करना शुरू कर देंगे तो आपके चक्र अधिक जाग जाएँगे और कुंडलिनी सक्रियण हो जाएगा, आप उन्हें चैनल करने और उनमें से अधिक बनने में सक्षम होंगे।" गौरी ने कहा।

"अब समझ में आया मिस्टर आकर्षक बाघ!" तन्मय हँसा।

"वैसे, बहुत सी लड़कियों ने मुझे मेरी सुंदरता के लिए बधाई दी है तो अब मुझे समझ में आया कि ऐसा क्यों है। मजाक छोड़ो, दोस्तो, अब मैं इसे समझ रहा हूँ। अधिकांश डर चला गया है," और उसका फोन बज उठा, यह उसके घर से वीडियो कॉल थी।

"इस नियंत्रण और स्वामित्व का क्या करें, कभी-कभी माता-पिता किसी भी अँधेरे प्राणी की तुलना में अधिक डरावने होते हैं," वह हँसा और उसने उन्हें अपना फोन दिखाया।

लंच के लिए वापस जाते समय वे सभी हँस पड़े।

"दोस्तो, मैं एक यात्रा की योजना बनाने की सोच रही हूँ। क्या कहते हो?" गौरी ने पूछा।

"लेकिन तुम्हारे काम और कार्यालय के बारे में क्या?" अवी से पूछा।

"कोई बात नहीं। कुछ तनख्वाह कट जाएगी, लेकिन किसे परवाह है? हम ऊपर एक पैसा भी वापस नहीं ले जाएँगे, इसलिए रोबोट न बनें और खुद के लिए भी ब्रेक लें। लेकिन क्या तुम दोनों इसके लिए तैयार हो?" उसने फिर पूछा।

तन्मय ने मुसकराते हुए कहा, "मैं तैयार हूँ। तुम लोगों के साथ एक ट्रिप, मैं इसे मिस नहीं कर सकता।"

"हम लोगों के साथ या गौरी के साथ?" अवी ने धीमे स्वर में तन्मय को छेड़ा। "मैं भी शामिल होना चाहूँगा गौरी, लेकिन ये कॉल मेरे परिवार से जो आ रही है। वे मुझे वापस आने के लिए जिद कर रहे हैं।"

"क्यों? क्या तुम बच्चे हो?" तन्मय ने चिढ़ाया।

"आजकल तो बच्चे भी आजाद हो गए हैं," अवी ने दुःखी होकर कहा।

तन्मय ने जोर से कहा, "फिर उन्हें यह बताने का समय आ गया है कि तुम 13 साल के नहीं हो और तुम्हारे साथ ऐसा व्यवहार करना बंद करें।"

"क्या बताऊँ? वे रोजाना वीडियो कॉल कर पूछ रहे हैं कि मैं कहाँ हूँ, क्या कर रहा हूँ? यह भावनात्मक हेरफेर है," उसने निराशा भरे लहजे में कहा।

"हे भगवान्, यार! मेरे माता-पिता ने सालों पहले ऐसा करना बंद कर दिया था। ऐसा क्यों कर रहे हैं वो?" तन्मय ने पूछा।

"नियंत्रण और स्वामित्व," गौरी ने कहा, "हम इनसानों को अजीब तरीके से अनुकूलित किया गया है और 'प्यार, देखभाल' आदि के नाम पर स्वामित्व और नियंत्रण व्यवहार का अभ्यास करते हैं। प्यार वह है कि जिसे आप प्यार करते हैं, उसे मुक्त करें और क्या तुम जानते हो कि आत्मा का मूल मुक्त होना है। इसलिए आजकल ज्यादातर लोग रिश्तों में घुटन महसूस करते हैं, क्योंकि माता-पिता, पति-पत्नी सोचते हैं कि हमने उसे पाला-पोसा, शादी की, अब हम उसके मालिक हैं। इसलिए उनके चारों ओर हथकड़ी लगाकर उनका पालन करें या उन्हें नियंत्रित करें। इसे देखकर कभी-कभी दु:ख होता है। प्यार, जो एक ऐसी पवित्र भावना है, एक मजाक बनकर रह गया है," उसने उदास होते हुए कहा। "और सबसे बुरी बात यह है कि यहाँ तक कि कुछ आत्माएँ, जिनमें बदलने, जगाने, विकसित होने की क्षमता है, वे भी इन जालों और झूठे प्यार के अधीन हैं, जिसे वे देखभाल, स्नेह, लोगों के लिए भोजन बनाना, उनके लिए कपड़े बनाना, उनके लिए चीजें खरीदना, जैसी छोटी-छोटी चीजों के रूप में महसूस करती हैं। उन्हें लगता है कि ऐसा करके वे अपने हिस्से का काम कर रहे हैं। और दूसरा व्यक्ति चूँकि उनके जैसी चीजें नहीं खरीदता है, उनके लिए भोजन या उस तरह की चीजें नहीं बनाता है, वह उन्हें पर्याप्त प्यार नहीं करता है और वे केवल जानते हैं कि प्यार क्या है। क्या यह वस्तु विनिमय है? क्यों प्यार दिल से महसूस नहीं किया जाता है और मात्रा में मापा जाता है, जैसे—मैंने आपके लिए यह किया, आपके लिए वह किया, आपने क्या किया? यह एक 'झूठा अहंकार' है, जिसे वे प्रेम समझते हैं। और वैसे, जहाँ अहंकार है, वहाँ प्रेम हो सकता है? क्या ये दो विपरीत नहीं हैं?"

"लेकिन मुझे यह भी लगता है कि यह सिर्फ उनकी गलती नहीं है, बल्कि उस व्यक्ति की भी है, जिसने इसे होने दिया। जब मैंने इस यात्रा की शुरुआत की थी, तब मेरी माँ ने मुझ पर यह कोशिश की थी, लेकिन मैंने दृढ़ रुख बनाया, और उनसे कहा कि 'यह मेरा जीवन है, मेरी यात्रा है, और मेरा दिल कहता है कि यह सही रास्ता है, इसलिए मुझे लगता है कि जो आप यहाँ कर रही हो, वह आपकी अपनी भावनात्मक असुरक्षा है। मुझे खोने का डर, आपको मुझे नियंत्रित करने के लिए मजबूर कर रहा है। आपकी और मेरी यात्रा अलग हो सकती है, क्योंकि हम अलग-अलग व्यक्ति हैं। मुझे इस दुनिया में लाना और बड़ा करना आपकी पसंद थी, लेकिन अगर यह बिना शर्त और इस शर्त के साथ नहीं किया जाता है कि जब मैं बड़ा हो जाऊँगा तो आप मुझे बाँधेंगे, यह उचित नहीं है माँ!' मैंने उनसे कहा, 'अगर आप मुझसे प्यार करती हो तो मुझ पर और अपनी परवरिश

पर भरोसा करो, मुझे आजाद करो।' भगवान् का शुक्र है कि मेरी माँ ने समझ लिया और धीरे-धीरे मेरा रास्ता स्वीकार कर लिया।"

"हाँ तन्मय, उनका भी यही पाठ था। और तुमने वास्तव में उन्हें यह जानने में मदद की कि बिना शर्त प्यार क्या है! माता-पिता अकसर बच्चों के साथ लगाव को प्यार के रूप में गलत समझ लेते हैं, लेकिन वे जो सोचते हैं कि वे उनकी देखभाल कर रहे हैं, वास्तव में इसका उलटा होता है। उनकी आसक्तियों की रस्सियाँ बच्चे की यात्रा में बाधाएँ पैदा करती हैं। हमारी यात्रा उनकी दर्पण छवि नहीं बन रही है या उनके सपनों और आकांक्षाओं का संस्करण नहीं बन रही है। यह हमारे स्वयं के सर्वश्रेष्ठ संस्करण को ख़ोजने के बारे में है; हमारा दिल प्रतिध्वनित होता है।" गौरी ने कहा।

"तुम सही हो दोस्तो, तुम्हें पता है, अब मुझे भी परवाह नहीं है! मुझे बताओ, हम कहाँ यात्रा पर चल रहे हैं?"

"ऋषिकेश और वृंदावन!" गौरी खुशी से झूम उठी।

"वाह! दोनों के बीच कोई संबंध है?" तन्मय ने पूछा।

"एक योग का शहर है और एक प्यार का!" वह मुसकराई।

तन्मय ने अवी से बड़बड़ाते हुए कहा, "भगवान् ही जानता है कि यह लड़की क्या सोचती है और कैसे और क्यों पसंद करती है।"

"क्या भगवान् भी जानता है? मुझे तो इस बात पर भी शक है!" अवी ने चुटिल मुसकान के साथ आँख मारी।

"मुझे पता है कि तुम दोनों मेरी पीठ पीछे बात कर रहे हो," जब वे दोपहर के भोजन के लिए पास के रेस्तराँ में दाखिल हुए तो वह चिल्लाई, "क्या हम अपना दोपहर का भोजन कर सकते हैं?" उसने अपनी भौंहों पर वक्र के साथ कहा।

"जी मोहतरमा!" दोनों हँस पड़े।

अगली सुबह वे सभी ऋषिकेश के लिए निकल पड़े। उन्होंने एक सेल्फ ड्राइव कैब बुक की और यात्रा के लिए आगे बढ़ गए। दिल्ली से ऋषिकेश की दूरी लगभग 5-6 घंटे की थी। रोड मैप तय किया गया था। दिल्ली-मेरठ-मुजफ्फरनगर-रुड़की-हरिद्वार-ऋषिकेश। मुजफ्फरनगर के बिकानो फूड कोर्ट में नाश्ता और चोटीवाला, ऋषिकेश में दोपहर का भोजन। तन्मय और अवी भागों में ड्राइव करेंगे। वे बातें कर रहे थे, साथ में अच्छा समय बिता रहे थे और शुक्र है कि मौसम भी उनके पक्ष में था। उन्होंने आध्यात्मिक चीजों के बारे में बात करना शुरू किया और फिर आध्यात्मिकता पर एक खेल (Rapid Fire Round) खेलने का विचार आया। गौरी पर सवालों के जवाब देने का जिम्मा आया जबकि तन्मय सवाल कर रहा था।

"तुम्हारे लिए ध्यान या योग क्या है गौरी?"

"जब आप इतने जागरूक होते हैं कि आप जानते हैं कि अंदर और आसपास क्या हो रहा है और क्यों हो रहा है!"

"और प्यार क्या है?"

"जब आप महसूस कर सकते हैं कि अंदर और आसपास क्या हो रहा है और इसे बिना शर्त के प्रत्येक के लिए महसूस कर सकते हैं?"

"आत्म-प्रेम क्या है और यह कैसे मिलता है?"

"हर चिंता को पीछे छोड़कर आजाद उड़ने के लिए एक ऐसी जगह पर, जहाँ से सारा प्यार आपसे निकल रहा है और आपमें ही वापस आ रहा है। जहाँ आपमें और आसपास में कोई फर्क नहीं है। जहाँ आप सबके साथ और हर चीज के साथ एक हो जाते हैं और हर कोई और सबकुछ आप हो जाते हैं। जहाँ आपका हृदय ऐसे बहता है, जैसे आनंद और प्रेम की नदी पूरी धरती पर, पूरे ब्रह्मांड में फैल रही हो। जहाँ आप रूप से ऊपर उठकर ऐसी स्थिति में चले जाते हैं, जहाँ आप, रूप और निराकार में कोई अंतर नहीं होता। प्यार का अनुभव करने के लिए आपको किसी इनसान की जरूरत नहीं है। फिर, मेरे दोस्त, तुमने आत्म-प्रेम प्राप्त कर लिया है।"

"आध्यात्मिकता के मार्ग में दो सबसे बड़े अवरोध कौन से हैं?"

"आसक्ति और अपेक्षाएँ," गौरी ने उत्तर दिया।

"क्या अब हम इस खेल को रोक सकते हैं और इसके बजाय कुछ गाने सुन सकते हैं? तुम लोग मुझे बोर कर रहे हो!" अवी ने भौंहें चढ़ा लीं।

उन्होंने अपनी व्यक्तिगत प्लेलिस्ट चलाई। तन्मय ने मंत्र संगीत, एनिग्मा, करुणेश का संगीत बजाया, जबकि अवी ने कुछ अच्छे सूफी गाने और अपने पसंदीदा कोक स्टूडियो (Coke Studio) के गाने चलाए। गौरी ने शास्त्रीय संगीत और सुंदर भक्ति गीतों की धुन बजाई, और वे तीनों अलग-अलग और अलग-अलग व्यक्तियों या कारणों से बह रहे थे, लेकिन यह वैसे भी क्यों मायने रखता है। प्रवाह तो प्रवाह है! और वह बह रहे थे!

वे आधा रास्ता पार कर चुके थे और उनका काफिला फिर शुरू हो गया।

अवी ने गौरी से पूछा, "तुमने कहा था कि ऋषिकेश योग के बारे में है और वृंदावन प्रेम के बारे में है, लेकिन हम योग और ध्यान के रास्ते पर हैं तो हमें वृंदावन क्यों जाना है? मैं इन रास्तों के बारे में भी जानता हूँ, एक बार तारा ने मुझे इसके बारे में बताया था। लेकिन हमने योग का यह मार्ग पहले ही चुन लिया है फिर प्रेम की क्या आवश्यकता है?" उसने आश्चर्य से पूछा।

"सबसे पहले, अवी, भगवान् के लिए, कृपया हमें तारा के बारे में बताओ! तुमने उसके बारे में कितनी बार उल्लेख किया है, अब हम इसे नियंत्रित नहीं कर सकते, हमें उसके बारे में बताओ।" उसने सचमुच निवेदन किया।

"प्यार के शहर वृंदावन में मैं अपने प्यार के बारे में बात करूँ? क्या कहते हो?"

"उफ्फ अवी! गलत बात है ये!" उसने धीरे से उसकी पीठ पर थपकी दी।

"प्यार और युद्ध में सबकुछ जायज है!" अवी ने आँख मारी।

"क्या अब हम रास्तों के बारे में बात कर सकते हैं? मैं भी चकित हूँ, क्योंकि मैं केवल ध्यान का पालन करता हूँ," तन्मय ने कहा।

"ठीक है, हम शुरू करने से पहले एक बात के बारे में सोचते हैं। ऐसे पौधे के बारे में सोचो, जिसे धूप, पानी, हवा तो मिलती है, लेकिन जगह और खाद नहीं। उसका विकास कैसा होगा?"

"उम्म, ऊर्ध्वाधर या कम वृद्धि हो सकती है," तन्मय ने कहा।

"सही बात। यह कम बढ़ सकता है या सिर्फ लंबवत् बढ़ सकता है, लेकिन पूर्ण विकसित पेड़ की तरह नहीं होगा। कभी-कभी विभिन्न अवयवों का संचलन सभी स्तरों पर पूर्ण विकास की कुंजी है, न कि केवल लंबवत्। चार मार्गों के साथ भी ऐसा ही है, कर्मयोग (क्रिया), भक्तियोग (भक्ति), राजयोग (ध्यान) और ज्ञानयोग (ज्ञान)। अगर तुम मुझसे मेरी आध्यात्मिक यात्रा के बारे में पूछोगे तो हर रास्ता मेरे विकास के लिए बहुत महत्त्वपूर्ण रहा है। ज्ञान के बिना मैं नहीं जान सकती कि योग कैसे किया जाता है, योग के बिना मैं अपने आंतरिक कोशों को, जो ब्लॉकों से भरे थे, शुद्ध नहीं कर सकती थी, शुद्धीकरण के बिना मैं अपने मन को अपने इष्ट के दिव्य प्रेम को महसूस करने के लिए पर्याप्त रूप से स्थिर नहीं कर सकती। तो, अगर हम ध्यान से देखें, यह सब जुड़ा हुआ है। यदि मैं कर्म-पथ की बात करती हूँ तो मुझे लगता है कि यह केवल सांसारिक गतिविधियाँ करना या उत्तरदायित्वों को भरना नहीं है, बल्कि विभिन्न कार्य, जैसे—आध्यात्मिक, लोगों की मदद करना और अधिक खोजने के लिए यात्रा करना आदि हैं। तो अब तुम दोनों मुझे बताओ या समझाओ कि कैसे इस यात्रा को पूरा करें सिर्फ एक मार्ग को चुनकर?"

"दिलचस्प! तो यदि सभी मार्गों के इस सम्मेलन को कोई नाम दिया जा सकता है तो वह क्या होगा?" तन्मय ने पूछा।

"योगभक्ति!" गौरी ने उत्तर दिया। "ज्ञान और तप योग के माध्यम से अपने आपको शुद्ध करो और फिर परमात्मा के लिए प्रेम या भक्ति में बहो और अंत में भक्ति में विलीन हो जाओ।"

"तुम्हारा गुरु और इष्ट कौन है गौरी?" अवी ने पूछा।

"इष्ट से मिलने के लिए हम वहाँ जा रहे हैं," गौरी ने अपने चेहरे पर एक दिव्य मुसकान के साथ उत्तर दिया।

"मतलब?"

"शिव मेरे गुरु रहे हैं, जिन्होंने मुझे मार्गदर्शन, मेरे सपनों में, मेरे आध्यात्मिक दर्शनों में और विभिन्न माध्यमों को मेरे लिए भेजने जैसे कुछ आध्यात्मिक लोगों में, पुस्तकों या दिव्य गुरुओं, जैसे—महावतार बाबाजी, लाहिड़ी महाशयजी, सरस्वतीजी, बुद्धजी के रूप में। उनका शिक्षण मेरे ध्यान का मूल रहा है। मैंने क्रियायोग का पालन किया है, जो मुझ पर शिवजी ने कई बार प्रत्यक्ष रूप से और अन्य समय में बाबाजी या लाहिड़ीजी के माध्यम से प्रकट किया है और मेरे इष्ट श्याम हैं इसलिए हम वृंदावन भी जा रहे हैं। जब तुम मुझे वहाँ तारा के बारे में बताओगे तो मैं तुम्हें अपने प्रिय के बारे में भी बताऊँगी।"

"मैं विभिन्न रास्तों के बारे में समझता हूँ कि क्यों सभी रास्ते हमारे विकास के लिए महत्त्वपूर्ण हैं, लेकिन गौरी! हम एक बार में सभी पर नहीं जा सकते, कैसे पता चले कि किस रास्ते से इस यात्रा पर पहले शुरू करना है और फिर धीरे-धीरे दूसरों के साथ तालमेल बिठाना चाहे कितना भी जरूरी क्यों न हो?" अवी ने अभी भी अचंभित होकर पूछा।

"यह काफी वाजिब सवाल है। वास्तव में, बहुत से लोग यह नहीं जानते हैं कि कहाँ से शुरू करें और किस रास्ते पर चलें! मैं हमेशा सुझाव दूँगी, पहले देखें कि आपका मूल क्या है, जैसे—तन्मय का प्राणमय कोष मजबूत है या आप कह सकते हैं कि उसके पिछले जन्म की साधना और उसकी आत्मा या दिव्य स्वयं (यह आत्मा निर्माण के समय बनता है) के प्रमुख रस के कारण कम अवरोध हैं तो उसका मूल योग है और इसी तरह उसने शुरुआत की। मेरे मनोमय कोश में मेरे प्रेम के दिव्य आत्म-रस के साथ-साथ कम ब्लॉक हैं, इसलिए मेरा मूल भक्ति का है और इस तरह मैंने शुरुआत की। यह बस स्वाभाविक रूप से आया था, इसलिए हम प्रवाहित हुए और कम-से-कम इसके मूल सिद्धांतों का बहुत जल्दी पालन किया, वहाँ अधिक अभ्यास की आवश्यकता नहीं थी। जैसे तन्मय की शुरुआत मूल प्राणायाम से हुई और मैंने शुरुआत श्याम मंत्र के जाप से की। यह हमारे कोषों की सतह स्तर की सफाई जैसा है, ताकि हम उसके अनुसार अगले कदम पर आगे बढ़ सकें। कुछ लोग ज्ञान या बुद्धि से भी शुरुआत करते हैं, क्योंकि उनके विजनमय कोषों में ब्लॉक कम होते हैं। लेकिन इसका मतलब यह नहीं है कि अन्य कोष ब्लॉक नहीं हैं और यही उन्हें हटाने का मुख्य सबक है, जो अन्य रास्तों से किया जा सकता है। ऐसा नहीं है कि एक रास्ते पर रहेंगे तो विकास नहीं होगा, बस बहुत

समय लगेगा। लेकिन अगर हम हर रास्ते से मोती इकट्ठा करते हैं और अपने मूल के साथ उसका अभ्यास करना शुरू करते हैं तो मोक्ष के लिए नृत्य में कम समय लगता है, एक सहज प्रवाह के साथ। अपने निचले चक्रों के अवरोधों को हटाने और अपने मन को शांत करने के लिए, मन और हृदय के बीच संतुलन बनाने के लिए मैंने ध्यान को चुना और अपने उच्च मन का विस्तार करने के लिए मैंने बहुत सारी पवित्र पुस्तकों का भी अध्ययन किया। जबकि तन्मय का मुख्य पाठ अपने उच्च चक्रों को खोलना, ताकि एकता, शुद्ध प्रेम, चाहे निराकार निर्माता (परब्रह्म) या रूप (इष्ट) के लिए और फिर अंततः पूरे ब्रह्मांड के लिए महसूस करना है। और तुम्हारे अगले प्रश्न का उत्तर देने के लिए हम इसके बारे में कैसे जानते हैं तो मैं कहूँगी, खुले रहो, इसके लिए कम-से-कम एक कदम उठाओ और विभिन्न तरीकों से मदद मिलती है। उदाहरण के लिए, हमारी आत्मा की आंतरिक आवाज, सपने, अंतर्ज्ञान के रूप में संकेत देती है, जबकि ब्रह्मांड हमारे मार्गदर्शकों (मानव या आध्यात्मिक), संकेतों, सार्वभौमिक संख्याओं, प्रतीकों आदि के माध्यम से हमारी मदद करता है। कुंजी केवल दृढ़ इच्छाशक्ति और समर्पण के साथ चलना, यह सुनिश्चित करना कि एक विशेष रास्ते पर कंडीशनिंग और अहंकार से अटक नहीं जाना है। असली बात यह नहीं है कि आप किस रास्ते पर चलते हैं, बल्कि यह है कि हम उस पर चलते हुए कितने लचीले और खुले हैं, क्योंकि कई बार जिस पवित्र देवत्व में हम विश्वास करते हैं, वह हमें विभिन्न तरीकों से मदद भेजता है, लेकिन अपने अहंकार और हठ के बंधनों के कारण हम देख नहीं पाते हैं, न महसूस कर पाते हैं या सुन पाते हैं और यह विडंबनापूर्ण हो जाता है।"

"वाह, ठीक है! मुझे लगता है कि तस्वीर अब काफी स्पष्ट है, लेकिन आपने आत्मा निर्माण के बारे में कुछ बताया कि वह सब क्या है?" अवी ने पूछा।

"अवी, मेरे जिज्ञासु आइंस्टीन, तुम अभी इसके बारे में तैयार नहीं हो या यदि तुम चाहते हो कि तुम्हारा दिमाग खराब हो जाए!" वह हँसी।

अवी ने जवाब दिया, "बेहतर है कि अपने लिप को जिप कर लूँ और चुप रहूँ।"

वे समय से ऋषिकेश पहुँच गए। लंच का समय हो चुका था, इसलिए वे सीधे राम झूला के पास 'चोटीवाला रेस्टोरेंट' पहुँचे और उनके लिए थाली मँगवाई। यह ऋषिकेश के सबसे अच्छे रेस्तराँ में से एक है और काफी पुराना है। गंगा किनारे कुछ देर आराम करने के बाद वे भूतनाथ मंदिर गए। इस मंदिर के बारे में बहुत कम लोग जानते हैं, जैसे कि इसे जानबूझकर छिपाया गया हो, लेकिन गौरी को सपने में इस मंदिर के दर्शन करने की एक अंतर्दृष्टि थी। भूतनाथ मंदिर को एक ऐसा स्थान माना जाता है, जहाँ पर सती से विवाह करने के लिए अपनी यात्रा के दौरान भगवान् शिव आराम

करने के लिए रुके थे। देवता यहाँ शिवलिंग रूप में प्रकट हुए हैं। मंदिर में कई मंजिलें हैं और हर मंजिल पर एक देवता का पूजास्थल है। इस मंदिर से पूरे ऋषिकेश का अद्‌भुत दृश्य दिखता है। मंदिर के मध्य तल में एक खुला क्षेत्र है, जहाँ चारों ओर चार घंटियाँ हैं और एक स्फटिक शिवलिंग (स्फटिक रूप, जो हजारों वर्षों तक हिमनदों या पहाड़ों में बर्फ जमी रहने के बाद स्वयं निर्मित होता है और कठोर पत्थर बन जाता है, संपीडन के कारण)। उन तीनों को यहाँ अलौकिक शक्तियों का आभास हो रहा था। कुछ बिल्कुल अलग था। अवी वहाँ एक घंटी के नीचे खड़ा हो गया और तन्मय को दूसरी घंटी पर खड़े होने के लिए कहा, जबकि गौरी पास की जगह पर ध्यान कर रही थी। उन्होंने घंटी बजाई, और वाह! ऐसा लगा, मानो घंटी की आवाज ने उनके चक्रों के सभी अवरोधों को साफ कर दिया हो। उनके शरीर के अंदर ऊर्जा ठीक तरह से प्रवाहित होने लगी। और उनके दिमाग में जो समाधि महसूस हुई, वह दूसरे स्तर की थी। यह ऐसा था, जैसे उन्होंने अभी-अभी कोई थैरैपी सेशन लिया हो। वे उसे बताने के लिए गौरी के पास गए, जिसने तब तक ध्यान के बाद उसकी आँखें खोल दी थीं। हालाँकि, वह एक समाधि (Trance) अवस्था में भी थी। अवी ने उसके कंधे को छूकर पूछा कि क्या वह ठीक है। उसने अवी को देखा और मुसकरा दी।

"क्या हुआ गौरी ? कुशल तो है ?"

"हाँ! यहाँ ऊर्जाएँ बहुत अच्छी और शुद्ध हैं। मानो यिन-यांग ऊर्जा या इड़ा-पिंगला नाड़ी प्रवाह, यहाँ दृढ़ता से संतुलित है, जिसके कारण सुषुम्ना का प्रवाह हुआ। शून्य अवस्था की ओर ले जाने वाली नाड़ी लगभग एक समाधि की तरह है।" समाधि के नशे की हालत में वह ज्यादा बोल नहीं पा रही थी।

"ओह! हाँ! मुझे और तन्मय को उस घंटी के नीचे एक ऐसा ही अनुभव हुआ था," अवी ने उसे वह सबकुछ बताया, जो उन्होंने महसूस किया था।

"लेकिन एक बात और। मुझे कुछ मार्गदर्शन मिला या क्या, लेकिन जरा इस जगह को देखो। इसमें नीचे से ऊपर तक कई मंजिलें हैं। मुझे नहीं पता, लेकिन मुझे ऐसा लगता है कि हर मंजिल एक चक्र से जुड़ती है। लेकिन इसकी उलटी छवि में जो हम सामान्य रूप से देखते हैं। जैसे, निचला हॉल, क्राउन चक्र (सहस्रार) से जुड़ता है, जैसे हमें परमात्मा से जोड़ता है। और इस मंदिर का शीर्ष, हमें शक्ति के केंद्र, मूलाधार चक्र से जोड़ता है। इसके बारे में असाधारण रूप से मजबूत भावना जैसे प्राप्त हो रही है और बीच के जो फ्लोर हैं, वो बीच के चक्रों से जुड़ रहे हैं। मुझे लगता है कि ये मुख्य मंजिलें भी संख्या में आठ हैं। सात मुख्य चक्रों और एक बिंदु चक्र की तरह," उत्साही अवी ने कहा।

"बहुत खूब! क्या बात है! आखिरकार, हमारे दोस्त ने भी अनदेखी और विस्तार महसूस करना शुरू कर दिया है!" तन्मय ने कहा।

"अरे! क्यों न हम हर मंजिल पर जाएँ और अपने संबंधित चक्रों पर ऊर्जा महसूस करें। मुझे इस बात का प्रबल अनुभव है कि प्रत्येक मंजिल की संबंधित चक्र ऊर्जा हमारे अपने चक्रों को संतुलित करेगी, क्या कहते हैं?" अवी ने इतनी ऊर्जा के साथ कहा कि यह गौरी और तन्मय की मुसकान में भी फैल गया।

"चलो मेरे दोस्त!" तन्मय ने कहा और फिर तीनों एक-एक मंजिल पर चले गए। उन्होंने प्रचुर मात्रा में ऊर्जा महसूस की। उन तीनों के लिए यह इतना सुंदर आध्यात्मिक अनुभव था।

"अब मुझे समझ में आया कि यह मंदिर क्यों छिपा हुआ है और बहुत से लोग इसके बारे में नहीं जानते हैं," अवी ने दावा किया।

"क्यों?" तन्मय ने पूछा।

"क्योंकि हर कोई इसके रहस्यवाद को समझने के लिए तैयार नहीं है।"

"बिल्कुल सही, और अब तुम समझ सकते हो कि मुझे यहाँ आने के लिए शिव से यह मार्गदर्शन क्यों मिला, इस तरह हमें सही समय पर जिस चीज की सबसे ज्यादा जरूरत होती है, उसके लिए मदद मिलती है और हम विस्तार करते हैं," गौरी ने शांति की इस भावना के साथ कहा।

खुशी-खुशी वे मंदिर से बाहर निकले और फिर शाम परमार्थ निकेतन की गंगा आरती में बिताई। इतने सुंदर आध्यात्मिक अनुभव के बाद परमार्थ आश्रम में होने वाली गंगा आरती दूसरे स्तर की थी। आश्रम के तट पर गंगा में शिव की मूर्ति और वे पवित्र ज्योतियाँ, मंत्रोच्चार, आरतियाँ, कितना दिव्य था! उनकी आँखों में सचमुच आँसू थे, क्योंकि वे महसूस कर सकते थे कि गंगा माँ का प्यार उनकी ओर बह रहा है और जैसे शिव उनके सिर पर हाथ रखकर उन्हें आशीर्वाद दे रहे हैं। शिव और शक्ति दोनों! इस यात्रा में कुछ अलग था। वे अधिक जागरूक हो रहे थे और जैसे ज्ञान की कुछ पँखुड़ियाँ खुल रही थीं। जैसे वे कुछ आध्यात्मिक उपहारों को खोल रहे थे, जो देय थे और शायद इसलिए ऋषिकेश की यह यात्रा हुई। सबकुछ एक कारण से होता है, अब अवी यह बहुत अच्छी तरह समझ पा रहा था। वे अपने होटल चले गए। होटल में ही रात का खाना खाया, एक-दूसरे के साथ खेले और सूफियों की तरह कुछ भक्ति गीतों पर पागलों की तरह डांस किया। वे अपने जीवन के खूबसूरत समय का अनुभव कर रहे थे। अवी ने कभी अपने सपने में भी नहीं सोचा था, एक आध्यात्मिक स्थान की यात्रा किसी शांत साहसिक कार्य से कम नहीं है और सबसे खूबसूरत बात, उसके आत्मा परिवार, उसके लोगों के साथ।

"अवी! तुम्हारे लिए एक और आध्यात्मिक कार्य," गौरी ने कहा।

"अब क्या ? मैं थक गया हूँ। मेरा तीसरा नेत्र (अजना चक्र) पागलों की तरह घूम रहा है! मानो मैंने 10 बोतलें नीचे उतार ली हों।"

"हा-हा! समझ सकती हूँ। लेकिन देखो, इस अवस्था में तुम बेहतर देख पाओगे मेरे दोस्त," गौरी ने मुसकराते हुए कहा।

"ठीक है। क्या है वह ?"

"मेरी आभा (Aura) देखो!"

"क्या ? मैं तुम्हारी आभा कैसे देख सकता हूँ ?"

"अपनी आँखें बंद करो और मेरे चारों ओर रंग देखो। गहरे देखने की कोशिश करो और तुम क्या देखते हो, बस मुझे बताओ।"

"ठीक है। कोशिश करता हूँ।" मुझे दो रंग दिखाई दे रहे हैं; एक पीला है और दूसरा गुलाबी है।"

"बहुत खूब! इसे और करीब से देखो अवी! तुम इसे बिल्कुल सही देख रहे हो, लेकिन एक और रंग होना चाहिए। इसे गहराई से देखो और यह देखने की कोशिश करो कि पीले रंग में कोई और बनावट है या कुछ और ?"

"ठीक है। उम्म, सफेद रंग भी देख रहा हूँ। दरअसल, मैंने इसे पहले भी देखा था, लेकिन मुझे लगा कि यह एक पगडंडी या बादल की तरह है, जिस पर दूसरे रंग आराम कर रहे हैं। क्या सफेद भी एक रंग के रूप में गिना जाता है ?"

"बिल्कुल, हाँ। तो अब इन रंगों का क्रम क्या है ? जैसे कौन सा रंग मेरे शरीर के सबसे करीब है और फिर इसी तरह।"

"ठीक है, पहले सफेद है, यह काफी विस्तार में है। फिर गुलाबी और फिर पीला।"

"बहुत सही! जैसा है वैसा ही देखा तुमने!"

"और ?"

"हमारी आभा के रंग हमारी वर्तमान स्थिति को दरशाते हैं और न केवल रंग, बल्कि उनकी मोटाई, बनावट सबकुछ मूल रूप से आपकी वर्तमान भावनाओं, मानसिक अस्तित्व और स्थिति के बारे में बात करती हैं। जैसे तुमने सफेद को पहले रंग के रूप में देखा। सफेद का अर्थ है शांति, शांति का रंग। ऐसा तब से महसूस हो रहा है, जब मैंने वहाँ भूतनाथ मंदिर में ध्यान किया था। अब, तुमने जो अगला रंग देखा, वह गुलाबी है। गुलाबी प्यार का प्रतीक है। जब से मुझे गंगा माँ के प्यार का एहसास हुआ तब से सुबह से चारों ओर श्याम का एहसास हो रहा है, सबके लिए ढेर सारा प्यार बरस रहा है। मैं वास्तव में इस समय प्यार में बह रही हूँ, और यह सुंदर है। और हाँ,

भूतनाथ मंदिर में भी मैंने शिव और सती के प्रेम को महसूस किया, जो मैं तुम्हें बताना भूल गई, क्योंकि मैं इतनी समाधि अवस्था में थी। तो कुल मिलाकर, हाँ, इतना प्यार, और गुलाबी रंग उचित है और यह अच्छी तरह से पुष्टि करता है। अब तीसरे रंग पर आते हैं। तुमने इसे पीले रंग के रूप में देखा। यह पीला नहीं, बल्कि सुनहरा है। देखो, जो नई-नई आभा (Aura) को देखना शुरू करते हैं, उन्हें सुनहरा पीला ही नजर आता है, क्योंकि सुनहरा काफी रिफाइंड रंग है और इतनी आसानी से नहीं दिखता। सुनहरे को सुनहरा देखने में समय और विकास लगता है।"

"और सुनहरा क्या दरशाता है?" अवी ने पूछा।

"स्वर्ण का अर्थ है ज्ञान। चूँकि आजकल बहुत कुछ पढ़ रही हूँ और विभिन्न चीजों पर शिव के माध्यम से बहुत मार्गदर्शन प्राप्त कर रही हूँ, जैसा कि तुमने कहा, तुम्हें सुनहरा या पीला दिखाई दिया।"

"वाह, क्या बात है! लेकिन यह कैसे पता चलेगा कि मैं सही देख रहा हूँ या गलत?"

"यदि हम इसे सही देखते हैं तो हमारा दिल बहेगा, मेरा मतलब है कि मुझे पता है कि मैं सही तरीके से देख रहा हूँ, और यह दिमाग की कल्पना या कुछ और नहीं है। हृदय प्रवाह हरे झंडे की तरह है और मैं बहुत खुश हूँ कि तुम आभा को इस तरह देख पाए। आमतौर पर लोगों को आभामंडल की एक छटा देखने में महीनों का समय लगता है। लेकिन तुमने क्या सही देखा!"

"हाँ-हाँ! हो सकता है कि उस घंटी के कंपन के कारण मेरे सारे चक्र खुल गए हों," वह हँसा। "तन्मय से भी पूछो कि देखे, सिर्फ मैं ही क्यों?"

तन्मय ने चहकते हुए कहा, "मैं बचपन से यह सब देख रहा हूँ, मैं इसमें माहिर हूँ।"

"तन्मय, अपने घमंडी अहंकार को वश में करो।" "मैं?" गौरी ने सख्ती से कहा।

"क्षमा करें गुरु माँ!" तन्मय ने अपनी गलती का एहसास करते हुए कहा।

"अब तुम लोग अपने कमरे में जाओ, मुझे अच्छी तरह से सोने दो। हमें कल भी बहुत कुछ करना है। शुभ रात्रि, मेरा भेड़िया झुंड (Wolf Pack)।"

"Owwwwww!" दोनों ने मिलकर भेड़िए की आवाज निकाली और रास्ते भर हँसते हुए गुडनाइट बोला।

अगली सुबह, वे नाश्ता करने के बाद गोवा बीच पर गए। गोवा बीच लक्ष्मण झूले के पास गंगा नदी के तट पर एक छोटा तट है। अपनी सफेद रेत के कारण यह गोवा के समुद्र तटों जैसा दिखता है और अकसर इसी नाम से पुकारा जाता है। डुबकी लगाने और

धूप सेंकने के लिए यह एक पसंदीदा जगह है। यहाँ काफी संख्या में पर्यटक पिकनिक मनाने आते हैं। इलाका बहुत खूबसूरत है, गंगा से आने वाली हवा चेहरे पर बहुत ठंडक महसूस कराती है। वहाँ का पूरा नजारा, गंगा नदी, सफेद रेत, पहाड़, मौसम, ये सब इसे एक खूबसूरत जगह बना देते हैं।

गौरी, अवी और तन्मय ने वहाँ कुछ समय बिताया। ध्यान किया और समुद्र तट पर लंबी सैर की। सुबह की ऊर्जाएँ साफ, सराबोर करने वाली और सुंदर थीं। वहाँ से वे लक्ष्मण झूला और गोवा बीच, दोनों ही के नजदीक स्वर्गाश्रम के बाजार गए। उन्होंने वहाँ बहुत सारी खरीदारी की, कुछ योग टी शर्ट, योगा मैट, छोटे सामान, जैसे—टोट बैग, हार, कान की बाली, रुद्राक्ष माला तथा अपने परिवार और दोस्तों के लिए कुछ अन्य स्मृति चिह्न। बाजार में घूमना और खरीदारी करना, अवी को देहरादून के पलटन बाजार में तारा के साथ खरीदारी की याद दिलाता है। उसने एक दुकान में मोर का जोड़ा देखा। उसके मन में क्या आया, प्रभु जाने, लेकिन उसने मोरों का वह जोड़ा उठा लिया, शायद तारा की याद में। दोपहर के समय, उन्होंने वृंदावन के लिए अपनी यात्रा शुरू की, जो वहाँ से लगभग 7 घंटे की ड्राइव पर थी। वृंदावन पहुँचने के लिए उन्हें उस रास्ते पर वापस आना पड़ा, जिस पर वे कल गए थे, क्योंकि वृंदावन पहुँचने के लिए उन्हें वैसे भी दिल्ली से गुजरना पड़ा था।

वृंदावन ब्रजभूमि के प्रमुख स्थानों में से एक है, क्योंकि भगवान् कृष्ण ने अपने बचपन के अधिकांश दिन अपनी दिव्य सहचरी राधाजी के साथ वहीं बिताए थे। यह मथुरा जिले में स्थित है और कृष्ण भक्तों के लिए सबसे पवित्र स्थान है। उन्हें यहाँ मुख्य रूप से दो मंदिरों राधावल्लभ मंदिर और श्री बाँके बिहारी मंदिर के दर्शन करने थे।

वे शाम तक वृंदावन पहुँचे। वृंदावन के बाहरी इलाके में प्रवेश करते ही गौरी जैसे सुध-बुध खो गई। उसके भीतर का बच्चा जैसे बाहर आ गया था और वह झूम रही थी। उसकी आँखों में आँसू थे, जैसे कोई लंबी कठिन यात्रा के बाद अपने घर वापस आया हो। उसकी आँखों से साफ लग रहा था कि वह यहीं की है। उसने कुछ सफेद पक्षियों की ओर इशारा किया, जो उनकी कार का पीछा कर रहे थे, जैसे देखो, 'वे हमारे दिव्य देवदूत हैं। वे यहाँ हमारा स्वागत कर रहे हैं।'

इस जगह ने गौरी के अंदर के जैसे तार छेड़ दिए। इसलिए किसी भी चीज से ज्यादा वृंदावन जाने के लिए वो एक बच्चे की तरह उत्साहित थी। मंदिरों के रास्ते में, वह वृंदावन की सड़कों पर नाच रही थी और बह रही थी, जैसे कान्हा के नाम पर मीरा झूमती है। वह एक किशोर लड़की की तरह चूड़ियाँ और झुमके खरीदने लगी, जैसे वह अपने इष्ट के लिए खुद को सजाना चाहती हो। वह गीत गा रही थी, झूम रही थी, नृत्य मुद्राएँ

कर रही थी, जैसे अपने आप को गले लगा रही थी और प्रेम और भक्ति संयुक्त रूप से बह रही थी। उसके चारों ओर सबकुछ फीका-सा था, उसे कोई होश नहीं था। वह अपने प्रेमी के लिए प्यार में एक गोपी की तरह महसूस कर रही थी। अवी उसे इस तरह देखकर हैरान था, सदा संगठित गौरी! उसने कभी उसके इस रूप की स्वप्न में भी कल्पना नहीं की थी। वह अपने आप से पूछ रहा था और आश्चर्य कर रहा था, जब अचानक उसने अपनी आत्मा की आवाज सुनी।

'क्या भक्ति और प्रेम में भी कोई अंतर है? लैला-मजनूँ, रूमी-शम्स और मीरा-घनश्याम या कृष्णा के प्यार में क्या अंतर है। भक्ति, सूफियाना या प्रेम, इन सभी का अर्थ या प्रतीक प्रवाह है, बहाव है। केवल अपने आप को किसी व्यक्ति, आत्मा या देवता के प्रति पूरी तरह से समर्पित करना। यह पूर्ण समर्पण जैसा है, कोई शर्त नहीं, कोई आकलन या परख नहीं, कोई मत नहीं, कुछ नहीं। केवल प्रेम या भक्ति की धुन पर नाचना!'

इसके बाद वे अपने होटल पहुँचे, जहाँ एक खूबसूरत बगीचा था, गौरी उस ओर दौड़ी तथा अवी और तन्मय को उसके साथ चिकली करने के लिए कहा। उसका प्यार, उसकी भक्ति, उसका पागलपन और अब यह चिकली डांस देखकर अचानक तारा अवी की आँखों के सामने आ गई और वह भावुक हो गया। उनकी आँखों से आँसू गिरने लगे। तन्मय ने उसे पीछे से थपथपाया और उसने खुद को शांत किया, जब वे अपने कमरे की ओर जा रहे थे।

"यह क्या जगह है तन्मय, मैं अपने दिल से बहुत अभिभूत और भावुक महसूस कर रहा हूँ। यहाँ का माहौल ऋषिकेश से काफी अलग है। वहाँ ऐसा था, जैसे मेरी रुकावटें बाहर जा रही हैं, संतुलन आ रहा है, जागरूकता शुद्ध हो रही है, आत्मिक स्तर पर बहुत शांति महसूस हो रही है, जबकि यहाँ दिल और आत्मा से प्यार का सागर बहने लगा, जैसे कोई आया और मेरी आत्मा को छू गया। मानो अपने असली घर में हूँ!" अवी भावुक हो गया।

"अरे, गौरी सही कहती है, तुम्हारी आत्मा बहुत प्यारी है अवी, तुम खुद नहीं जानते।" अवी की यह हालत देखकर तन्मय हैरान रह गया।

उन्होंने वहाँ होटल में विश्राम किया और रात के खाने के बाद, जैसा कि उसने वादा किया था, वह उन्हें तारा के बारे में बताने लगा।

"मैं तुम्हें तारा के बारे में कैसे बताना शुरू करूँ? मेरी जिंदगी का प्यार! वह प्यार, जिसे मैं अभी भी अपने भीतर महसूस कर सकता हूँ। मैं तारा से तब मिला जब मैं देहरादून में कार्यरत था। एक ट्रिप प्लानर द्वारा मसूरी और चकराता की एक छोटी यात्रा थी और मैं वहाँ अपने एक मित्र के साथ इस यात्रा पर गया था। तीन दिन का ट्रिप

था और वहीं पर मैं उससे मिला और धीरे-धीरे हम करीब आ गए, और जब तक ट्रिप खत्म हुई, हम पूरी तरह से अजनबी से एक-दूसरे की जान का प्यार बन गए। कई बार एक साथ बिताए गए समय की लंबाई ज्यादा मायने नहीं रखती है, लेकिन उन पलों में बिताए गए समय की गुणवत्ता सबसे ज्यादा मायने रखती है। वो दो-तीन दिन मेरी जिंदगी के सबसे खूबसूरत दिन थे। कैसे पृथ्वी पर मुझे कोई और पल इतनी स्पष्ट रूप से याद नहीं है जितना मैं महसूस कर सकता हूँ और उन पलों को याद कर सकता हूँ, जो मैंने उसके साथ साझा किए थे। हमारे बीच का प्यार इतना पवित्र, इतना बिना शर्त, इतना दिव्य था, इसे शब्दों में बयाँ नहीं किया जा सकता। वह केवल बाहर से ही सुंदर नहीं है; वह वास्तव में अंदर से बहुत खूबसूरत है। उनकी आत्मा जैसी, इतनी दयालु और भावुक, लेकिन फिर भी शक्ति माँ की तरह, इतनी दृढ़ भी। एक पल में वह एक बच्चे की तरह व्यवहार करेगी, अभिनय करते हुए पागलों जैसे चेहरे बनाकर रोएगी, और दूसरे ही पल में, वह अपना बौद्धिक पक्ष दिखाना शुरू कर देगी और आपको ज्ञान प्रदान करेगी, जैसा कोई नहीं कर सकता। वह बहुत प्यारी है। मुझे पलटन बाजार में उसके गाल खींचकर बहुत अच्छा लगा था। और वो कहती, दूर रहो, मुझे यह पी.डी.ए. पसंद नहीं है। ही-ही! कितना अच्छा लगता था उसके साथ। मैं पूरी तरह से खो गया था, या यों कहें कि मैंने खुद को पूरी तरह से उसके साथ, उसके आसपास पाया। उसने मुझे मेरे पूर्ण होने का एहसास कराया! मानो मेरे जीवन में पूरी तरह से फिट हो रहा हो। मुझे अभी भी अपने सीने पर उसकी साँसें याद हैं। वह एहसास मैं फिर कभी महसूस नहीं कर सका। हर साँस के साथ और अधिक संतुष्ट होने जैसा था। जैसे कि और कुछ मायने ही नहीं रखता। जैसे मेरी आत्मा उस क्षण पोषित हो रही थी। उसने मुझे प्यार का एहसास कराया!

"जिस तरह से वह मुझे देखती थी, जैसे हवा का झोंका उसकी तरफ से आ रहा हो और मुझसे मिल रहा हो। उसकी निगाहें इतनी सघन थीं, इतनी गहरी थीं, जिनका वर्णन भी नहीं किया जा सकता। उसकी नम आँखें देखकर, उसके लिए मैं कुछ भी कर सकता हूँ। मैं उसके साथ रहने के लिए लाखों मौतें मर सकता हूँ। यहाँ तक कि अगर मुझे उसके साथ बिताने के लिए एक सेकंड भी खरीदना पड़े तो भी मैं कुछ भी करने को तैयार हूँ। उसे चिकली खेलना बहुत पसंद था, वह खेल जिसमें हम हाथ पकड़कर नाचते या कूदते हैं। मैंने अपने जीवन में ऐसा पहले कभी नहीं किया, क्योंकि आप जानते हैं कि मेरा स्वभाव थोड़ा गुमसुम और आरक्षित है। अपने आप में रहना थोड़ा पसंद करता हूँ मैं। लेकिन उसके साथ, यह इतना शुद्ध प्रेम था कि मैं अपने आसपास किसी और के बारे में सोच भी नहीं सकता था। सबकुछ मानो मौजूद नहीं था। सबकुछ और हर कोई जोन आउट हो गया। वहाँ सिर्फ वह और मैं थे।

"मेरे हाथ अभी भी उसके चेहरे की गरमाहट को महसूस कर सकते हैं। मैं अभी भी उस चुंबन को महसूस कर सकता हूँ, जो मैंने उसकी आँखों पर किया था, वे भीगी हुईं और भावुक, लेकिन खुश आँखें। मैं अनवरत धूम्रपान करने वाला (Chain Smoker) था गौरी, हाँ, मैं था। उसने एक बार मुझसे पूछा था कि मैं धूम्रपान क्यों करता हूँ? मेरे पास कोई जवाब नहीं था, लेकिन वह जानती थी कि मैंने इसका इस्तेमाल दमन के लिए किया। उसने मुझे इसे कम करने के लिए कहा था, बल्कि हो सके तो इसे छोड़ दूँ। मैंने उस दिन उससे कहा था कि मैं कम करने की कोशिश करूँगा। और देखो, मैंने इसे छोड़ दिया। मैं अब धूम्रपान नहीं करता। मैंने पहले भी कई बार कोशिश की थी, उन निकोटिन-आधारित च्युइंग गम का भी इस्तेमाल किया, लेकिन कभी नहीं कर सका। पता नहीं क्यों और कैसे, मैं उसके लिए यह करना चाहता था। हालाँकि, मैं इसे इस साल ही छोड़ सका था, खासकर ध्यान शुरू करने के बाद, लेकिन फिर भी। यह सब उसके लिए था। उसके लिए कुछ भी कर सकता हूँ! बस कुछ भी।"

अवी उसकी यादों में कुछ देर के लिए चुप हो गया। गौरी ने उसकी पीठ थपथपाई और अवी फिर शुरू हो गया—

कभी तुमने पेड़ के पत्ते को देखा है?
कैसे हवा चलने से लहराने लगते हैं, झूमने लगते हैं,
बस वह पत्ता मैं हूँ, और वह गुजरती हुई हवा तारा है!

कभी रात में जगमगाते उन सितारों को देखा है,
कैसे चाँदनी के पड़ते ही टिमटिमाने लगते हैं!
बस, वो सितारा मैं हूँ, और वह चाँदनी तारा है!

कभी सितार से निकलते हुए साज को सुना है?
कैसे उँगलियाँ जब उन तारों पर पड़ती हैं और मधुर संगीत लहरिया निकल जाता है,
बस, वह धुन मैं हूँ, और वह सितार तारा है!

क्या तुमने कभी कैनवास पर उकेरी हुई पेंटिंग को देखा है?
कैसे ब्रश और रंग के कुछ स्ट्रोक, और उतर जाती है सजीव कोई मूरत!
बस, वह कैनवास मैं हूँ, और वे रंग तारा हैं!

यह सब सुनकर गौरी की आँखों में आँसू आ गए। उसे अपने इष्ट, श्याम के साथ अपना प्रवाह याद आ गया।

"उसने मुझे यह पेंडेंट दिया था, गौरी! मैं अभी भी इसे हर समय अपने साथ रखता हूँ। इसका शेष आधा भाग उसके साथ है।

"उसे उस रात कुछ स्पष्ट स्वप्न या दृष्टि थी कि हमें कुछ समय के लिए अकेले अपने पथ पर चलने की आवश्यकता है। उसने हमारे लिए आत्मिक साथी (Soul Mates) जैसे कुछ शब्दों का इस्तेमाल किया था और कहा था कि हम साथ रहने के लिए बने हैं, लेकिन अभी नहीं। उसके लिए वह रात एक नसीब की तरह थी, खूबसूरत कल के वादे के साथ, एक ऐसा कल, जो फिर कभी नहीं आया।" अवी भारी गले के साथ शांत हो गया कुछ देर।

"सब उसके बिना सूना था, वीरान था। मेरा एक हिस्सा हमेशा के लिए चला गया। मुझे उसकी बहुत याद आती है। उसके जाने के बाद मैं बहुत सारी लड़कियों से मिला, मित्रता या शादी के लिए, लेकिन कभी किसी से जुड़ नहीं पाया। जीवन का उद्देश्य मानो पूरी तरह से खो गया हो। महीनों तक मैं ठीक से सो नहीं पाया। हर रात मैं अपने लैपटॉप, अपने मोबाइल पर उसकी तस्वीरें खँगालता था। रातें ऐसी होती थीं, जैसे बिस्तर पर लेटा हूँ, छत देख रहा हूँ, और कुछ नहीं कर रहा हूँ। सचमुच, कुछ नहीं गौरी! कभी-कभी आँसू गिर जाते, लेकिन नींद का नामो-निशान नहीं रहता। मैं सुन्न हो जाता था! सिर्फ उसकी यादें भर थीं मेरे पास। मुझे फिर से खड़े होने के लिए बहुत समय लगा। फिर मालविका आई और अब तुम लोग जानते हो कि मैंने उससे क्या और कैसे शादी की। लेकिन इस शादी ने मुझे एक बात समझाई। और वह यह है कि शुद्ध प्रेम का क्या अर्थ है! उस प्रवाह का क्या अर्थ है! वह प्रवाह, वह प्रेम, जिसे मैं मालविका के साथ कभी महसूस नहीं कर सका, क्योंकि वह हमेशा अपनी ओर से अपेक्षा, नियंत्रण, अधिकार रखती थी। देखभाल और सभी को प्यार माना जाता था, न कि इसका सच्चा गुण। तारा का प्यार, मैं उसके साथ कभी महसूस नहीं कर सका, और मुझे पता है, मैं इसे फिर कभी महसूस नहीं कर सकता। गौरी जब तुम आई तब मैं इन सबमें डूबा हुआ था! और धीरे-धीरे, लगातार मैं बेहतर हो रहा हूँ। मैं अभी भी उस प्यार को याद करता हूँ, लेकिन कम-से-कम एक घटक, जो मेरे जीवन में गायब था, आत्म-प्रेम, थोड़ा-थोड़ा करके वापस आ रहा है और अब समझ में आ रहा है कि जब मेरा ही जलाशय नहीं भरा तो मैं दूसरों को पानी कैसे दे पाऊँगा! जब मुझमें ही प्यार, आत्म-प्रेम की कमी है तो मैं इसे दूसरों तक कैसे फैला पाऊँगा! गौरी, तन्मय, इस यात्रा में बिना शर्त तुम दोनों के समर्थन और प्यार के लिए बहुत-बहुत धन्यवाद! अगर तुम लोग न होते तो पता नहीं मैं अपनी

जिंदगी का क्या करता! मुझे नहीं पता कि इस जीवन में मेरे और तारा के लिए क्या है? वह मेरी जिंदगी में वापस आएगी या नहीं? लेकिन एक बात पक्की है, मैं उसे अपने दिल से प्यार करता हूँ। वह जहाँ भी है, जो कुछ भी कर रही है, मुझे लगता है कि मेरा प्यार उस तक पहुँच सकता है।

"मुझे पहले भी प्यार हुआ है, लेकिन यह, मैं इसे फिर से महसूस नहीं कर सकता। कभी-कभी यह अंदर से इतना खाली महसूस होता है, जैसे मैं बस सबकुछ छोड़कर उसकी बाँहों में जाकर लेट जाना चाहता हूँ। बस एक बच्चे की तरह वहीं लेटा रहूँ। उसके हाथ मेरे बालों को सहला रहे हों। उस गरमाहट को फिर से महसूस करना चाहता हूँ। तुम कहाँ हो तारा? मेरे पास आओ! मेरी दोस्त ही बन जाओ अगर साथी नहीं भी बन सको तो, अगर समाज या तुम्हारा परिवार तुम्हें मेरा नहीं होने के लिए बाध्य करता है। मुझे खुशी होगी अगर तुम बस आसपास रहोगी। मेरे साथ किसी भी रिश्ते में आओ, लेकिन कृपया यहाँ मेरे साथ रहो! मुझे हमारे रिश्ते पर किसी लेबल की जरूरत नहीं है। ज्यादा नहीं तो बस दोस्त बनकर आओ। लेकिन बस मेरे पास आओ। तुम्हें आसपास देखकर ही मुझे खुशी मिल जाएगी। जब तुम दुःखी होगी तो तुम्हें खुश करूँगा। जरूरत पड़ने पर तुम्हारा हाथ थाम लूँगा। जब चीजें तुम्हें नीचे गिराने लगेंगी तो तुम्हें गले से लगा लूँगा। तुम्हें हँसाने के लिए बेवकूफी भरी हरकतें करूँगा। तुम्हारे साथ चिकली खेलूँगा। तुम्हारी सारी बक-बक सुनूँगा और हाँ, तुम बहुत बक-बक करती हो, लेकिन मैं यह सब सुनना चाहता हूँ। मैं तुम्हारी बातों से कभी नहीं ऊबूँगा। मैं तुम्हें देखकर कभी नहीं थकूँगा। मैं तुम्हारे बिना नहीं रह सकता; तुम जानती हो न? हे दिव्य प्राणियो! यह विशाल ब्रह्मांड, पूरा ब्रह्मांड! कृपया उसे मेरे पास वापस आने दो। कृपा करके!" और अवी सिसकने लगा।

"आह!" गौरी ने अवी को गले से लगा लिया और उसकी आँखों में आँसू आ गए। वह अवी को ठीक ऐसे ही नहीं छोड़ सकती थी, जैसे एक माँ अपने रोते हुए बच्चे को सांत्वना दे रही हो। कुछ देर बाद दोनों ठीक हो गए और एक-दूसरे को देखकर मुसकरा दिए। कौन किसको धन्यवाद दे रहा था, यह एक सच्चा रहस्य था।

गौरी ने कहा, "आत्मिक साथी (Soul Mates) या जुड़वाँ आत्मा (Twin Flames) का वह जिक्र कर रही होगी।"

"तो कर्म-बंधन, आत्मिक साथी और जुड़वाँ आत्मा में क्या अंतर है?" अवी ने थोड़ा शांत होकर पूछा।

"मान लो कि आत्मा 'क' को आत्मा 'ख' के साथ एक अनुभव था और पिछले जन्म से कुछ बचा हुआ है। इसे बाद के जन्मों तक ले जाया जाएगा, चाहे वह दूसरा

जन्म हो या कोई भी बाद का जन्म, उस समय तक जब तक यह पूरी तरह से नष्ट नहीं हो जाता है। यदि हम समय रहते इसका समाधान नहीं करते हैं तो यह बाद के जन्मों तक जारी रहता है। यह 'बंधन' एक गोलाकार बंधन बनाता है, जहाँ हम इन कर्मों को निपटाने के लिए अलग-अलग जन्मों में इन आत्माओं के साथ आते रहते हैं (यात्रा करते हैं), लेकिन हमारे अवरोधों, बंद दृष्टि के कारण, जो हमारे अनुभवों के कारण समय के साथ होता है, हमें यह नहीं मिलता है पूर्ण। जब तक यह सामान (Baggage) खाली नहीं हो जाता, तब तक आत्मा जन्मों एवं पुनर्जन्मों के अंतहीन दौर में प्रवेश करती है और एक समय जब आत्मा उस परिपक्वता तक पहुँचती है और सभी बुरे कार्यों को अच्छे कार्यों के साथ समाप्त कर देती है, आत्मा सांसारिक/सांसारिक आसक्तियों और 'बंधन' से मुक्त हो जाती है और अपनी अंतिम यात्रा के लिए तैयार हो जाती है, जहाँ उसे बनाया गया था या कोई अन्य स्थान, उसके कार्यों के आधार पर, उसके निर्माण स्थान से ऊपर या नीचे। इन क्रियाओं को 'कर्म' कहा जाता है। चूँकि आत्मिक साथी कम होते हैं, इसलिए हम ज्यादातर चीजों का अनुभव कार्मिक भागीदारों के साथ करते हैं। अलग-अलग जन्मों के इन सबसे हम चीजें सीखते हैं और आगे बढ़ते हैं। मालविका के साथ, ऐसा लगता है कि तुम्हारा एक समान कर्म संबंध है, जबकि तारा के साथ या तो आत्मिक साथी का है या फिर जुड़वाँ लौ अथवा आत्मा।"

"जुड़वाँ लौ अथवा आत्मा क्या है?" अवी ने पूछा।

"एक जुड़वाँ लौ एक रिश्ते का शुद्ध रूप है। इंटरनेट पर चारों ओर बहुत सारी परिभाषाओं और अर्थों के साथ, मूल रूप से हम कह सकते हैं कि यह एक आत्मा है, जो दो शरीरों में रहती है, जैसे प्रत्येक में आधा। वे एक-दूसरे के लिए दर्पण हैं, गहरी समझ के साथ, एक-दूसरे पर प्रभाव के साथ-साथ गहरी असहमतियों के साथ। वे एक-दूसरे को ठीक कर सकते हैं, वे एक-दूसरे को समझ सकते हैं, लेकिन चूँकि वे एक ही आत्मा हैं, इसलिए उनमें दूसरों की तुलना में अकसर झगड़े या अलगाव हो सकते हैं। वे आपके सच्चे स्व को प्रकट करते हैं, यदि आपकी अच्छी चीजें हैं तो आपके सबसे गहरे गुण भी।

"जैसे-जैसे चेतना बढ़ रही है, जुड़वाँ लौ अब पहले से कहीं अधिक एकजुट हो रही हैं। अधिकतर, हाल ही में जुड़वाँ लौ के रहस्योद्घाटन में यह देखा गया है कि जुड़वाँ लपटों में से एक जागरूक है, उसने चेतना बढ़ा दी है, दूसरा काफी हद तक अवरुद्ध या डूब गया है या संघर्ष कर रहा है। यह जागा हुआ, फिर दूसरे आधे को उठने या जगाने में मदद करता है और फिर वे दोनों खुद को व्यक्तिगत रूप से भी एक साथ उठाते हैं और आध्यात्मिकता को एक साथ फैलाते हैं। वे एक साथ मानवता की सेवा करते हैं, यात्रा के माध्यम से, उपचार के माध्यम से जैसे शमन (Shamans)

करते हैं, जागरूकता पैदा करने के लिए आध्यात्मिकता के बारे में लिखते हैं या किसी आध्यात्मिक केंद्र के माध्यम से, अपनी दृष्टि के अनुसार आध्यात्मिकता के किसी अन्य संप्रदाय का निर्माण करते हैं, और अन्य समान चीजें करते हैं, खुशी, प्रेम और करुणा फैलाते हैं, मानवजाति के लिए आध्यात्मिकता। यह रिश्ता सिर्फ उनके लिए नहीं, बल्कि बड़े पैमाने पर मानवजाति के लिए है। जब ये दोनों चढ़ते हैं तो वे इस दुनिया को एक बेहतर जगह बनाते हैं। जरूरी नहीं कि वे पति-पत्नी हों, लेकिन उनका प्यार, उनका जुड़ाव, उनका बंधन, उनकी एकता सबसे गहरे स्तर पर संभव है, क्योंकि वे उस प्यार का अनुभव करते हैं, जो केवल आत्मा को सराबोर करता है। यह लगभग एक दिव्य मिलन जैसा है। जब वे वास्तविक रूप में मिलते हैं तो उनकी ऊर्जा जादू पैदा करती है। तारा के साथ, मुझे लगता है कि आपके पास एक जुड़वाँ लौ का रिश्ता है या एक आत्मा दोस्त है, अब तुम्हें मेरे दोस्त, यह पता लगाने की जरूरत है।"

"ठीक है। समझ गया। धन्यवाद तन्मय और गौरी! वैसे तुम दोनों की जुड़वाँ लौ, गौरी और तन्मय, कौन हैं?" अवी उनके बारे में भी जानने को उत्सुक था।

"मैं अभी भी अपना ढूँढ़ रहा हूँ, मुझे लगा कि मैंने उसे ढूँढ़ लिया, लेकिन··· देखते हैं···" तन्मय की आवाज में थोड़ी निराशा थी जिसे अवी समझ गया।

"मेरा, जैसा मैंने तुमसे कहा था, श्याम है," गौरी मुसकरा रही थी।

"लेकिन वह एक भगवान् है, है न?" अवी चौंक गया।

"मेरा दिव्य स्वरूप एक गोपी है, तो हाँ, यह संभव है। आत्मा के स्तर पर भी मैं उनसे जो प्यार महसूस करती हूँ, वह किसी भी मानवीय प्रेम से मेल नहीं खा सकता है, जिसे मैंने अब तक महसूस किया है। मैं इसे व्यक्त भी नहीं कर सकती। कोई भी शब्द उस भावना का वर्णन नहीं कर सकता।" उसकी आवाज काँप रही थी। अवी और तन्मय ने उसे कभी इस तरह नहीं देखा, शांत स्वभाव वाली गौरी अचानक एक ही समय में विरह और प्रेम की इतनी सारी भावनाओं से भर गई।

"तुम एक जोगन की तरह बात कर रही हो, मीरा की तरह, क्या तुम उनकी शारीरिक उपस्थिति की कमी महसूस करती हो, जैसे उन्हें छूने की चाह, मानवीय स्तर पर गले लगाने का मन?" अवी ने पूछा।

"मैं कभी-कभी महसूस करती हूँ उनकी कमी, मैं इनकार नहीं करूँगी। मैं इस मानव जीवन को सभी भावनाओं को महसूस करने के उपहार के साथ अनुभव कर रही हूँ। यह विरह कभी-कभी उन्हें देखने और वास्तव में उनसे मिलने के लिए इतना मजबूत होता है। फिर मैं अपनी आँखें बंद करती हूँ और उन्हें अपने दिल में महसूस करती हूँ, मेरे पास, मेरे अंदर, मेरे चारों ओर और अवी, ऐसा लगता है कि वे कभी दूर नहीं थे। उनकी

आत्मा और मेरी आत्मा अभी नीली दुनिया में उनकी बाँसुरी की धुन पर नाच रही हैं। वह दुनिया सिर्फ ऊपर कहीं नहीं, बल्कि मेरे अंदर भी है। स्थान, दूरी, भौतिक उपस्थिति सब केवल माया-प्रेरित भ्रम हैं, लेकिन वास्तविकता यह है कि सच्चा-शुद्ध प्रेम कभी भी इनमें से किसी पर निर्भर नहीं होता है। यदि आप उस दिव्य प्रेम को अपने भीतर बहने देने के लिए पर्याप्त रूप से जाग्रत् हैं तो वह इतने निकट प्रतीत होता है। तुम्हें पता है, एक बार मैं उनके वियोग में खूब रोई थी, तब उन्होंने कहा था कि मैं तुमसे कभी दूर नहीं था, यह तुम हो जो मुझे अपने मन की बनाई दीवारों और परदों के कारण नहीं देख सकी। मैं हमेशा यहाँ तुम्हारी प्रतीक्षा कर रहा हूँ कि तुम मुझे कब देखोगी और मेरे पास आओगी। न केवल एक भक्त अपने इष्ट के साथ के लिए तड़पता है, बल्कि इष्ट भी, कृपया मेरे पास जल्दी आओ मेरी प्रिय! अपनी चेतना को जगाओ और शुद्ध करो कि तुम आनंदमय कोश में गहराई तक जाओ, जहाँ तुम्हारी आत्मा है और वहाँ तुम मुझे अपनी प्रतीक्षा करते हुए पाओगे। उनके प्रेम को महसूस करना और उनमें लीन हो जाना ही मेरा मोक्ष है," उसने लगभग फूट-फूटकर कहा।

इस बार उसे सांत्वना देने की बारी अवी और तन्मय की थी।

गौरी ने आगे कहा, "श्याम मेरे लिए हमेशा प्यार का स्रोत रहे हैं। जब भी मैंने अपने जीवन में निराश महसूस किया, उन्होंने किसी-न-किसी तरह से मुझे अपने जीवन में कभी भी प्यार कम महसूस नहीं होने दिया। दरअसल, उनकी मौजूदगी के साथ-साथ मेरे अंदर भी उनकी उपस्थिति के कारण, मैंने अपने जीवन में कभी किसी इनसान का प्यार नहीं चाहा। यह एक कारण है कि मैंने अपने जीवन में कभी कोई रिश्ता नहीं बनाया, क्योंकि मेरे अंदर कभी यह खालीपन नहीं था। यह भी एक कारण है कि मेरे बहुत से मित्र या संबंधी नहीं हैं, साधारण कारण के लिए कि मैं इस दिव्य प्रेम को अपने हृदय के भीतर कभी भी प्रवाहित कर सकती हूँ, जो मेरी आत्मा को पानी के छींटे की तरह सराबोर कर देता है और सबकुछ शुद्ध कर देता है।"

अगले दिन सुबह वे सबसे पहले बाँके बिहारी मंदिर गए। मूल रूप से 'कुंज बिहारी' नाम के बाँके बिहारी को राधाजी और कृष्णजी का मिला हुआ रूप माना जाता है। किंवदंतियों के अनुसार, मंदिर की स्थापना स्वामी हरिदास ने की थी, जो प्रसिद्ध गायक तानसेन के गुरु थे और उन्हें द्वापर युग की 'ललिता सखी' माना जाता है। स्वामी हरिदासजी ने अपने अनुयायियों के अनुरोध पर राधा-कृष्ण या श्यामा-श्याम की प्रशंसा में एक गीत गाया था। उनकी भक्ति को देखकर श्यामा-श्याम ने उन्हें और अनुयायियों को दर्शन (रूप) दिया था। स्वामी हरिदासजी ने उनसे अपने विलीन रूप में उन्हें दर्शन देने का अनुरोध किया और इस तरह कुंज बिहारी या बाँके बिहारी मूर्ति निधि वन में

प्रकट हुई, जिसे बाद में बाँके बिहारी मंदिर में स्थानांतरित कर दिया गया। इसे उस समय की मूल मूर्ति माना जाता है। ललिता सखी राधाजी की प्रधान सखी (मित्र) या गोपी हैं। आमतौर पर मंदिर में अत्यधिक भीड़ रहती है और उचित दर्शन करना बहुत मुश्किल होता है। लेकिन किसी तरह वे इतनी खूबसूरती से दर्शन कर पाए। कहा जाता है कि भक्त अपने देवता के बिना अधूरा है और देवता अपने भक्तों के बिना अधूरे हैं। जैसे भक्त अपने इष्ट प्रभु के 'दर्शन' करना चाहता है, वैसे ही देवता अपने सच्चे भक्त की उस शुद्ध भक्ति को देखना और महसूस करना चाहते हैं। पूरे समय गौरी की आँखों में आँसू थे। उसने यह भी उल्लेख किया था कि वह द्वापर युग में स्वयं एक गोपी थी। शायद वह उस प्रेम में बह रही थी और अवश्य ही किसी लीला में होगी। अवी और तन्मय जानते थे कि आज उनके कंधों पर एक बड़ा काम है। यात्रा की व्यवस्था करना नहीं, बल्कि गौरी को सँभालने के लिए, जो यहाँ वृंदावन में आकर पागल हो रही थी, बृजभूमि, उसका असली निवास स्थान।

जैसे ही उन्होंने राधावल्लभ मंदिर में प्रवेश किया, जो कि बाँके बिहारी मंदिर के पास में है, उन्होंने दर्शन किए और कुछ देर वहीं बैठे रहे। राधावल्लभ मंदिर खूबसूरती से बनाया गया है और वहाँ ऊर्जा इतनी पवित्र है कि कोई भी सच्चा भक्त प्यार के प्रवाह में खुद को वहाँ खो देगा। ऐसा माना जाता है कि राधावल्लभजी की मूर्ति मानव निर्मित नहीं है, बल्कि स्वयं भगवान् शिव ने उनकी भक्ति देखकर एक भक्त को दी थी। इस मंदिर में गौरी झूम रही थी। वह पूरी तरह से खोई हुई थी, जैसे कि उसका दिव्य स्वरूप उसमें विलीन हो गया हो और अवी, उसे नम आँखों से देखने के अलावा और कुछ नहीं कर सकता था। अचानक अवी की आँखों में आँसू आ गए, क्योंकि वह गौरी को देख रहा था, जो हर स्तर पर सिर्फ शारीरिक रूप से यहाँ थी, लेकिन बाकी जैसे कहीं और।

"अवी? क्या सब ठीक है?" तन्मय ने पूछा।

"क्या हुआ अवी?" यह सब सुनकर गौरी ने अचानक अपनी आँखें खोलीं। "मैं तुम्हारी आत्मा से अपने लिए एक बहुत ही शुद्ध प्रेम महसूस कर रही हूँ। मैंने पहले भी ऐसा महसूस किया है, लेकिन कभी कुछ नहीं कहा। क्या हुआ?" गौरी ने जोर देकर पूछा।

"मैं ठीक हूँ गौरी, लेकिन मैं भावनाओं के इस अचानक विस्फोट से बहुत अभिभूत महसूस कर रहा हूँ," उसकी आवाज फटी जा रही थी।

"क्या भावनाएँ हैं अवी?" उसने चिंता से पूछा।

"तुम्हारे साथ जो हुआ, हमारी चर्चाएँ, यह यात्रा, उस दिन जब तुम दोनों थे और उपचार के माध्यम से मेरी आत्मा को छुआ, मेरे दिल में कुछ खुल-सा गया, कुछ परत।

तुमने मेरे साथ कुछ किया, जो मेरी आत्मा ही जानती है।"

"ओ अवी! हाँ, मैंने तुम्हारी आत्मा को तुम्हारे दिव्य स्वरूप में देखा और उसे गले लगा लिया। मुझमें इतना प्यार उमड़ रहा था, जैसे एक माँ अपने बच्चे के लिए महसूस करती है, मैं अपने आप को रोक नहीं पाई। मुझे लगता है कि मेरे पास लोगों की आत्मा को छूने का यह उपहार है।"

"बेशक, क्योंकि तुम्हारा मूल प्रेम और भक्ति का है, तुम्हारा दिल बहुत शुद्ध है गौरी!" भावुक अवी ने कहा।

"क्या हुआ अवी? मुझे लगता है कि तुम कुछ साझा करना चाहते हो। संकोच मत करो, मुझे बताओ।"

"गौरी! मेरे पास तुम्हारे लिए एक अटूट भक्ति और समर्पण है। मैं वास्तव में नहीं जानता कि क्यों और कैसे? लेकिन मैं जैसे बस तुम्हारी बात सुनता रहूँ, जैसे एक भक्त अपने 'इष्ट' या देवता को सुनता है। मैं कभी-कभी तुम्हारे सामने सुन्न हो जाता हूँ जैसे मुझे क्या कहना चाहिए, इस तरह के भाव मेरे दिल के अंदर फूटते रहते हैं, जो मैंने कभी किसी के लिए महसूस नहीं किए। मैं तुम्हें देखता हूँ और महसूस करता हूँ कि मुझे तुम्हें फूल या कुछ और चढ़ाना चाहिए और किसी ऊँचे मंच पर बैठाना चाहिए, मेरे बगल में बिल्कुल नहीं, क्योंकि तुम मेरे बगल में नहीं, बल्कि कहीं ऊपर बैठ सकती हो। यह नहीं कह रहा कि मैं इसे हर समय महसूस करता हूँ, लेकिन जब भी मैं इसे महसूस करता हूँ तो मैं इसे बहुत मजबूती से महसूस करता हूँ। तुम्हारे पैरों को दबाने के लिए, तुम्हारी 'सेवा' करने के लिए, एक सच्चे भक्त की तरह, जो कुछ भी तुम कहो, बिना पूछे, बिना सवाल किए, बस करता रहूँ। तुम्हें किसी झूले में बिठाने के लिए जैसे भगवान् विष्णुजी 'शेषनाग' सर्प पर लेटे हैं और तुम्हें उस झूले में अपने हाथों से धीरे-धीरे झुलाता रहूँ, ताकि तुम परम आनंद में शांति से सो सको, जैसे माता यशोदा करती हैं कान्हाजी के साथ, तब तुम्हें कोई परेशान न करे। तुम्हारे लिए छोटी-छोटी चीजें करूँ, और तुम्हारे रास्ते से किसी भी तरह की असुविधा को आने से रोक दूँ या मोड़ दूँ। मैंने तुम्हें कई बार एक ऊँचे मंच पर बैठे देखा है, जहाँ तुम लोगों को ज्ञान दे रही हो और मैं सारी व्यवस्था कर रहा हूँ। वह जगह इस बृजभूमि में कहीं दिखती है, वृंदावन हो सकती है। एक बड़ी भूमि, जहाँ तुम अध्यात्म सिखा रही हो और मैं वहाँ मुख्य कार्यवाहक की तरह हूँ। पूरे समय बस तुम्हें सुनता रहा और न जाने कितने भावों में बहता रहा! जब तुम वो भाषण दे रही हो तो मैंने महसूस किया है कि मेरे आँसू छलक रहे हैं। तुम्हें किसी देवी के रूप में महसूस किया है, जिनकी मैं पूरी सेवा कर रहा हूँ, जैसे—गहनों से अलंकृत करना, फूलों और अन्य प्राकृतिक सुगंधों से सजाना, दैनिक व्यवस्था करना, तुम्हारा स्नान,

वस्त्र, प्रार्थना, भोजन, तुम्हारी छोटी-से-छोटी चीज जिसकी तुम्हें जरूरत है, उसका प्रबंध करना। मानो ऐसा करना ही मेरे जीवन का सबसे बड़ा उद्देश्य है, साध है।" अवी ने यह कहा और रोने लगा।

"ओह अवी! यहाँ आओ, मैं तुम्हें गले लगाती हूँ। यह सबसे प्यारी बात थी, जो कोई भी मुझसे कह सकता था। मुझे बहुत गर्व है कि मुझे ऐसा भक्त मिला।" गौरी ने नम आँखों से हँसते हुए, छेड़ते हुए कहा।

"हम सब बराबर हैं अवी, न कोई ऊपर है, न कोई नीचे। लेकिन मैं तुम्हारे मधुर हाव-भाव को स्वीकार करती हूँ। यह इतना अभिभूत कर देने वाला है कि इस समय मेरा दिल तुम्हारे लिए बहुत बह रहा है। ईश्वर तुमको अपने बेहद चुनिंदा आशीर्वादों से नवाजे और तुमने मेरे गोपी रूप में मुझे देखा होगा। मुझे लगता है कि तुम मेरी सखी या सहचरी में से एक हो," गौरी ने कहा और एक हँसी के साथ समाप्त किया।

"मैं खुशी-खुशी तुम्हारी सखी या सहचरी, जो भी हो बनना पसंद करूँगा गौरी! यह विचार ही मुझे आनंद से भर देता है। जैसे कोई कृपा ऊपर वाले की हो मुझ पर इसमें निहित।" अवी ने एक भावपूर्ण मुसकान के साथ कहा।

"चलो, अब बाहर चलकर चाट खाते हैं और लस्सी पीते हैं। यह बाँके बिहारीजी की गली में है। वहाँ की चाट और लस्सी का आनंद ही कुछ और है। और तन्मय, क्योंकि तुम खाने के शौकीन हो तो आज तुम वाकई दुकानदार की तकदीर बनाने वाले हो, क्योंकि तुम खुद को रोक नहीं पाओगे।"

"मैं इतना नहीं खाता!" तन्मय ने चिढ़ते हुए, मस्ती भरे लहज़े में कहा।

"हाँ-हाँ, सब पता है हमें।"

इन सबके बाद वो लोग निधिवन गए। यह राधा-कृष्ण का सबसे प्रमुख स्थान है, क्योंकि ऐसा माना जाता है कि राधा-कृष्ण अपनी गोपियों-सखियों के साथ आज भी रात में यहाँ 'रासलीला' करते हैं। किसी भी व्यक्ति को वहाँ रात में रुकने की अनुमति नहीं है। यह तुलसी के पेड़ों का जंगल है और आमतौर पर यह माना जाता है कि ये पौधे गोपी या सखी ही हैं और वे रासलीला के लिए रात में खुद को बदल लेते हैं। हर तुलसी का पौधा यहाँ जोड़े में पाया जाता है, जो श्यामा-श्याम या राधा-कृष्ण का प्रतीक है। यहाँ गौरी काफी भाव-विभोर थीं। वह परिसर में ऐसे दौड़ रही थी, जैसे वह उस जगह को पहले से जानती हो। उसके पास एक दिव्य मुसकान के साथ-साथ आँसू थे, ऐसे कि शायद ही किसी इनसान के पास ऐसे भाव हों। अवी और तन्मय को ऐसा लगा, मानो आज वह उसके गोपी रूप में पूर्ण रूप से विलीन हो गई हो। गौरी जैसे ही वहाँ नाचने लगी, अवी ने गाना गुनगुनाना शुरू कर दिया, "मैं प्रेम दीवानी हूँ, तू प्रेम दीवाना है।"

वे दोनों गौरी के लिए खुश थे, उनकी सखी।

इसके बाद वे वापस दिल्ली और फिर अपने-अपने स्थान पर चलने को हुए। यह उन तीनों के लिए एक भावनात्मक समय था। वे महसूस कर रहे थे और बात कर रहे थे कि कितना अच्छा होगा, अगर वे एक साथ इस तरह अपना जीवन व्यतीत कर सकें। जहाँ कोई धारणा नहीं है, कोई राय नहीं है, बहुत सारी मस्ती और मजाक है, वहाँ हमेशा एक व्यक्ति दूसरों का खयाल रखता है, जहाँ उनके बीच इतनी समझ है। लाख कोशिश करने पर भी आँसू नहीं रुक रहे थे। लेकिन उन्हें अपने स्थानों के लिए आगे बढ़ना पड़ा।

इन चर्चाओं, इस यात्रा और मिस्टर पर्पल के साथ जो कुछ हुआ, उसके बाद अवी अब और अधिक केंद्रित प्रयासों के साथ खुद पर काम कर रहा था। तीनों फिर से अपने शहरों में वापस आ गए थे। उसने थोड़ा स्टैंड लेना शुरू किया, अधिक पढ़ना शुरू किया, सहयोगियों के साथ आध्यात्मिक विचार-विमर्श करना शुरू किया, कुछ स्थानों की यात्रा करते हुए उसे दर्शन मिलते थे, उन स्थानों की ऊर्जा को महसूस करता था, जो उसे बढ़ावा देते थे या उसके विकास के लिए एक आरोहण करते थे। तन्मय और गौरी भी अपनी आध्यात्मिक यात्रा पर काम कर रहे थे। भीतर की शक्ति और ताकत दूसरे स्तर पर थी। वे ऑनलाइन बैठकों के माध्यम से एक साथ ध्यान भी करते थे और कई आध्यात्मिक कार्य एक साथ करते थे, क्योंकि उन्हें समय-समय पर दर्शन मिलते थे। अपनी स्वयं की यात्रा के साथ-साथ उन्होंने भटकती आत्माओं को पार करने में मदद की, लोगों को शारीरिक, भावनात्मक या मानसिक रूप से अच्छा किया और पढ़ा, दिव्य ज्ञान और जागरूकता का प्रसार किया। तीनों ने कभी-कभी दिव्य प्रेम को प्रसारित करके पूरे ब्रह्मांड में प्रेम फैलाया और इसलिए वे पृथ्वी की सामूहिक चेतना को बढ़ाने में अधिक-से-अधिक अभिन्न अंग बन रहे थे, लेकिन उन्हें कम ही पता था कि यह उनकी आध्यात्मिक यात्रा का पहला कदम था।

□

सुरंग

ब्रह्मांड ने जो योजना भेजी है, उस पर विश्वास करो और बढ़ो आगे,
तुम्हें छोड़ना पड़ेगा, तुम्हारे खुद के लिए, जहाँ तुम अपना बचाव पाओगे,
इस सुरंग पर चलने का अनुग्रह और शक्ति मेरे मित्र,
तुम दूसरे छोर पर जरूर 'स्वयं' को पाओगे!

अपनी यात्रा से घर लौटने पर अवी को चुनौतियों की आँधी का सामना करना पड़ा। अपनी पिछली यात्रा की उथल-पुथल, जहाँ उसने अपने परिवार के आगे स्टैंड लेने की हिम्मत की, का असर लंबे समय तक रहा। कई बार वह अपनी बात पर अड़ा रहा और कई बार उसने अपने गुस्से एवं हताशा पर काबू रखा। लेकिन भावनात्मक रूप से आवेशित ताने और उसके आसपास के लोगों की व्यंग्यात्मक टिप्पणियों के निरंतर प्रहार ने अवी को पीछे हटने और कम बोलने पर मजबूर कर दिया।

उसकी पत्नी मालविका भी तेजी से असुरक्षित होती जा रही थी, जिससे उसके घर में पहले से ही उच्च स्तर का तनाव और प्रतिरोध बढ़ गया था। उसकी असुरक्षा और नियंत्रण की आवश्यकता ने अवी की स्थिति को और भी खराब कर दिया, क्योंकि वह खुद को उससे अधिक-से-अधिक दूर पाता गया। वह जितना अधिक गुस्सा करती थी, उतना ही वह दूर होता जाता था, जिससे एक ऐसा दुश्चक्र बन जाता था, जिससे दोनों को बाहर निकलने के लिए संघर्ष करना पड़ता था।

ऊर्जा एक रोचक खेल है। जब हम अत्यधिक असुरक्षित, क्रोधित, दुःखी होते हैं या अपशब्दों या शापित वचनों का उपयोग करते हैं तो हम एक बहुत ही नकारात्मक या यदि भावनाएँ बहुत मजबूत हैं, यहाँ तक कि काली ऊर्जाएँ भी उत्सर्जित करते हैं। ये ऊर्जाएँ उन लोगों को प्रभावित करती हैं, जो आपसे जुड़े हुए हैं। जब एक छोर पर बहुत अधिक उच्च ऊर्जा होती है और दूसरे छोर पर बहुत अधिक नकारात्मक या काली

ऊर्जा होती है तो एक मज़बूत प्रतिरोध प्रकट होता है। वह घर में ही प्रतिरोध और अँधेरे से घिरा हुआ था। कुछ दिनों में वे ध्यान से उच्च ऊर्जा बीम करके ठीक हो जाते थे, लेकिन कुछ दिन पूरी तरह से डूब जाते थे, क्योंकि उनके परिवार की ये नकारात्मक और अँधेरी ऊर्जाएँ उसे चूसती थीं। फूरियर के नियम के अनुसार, ऊर्जा उच्च से निम्न की ओर गति करती है। उसके साथ भी ऐसा ही होता था। उसकी उच्च ऊर्जा दूसरों के लिए उपचारात्मक ऊर्जा (Healing Energy) या ताकत के रूप में काम करती थी। यह ऐसा ही है, जैसे मान लीजिए कि हाड़-मांस से भरा कोई पक्षी गिद्धों में फँस जाता है। क्या होगा? मिनटों में मांस और हड्डी नहीं बचेगी, पक्षी के बारे में तो भूल ही जाओ। इसी तरह, निम्न ऊर्जाएँ उच्च ऊर्जाओं को चूसती हैं, क्योंकि ऊर्जा संलग्नक या भय या अलग आत्मा होने के भ्रम के धागों के माध्यम से उच्च से निम्न की ओर प्रवाहित होती है। एक बार जब ये बंधन मिट जाते हैं तो कुछ भी नहीं होता और कोई एक प्रतिशत भी प्रभावित नहीं कर सकता, क्योंकि हम सबकुछ एक के रूप में प्रकट करना शुरू कर देते हैं। लेकिन अवी को अभी भी इसे समझने और बनने के लिए लंबा सफर तय करना था।

अवी परिवार के भावनात्मक जोड़-तोड़ का भार महसूस कर रहा था। वह लगातार सवाल कर रहा था कि वे उसके मार्ग को समझ और स्वीकार क्यों नहीं कर सके। हालाँकि, गौरी और तन्मय उसके दोस्त थे, लेकिन उसने उनके साथ एक गहरा जुड़ाव महसूस किया, जहाँ वह जैसा है, वैसा हो सकता था और शुद्ध प्रेम का अनुभव कर सकता था। हालाँकि, हर दिन अपने परिवार का सामना करना एक संघर्ष बनता जा रहा था कड़वाहट और कम ऊर्जा से भरा हुआ। ध्यान करने के बावजूद वह इन बाधाओं से फँसा हुआ महसूस करता था, जैसे—पानी और जमीन के बीच फँसी मछली अपने असली घर के लिए तरस रही हो।

अवी ने महसूस किया कि उसके मोहभाव, भय और आत्म-प्रेम की कमी उसे वापस खींच रही थी। यह उसकी पसंद थी कि वह किस मार्ग का अनुसरण करना चाहता था और उसे आगे बढ़ाने के लिए इच्छाशक्ति, दृढ़ संकल्प और निडरता का चुनाव करे। एक बार उसने वह कदम उठा लिया, ब्रह्मांड उसकी मदद के लिए अनगिनत दरवाजे खोल देगा। मालविका के प्रति आसक्ति की रस्सियाँ भी उसे उसके क्रोध से प्रेरित आध्यात्मिक हमलों के प्रति संवेदनशील बना रही थीं। अवी को अकसर सिरदर्द और बुखार का अनुभव होता था, लेकिन जैसे-जैसे उसकी इंद्रियाँ जागीं, वह खुद को ठीक करने या गौरी या तन्मय से मदद लेने में सक्षम हो गया। हालाँकि, वह उन पर बहुत अधिक निर्भर होता जा रहा था।

"अवी! कृपया अपनी कमजोरियों और रस्सियों पर काम करने पर ध्यान दो। ये रिश्ते और सब जन्म-जन्मांतर बदलते रहते हैं, रेलगाड़ी के सह-यात्रियों की तरह हैं तो इतने लगाव का कोई कारण नहीं है। परिवार का कोई सदस्य या मित्र या कोई भी तुम्हारा अंतिम भाग्य नहीं है, उन्हें इतनी ऊर्जा देना कि वे तुम्हें नियंत्रित करने लगें और तुम इतना प्रभावित होने लगो, यह सही नहीं। यह तुम्हारी यात्रा है। जब तुम ट्रेन में यात्रा करते हो तो क्या अपने यात्रियों से जुड़ जाते हैं? आप सिर्फ बातें करते हैं, गप्पें लड़ाते हैं, हँसते हैं, मौज-मस्ती करते हैं, भावनाओं का आदान-प्रदान करते हैं और धीरे-धीरे सब अपने-अपने स्टेशनों पर उतर जाते हैं। हम अकेले आए थे और अकेले ही जाएँगे। यह एक व्यक्तिगत यात्रा है इसलिए किसी को इतनी शक्ति मत दो कि वह तुम्हें ही खाने लगे। हम यहाँ धरती पर जो संबंध बनाते हैं, वे हमें बहुत कुछ सिखाने और विकास की ओर ले जाने के लिए ही होते हैं, यही उनका उद्देश्य होता है, लेकिन हम उनसे इतने मजबूत धागे जोड़ लेते हैं और असल बात को भूल जाते हैं। तुम अब बढ़ रहे हो और तुम्हारी आवृत्ति बढ़ रही है, ऐसे कई पैटर्न होंगे, लेबल होंगे, जिनसे अब तुम कनेक्ट नहीं करोगे और तुम्हें इन सबको जाने देना चाहिए। यदि तुम इसे समय पर नहीं करते तो तुम्हारे भीतर एक प्रतिरोध आने लगेगा, तुम्हारी आत्मा और सूक्ष्म शरीर के बीच एक झगड़ा। जब आत्मा आपको अपना रास्ता ठीक करने के लिए धक्का दे रही है तो आसक्तियों के धागों को छोड़ दें, जबकि सूक्ष्म शरीर कमजोरियों के कारण उनसे बँधा हुआ है। इससे आत्मा की अँधेरी रात तुम्हें शून्य की स्थिति में धकेल सकती है। आत्मा, सूक्ष्म शरीर और शरीर को सामंजस्य में होना चाहिए। यह बहुत बड़ी गलतफहमी है कि यदि हम आसक्तियों को छोड़ते हैं तो हम रिश्तों को भी छोड़ते हैं या अपने परिवार को छोड़ना पड़ता है। यह मूल रूप से तुम्हारे द्वारा बनाए गए मन के सुनहरे पिंजरे को आनंदित करना है, जिसकी कुंजी हमारे पास है, लेकिन हम खोलना नहीं चाहते हैं। हम आसमान में ऊँची उड़ान भरने से डरते हैं, बिना किसी लगाव, धागे, लेबल के बहने वाले प्यार को हम नहीं समझते, जो कि असली शुद्ध प्यार है। यही मुख्य पाठ है, जो हमारी आत्माओं को सीखना है और इसलिए हम इस चक्र में अवतरित होते रहते हैं। प्रत्येक जन्म में हम मायावी भ्रम के कारण वर्तमान परिवार के सदस्यों से इतने जुड़ जाते हैं कि हम भूल जाते हैं कि वे हर जन्म में कपड़े की तरह बदलते रहते हैं। तुम्हारी माँ किसी और जन्म में तुम्हारी बेटी या दोस्त रही होगी, तुम्हारा कोई दूर का दोस्त किसी जन्म में तुम्हारा जीवनसाथी रहा होगा तो जो वास्तविक भी नहीं है या अस्थायी है, उससे जुड़ने का क्या मतलब है!" तन्मय कोशिश कर रहा था कि अवि इस कठिन पाठ को समझे।

अवी तनाव से जूझ रहा था, अपने पथ और अपने परिवार की अपेक्षाओं के बीच।

अपने संघर्षों के बावजूद वह धीरे-धीरे उन बंधनों को काट रहा था, जो उन्हें उनके भावनात्मक जोड़-तोड़ के लिए बाध्य करते थे, लेकिन उसके डर और संवेदनशीलता ने उसे वापस पकड़कर रखा। उसके परिवार ने अकसर उस पर अपने रास्ते पर चलने के लिए स्वार्थी होने का आरोप लगाया, लेकिन उसने उन्हें सीखने और बढ़ने के अवसरों के रूप में देखा। वह अपनी आध्यात्मिक यात्रा के अन्य पहलुओं में प्रगति कर रहा था, लेकिन वह अभी भी अपने डर और अपने परिवार के प्रति लगाव से मुक्त होने के लिए संघर्ष कर रहा था।

उसने उनसे पीछे हटना शुरू कर दिया, अपनी बातचीत को सीमित कर दिया और अपने स्थान से पीछे हट गया। उसने महसूस किया कि एक यात्री दो नावों के बीच फँस गया है, जो अपना रास्ता पूरी तरह से चुनने में असमर्थ है। लेकिन वह जानता था कि इससे पहले कि वह पूरी तरह से घुटन महसूस करे, उसे जल्द ही निर्णय लेने की जरूरत है। एक विशेष रूप से कठिन दिन में समर्थन के लिए अपनी मित्र गौरी के पास उसने फोन किया।

"गौरी, मुझे पता है कि तुम मेरी बहुत मदद और मार्गदर्शन कर रही हो, लेकिन कार्यवाही और विकल्प मुझे केवल लेना है, लेकिन कोई फर्क नहीं पड़ता कि मैं कितनी मेहनत कर रहा हूँ, ध्यान कर रहा हूँ, मैं अपने परिवार के साथ धागे काटने या मोह के जाने देने में सक्षम नहीं हो पा रहा हूँ। दरअसल, मैं इस सफर में किसी को चोट नहीं पहुँचाना चाहता और चुपचाप बढ़ता ही जा रहा हूँ, लेकिन जब वे मुझे समझ नहीं पाते हैं और मालविका के जादू में आते रहते हैं तो मुझे बुरा लगता है। इस वजह से न सिर्फ मुझे अपने घर में, बल्कि अपने अंदर भी काफी विरोध का सामना करना पड़ रहा है। कृपया मेरी मदद करें, मैं सही रास्ता चुनना चाहता हूँ और इन रस्सियों को दूर करना चाहता हूँ, लेकिन मैं सक्षम नहीं हूँ!" वह निराश था।

"शांत हो जाओ, मैं तुम्हारी स्थिति समझती हूँ। हम सभी के अपने-अपने मुद्दे, समस्याएँ हैं, जिन पर हमें काम करने की जरूरत है। किसी की कुछ, किसी की कुछ और। तुमने कहा कि तुम किसी को चोट नहीं पहुँचाना चाहते; लेकिन क्या तुम खुद इस प्रक्रिया में चोट खाने के लिए तैयार हो? यह परिपाटी तुम्हारे बचपन से चली आ रही है, तुम्हारी अपनी भावनाओं को दबाती है, ताकि कोई और पीड़ित न हो। तुम जानते हो कि किसी को चोट न पहुँचाने के बहाने, इतनी अधिक सहानुभूति रखने में क्या समस्या है, अंततः खुद को चोट पहुँचाते हैं और इस पीड़ा के समुद्र में डूब जाते हैं। तुम्हारी तरह के अतिसंवेदनशील लोग इतना कुछ देते हैं और यह समझने में सक्षम नहीं हैं कि स्वयं को ठीक करने के लिए कहाँ रेखाएँ खींची जाएँ! तुम्हें लगता है कि तुम सबकुछ झेलकर

उन्हें बचा रहे हों, लेकिन तुम जो कर रहे हो, वह खुद को पूरी तरह से चीरने की कीमत पर उनके अहंकार को अधिक-से-अधिक खिला रहा है, पोषित कर रहा है। साथ ही, यह उनकी मदद करने वाला भी नहीं है।"

"उनकी मदद करने वाला नहीं?" उसका सिर चकरा गया था।

"अवी, यदि तुमने उन्हें नियंत्रण, असुरक्षा और मानसिक बाधाओं के बारे में सबक सीखने के लिए चुना है तो उन्होंने भी तुम्हें प्रकाश दिखाने के लिए चुना है। उनके साथ अपने लगाव और भय को कम करके, वे धीरे-धीरे समझेंगे कि वे क्या खो रहे हैं और नकारात्मक प्रभाव और अपने उनके अहंकारी व्यवहार के बारे में भी। यह एहसास उनके लिए सकारात्मक बदलाव ला सकता है। यह कदम नहीं उठाने से तुम न केवल अपने स्वयं के विकास में बाधा डाल रहे हो, बल्कि उनके बढ़ने और विकसित होने का अवसर भी छीन रहे हो। यात्रा क्रोध के क्षणों और बेचैनी के साथ कठिन हो सकती है, लेकिन अंतिम परिणाम, आत्म-खोज और विकास की एक सुंदर यात्रा हो सकती है।"

"मैं अपनी पूरी कोशिश कर रहा हूँ," अवी ने प्रतिवाद किया। "मैं खुद को विकसित होते हुए महसूस कर सकता हूँ, लेकिन ऐसा कुछ है, जो मैं नहीं कर सकता!"

"हो सकता है कि तुम पर्याप्त प्रयास नहीं कर रहे हो या पर्याप्त गति से नहीं कर रहे हो। याद रखो, यदि तुम खुद से प्यार नहीं कर सकते तो तुम दूसरों से प्यार नहीं कर सकते या उनकी मदद नहीं कर सकते। यह सब आत्म-प्रेम से शुरू होता है।"

"मैं नहीं जानता गौरी! मैं बस यही कह सकता हूँ कि मैं भरसक प्रयास कर रहा हूँ।" वह खोया हुआ लग रहा था।

"अच्छा चलो, एक काम करते हैं। आत्मा की दुनिया में आत्मिक यात्रा की कोशिश करते हैं, अगर वह मदद करता है।" उसने सुझाव दिया।

"वह क्या है?" अवी ने प्रश्न किया।

"कुछ परिस्थितियों या हमारे बंधनों के कारणों को गहराई से समझने के लिए जब समय सही होता है तो आत्मिक यात्रा का यह अनुभव एक महत्त्वपूर्ण भूमिका निभाता है। हमने पहले जो किया था, वह एक विशेष ब्लॉक के बारे में जानने के लिए पृथ्वी पर एक पिछले जीवन के लिए था, लेकिन यह दूसरे आयाम या दुनिया के लिए होगा, जहाँ हम अपनी मृत्यु के बाद जाते हैं जन्मों के बीच आत्माओं के रूप में। उस दुनिया को 'आत्मा की दुनिया' (Spirit World) कहा जाता है और यह पृथ्वी की तुलना में बहुत अधिक आवृत्ति पर कंपन करती है।"

"तो इसका मतलब है कि एक ऐसी दुनिया मौजूद है, जो पृथ्वी पर नहीं, बल्कि किसी अन्य आकाशगंगा या आयाम में है?" वह इस पूरी तरह से नए रहस्योद्घाटन को

लेकर बहुत उत्सुक था। उसने एलियंस के बारे में सुना था, लेकिन यह सब!

"हाँ, अवी! हिंदू वैदिक दर्शन के अनुसार, तुमने 14 लोकों (7 पृथ्वी के ऊपर और 7 नीचे) के बारे में सुना होगा। कुछ इसे 4D-12D से शुरू होने वाले अन्य आयामी क्षेत्रों के रूप में भी कहते हैं। पृथ्वी के ऊपर पहला लोक या आयाम, सादगी के लिए, हम इसे 'पैतृक दुनिया' कह सकते हैं। यही कारण है कि बहुत से लोग यह कहते हैं, जिनके पास मृत्यु के समीप का अनुभव है कि सुरंग के अंत में उनके प्रियजनों ने उनका स्वागत किया था। यहाँ कई आत्माएँ पृथ्वी या अन्य जीवन स्थायी ग्रहों पर अगले मानव जन्म में जाने से पहले, गाइड की मदद से पिछले जन्मों का विश्लेषण एवं आत्मा को अच्छा एवं आराम दिलाती हैं। पूर्वजों की दुनिया से कहीं अधिक आयामों में, देवताओं, जागरूक आत्माओं, प्रकाश प्राणियों, बुजुर्गों या सप्त (7) ऋषियों, त्रिमूर्ति आदि के कई उच्च स्वयं मौजूद हैं। ये संसार नग्न आँखों या तकनीक के माध्यम से दिखाई नहीं देते हैं, क्योंकि ये बहुत अधिक आवृत्ति के साथ कंपन करते हैं। हालाँकि, ध्यान के माध्यम से अजना या तीसरे नेत्र चक्र के खुले होने या Trance सम्मोहन के माध्यम से इसकी कल्पना की जा सकती है। उत्तरार्ध अब कई देशों में प्रचलित है, लेकिन इसकी पहुँच ज्यादातर सीमित है और वे केवल चौथे आयाम में आत्मा आराम करने वाली दुनिया तक जाते हैं, जो पृथ्वी के बहुत करीब है, जब तक कि आत्मा को पहले से ही और अधिक तक पहुँचने के लिए उपहार नहीं दिया जाता है," गौरी ने समझाया।

"हाँ, मैंने इसके बारे में सुना है, लेकिन तुम्हें ऐसा क्यों लगता है कि मुझे यह सत्र लेने की आवश्यकता है और हम इसे किस विधि से करेंगे?" वह हैरान था।

"कई बार लोग बाहर से सामान्य दिखाई दे सकते हैं, लेकिन कभी-कभी ब्लॉक और संकट की इतनी गहरी उत्तेजनाएँ अंदर होती हैं, जो किसी भी चिकित्सा कर्मियों, मनोवैज्ञानिक या यहाँ तक कि हमारे स्वयं से भी छिपे हुए होते हैं। जैसे शायद तुम्हारे अंदर गहरे बैठे डर, जो तुम्हें मुक्त होने के लिए आसक्तियों के धागों को काटने नहीं दे रहे हैं, चाहे तुम कितनी भी कोशिश कर लो। जैसे ही तुमने ध्यान करना शुरू किया, इन ब्लॉकों को सतह पर आने के लिए धकेल दिया गया, जिसके बारे में तुम पहले कभी नहीं जानते थे, क्योंकि वे तुम्हारी वृत्ति (आत्मा प्रकृति) का हिस्सा बन गए थे। अब अगला कदम एक समाधान खोजना है कि कैसे उस संबंधित पिछले जन्म और फिर आत्मा की दुनिया में जाकर पूरी तस्वीर देखने के लिए इसे जाने दिया जाए। जब हम अलग-अलग जन्मों में जाते हैं तो हम केवल विशेष खंड के अध्याय देखते हैं, लेकिन आत्मा की दुनिया में जैसे हम पूरी पुस्तक और हमारी आध्यात्मिक प्रकृति के पैटर्न को देखते हैं।

हम अपने आत्मा परिवार और मार्गदर्शकों से भी मिलते हैं, जो हमारी मदद करते रहे हैं। मन और शरीर, हमारी आत्मा व्यस्त है, यह मानव रूप है और पिछले कई जन्मों के कर्म बीज और कैद, भ्रम से बाधित और प्रदूषित है। लेकिन ऊपर, वहाँ, हमारी शेष आत्मा अधिक शुद्ध है, क्योंकि यह हमारी उच्च आत्मा है। हम जिस विधि का पालन करेंगे, वह पारंपरिक विधि होगी, क्योंकि तुम ध्यान कर रहे हो, इसलिए तुम्हारा अजना चक्र का पहला द्वार खुल गया है, मैं इसे और थोड़ा खोलूँगी, ताकि तुम आसानी से पारगमन कर सको।" उसने व्याख्या की।

"आत्मा रहने से क्या मतलब?" उसका दिमाग पूरी तरह से चकरा गया।

"हम कभी भी मानव शरीर में पृथ्वी पर पूर्ण आध्यात्मिक ऊर्जा के साथ पैदा नहीं हुए हैं, क्योंकि हमारे मस्तिष्क की सीमाएँ हैं। हमारे पाठों के अनुसार, हम सामान्य रूप से मानव शरीर में 5 प्रतिशत–50 प्रतिशत आत्मा ऊर्जा के साथ आते हैं। शेष भाग ऊपरी जगत् में रहता है, जिसे शुद्ध उच्च स्व भी कहा जाता है। जैसे ही हम जागते हैं, हम इसके साथ विलय करना शुरू करते हैं, अपनी चेतना का विस्तार करते हैं, उपहारों को प्रसारित करते हैं और हर स्तर पर सुधार करते हैं। संत, ऋषि, अवतार आदि, जो मुक्त आत्माएँ हैं, अपवाद हैं और केवल मानवता की मदद करने के लिए आते हैं, उनके मानव शरीर में 50 प्रतिशत से अधिक आध्यात्मिक ऊर्जा होती है, यही कारण है कि उनकी बुद्धि, ज्ञान और चमत्कार बचपन से ही समान रहते हैं। इसलिए, इस सत्र में बरामद आध्यात्मिक यादें भी तुम्हारे जीवन में नई अंतर्दृष्टि, अर्थ और समझ लाएँगी, क्योंकि हम मानव तत्त्व और आत्मा तत्त्व दोनों दृष्टिकोणों से विश्लेषण करेंगे। आत्मा की दुनिया में तुम अपने परिवार के उच्च स्व जीवित और मृतक, अपने मार्गदर्शक, गुरु आदि से भी मिल सकते हो, जो इस जन्म का उद्देश्य, तुम्हारा मिशन और तुम्हारे ब्लॉक का मूल कारण दे और दिखा सकते हैं।" उसने उसे इस जटिल अवधारणा को समझाने की पूरी कोशिश की।

"क्या मैं तारा के उच्च स्व को भी देखूँगा?" अचानक उसका दिल जैसे दौड़ पड़ा।

"शायद! तुमको दिखाने के लिए क्या आवश्यक है, सब इस पर निर्भर करता है। मैं केवल तुमको इस यात्रा पर ले जा सकती हूँ, बाकी तुम्हारे गाइड सँभाल लेंगे। याद रखें, वे तुम्हें दिखाएँगे कि क्या जरूरी है, वह नहीं, जो तुम चाहते हो!"

"मैं समझता हूँ। तुम्हें लगता है कि मैं इसके लिए तैयार हूँ?" उसे थोड़ा शक हुआ।

"हाँ, क्योंकि तुमने अपने चक्रों के पहले द्वार को खोलने के लिए पर्याप्त ध्यान किया है। इसलिए, इस सत्र में, संस्कारों पर आधारित चेतन मन का हस्तक्षेप कम होगा। इसके अलावा, तुम जानते हो और अपने अवरोधों को स्वीकार कर चुके हो, और इस

पैटर्न और चक्र को अब मजबूती से बढ़ने और प्राप्त करने के लिए संघर्ष कर रहे हो और बेताब हो। अन्यथा मैं तुम्हें यह सुझाव नहीं देती, अगर मुझे लगता कि तुम तैयार नहीं हो," वह मुसकराई।

"ठीक है। तो हम इसे कब कर रहे हैं?" उसने उत्साह से पूछा।

"इसके लिए हमें मिलना होगा। यह एक बार में पूरा नहीं हो सकता है, कई कारकों के आधार पर 2-3 दिन लग सकते हैं। देवप्रयाग (ऋषिकेश) में मेरा एक आध्यात्मिक कार्य है, वहाँ तन्मय भी मेरे साथ शामिल होगा, तुम भी वहीं आ जाओ," उसने सुझाव दिया।

"ठीक है, मुझे ऑफिस से छुट्टी मिल जाएगी, लेकिन फिर से मेरा परिवार हंगामा करेगा।" वह अचानक उदासी भरे स्वर में बोला।

"अवी, एक तरफ तो तुम अपनी आत्मा के मिशन का पालन करना चाहते हो और दूसरी तरफ तुम इस तरह के छोटे-मोटे डर से भी बाहर नहीं निकल सकते। यह देखकर मुझे दुःख होता है, क्योंकि मैं तुम्हारे विकास के लिए इतनी चिंगारी और क्षमता देखती हूँ। यह कोई संयोग नहीं है कि हम सभी जीवन के इस पड़ाव पर मिले हैं! तुम एक कदम आगे बढ़ाते हो, लेकिन कमियाँ तुम्हें दो कदम पीछे धकेल देती हैं। किसी भी दर पर अपनी स्वतंत्र इच्छा और विकल्पों पर पकड़ बनाने के लिए खुद को इतना प्यार करना शुरू करो। ऐसा तो नहीं है न कि तुम कोई शराब पीने, पार्टी करने या ड्रग्स लेने जा रहे हो। तुम्हारा दिल जानता है कि आखिरकार तुम्हें आजाद करने का यह सुनहरा मौका है, फिर भी क्या तुम इसके लिए खड़े नहीं हो सकते? हमें अपने दिल, अपनी आत्मा का अनुसरण करना चाहिए, जब हमें यकीन हो कि यह नई घटनाओं, नए अवसरों, नए विकास के रास्ते और सबसे प्रमुख बात कि यह हमें खुद के करीब लाएगा, लेकिन फिर भी, कभी-कभी, समाज या परिवार के नियंत्रण के कारण, अन्यथा को चुना। हम इनसान हैं या रोबोट?" गौरी को कुछ अटपटा-सा लगा और थोड़ा मन में असंतोष भी।

"तुम ठीक कह रही हो। मेरा दिल मेरे जीवन में पहली बार कहता है, मैं कुछ कर रहा हूँ, जो मायने रखता है, जो सार्थक होगा, मुझे संतोष, शुद्ध आनंद और खुशी देगा। अब अगर मैं इस पर साधारण स्टैंड नहीं ले सकता तो मैं अपने जीवन में कभी क्या करूँगा! यह मैं करूँगा! मुझे बताओ कब और कहाँ आना है?" उसने महसूस किया कि उसके भीतर से मजबूत साहसिक शक्ति जाग रही है। यह ऐसा था, अगर अभी नहीं तो शायद कभी नहीं!

तन्मय को अगले दिन कार्य (Task) में शामिल होना था। गौरी और अवी एक दिन पहले ही 'आत्मिक यात्रा' (Spirit Journey) सेशन के लिए पहुँचे थे।

वे पहले ऋषिकेश पहुँचे, फिर वहाँ से देवप्रयाग स्थित अपने होटल पहुँचने के लिए टैक्सी ली। देवप्रयाग उत्तराखंड के 'पंचप्रयागों' में से एक है, यानी पाँच पवित्र संगम। यह वह स्थान है, जहाँ भागीरथी और अलकनंदा का मिलन होता है और गंगा नदी बहती है। संगम देखने लायक है। यह सबसे पवित्र नदी, माँ गंगा को बनाते हुए प्यार के जादुई पुनर्मिलन जैसा लगता है। इस स्थान पर एक प्राचीन मंदिर भी है, जो भगवान् राम को समर्पित है।

आराम करने के बाद अगले दिन उन्होंने इसके साथ शुरुआत की। उनका होटल अलकनंदा के तट के पास एक शिविर जैसा था। गौरी ने उसे लेटने और आराम करने के लिए कहा, शरीर और मन के सभी तनावों को दूर करने को कहा। उसने आगे उसे समझाया, "प्राणिक श्वास, चक्रों के खुलने के बाद, मैं तुम्हें गहरी समाधि में ले जाऊँगी और तुम्हारे पिछले जन्म की मृत्यु के क्षणों में। वहाँ से तुम्हारी आत्मा आत्मिक आयाम के मार्ग के लिए ऊपर उड़ जाएगी।"

"तो तुम तैयार हो?"

"हाँ," वह थोड़ा घबराया हुआ था, लेकिन उनके रिजॉर्ट से दिखाई देने वाली अलकनंदा के शांत प्रवाह की आवाज ने उसे शांत कर दिया।

वह उसे एक गहरी समाधि में ले गई और उसे 1878 के आसपास पंजाब प्रांत में एक स्वतंत्रता सेनानी के रूप में अपने जीवन के अंतिम क्षणों में ले आई। "तुम क्या देख रहे हो?" उसने पूछा।

अवी ने कहा, "मैं खुद को गोली से मरते हुए देख रहा हूँ और मेरी आत्मा मेरे शरीर को छोड़कर ऊपर की ओर तैर रही है, एक बादल की तरह, एक सुनहरे द्वार की ओर। चिंता, आक्रामकता और हिंसा के उस जीवन से मुक्त होना राहत की बात है। जैसे ही मैं उस सुनहरे द्वार के पास जाता हूँ, मुझे चाँदी की नीली रोशनी में एक परछाईं धीरे-धीरे अपनी ओर आती दिखाई देती है। मैं भावुक हो जाता हूँ और ऐसा लगता है, जैसे कोई मुझे गरम कंबल दे रहा है। मुझे लगता है कि मैं उसे जानता हूँ...यह येदी है, मेरे गाइड हैं।" अवी ने कहा। उसकी आँखों में आँसू थे।

"येदी ने मुझे गले लगाया और यह मेरी पस्त आत्मा के लिए उपचार की तरह था, जिसने इतनी हिंसा का सामना किया था," अवी के गले में जैसे आवाज रुक गई।

"आगे बढ़ो अवी, येदी आगे क्या करता है?" वह धीरे से फुसफुसाई।

"वह पहले मुझे एक कक्ष में ले जा रहे हैं। यह पता लगाने की कोशिश कर रहा हूँ कि यह क्या है? यह एक चिकित्सा कक्ष की तरह है, जहाँ सफेद, बेबी गुलाबी रंग के साथ प्यार और सुखदायक ऊर्जा की बौछार की तरह है। जैसे ही मैं वहाँ कदम रखता

हूँ, मैं बहुत हलका महसूस करता हूँ और अपने पिछले जन्म के निशान से बहुत ठीक हो जाता हूँ। यह ऐसा है, जैसे मेरे शरीर से मैल निकल रहा है और हलका हो रहा है… वाह! मैं बहुत आराम महसूस कर रहा हूँ। आगे, मुझे एक खुला घास का मैदान और एक सफेद महल दिखाई देता है, वहाँ मुझे बहुत सारी आत्माएँ दिखाई देती हैं। कोई मेरे करीब आ रहा है। मुझे लगता है कि मैं इसे जानता हूँ…यह ऊर्जा…यह एक महिला है। आह! ठीक है, वह मेरी वर्तमान जन्म माँ है, मैं पहचानता हूँ, वह मेरी ही आत्मा समूह से है। वह एक महत्त्वपूर्ण सबक सीखने में मेरी मदद करने के लिए कई जन्मों में मेरे साथ अवतार लेती रही है, जो कि खुद से प्यार करना और स्टैंड लेना है। और मैं उनकी मदद कर रहा हूँ कि कैसे बिना किसी नियंत्रण और स्वामित्व के बिना शर्त प्यार किया जाए। मेरे पिताजी अन्य आत्मा परिवारों से प्रतीत होते हैं, जैसे नई आत्माओं के समूह में, मैं उन्हें नहीं देख पा रहा हूँ। उनकी कक्षा मेरे से अलग है। येदी कहते हैं कि जल्द ही मैं इस आत्मा समूह को इस वर्तमान जन्म के बाद छोड़ दूँगा, क्योंकि मैं अच्छी तरह से आगे बढ़ रहा हूँ और एक उच्च वर्ग या आयाम में आगे बढ़ूँगा। वह मेरी वर्तमान प्रगति से प्रसन्न है; वे कहते हैं कि आखिरकार इस कठिन जन्म के लिए मेरी पसंद ने अपना रंग दिखाना शुरू कर दिया है। मैं उनसे पूछ रहा हूँ कि तुम कहाँ थे, जब मैं इस जीवनकाल में इतने दर्द में था। वे कहते हैं कि मुंबई में समुद्र तट पर आपने किसकी आवाज सुनी, जब आपके पास खुद को डुबाने के विचार थे…उसके बाद आपको जो अचानक बढ़ावा मिला…सार्वभौमिक संख्याएँ और प्रतीक आप अपने जीवन में देखते रहे…111…555… मैं हमेशा वहाँ था मेरे बच्चे…ये वो संकेत हैं, जो हम देते हैं…काश! तुम समझ पाते…" अवी को विश्वास से परे झटका लगा। उसने खुद को कंपोज करने में एक या दो मिनट का समय लिया।

"क्या तुम मालविका को देख पा रहे हो?" गौरी ने पूछा।

"नहीं।" कुछ देर बाद उसने जवाब दिया।

"येदी से पूछो।"

येदी ने खुलासा किया कि मालविका का उच्च स्व एक ऐसे आयाम में फँस गया था, जो इस दुनिया के नहीं, बल्कि एक गहरे रास्ते पर उसकी वर्तमान पसंद के कारण था।

येदी तब अवी को एक पुस्तकालय में ले गए, जहाँ आत्माओं के पिछले जन्मों के रिकॉर्ड रखे गए थे। मानव मृत्यु के बाद आत्माएँ अध्ययन करने और समझने के लिए पुस्तकालय में आती हैं कि भविष्य के जीवन को बेहतर बनाने के लिए वे क्या अलग तरीके से कर सकती थीं। येदी ने अवी की मूल समस्याओं को समझने के लिए उसके

खुद के आकाशीय रिकॉर्ड की जाँच करने में मदद की। पिछले जन्मों में अवी बार-बार तारा से अलग हो गया था या असुरक्षा के कारण उसे जवानी में मरने दिया था। इसने अपने करीबी लोगों को खोने का डर गहरा कर दिया था, जिससे आत्म-संदेह, अपराध-बोध और खुद से प्यार करने में असमर्थता पैदा हुई। इन ब्लॉकों ने अवी के फैसले और निर्णयों को धूमिल कर दिया।

गौरी फुसफुसाई, "येदी से समाधान पूछो।"

एक लंबे विराम के बाद अवी ने आगे कहा, "वह मुझे इस शून्य में ले जा रहा है··· यह एक सुरंग की तरह है, लेकिन बहुत हलके मैट्रिक्स के साथ। डायमंड नीलिमा के रंग, ऐसा महसूस होता है कि हर आत्मा इसमें तैर नहीं सकती, क्योंकि इसकी आवृत्तियों का हलका ढाँचा है। ठीक है! मैं एक और दुनिया को देख रहा हूँ, शायद पहले से एक और आयाम। चारों ओर मिट्टी के झोपड़े हैं, पेड़ हैं और संतों की टोली। वे सभी भगवा वस्त्र पहनना और साधना करना पसंद करते हैं। शायद मैं शिव की स्तुति को सुन रहा हूँ। ये लोग शिव भक्त लग रहे हैं। पूरी जगह किसी भव्य आश्रम की तरह है, जिसकी कोई सीमा नहीं है। यहाँ के प्रत्येक परमाणु में शांति, प्रेम, आनंद प्रवाहित हो रहा है। सामूहिक चेतना यहाँ देवत्व की समान लय में जप और नृत्य करने जैसा है। येदी मुझे एक विशेष झोंपड़ी में ले जा रहे हैं, जहाँ मैं एक साधु को अपनी ओर देखकर मुसकराता हुआ देखता हूँ। मुझे लगता है कि मैं उन्हें जानता हूँ। मेरी आत्मा यहाँ युगों पहले रही है। उनकी आभा और चमक कुछ ऐसी है जैसी कि मैंने पहले कभी नहीं देखी। यह लगभग मेरी आँखों को अंधा कर रही है। वह आभा अब थोड़ी हलकी हो रही है, शायद वो इसे हलका कर रहा है, ताकि मैं उसे देख पाऊँ। मेरी आँखों में वो देख रहे हैं और कह रहे हैं, मेरे प्यारे बच्चे का स्वागत है।" अवी चुप हो गया और आँसू चुपचाप उसके गालों पर लुढ़क गए।

गौरी ने उसे एक-एक क्षण दिया और फिर पूछा, "वह कौन है ?"

"वे मेरे आध्यात्मिक गुरु हैं, जिनके तहत मैंने अपने उच्च स्व के रूप में सदियों पहले प्रशिक्षण लिया है। मुझे लगता है कि इस मानव अवतार के शुरू होने से पहले··· उनका नाम ऋषि मार्कंडेय है, और मैं उनका शिष्य हूँ···" उसने धीरे से कहा।

"ओह! अद्भुत! उनकी सलाह के लिए उनसे पूछो!" गौरी अवी की तरह ही हैरान थी, वह हमेशा जानती थी कि अवी प्रतिभाशाली है, अलग है तथा शिव और कान्हा के साथ मजबूत जुड़ाव है, अब वह जानती थी कि क्यों।

"येदी एक 'गण' या भगवान् शिव के शिष्यों में से एक हैं। अभी उनकी भूमिका आत्मा की दुनिया में अवतार लेने वाली आत्माओं का मार्गदर्शन करना है। वे सभी शिव भक्त हैं, इसलिए मेरा भी पशुपति नाथजी, उनके रूपों में से एक, से जुड़ाव है। ऋषि

मार्कंडेय कहते हैं, मेरे बच्चे, तुम अच्छा कर रहे हो, लेकिन तुम्हें वास्तव में एक-एक करके रस्सियों पर काम करना शुरू करना होगा, यदि तुम्हें वास्तव में जन्म और मृत्यु के इस पाश से बाहर निकलना है। इसकी शुरुआत स्वयं को क्षमा करने से होती है, जो तुमने अपने पिछले जन्मों की गलतियों के कारण और अपने प्रियजनों को खो दिया, उसके कारण बना ली है। यह ठीक है, हम सभी गलतियाँ करते हैं, यह सब भ्रम का नृत्य है और हमें सिखाता है कि इसे इतनी गंभीरता से क्यों लिया जाए। उसमें डूबे रहोगे, रूठते रहोगे तो क्या मिलेगा, क्या फायदा होगा? यह एक मकड़ी के जाले की तरह है, जहाँ आप इसे जितना अधिक सुलझाने की कोशिश करते हैं और अधिक उलझ जाओगे। अपने डर को जाने दो! युगों पूर्व जब आप यहाँ थे तब भी आपको यह सूक्ष्म भय था कि पृथ्वी पर अवतरित होते ही आप हमें भूल जाएँगे। तुम बिल्कुल अकेले हो जाओगे। हमसे···तुम्हारी आत्मा का परिवार···अब देखो अभी यहाँ तुम हो, क्या कोई किसी को भूल गया? यह सब एक भ्रम है···हम जो प्यार और जुड़ाव साझा करते हैं, वह कभी खोता नहीं है; यह वहाँ है हमेशा। यह रूप बदल सकता है, लेकिन यह है। एक रूप में खोया प्यार अन्य रूपों या माध्यमों में आ जाता है, लेकिन हम एक विशेष रूप से इतने जुड़ जाते हैं कि जब हम इसे खो देते हैं तो हमें लगता है कि पूरी दुनिया बिखर गई है और खुद को प्यार के अन्य माध्यमों के लिए बंद कर देते हैं, जो हमारी मदद करना चुनते हैं। बच्चे, अपने डर को इतना हावी न होने दो कि यह वास्तव में तुम्हें दूर धकेल दे, तुम्हारे आत्मिक संबंधों से···। जहाँ भय और आसक्ति होती है, वहाँ शुद्ध प्रेम कभी प्रवाहित हो सकता है? इस पाठ को सीखने के लिए, तुम्हारी और तारा की आत्मा ने इस अलगाव को चुना, ताकि तुम कई जन्मों के एक ही ढर्रे पर न टिके रहो। तुमने मालविका को चुना कुछ पिछले कर्मों को दूर करने के लिए और बहुत महत्त्वपूर्ण सबक सीखने के लिए, प्यार क्या नहीं है यह समझने के लिए और यह कि प्यार क्या है और इसे कैसे महत्त्व देना है। और वह अपने आप को प्यार करने और जानने के साथ शुरू होता है। अगर तुम्हें सबकुछ थाली में सजा-सजाया मिलता तो क्या तुम वही होते जो तुम अभी हो? सबकुछ होने की वजह होती है। यदि तुम इस जन्म में नहीं करते हो, जब आपके पास इतनी मदद है तो तुम्हें फिर से एक ही परिवार के सदस्यों के साथ जन्म लेना होगा, अलग-अलग भूमिकाएँ हो सकती हैं। यहाँ यह ज्यादा मायने नहीं रखता। समय एक जैसा नहीं चलता, जिस तरह से यह पृथ्वी पर बहता है। पृथ्वी पर जो सौ साल हैं, यहाँ मुश्किल से दस दिन के बराबर हैं। हम तुम्हारी प्रतीक्षा कर रहे हैं और तुम्हारे इष्ट भगवान् शिव भी तुम्हारी प्रतीक्षा में हैं तो पसंद तुम्हारी है अवी!" अवी बस मदहोश अवस्था में बहता गया।

"यदि तुम उनसे कुछ पूछना चाहते हो तो पूछ लो!" गौरी ने उसे आगे निर्देशित किया।

"मेरा जीवन ऐसा क्यों है, गुरुजी? मैंने कॉलेज में अपना प्यार खो दिया, उसे इजहार नहीं कर सका, फिर तारा ने मुझे छोड़ दिया। मेरी शादी असुरक्षा और नियंत्रण, चालाकी और खेल से भरी हुई है। मैं प्यार में इतना बदकिस्मत क्यों हूँ, जबकि मैंने सिर्फ प्यार ही चाहा है। मेरे भाग्य को इस तरह क्यों लिखा गया है? मैं कितने लोगों को अपने आत्मिक साथी को पाते हुए देखता हूँ, भले ही वे जागरूक न हों। मैंने क्या गलत किया है? क्या मैं इतना बुरा हूँ कि मेरे पास अपने जीवन में वह एक चीज, प्यार, जिसे मैंने हमेशा चाहा कि वो हो, नहीं हो सकता? मैं प्यार के लिए कुछ भी देने को तैयार हूँ, लेकिन मेरे पास प्यार के अलावा सबकुछ है। क्यों गुरुजी? क्यों? मेरा भाग्य किसने लिखा?" अवी रोया, वह असहाय महसूस कर रहा था।

"तुमने खुद लिखा!" ऋषि ने मुसकराते हुए और आधी बंद आँखों से उत्तर दिया। "और क्या तुम्हें यकीन है कि तुम्हारे आसपास प्यार नहीं है?"

वो अचानक चुप हो गया, गौरी और तन्मय, वो उन्हें कैसे भूल सकता है…गुरुजी सही हैं, अगर इतनी बार प्यार खोया तो पाया भी, बस माध्यम अलग थे, पर क्या फर्क पड़ता है! लेकिन वह बहुत अधिक दिल टूटने और अलगाव की इस वर्तमान समय-रेखा को चुन रहा है, इसलिए उसने फिर से पूछा, "मैंने लिखा? असंभव! मैं अपने लिए ऐसी दयनीय कहानी क्यों लिखूँगा और चुनूँगा? इस वर्तमान आध्यात्मिक यात्रा में मैंने इतना सीखा है कि मेरे लिए एक महत्त्वपूर्ण कारण और सबक है, लेकिन फिर भी मुझे अपने आप पर इतना कठोर क्यों होना पड़ा?" वह अभी भी इसे समझ नहीं पाया।

"आह, तुम जन्म लेने से पहले बनाई गई इस वर्तमान समय-रेखा के चुनाव को भूल गए हो। तुम उस सफेद गुंबद को भूल गए हो, जहाँ तुमने गहराई से विश्लेषण किया और येदी की मदद से अपने माता-पिता, दिल तोड़ने वाले और जीवनसाथी का यह चुनाव किया। तुमने इस जीवन को चुना है और हर कोई अपने तरीके से तुम्हारी मदद करने का माध्यम रहा है। प्यार को बदला जा सकता है मेरे बच्चे! यह कभी एक जैसा नहीं रहता। अगर कोई विशुद्ध रूप से प्रेम नहीं कर रहा है तो इसका मतलब यह नहीं है कि वह विशुद्ध रूप से प्रेम नहीं कर सकता है! हो सकता है कि उसकी अपनी बेड़ियाँ हों…अपने मन को इस शिकार की भूमिका निभाने से रोको। अंत में, हर कोई पृथ्वी पर शारीरिक अनुभव करने वाली आत्मा है। यह दूसरों को वैसे ही स्वीकार करने के साथ शुरू होता है, जैसे वे हैं, उनकी अपनी आत्मा का नृत्य और आपके आसपास की परिस्थितियाँ। लेकिन प्रभावित हुए बिना, जो केवल तब ही हो सकता है, जब आप

आसक्तियों को छोड़ देते हैं और यही सबसे बड़ा सबक है, जो तुम्हें इस वर्तमान जन्म में सीखना है और इसे दृढ़ता से सीखने के लिए ही तुमने इसे चुना है। अपने उच्च स्व के विकल्पों पर भरोसा करो, जैसा कि यह है, इनसानी दिमाग से ज्यादा समझदार और जागरूक, इसे सौंप दो और फिर तुम्हारी भविष्य की समय-रेखा बदलने लगेगी, क्योंकि यह अभी भी एक अज्ञात कोरा कैनवास है। इस जन्म के अंत में किस तरह की पेंटिंग बनेगी, यह रंगों पर निर्भर करेगा, जिन्हें तुम चुनोगे—काला, ग्रे या इंद्रधनुषी रंग।" ऋषि मार्कंडेय ने मुसकराते हुए समझाया।

"क्या तुम किसी से मिलना चाहते हो?" मार्कंडेय ऋषि ने मुसकराकर पूछा और अवी को साथ ले गए। अचानक उसे एक गोधूलि आकाश में स्थानांतरित कर दिया जाता है और वह एक महिला को देखता है···या कोई देवी···शानदार हीरे के आभूषणों के साथ सफेद पोशाक पहने हुए। वह इतनी चमकदार रोशनी के साथ हीरे की तरह चमक रही है, फिर भी इतनी सुखदायक और शांत करने वाली है। वह उसे देखकर मुसकरा रही है।

"उसे महसूस करो कि वह कौन है।" ऋषि मार्कंडेय ने कहा।

"वह। वह अनुभव···वह ऊर्जा, इतनी 'गौरी' जैसी लगती है!" यह कहकर वह काँपने लगा।

"क्या?" गौरी भी हैरान रह गई।

"हाँ गौरी, मैं तुम्हारा उच्च आत्म-रूप देख रहा हूँ, तुम एक देवी हो, जो बहुत प्रेम और करुणा को प्रकाशित कर रही है। वह अब मेरे करीब आ रही है और मुझे ब्रह्मांड के रात्रि-आकाश में एक दृष्टि दिखा रही है।

"क्या है वह?" गौरी ने पूछा।

"यह एक रेल ट्रैक की तरह है, एक चाँदी की सड़क, जिसमें कई लूप हैं, जो एक गेट की ओर ले जाते हैं, जहाँ मैं अपनी आत्मा को खड़ा देखता हूँ। लूप मेरे पिछले जीवन का प्रतिनिधित्व करते हैं, और वर्तमान दरवाजा मेरा वर्तमान जीवन है। मैं खुद को दरवाजा खोलते और कदम बढ़ाते हुए देखता हूँ। मेरी पीठ और कंधों से जुड़ी रस्सियों के साथ ट्रैक पर, मेरी प्रगति को धीमा कर रहा है। आगे, मैं तन्मय, येदी, ऋषि मार्कंडेय से ज्ञान, समझ और उपचार के रूप में प्रकाश की किरणें देखता हूँ। इसके अलावा एक अँधेरी सुरंग है, जिसमें कोई नहीं है एक नजर में। वह कहती है कि मेरे पास सभी मदद और ज्ञान है, जो मुझे चाहिए, लेकिन अब समय आ गया है कि मैं खुद को चुनूँ और पाऊँ। यह आत्मा की एक अँधेरी रात (Dark Night of the Soul) होगी, लेकिन अगर मैं इसे नकारात्मक भावनाओं के आगे झुके बिना पार कर लूँगा, सुरंग के अंत में मैं उससे और शायद तारा से भी मिलूँगा। सबसे महत्त्वपूर्ण

बात यह है कि मैं खुद के एक बेहतर संस्करण से मिलूँगा। लेकिन अगर मैं असफल हो जाता हूँ तो आवृत्ति अंतर के कारण मैं किसी से भी नहीं मिल सकता। यह सब मेरे विचारों और भावनाओं पर निर्भर करता है और अगर मैं सफल नहीं हुआ तो मुझे अपने अगले जन्म में फिर से शुरुआत करनी होगी। उसने समझाया, यह सब एक नृत्य है, निर्माण से मिलन तक, अन्य आत्माओं से जुड़ना, सीखना, विकसित होना, महसूस करना और प्यार करना। अंततः, यह परम सत्य मोक्ष की ओर एक नृत्य है। कुछ लोग दुःख में फँस जाते हैं, क्योंकि वे नृत्य, गीत और कदमों को बहुत गंभीरता से लेते हैं, लेकिन जो इसे सिर्फ एक ईश्वरीय नाटक समझते हैं, वे जागते हैं और प्रबुद्ध होते हैं।" अवी को यह सब संसाधित करने में समय लगा।

"अवी! आओ, यह किसी और से भी मिलने का समय है!" गौरी का उच्च स्व उस आयाम में फुसफुसाया।

"कौन?"

"खुद से देखो!"

अचानक उसे एक घास के मैदान में ले जाया जाता है। चारों ओर हरियाली के साथ, आधी रात का आसमान, चाँदनी में घास और फूल मोतियों की तरह चमकते हैं। रुको! उसने ऐसा पहले भी सुना या देखा है···तारा ने यह देखा था और मसूरी में उससे कहा था···अचानक···वह एक पेड़ पर झूला लटका देखता है, जहाँ एक लड़की बैठी है···। वह स्पष्ट रूप से नहीं देख सकता। वह उसके पास जाता है···भौतिक शरीर में उसका दिल थोड़ा दौड़ने लगा। वह जानता था कि वह किससे मिलने वाला है···जैसे ही वह उसके पास पहुँचा···

अवी की आँखों से आँसू गिरने लगते हैं।

"तारा!"

"हाँ, अवी! यह मैं हूँ। मैं इस पल का कब से इंतजार कर रही थी। आओ, मेरे साथ बैठो!" अवी अपने आत्मिक स्वरूप में भी साँस लेने के लिए हाँफने लगा। तारा का उच्च स्वरूप एक बच्चे की गुलाबी सुनहरी आभा में इतना अधिक सुंदर, शुद्ध, मंत्रमुग्ध कर देने वाला था कि इसने उसे पूरी तरह से मंत्रमुग्ध कर दिया। उसके मानवीय रूप में उसकी आँखों में फिर से आँसू आ गए।

"तुम कहाँ थी, तारा? मुझे तुम्हारी बहुत अधिक याद आई!" अवी बहुत भावुक था, वह बस यहीं रहना चाहता था···वह अपने मानव स्वरूप में वापस नहीं जाना चाहता था।

तारा ने उसके गालों को सहलाया और अपनी सबसे मद्धम और कोमल आवाज में कहा, "अवी, हमें सीखने के लिए बहुत सारे सबक थे, तुमने इसे अब देख ही लिया

है और महसूस कर लिया है, है न? मेरे पास मेरे पाठ थे, तुम्हारे पास तुम्हारे खुद के। मुझे खुशी है कि तुम इतनी दूर आ गए। मुझे पता था तुम करोगे! और वह समय आ गया है, जब इस अंतिम चरण के बाद हम फिर मिलेंगे, मानव रूप में भी। बस यही आखिरी कदम अवी! बस एक आखिरी अकेली रात, तुम्हारी आत्मा की अँधेरी रात! इसे पूरा करो प्रिये! मुझे पता है, तुम कर सकते हो!" वह भी थोड़ी भाव-विभोर थी।

"मैं थक गया हूँ तारा, मेरी आत्मा अब थक गई है···कृपया मेरे पास आओ···मैं तुमसे विनती करता हूँ,···जल्द ही मुझसे मिलो तारा···" उसने सचमुच अपने घुटनों पर बैठकर याचना की।

"मुझे चुनो, अवी! मुझे चुनकर, तुम खुद को चुनोगे, क्योंकि हम एक हैं, अलग नहीं," तारा ने एक स्नेही मुसकान के साथ कहा।

"लेकिन मेरा उच्च स्वरूप और मेरी बाकी बची हुई आध्यात्मिक ऊर्जा कहाँ है?" अवी ने अचानक चौंकते हुए पूछा।

"तुम्हारा उच्च स्वरूप, तुम्हारे उच्च आयाम और तुम्हारे मानव अवस्था के बीच यात्रा कर रहा है, जो इस पर निर्भर करता है कि आपका जीवन कितना अशांत है। यह प्रेम और उपचार ऊर्जा भेजता है और तुम्हारा मार्गदर्शन करता है, लेकिन यह कभी-कभी निष्क्रिय भी रहता है। मेरे मानव स्वरूप ने तुमसे पहले यात्रा शुरू की और वह उच्च स्वरूप के साथ काफी विलय कर चुका है। यदि तुम ध्यान में अधिक विलीन होना चुनते हो तो तुम्हारा भी होगा। कभी-कभी, गहन ध्यान के दौरान, तुम्हारा उच्च स्वरूप मेरे साथ ऊपर उठता है और चमकता है। जल्दी आओ, अवी, हर तरह से, मेरे पास।"

अवी काँपने लगा, उसका शरीर नीला पड़ने लगा।

"अवी, अब तुम्हें बहुत धीरे-धीरे इस शरीर में वापस आना है, जमीन पर उतरना है और अपनी आँखें खोलनी हैं।" गौरी ने कहा।

अवी को इसे समझने में थोड़ा समय लगा···वह मंत्रमुग्ध और भावुक था। गौरी भी थी।

"मुझे लगता है कि अब यह सब स्पष्ट है अवी! है न?"

"क्या तुम भी मुझे छोड़ दोगी गौरी?" उसने अश्रुपूरित आँखों से पूछा, क्योंकि इस सत्र के बाद उसके पास एक अंतर्ज्ञान था।

"अवी···कभी कुछ खोता नहीं है; मैं वहाँ तुम्हारा इंतजार करूँगी। अब खुश हो जाओ, उज्ज्वल पक्ष देखो, तुम तारा से भी मिल सकते हो, साथ ही ऐसा नहीं है कि मैं तुम्हें कल छोड़ रही हूँ," और बात समाप्त करके वे लोग एक थके हुए दिन के बाद आराम करने चले गए।

अगले दिन तन्मय भी उनके साथ हो लिया और वे संगम चले गए। रास्ते में अवी ने बड़े जोश के साथ तन्मय को अपने आत्मिक सफर के बारे में बताया।

"वाह, ऋषि मार्कंडेय तुम्हारे गुरु और गौरी एक देवी हैं, मैं आप दोनों महान् व्यक्तित्वों के सामने इतना छोटा महसूस कर रहा हूँ," तन्मय ने छेड़ा।

गौरी ने उन दोनों से पूछा, "तुम दोनों यहाँ देवप्रयाग में किस प्रकार की ऊर्जा अनुभव करते हो?"

"यह निश्चित रूप से ऋषिकेश से अलग है, जैसे—ऋषिकेश में थोड़ी मिश्रित ऊर्जाएँ हैं, तटस्थ और शांत भगवान् शिव वाइब हैं, लेकिन यहाँ यह अलग तरह की शांत, गरम, प्रेमपूर्ण ऊर्जा है, जैसे कि उनका उच्च हृदय चक्र हमारे अपने हृदय चक्र के साथ प्रतिध्वनित हो रहा है!" तन्मय ने उत्साह से कहा।

"हाँ, बिल्कुल सच, यह संगम कोई साधारण संगम नहीं है। यह सतयुग से एक पोर्टल है, एक मार्ग की तरह, किसी उच्च स्वर्गीय आयाम की ओर एक मार्ग। उस समय यह अलकनंदा, भागीरथी और सरस्वती तीनों नदियों का एक गठबंधन था, अगर हम देख या समझ सकते हैं तो यह इड़ा, पिंगला और सुषुम्ना नाड़ी के प्रतिनिधित्व जैसा है।"

"जरा रुको! सरस्वती? वह कहाँ से आई? क्या यह अकेले अलकनंदा और भागीरथी का संगम नहीं है?" अवी ने हैरानी से पूछा।

"मुझे एक दृष्टि (vision) हुई थी, मैंने इसे अपने तक ही रखा। यह संगम में एक प्राचीन पोर्टल है, जो केवल उन लोगों को दिखाई देता है, जो अपनी तीसरी आँख से देखते हैं और अपने दिल से महसूस करते हैं। देवताओं द्वारा बनाया गया, यह जाग्रत् आत्माओं के लिए एक आशीर्वाद था कि वे इसे पार कर सकें मृत्यु पश्चात्। वे आत्माएँ, जो इड़ा, पिंगला को संतुलित करने और सुषुम्ना के माध्यम से कुंडलिनी शक्ति को जाग्रत् करने में कामयाब रहीं, उन्हें इस पोर्टल के बारे में पता था, जो एक शॉर्टकट की तरह सीधे एक दिव्य दुनिया में जाता था, जिसे वहाँ जाने के लिए कई और जन्म लेने पड़ते। लेकिन जैसे समय बीतता गया और प्रत्येक युग गहरा होता गया, शुद्ध सरस्वती खो गई और पोर्टल का दरवाजा बंद हो गया। पोर्टल तक पहुँचने के लिए आत्माओं की एक लंबी कतार प्रतीक्षा कर रही है। हमारा मिशन पवित्र नदियों की दिव्य चेतना को प्रवाहित करके और सहायता करके उन्हें पार करने में मदद करना है हमारे दिव्य स्वयं के साथ।"

"दिव्य, उच्च नहीं?" अवी ने पूछा।

"हाँ, हमारे ईश्वरीय या दिव्य स्वरूप, अब इसके बारे में अभी मत पूछो, अभी समय नहीं है। पहले अपने उच्च स्वरूप को विलीन करो!" गौरी ने शांति से कहा।

"ठीक है, फिर भी यह बहुत दिलचस्प है, मैं इसका हिस्सा बनकर बहुत खुश महसूस कर रहा हूँ, एक तरह से अगर हम प्रत्यक्ष या अप्रत्यक्ष रूप से मदद कर सकते हैं!" उत्साही अवी ने कहा।

"तन्मय, तुम भागीरथी शुद्ध ऊर्जा को प्रवाहित (Channel) करो, अवी! तुम अलकनंदा और मैं सरस्वती को प्रवाहित करूँगी, फिर हम मिलकर इसे खोलने का निर्देश देंगे। क्या तुम लोग तैयार हो?"

"जी जनाब!" दोनों ने उत्साह से कहा।

जैसे ही वे संगम के पास बैठे, उनमें से तीन ने अपनी आँखें बंद कर लीं, उसे प्रवाहित करने के लिए। अचानक अवी और तन्मय को गौरी की चीख सुनाई दी। वह आधी पानी में पास की जंजीरों से जकड़ी हुई थी और ऊपर चढ़ने के लिए संघर्ष कर रही थी, लेकिन बहाव बहुत तेज था। तुरंत तन्मय हरकत में आया और गौरी को ऊपर खींच लिया। अवी प्रतिक्रिया करने के लिए भी चौंक गया था, जैसे ही वह होश में आया, उसने तन्मय को गौरी को शांत करते हुए देखा और अपनी जैकेट उसे दे दी, क्योंकि वह ठंडे पानी से पूरी तरह से गीली थी।

"अभी क्या हुआ?" अवी डर से काँप रहा था।

"मुझे नहीं पता, मैं गहरी समाधि में खो गई थी, जब मुझे लगा कि अचानक किसी ने मुझे नदी में धकेल दिया है। लेकिन हमारे आसपास कोई नहीं था। मुझे लगता है कि यह एक बहुत शक्तिशाली आध्यात्मिक घातक हमला था!" वह अभी भी घबराई हुई थी।

"हे भगवान्, लेकिन कैसे?" अवी सुन्न हो गया।

"चलो, इसके बारे में बाद में बात करते हैं और गौरी को पहले होटल ले जाते हैं, क्योंकि उसे बुखार हो सकता है। तेज हवाओं के साथ तापमान बहुत कम है।" तन्मय उसके लिए बहुत चिंतित था, दोनों उसे होटल ले गए, गौरी अभी भी सदमे में थी, उस दिन उसकी मौत हो सकती थी!

कुछ घंटों के बाद जब वे इस घटना से उबरने की कोशिश कर रहे थे तो उन्होंने यह पता लगाने की कोशिश की कि क्या हुआ था।

"यह क्या था?" अवी ने पूछा।

"यह उस पर एक आध्यात्मिक हमला था," तन्मय ने थोड़ा चिंतित होकर उत्तर दिया।

"क्या? कैसे और कौन?" अवी डरा हुआ और परेशान था।

"अँधेरी ताकतें! और इसमें मालविका की ऊर्जा भी शामिल है!" तन्मय ने कड़ा जवाब दिया।

"क्या? लेकिन वह कैसे कर सकती है?" अवी को बात पर विश्वास नहीं हुआ।

"वह गौरी को छू नहीं सकती, लेकिन वह निश्चित रूप से तुम्हें छू सकती है, क्योंकि तुम उससे जुड़े हुए हो। और चूँकि गौरी ने तुम्हारे साथ एक लगाव का धागा बनाया है, इसलिए प्रत्यक्ष रूप से नहीं तो अप्रत्यक्ष रूप से हमला किया गया था, जिसमें तुम माध्यम या कठपुतली थे।" तन्मय ने थोड़े कड़े शब्दों में कहा। "अवी, अब वक्त आ गया है तुम्हारे लिए कि तुम अब इस सुरंग में अकेले यात्रा करो, क्योंकि देखो, न केवल यह तुम्हें प्रभावित करेगा, बल्कि मेरे और गौरी जैसे तुम्हारे चाहने वालों को भी और कई और कारण, जो आपने अपनी आत्मा की यात्रा में पाए। अब आप जान गए हैं कि यह सुरंग की यात्रा (Tunnel Walk) तुम्हारे लिए इतना महत्त्वपूर्ण क्यों है। इसमें समय, दिन, सप्ताह, महीने या साल भी लग सकते हैं। लेकिन मुझे आशा है कि अब तुम इसे समझने और स्वीकार करने के लिए पर्याप्त परिपक्व हो, अन्यथा यह हमारे जीवन को भी खतरे में डाल सकता है, विशेषकर गौरी को दाँव पर लगा सकता है!"

"अपने आप को दोष मत दो अवी, यह मेरी भी गलती है कि मैं तुमसे इतनी जुड़ी हुई हूँ। इस तूफान के बाद रोशनी सबसे तेज चमकेगी।" गौरी को अवी पर तरस आया, यह जानकर कि वह इसे दिल से लगा लेगा और दोषी महसूस करेगा। अवी फूट-फूटकर रोने लगा। "तुम्हारे और तन्मय के बिना, विशेष रूप से तुम गौरी, यह बहुत अकेला होगा। अगर तुम नहीं हो तो मैं कैसे सामना करूँगा? तुम मेरे परिवार और दोस्तों के साथ मेरी स्थिति जानते हो, और मालविका के साथ, मैं पहले से ही सबसे अलग हो रहा हूँ। तुम दोनों के अलावा मेरा कोई दोस्त नहीं है। अगर तुम और तन्मय नहीं होगे तो मैं इस कष्ट से कैसे बचूँगा? तुम मेरे मेंटर, गाइड और बेस्ट फ्रेंड रहे हो। यह अकेलापन पहले से ही भारी पड़ रहा है और तुम्हारे बिना यह और भी बदतर हो जाएगा," अवी ने भावनाओं से अभिभूत होकर कहा। वह नहीं जानता था कि अब अपने जीवन में जिन लोगों से वह बात करता है, उन्हें कैसे जाने दिया जाए।

"हाँ अवी, मुझे पता है, यह बहुत अकेला होगा। और यह ऐसे ही होना चाहिए। तुम आत्मा की अँधेरी रात से गुजर रहे हो। सबके साथ होता है यह, सबके साथ। तो, इसे ऐसा ही होना है। लेकिन, इस एकांत के कारण तुम आत्म-मूल्य, आत्म-प्रेम के मूल्य को समझ सकोगे। हम अधिकतम समय अपने स्वयं के साथ व्यतीत करते हैं और यदि हम ऐसा नहीं कर पाते हैं तो यह एक गंभीर समस्या है। आमतौर पर हम यह करते हैं कि हम बाहरी घटनाओं में खुशी ढूँढ़ते हैं और उसके आदी, आश्रित और आसक्त हो जाते हैं, इसलिए जब वह नहीं होती है तो हम दुःखी होते हैं। असली खुशी, यह हमारे भीतर है, हमें इसे खोजने, गले लगाने और फिर इसे बाहर चमकने की जरूरत है। लेकिन हम

दूसरे रास्ते पर जाना चुनते हैं। हम बाहरी घटनाओं को आनंद का मुख्य स्रोत बना लेते हैं, जबकि इसके विपरीत होना चाहिए। उस शून्य को भरने के लिए तुम मुझ पर बहुत अधिक निर्भर हो गए, लेकिन मेरे दोस्त, यह केवल तुम ही हो, जो कर सकते हो, और यह यात्रा तुम्हें इससे अलग होने और इसे गहराई से समझने में मदद करेगी। हम तुम्हारे चंगुल नहीं बन सकते, बल्कि मदद और मार्गदर्शन के माध्यम मात्र हैं, जो हमने किया। इसके बारे में और उन सभी अनुभवों के बारे में सोचो, जो तुमने हमारे साथ और आत्मा की दुनिया में किए थे। अपने बंधनों पर काम करने के साथ-साथ कुछ ऐसा करो जो तुमको पसंद हो जैसे यात्रा करना और नई स्थापित दृष्टि और धारणाओं के माध्यम से दुनिया को देखना। यह तुम्हारे अंदर से विकास को बढ़ावा देगा। नए लोगों से मिलो, शेयर करो, अपनी उपचारक और प्रेम या दयालु शक्तियों का पूरा उपयोग करो। करुणा तुम्हारा उपहार है, अवी! जिस तरह से तुम प्यार को प्यार के रूप में महसूस करते हो, सभी के लिए करुणा, बिना किसी धारणा या राय या शर्त के बदले प्यार या करुणा के लिए, बहुत कम लोग ऐसा कर सकते हैं। यह अवधि तुम्हें इसे अच्छे से चैनल करना सिखाएगी और इसे तुम्हारी ताकत बनाएगी, न कि कमजोरी। याद रखना, उपहार, अगर हमें मजबूत बना सकते हैं तो हमें डूबा या कमजोर भी बना सकते हैं। वही अग्नि, जो हमारे लिए भोजन पकाती है, वह सबकुछ जलाने की क्षमता रखती है। इसलिए, इसे संतुलित करना सीखें और तुम फिर ठीक से प्रकट हो पाओगे। तुम एक अलग स्तर पर संतोष महसूस करोगे, जो अब तक तुम कभी महसूस नहीं कर पाए थे। और अवी! हमेशा याद रखना, यह सब हमारे अंदर है, और मैं तुम्हारे साथ रहूँगी, जब भी तुम्हें मेरी जरूरत हो, बस अपनी आँखें बंद कर लो और तुम मुझे सुन और देख सकोगे!" गौरी का गला भर आया। यह भावना, जो वह अनुभव कर रही थी, वह एक माँ की तरह थी, जिसने अपने बेटे को पढ़ाया और अब उसे अपने जीवन के अगले चरण के लिए एक छात्रावास में छोड़ना पड़ा। इसलिए, उसे मजबूत होना पड़ रहा था।

गौरी की हालत देखकर तन्मय ने अवी को और दिलासा देने की कोशिश की, 'इसे कायापलट' (Metamorphosis) के रूप में देखो। जैसे एक अंडा कैसे लार्वा बन जाता है। फिर लार्वा से प्यूपा तक और फिर अंत में एक सुंदर तितली में बदल जाता है। लेकिन क्या वह शुरू से ही सुंदर रंगीन तितली थी? नहीं! तितली बनने की प्रक्रिया दर्दनाक थी, चुनौतियों से भरी थी, मारे जाने, खाने और न जाने क्या-क्या बाहर का खतरा हमेशा बना रहता था, लेकिन आखिर उन तमाम कसौटियों से गुजरने के बाद अंत में कितनी खूबसूरत हो जाती है। यह तुम्हारा कायापलट है! या फिर हवाई जहाज को देखो। कैसे, जब यह उड़ान भरता है, यह अशांति से गुजरता है। यह सभी

वायुमंडलीय दबाव का सामना करता है, लेकिन उस सभी अशांति के साथ उड़ता रहता है। थोड़ी देर के बाद विक्षोभ कम होने लगता है और विमान एक संतुलन पाता है। कुछ समय पहले जो अशांति थी, वह सामान्य हो जाती है और यह अब विमान को प्रभावित नहीं करती है। और फिर हवाई जहाज ऐसे ही कई घंटों तक उड़ान भर सकता है। यह वायुमंडलीय दबाव के कारण उथल-पुथल के उस दौर के अलावा और कुछ नहीं है। बस उसका दबाव महसूस करो और एक खूबसूरत उड़ान तुम्हारा इंतजार कर रही है!"

"लेकिन मैं इस यात्रा में टूट जाऊँगा। क्या होगा अगर मैं चल नहीं पाऊँगा? कृपया मेरे साथ रहें। मुझे यहाँ अकेला मत छोड़ो," अवी ने रोते हुए कहा, चाहे वह कितनी भी कोशिश कर ले, वह इसे स्वीकार नहीं कर पा रहा था।

"तुम्हें इस दौर में अकेले चलना होगा! इस दौर में हर कोई अकेला चलता है। हम तुम्हें छोड़कर कहीं नहीं जा रहे हैं, बस इस सुरंग से चलें और तुम हमें फिर से उस ओर पाओगे। तुम इसे अकेले ही पा सकते हो। तुम इसे किसी और की मदद से नहीं ढूँढ़ सकते। कुछ रास्ते ऐसे हैं जहाँ हमें अकेले चलने की जरूरत है। अपने पंख खोजो अवी; उस तितली की तरह 'अपने' पंख खोजो। सबके पंख अलग हैं, जैसे हर आत्मा अलग है, वैसे ही यात्रा भी अलग है। लेकिन पहले अपने पंख खोजो और फिर हम एक साथ उड़ेंगे। यह ब्रह्मांड हमारी प्रतीक्षा कर रहा है, अवी और हम रुक नहीं सकते। हमें मानवजाति के लिए बड़े पैमाने पर बहुत कुछ करने की आवश्यकता है, और हम इसे बेड़ियों से नहीं कर सकते हैं अन्यथा आज संगम की तरह गड़बड़ी आती रहेगी। हालाँकि, यह एक चुनौतीपूर्ण अनुभव था, लेकिन अपनी तीसरी आँख और हृदय चक्र में ऊर्जा को प्रवाहित करें और देखें, जो जागरूक आत्माएँ पास हो गई हैं, वे कैसे ऊपर आकाश से हमें आशीर्वाद दे रही हैं। ऐसे और भी कई कार्य हमारा इंतजार कर रहे हैं! उनकी आध्यात्मिक यात्रा में उनकी मदद करने के लिए कई और आत्माएँ जीवित या मृत हमारा इंतजार कर रही हैं। हम बहुतों के माध्यम हो सकते हैं! और अगर हमारे पैरों में बंधन हैं या हम पिंजरे में हैं तो हम उड़ नहीं सकते। उड़ने के लिए हमें बेड़ियाँ काटनी पड़ती हैं, पिंजरों को तोड़ना पड़ता है और आजाद होकर उड़ना पड़ता है। यह सुरंग उन बेड़ियों को तोड़ देगी। लेकिन चूँकि यह तुम्हारा पिंजरा है, तुम्हारे अपने बंधन हैं, तुम्हारी अपनी रस्सियाँ हैं, इसलिए तुम ही इससे स्वयं मुक्त हो सकते हो। क्या तुमने वह पुरानी चीनी कहावत सुनी है, 'यदि आप एक आदमी को मछली देते हैं तो आप उसे एक दिन के लिए खिलाते हैं। यदि आप एक आदमी को मछली पकड़ना सिखाते हैं तो आप उसे जीवन भर के लिए खिलाते हैं।' यह तुम्हारे लिए यही सीखने का समय है कि कैसे अपने दम पर मछली पकड़नी है। बाहर जाओ, समुद्र का अन्वेषण करो, यह मछलियों से भरा

है, तुम्हें बस यह सीखना है कि अपने लिए एक मछली कैसे पकड़ी जाए!" गौरी जितना हो सके, उसे प्रेरित करने की कोशिश कर रही थी।

अवी ने ऊपर गौरी की ओर देखा, जो पास के बिस्तर पर बैठी थी, जो एक कंफर्टर में लिपटी हुई थी और बड़ी चतुराई से अपने आँसू और भारी मन को छुपा रही थी।

तन्मय ने चुप्पी तोड़ते हुए कहा, "अब हमें कुछ देर विश्राम और सोना चाहिए, यह बहुत थका देने वाला दिन था।" वे सब सो गए, लेकिन उस रात कौन चैन से सो पाया, कहना मुश्किल था।

अगले दिन तन्मय, गौरी और अवी देहरादून के लिए चल पड़े, जहाँ से वे अपनी-अपनी फ्लाइट पकड़ेंगे, अपने-अपने गंतव्य के लिए। तन्मय सबसे पहले जाने वाला था और जाने से पहले उसने अवी को कसकर गले लगाया और उसके कान में फुसफुसाया, "जाओ, इस यात्रा पर कुछ लड़कियों को ढूँढ़ो।" अवी अपनी भावनाओं को छुपाते हुए मुसकरा दिया। फिर गौरी के जाने का समय हुआ। उसने अवी को गले लगाया और फुसफुसाया, "मैं तुम्हारा इंतजार कर रही हूँ, अवी! मुझे पता है कि तुम इस यात्रा के बाद मेरे और तारा के पास वापस आओगे। अलविदा और ढेर सारा प्यार!" अवी अवाक् था, अभी भी सबकुछ संसाधित कर रहा था, जो इतनी जल्दी हुआ था।

जॉली ग्रांट हवाई अड्डे पर अवी इधर-उधर घूमता रहा, उसने कुछ बिस्कुट खरीदे और एक सुनसान कोने में बैठ गया। वह वहीं बैठा रहा, विचारों में खोया रहा, जब तक कि वह सो नहीं गया। उसकी दृष्टि में वह आकाश में एक तारे के पीछे एक रेगिस्तान में चल रहा था। थके, भूखे और प्यासे होने के बावजूद उसने हार नहीं मानी। आखिरकार, वह एक कैक्टस के पास आया और उसके बगल में बैठ गया, ब्रह्मांड को यह घोषणा करते हुए कि वह हारेगा नहीं। अचानक, रेगिस्तान एक सुंदर घास के मैदान में बदल गया, कैक्टस एक पेड़ बन गया और अवी ने खुद को काले रंग का सूट (Tuxedo) पहने तारा के बगल में झूले पर बैठे देखा।

अपनी उड़ान के लिए बोर्डिंग की अंतिम घोषणा से उनकी नींद खुल गई।

उसके प्लेन ने उड़ान भरी और उसने अपनी खिड़की वाली सीट से बाहर देखा। सब तरफ सफेद और ग्रे बादल और नीला आकाश था। पानी बरस रहा था। वह आकाश को देख रहा था, गहराई तक देख रहा था, जब बिजली चमकी। वह वहीं घूरता रहा, जबकि उसके साथी यात्री अब लगातार बिजली गिरने से डरने लगे। वह लगातार बिजली को घूरता रहा और बुदबुदाया, मानो उस अदृश्य शक्ति से बात कर रहा हो।

मुझे सुरंग की तरफ लेकर चलो!

□

स्वीकृतियाँ
(स्वान्तः सुखाय, वयं सुखाय)

'भगवान् शिव' और 'भगवान् श्याम' निरंतर प्रेरणा, मार्गदर्शक, संरक्षक और क्या नहीं होने के लिए। यहाँ तक कि अगर मैं अपना सारा आभार शब्दों में व्यक्त कर दूँ तो भी यह पर्याप्त नहीं होगा। यह पुस्तक आपकी है, मैं इसे लिखने का एक माध्यम मात्र हूँ। मुझे ब्रह्मांडीय योजना में विश्वास दिलाने के लिए और अन्य बातों के साथ-साथ मानव शरीर के दायरे से परे हर आत्मा को आत्मा के रूप में मानने के लिए धन्यवाद! मैं एक नौसिखिया हूँ, एक शिक्षार्थी हूँ, एक साधक हूँ, जिसने अभी-अभी आसन पर कदम रखा है। मैं चाहता हूँ कि यह मार्गदर्शन, यह अंतर्दृष्टि और यह प्यार, जो मुझ पर बरसता रहे, हमेशा मेरे साथ रहे।

भगवान् हनुमान, योगगुरु लाहिड़ी महाशयजी (श्याम चरण लाहिड़ी), भगवान् बुद्ध, महावतार बाबाजी और अन्य पवित्र दिव्य आत्माएँ, जिन्होंने दर्शन, सपनों के माध्यम से मार्ग को आलोकित किया।

मीनल, मेरी सेंसेई-सेनपाई, एक बेहतरीन दोस्त, आध्यात्मिक साथी और बिना शर्त समर्थन के लिए। पृथ्वी पर अब तक की सबसे खूबसूरत आत्मा, जिसने मुझे सार्वभौमिक प्रेम का सही अर्थ समझा और पुस्तक का पहला अनौपचारिक और मुफ्त संपादक होना स्वीकार किया। अनगिनत चीजों के लिए आभार कम पड़ जाता है, विशेष रूप से, इस मार्ग पर आगे बढ़ने और पहली बार में एक पुस्तक लिखने का प्रयास करने के लिए मुझ पर पर्याप्त भरोसा करने के लिए। एक ऐसा इनसान जिसमें पहाड़ का धैर्य तथा ज्ञान और नदी का प्रवाह प्रचुर मात्रा में है।

नील कद, मेरा अति उत्साही भतीजा, सबसे खराब और सबसे कष्टप्रद व्यक्ति होने के लिए (मैं जानता हूँ, तुम भी मेरे बारे में यही सोचते हो) और सबसे प्यारा भी। इसके अतिरिक्त, एक तकनीकी संरक्षक होने और मुझे वेबसाइट बनाने और कई अन्य

तकनीकी चीजों को विकसित करने में मदद करने के लिए। नील से मिला जा सकता है www.elcodigocompany.com पर।

मिस्टर सुनील, इस यात्रा के पीछे की पहली प्रेरणा होने के लिए। हमारे पसंदीदा फूड जॉइंट पर बचपन की सभी आध्यात्मिक बातचीत वास्तव में मेरे विकास की नींव रही है। आपके प्यार, देखभाल और समर्थन के बिना यह कभी संभव नहीं होता। हमेशा मुझे समझने के लिए, मुझे कभी जज न करने के लिए, मुझे उन अनुभवों को होने देने के लिए, खुले दिल से सभी पागलपन को स्वीकार करने और मेरे जीवन का वह मजबूत स्तंभ होने के लिए धन्यवाद!

एक माता-पिता की तरह मुझे प्यार करने और एक दोस्त की तरह बिना शर्त मेरा मार्गदर्शन करने के लिए धन्यवाद, न केवल पुस्तक के लिए, बल्कि जीवन के बारे में बहुत सी चीजों के लिए और क्या नहीं? परिवार केवल वे लोग नहीं हैं, जिनके साथ आप पैदा हुए हैं और रहते हैं, बल्कि वे भी हैं, जो आपकी आत्मा के लिए एक परिवार हैं, जो आपकी आत्मा को भरकर आपका परिवार बन जाते हैं। आप एक हैं!

श्रीमती रेणु, कई मायनों में आपके प्यार, गरमजोशी, देखभाल और समर्थन के लिए शब्द कम पड़ सकते हैं। मेरा सुरक्षित ठिकाना। मेरी भलाई और चिंता के लिए अपना अधिकांश जीवन समर्पित करने के लिए बहुत-बहुत धन्यवाद!

हेरू, मेरे सबसे बड़े आलोचक और कई मायनों में मेरे रक्षक। आपके साथ हुए सभी अनुभवों ने मुझे अपने स्वयं का बेहतर संस्करण बनाने का प्रयास किया। आपके ज्ञान और जागरूकता ने मुझे इस आध्यात्मिक यात्रा में कई तरह से मदद की। आपने मेरे लिए जो कुछ भी किया है, उसके लिए धन्यवाद पर्याप्त नहीं है।

हेमंत, सभी छोटी चीजों और बड़ी चीजों के लिए। हमेशा मेरा समर्थन करने और मुझे मेरे जैसा बनने के लिए जगह देने के लिए आभार। इस यात्रा में मेरे द्वारा अनुभव किए गए सभी संस्करणों को खुले दिमाग से स्वीकार करने और विश्वास करने की कोशिश करने के लिए। मेरे सबसे अच्छे दोस्त और साथी होने के लिए, आप जैसे होने के लिए।

रॉबिन मोल, एक अद्भुत आध्यात्मिक मित्र होने के लिए। आपकी बिना शर्त मदद के लिए जब भी इसकी सबसे ज्यादा जरूरत थी। ज्ञान के उन शब्दों के लिए जो भीतर जाने के लिए प्रेरित करते हैं और यात्रा को गति देते हैं।

श्री संजय कुमार तिवारी, न केवल एक शानदार सहकर्मी, बल्कि एक उत्कृष्ट मित्र और मार्गदर्शक भी हैं। चाय पर या लंच ब्रेक में हमारे कार्यालय की इमारत की छत पर टहलते हुए हमारी आध्यात्मिक बातचीत हमेशा मेरे दिल के करीब रहेगी।

कवर डिजाइनरों और चित्रकारों—मुसकान सचदेवा और पूजा बिश्नोई को, इस पुस्तक को और अधिक सुंदर और कलापूर्ण बनाने के लिए। धैर्य के लिए आभार!

रजत, एक प्यारे और जिंदादिल भाई तथा हमेशा एक निरंतर प्रोत्साहन के लिए। साथ ही, कुछ इनपुट और कुछ प्यारे लोगों के साथ-साथ तकनीक से जुड़ने में मदद करने के लिए।

मेरे माता-पिता, परिवार का समर्थन और नींव प्रदान करने के लिए। माँ ही रही हैं, जिन्होंने मुझे साहित्य की दुनिया से पहली बार परिचित कराया और बचपन से ही विभिन्न पंथों को पढ़ने और लिखने में हमेशा सहयोग किया। इसके अलावा, मुझे पुस्तक के विपणन के लिए विचारों से भर देने के लिए (कभी-कभी गूढ़ भी)।

सोनिया और आकांक्षा को, हमेशा पुस्तक को लेकर बेहद उत्साहित रहने के लिए।

दुनिया भर के सभी पाठकों, साधकों को बिग चीयर्स।

अंत में, मेरे रास्ते में आने वाली हर आत्मा के लिए या तो मुझे एक सीख/सबक या बहुत आवश्यक समर्थन और प्यार देने के लिए।

काश! संकट में घिरी हर आत्मा को एक गौरी और तन्मय मिलें!

□□□